Als das weiße Schlafzimmertelefon an jenem letzten Freitag im Juni morgens um 4.03 Uhr klingelte, hob das 36jährige Stadtoberhaupt beim vierten Läuten ab und trat dem 39jährigen Polizeichef gegen den Knöchel, um sicherzugehen, daß auch er wach war.

Nach einem gemurmelten »Hallo« hörte das Stadtoberhaupt eineinhalb Minuten lang schweigend zu. Sie lauschte mit grimmigem Mund und zusammengekniffenen Augen, einem Ausdruck, den der Polizeichef seit langem als ihren Schlagloch-Beschwerde-Blick bezeichnete. Als die neunzig Sekunden vorüber waren, beendete das Stadtoberhaupt den Anruf mit einem kategorischen »Genau«, das kaum mehr als ein geknurrter Abschiedsgruß war.

Während die Bürgermeisterin zuhörte, beschäftigte sich der Polizeichef zum wiederholten Male mit einer Inspektion der Strukturdecke des Schlafzimmers, wobei er sich erneut fragte, wieso das aufgesprühte Material letzten Endes immer wie drei Wochen alter Hüttenkäse aussah. In dem Moment, da die Bürgermeisterin auflegte, schloß der Chief die Augen und fragte: »Dixie?« – Schläfrigkeit und die frühe Stunde beraubten die Frage jeder echten Neugier.

»Dixie«, bestätigte das Stadtoberhaupt.

»Und?«

»Sie hat ihn eben ins Bett gesteckt.«

»Wieviel hat er getrunken?«

»Die Bar leer, sagt Dixie.«

»Dann ist alles klar, nicht?« sagte der Chief und öffnete die Augen, um der vergilbten Decke einen letzten prüfenden Blick zu gönnen, während er auf die Antwort der Bürgermeisterin wartete. Als keine kam, nickte er – wie auf eine unausgesprochene, aber beruhigende Erwiderung – und schlief offenbar wieder ein.

Auf der linken Seite liegend, musterte das Stadtoberhaupt den

Polizeichef mit einer Mischung aus Staunen und Groll. Des Musterns bald überdrüssig, drehte sie sich auf den Rücken und schloß die hellgrauen Augen, doch beinahe im selben Moment öffneten sie sich wieder, und die Bürgermeisterin sah sich zum Deckenwachdienst verurteilt, von dem der Schlaf sie erst kurz vor Morgengrauen erlöste.

Kelly Vines erwachte am selben letzten Freitag im Juni um 10.09 Uhr. Zuerst schaute er nach dem schwarzen Spazierstock, dann nach der rundum blonden Frau, die gesagt hatte, ihr Name sei Dixie. An ihren Nachnamen konnte sich Vines nicht erinnern; er wußte nicht einmal, ob sie ihn überhaupt genannt hatte, aber er erinnerte sich an die spöttischen blauen Augen und ihre trockene Bemerkung, daß sie sich im einzigen Holiday Inn westlich von Beirut einquartierten, das rote Zahlen schrieb.

Obzwar die blonde Dixie fort war und nur den Hauch eines denkwürdigen Parfüms hinterlassen hatte, hing der schwarze Stock noch am Schirm der Lampe mit dem hellgrünen Keramikfuß. Es war ein dicker Stock, mehr als eineinviertel Zoll im Durchmesser, gedrechselt aus Makassar-Ebenholz und an der Spitze mit einem Chromring verziert, der jetzt ein bißchen abgewetzt war. Etwa einen Zoll unter der Stelle, wo der Griff des Stocks sich zu krümmen begann, war ein Bilderband, in das in schmalen, verschlungenen gotischen Lettern die Initialen JA eingraviert waren.

Sein Kater ging ernsthaft zum Angriff über, als Vines sich im Bett aufsetzte. Er diagnostizierte ihn als Siechtum aufgrund einer seltenen und womöglich verhängnisvollen Beanspruchung, holte viermal tief Luft und betete ohne Zuversicht darum, der zusätzliche Sauerstoff möge bewirken, was der Volksmund ihm zuschrieb, nämlich seine Schmerzen lindern und ihm vielleicht ermöglichen weiterzuleben. Doch als der Kater und die ihn begleitende Verzweiflung nur noch schlimmer wurden und vage Gedanken an einen süßen Tod auslösten, stand Vines auf, stützte sich mit unsicherer Hand auf eine Stuhllehne und schritt mühsam zu dem schwarzen Stock.

Nachdem er ihn vom Lampenschirm befreit hatte, schüttelte er den Stock, seufzte erleichtert, als er das leise Geräusch hörte und drehte den gekrümmten Griff nach rechts statt nach links. Nach drei vollen Drehungen ließ sich der Griff abnehmen und enthüllte die Silberkappe, die den Korken hielt.

Vines zog den Korken aus der Glasröhre, die in das Holz eingelassen war, hob das nicht länger versteckte Fläschchen zum Mund und schluckte in etwa eine gute Unze Jack Daniel's Black Label Whiskey, worauf ihn ein Schaudern erfaßte, das der rechtmäßige Besitzer des Stocks gerne als einen Ausdruck von »Schande, Entsetzen und nichts als Scheußlichkeit rundum« bezeichnet hatte.

Der morgendliche Bourbon erinnerte Vines daran, wie er das erste Mal in seinem Leben aus dem Stock getrunken hatte. Und das, so verriet ihm simple Mathematik, lag exakt fünfzehn Jahre zurück, als seine Universitätszeit sich dem Ende zuneigte. Es war im Juni 1973 gewesen, eine knappe Stunde vor der Zeugnisverleihung, als sie zu dritt zum ersten Mal gemeinsam Whiskey aus dem schwarzen Stock tranken, auch wenn keiner von ihnen viel mehr als eine Unze bekam, weil das Ding insgesamt nur vier Unzen faßte.

Vines erinnerte sich, wie der Besitzer des Stocks sein unversöhnlichstes Kichern gekichert und sein parteiischstes Lächeln gelächelt hatte, als er den prophetischen Toast aussprach: »Auf Watergate, Freunde, und alle, die mit ihr untergehen.«

Alle drei hatten sie jeder eine gute Unze getrunken. Zuerst Kelly, nach ihm der Mann, dem der Stock gehörte, und schließlich der Sohn des Mannes, der zugleich Vines' Zimmergenosse im College war und der sich nicht ganz vierzehn Jahre später in einem nicht sonderlich teuren Bordell in Tijuana – angeblich – erschießen sollte.

Noch immer nackt, stand Vines im Zimmer des Holiday Inn, wartete auf die Balsamwirkung des Whiskeys und stützte sich mit beiden Händen auf den schwarzen Stock, während er aus dem Fenster im vierten Stock auf den Pazifik hinausspähte, der ihm stets so müßig oder vielleicht auch nur träge erschienen war, zumindest im Vergleich mit dem geschäftigen und beständig grollenden Atlantik.

Dann zwang, wie er fast erwartet hatte, der Schluck aus dem

schwarzen Stock sein Gedächtnis zurück in die jüngere Vergangenheit, zu jener Nacht vor über einem Jahr, als der bekümmerte Beamte der Mordkommission von Tijuana ihn in La Jolla angerufen hatte, um ihm mitzuteilen, daß sein ehemaliger Zimmergenosse tot sei.

Vines war nach eigener Einschätzung in Rekordzeit nach Tijuana gefahren, hatte nach frustrierender fünfundzwanzigminütiger Suche das Bordell gefunden, den einen Meter dreiundneunzig großen Körper identifiziert und ohne sonderlichen Ekel (der würde später kommen) festgestellt, daß ein großer Teil des einstmals schönen Kopfes über eine Lithographie der Heiligen Jungfrau von Guadalupe an der Südwand des Zimmers verspritzt war.

Vines hatte auf die Lithographie gestarrt, als der Beamte der Mordkommission auf spanisch zu schildern begann, wie der Tote sich offenbar den Lauf des alten halbautomatischen Colts vom Kaliber .45 in den Mund gesteckt und den Abzug *dos veces* gedrückt hatte. Vines, der plötzlich seinem normalerweise ausreichenden Spanisch mißtraute, hatte es zögernd mit einer Übersetzung probiert: »Zweimal?«

Das breite Indianergesicht des Polizisten hatte sich in eine fromme Maske verwandelt, als er auf englisch erwiderte: »Ja, zweimal«, dann wieder auf Spanisch zurückschaltete und murmelte, nur Gott allein könne begreifen, auf welche verrückten Mittel Selbstmörder verfielen, wenn sie sich wahrhaftig zu zerstören wünschten.

Als Kelly Vines fragte, ob er den Blödsinn wirklich glaube, daß sein ehemaliger Zimmergenosse den Abzug zweimal betätigt habe, hatte der Polizist die Augen geschlossen und glückselig gelächelt, ganz so, als denke er an Gott oder an Geld oder an beides. Dann hatte der Polizist die Augen wieder geöffnet und entgegnet, aber ja, ganz bestimmt glaube er das, und wie könne man überhaupt daran zweifeln?

Zuerst war Vines sich nicht sicher, ob es die verblassende Erinnerung an Gehirn und Blut seines toten ehemaligen Zimmergenossen oder aber der Frühstücksbourbon war, was ihn dazu brachte, sich vom Meerblickfenster des Holiday Inn abzuwenden, den Stock wieder an den Lampenschirm zu hängen und sich mit gemessener Hast ins Bad zu begeben, wo er den soeben getrunkenen Jack Daniel's ebenso auskotzte wie das meiste von dem, was er während der Nacht getrunken hatte. Aber später, nachdem er das Kotzen überstanden hatte, machte er vernünftigerweise den Jack Daniel's dafür verantwortlich.

Um 11.04 Uhr an jenem Morgen, nachdem sein Magen von Mylanta-II besänftigt und seine Blöße mit einer beigefarbenen Leinenknitterjacke, einer dunkelgrauen Kammgarnhose – ebenfalls knittrig – und einem sauberen weißen Oberhemd, jedoch ohne Krawatte, bedeckt war, saß Kelly Vines auf einem Hocker an der Bar der fast leeren Cocktail-Lounge des Holiday Inn, neben sich eine heilkräftige Bloody Mary, und goß behutsam zwei Miniaturflaschen Jack Daniel's, jede zwei Unzen fassend, in den ausgehöhlten schwarzen Stock.

Drei Barhocker weiter schlürfte ein hochgewachsener Mann, etwa in Vines' Alter, ein gezapftes Bier und sah ihm mit unverhohlener Neugier zu. Von den dichten zinngrauen Schläfenhaaren abgesehen, die nach hinten über die Ohren gekämmt waren, war der Schädel des Mannes kahl und ebenso gebräunt wie das lange, verschmitzte Gesicht.

Vielleicht als Ausgleich zu seiner Glatze hatte der Mann sich einen zinngrauen Schnurrbart wachsen lassen, wie ihn Kelly Vines von Geschwaderführern aus alten britischen Filmen her kannte. Die Augenbrauen des Mannes waren von passendem Zinngrau und beinahe buschig genug, die haselbraunen, einen Stich ins Grüne gehenden Augen zu beschatten. Eine feingeschnittene, lange Nase überragte einen schmalen, breiten Mund, der freundlich, wenn nicht sogar großzügig wirkte. Unter dem Mund befand sich ein Kinn wie ein Eckstein.

Der Mann mit dem Geschwaderführerbart schürzte die Lippen und runzelte die Stirn, als fürchte er, Vines könne etwas von dem Whiskey verschütten, der in den Stock tröpfelte. Doch als Vines mit schraubstockfester Hand zu Ende kam, ohne einen Tropfen zu vergießen, grinste der Mann und entblößte dabei große grauweiße Zähne, die nur seine eigenen sein konnten.

»Würden Sie mir das doofe Ding verkaufen?« fragte der Mann mit angenehmer Baritonstimme.

»Er gehört mir nicht«, antwortete Vines und wandte sich ab, um den Stock an die Bar zu hängen. Als er sich wieder umdrehte, fragte der Mann: »Meinen Sie, sein Eigentümer würde ihn verkaufen?«

Nachdenklich betrachtete Vines den Mann, als wäge er das Anliegen ab. »Ich könnte mal fragen.«

Von der Antwort offenkundig erfreut, nickte der Mann. »Aus irgendeinem albernen Grund muß ich ihn einfach haben«, sagte er und griff in die Tasche eines verschlissenen blauen Baumwollarbeitshemds, das vor Jahren bei Sears gekauft sein mochte. Aus der Tasche zog er eine Visitenkarte. Sein Arbeitshemd und die ausgetretenen Militärstiefel standen in wohlüberlegtem Kontrast zu seiner sorgsam geschneiderten blauen Nadelstreifenhose, die unverkennbar zu einer abwesenden, aber gleichermaßen sorgsam geschneiderten Weste samt Jacke gehörte. Trotz des alten Arbeitshemds und der groben Stiefel hatte Vines den Eindruck, daß der Kahlköpfige nach Anzug aussah. Beim Lesen der Visitenkarte entdeckte Vines, daß er richtig vermutete:

Sid Fork
Polizeichef
Durango, Kalifornien
(Bev. 9861)
Die Stadt, die von Gott vergessen wurde

Unter dem Motto – oder der Grabinschrift – standen in der linken Ecke die Telefonnummern, die Vines anrufen konnte, dazu die Nummer eines Postfachs und eine Postleitzahl, an die er schreiben konnte.

Mit seinem ersten Lächeln des Tages blickte Vines von der Karte auf. »Wieso sollte Gott sich die Mühe machen, Durango zu vergessen, Chief?«

Sid Fork leerte die letzte Handbreit Bier und wischte sich den Schnurrbart mit dem Handrücken ab. »Es war nicht Gott – nun, jedenfalls nicht direkt. Es war der alte Pater Serra, der 1772 auf seinem Weg von Monterey nach Süden durchzog und vergaß, bei uns eine Mission zu gründen, die wir jetzt verdammt gut brauchen könnten, um Touristen anzulocken.«

»Hat er es vergessen? Oder ist er einfach nicht dazu gekommen?«

»Sind Sie katholisch?«

Vines schüttelte den Kopf.

»Als 1782, zehn Jahre später, ein Haufen Franziskaner hier durchkam und immer noch keine Mission gründete – nun, das war schon Nummer zwei, richtig? Und meinen Sie nicht, daß es damit ein bißchen so aussieht, als hätte Gott vergessen, Pater Serra und den anderen einen Knuff zu geben?«

»Macht den Eindruck«, sagte Vines, der sich vor langem geschworen hatte, in Bars nie über Religion, Politik oder Baseballregeln zu diskutieren.

»Der zweite Fehler, den sie gemacht haben, die Franziskaner und Gott, war die Gründung der Mission drüben in Santa Barbara, wo das Wetter alles andere als toll ist.«

»Ich habe immer gedacht, Santa Barbara hätte ein prachtvolles Klima«, entgegnete Vines. Allmählich begann er die Rolle des Stichwortgebers zu mögen.

»Nicht im Vergleich zu hier«, sagte Fork und winkte nach einem neuen Bier. Als der grauäugige junge Mexikaner hinter der Bar es serviert hatte, trank Fork zwei Schluck, wischte wieder rasch über seinen Schnurrbart und sagte: »Wenn Sie absolut topperfektes Wetter haben wollen, Mr . . . äh, glaube, ich habe Ihren Namen nicht verstanden.«

»Kelly Vines.«

»Wie gesagt, Mr. Vines, wenn Sie perfektes Wetter suchen, dann ist die Jagd vorbei, denn diese Stadt verfügt über das, was die Weltgesundheitsorganisation als das wohltuendste Klima auf Gottes grüner Erde bezeichnet.« Fork hielt kurz inne. »Abgesehen von einem verfallenen Dorf an der italienischen Riviera, von dem noch keiner gehört hat.«

Vines gönnte ihm ein höfliches, vielleicht sogar interessiertes Nicken, nahm einen vorsichtigen Schluck von seiner Bloody Mary und blickte sich in der noch immer fast leeren Hotelbar um.

»Ich war in dem Durango in Colorado, in dem in Mexiko und dem in Spanien, aber noch nie hier, dem vierten – bis jetzt jedenfalls.«

Die Winkel von Forks breitem Mund verzogen sich nach unten, als habe er die erwartete schlechte Nachricht gehört. »Nun ja, das will nicht viel heißen, denn der einzige Weg hierher – falls man nicht schwimmt – führt durch die Berge über die mörderische zweispurige Staatsstraße, die von der Eins-Null-Eins ausschert – vorausgesetzt, man sieht das Ausfahrtsschild rechtzeitig, was nicht vielen Leuten gelingt.« Er nahm einen Schluck von seinem Bier und fragte dann: »Wie sind Sie hierhergekommen? Gefahren?«

»Gefahren«, bestätigte Vines. »Aber ich hatte einen weiblichen Lotsen.«

Der Polizeichef grinste. »Hätten Sie gesagt, Sie wären geflogen oder hätten den Zug oder Bus genommen, hätte ich gesagt, Sie träumen, denn die Bundesbehörde hat unseren sogenannten Flughafen vor zwei Jahren geschlossen – aus Sicherheitsgründen, hieß es –, und der letzte Personenzug hat vor elf, nein, bei Gott, vor zwölf Jahren hier gehalten. Selbst die Greyhound-Busse haben's aufgegeben, nachdem General Electrics das Dampfbügeleisenwerk dichtgemacht hat – nächsten Monat werden's zwei Jahre.«

»Klingt nach seliger Abgeschiedenheit«, kommentierte Vines und nahm diesmal zwei Schluck von seiner Bloody Mary.

»Sind Sie Einsiedler?«

»Noch nicht.«

»Wir haben ein paar davon – Leute, die nichts dagegen haben, vom Rest der Welt abgeschnitten zu sein.«

Vines nickte verständnisvoll und wartete, was nun kommen würde.

»Aber wir übrigen bleiben ganz gut am Ball«, fuhr der Chief nach einer weiteren Kostprobe von seinem Bier fort. »Wir haben unsere fast tägliche Zeitung, die irgendeiner Kette in London, England, gehört. Für die Kultur gibt's unsere hundertprozentig automatisierte UKW-Station, die von früh bis spät nur Werbespots und nervtötenden Rock spielt und dann abschaltet. Und

Fernsehen, da haben wir kaum einen vernünftigen Empfang – wegen der Berge, und weil jede vernünftige Kabelgesellschaft die Finger von uns läßt. Aber man kann sich ja immer noch eine Schüssel kaufen, um die Nachrichten mitzukriegen, und sich für den heimischen Videorecorder ein oder zwei Horrorstreifen leihen – oder einen über ein paar reiche Highschool-Kids, die miteinander rumvögeln.«

Fork verstummte, als sei er neugierig darauf, was seine einköpfige Zuhörerschaft zu sagen hatte. Vines nippte wieder an seiner Bloody Mary und sagte: »Das Paradies.«

Der Chief begrüßte die Bemerkung mit einem beifälligen Nikken, doch seine Zufriedenheit schwand, als er den Blick abschätzend durch die nahezu leere Lounge schweifen ließ. »Der Laden hier wird wahrscheinlich Vergleich anmelden, sobald der Sommer vorbei ist.«

»Das Hotel oder bloß die Bar?«

»Das Hotel. Wollen Sie's kaufen?«

Vines ignorierte die Frage und stellte selbst eine: »Wie lange sind Sie schon Polizeichef?«

Ein Ausdruck, den Vines als bittersüße Nostalgie identifizierte, huschte über Forks Gesicht und stahl sich dann in seine Stimme, die beinahe verträumt klang. »'68 waren wir vom Haight in San Francisco zu neunt in einem alten GM-Schulbus unterwegs, den wir irgendwie psychedelisch mit Leuchtfarben vollgepinselt hatten. Unser Ziel: Durango in Colorado. Das Haight war mittlerweile tot oder lag im Sterben, und wir wollten Richtung Rockies, den Kopf voller Acid, Dope, Politik und Gott weiß, was sonst noch. Sie erinnern sich bestimmt, wie es damals war.«

»Vage«, sagte Vines.

»Nun gut, Sir, ich sitze am Lenkrad, und unser Navigator entdeckt auf der Straßenkarte von der Tankstelle das kalifornische Durango. Es ist spät, alle sind müde, also biegen wir ab. Am nächsten Morgen, nachdem wir aufgestanden waren und sahen, wie prächtig das Wetter war, sind wir einfach geblieben. Ein paar von uns jedenfalls. Und vor zehn Jahren wurde ich zum Polizeichef bestellt, und der Navigator – nun, sie wurde zum Bürgermeister gewählt.«

»Eine Frau?«

»Mayor Barbara Diane Huckins«, sagte Fork, trank sein zweites Bier aus und schob das Glas mit der Miene eines Mannes von sich, der sein genaues Limit kennt. »Oder B. D. Huckins, wie sie sich jetzt nennt und wie sie alles unterschreibt, auch wenn ich ihr ständig sage, daß das umgekehrter Sexismus oder was Ähnliches ist.«

Fork hörte auf zu reden und starrte wieder sehnsüchtig auf den schwarzen Stock, der immer noch an der Bar hing. »Ich schwöre, ich muß das Ding einfach jemand abkaufen, Mr. Vines. Was, glauben Sie, könnte der Besitzer dafür verlangen?«

Vines formulierte seine Antwort mit Bedacht. »Ich bin nicht sicher, daß er Geld haben will.«

Fork wirkte überrascht. »Tatsächlich? Wie wär's dann mit einem Tauschgeschäft?« Bevor Vines antworten konnte, kehrte Forks niedergeschlagener Blick wieder. »Das Problem ist, bis auf das Klima habe ich nicht viel anzubieten. Das Klima und jede Menge Abgeschiedenheit.«

Vines schien das Problem einige Sekunden lang zu überdenken.

»Davon hätte er vielleicht gerne etwas«, sagte er. »Abgeschiedenheit.«

»Ist er hier in der Stadt?«

»Nein, aber ich habe heute nachmittag vor, ihm bei der Suche nach einem stillen Plätzchen zu helfen, wo er ein paar Wochen bleiben kann. Vielleicht in Santa Barbara.« Vines lächelte. »Trotz des miserablen Klimas.«

Fork ließ den Blick durch die Bar wandern, als er eine Frage stellte, die erkennbar viel zu beiläufig klang: »Wie abgeschieden muß er es denn haben?«

»Äußerst.«

»Und wo, haben Sie gesagt, ist er jetzt?«

»Ich habe nichts gesagt. Aber es liegt nördlich von hier.«

Forks Blick stellte die Wanderschaft ein und heftete sich mit einem kühlen, wissenden Ausdruck auf Vines' Gesicht. »Lompoc, vielleicht?«

Vines begegnete dem kalten Auge des Gesetzes mit einem indifferenten Blick seinerseits. Der stumme Austausch währte nur Sekunden, was eben lange genug war, um ein ungefähres Übereinkommen zu treffen, wenn schon nicht den Handel zu besiegeln. »Würde das eine Rolle spielen?« fragte Vines.

Der Chief ersetzte den kalten Blick durch ein warmes Willkommensgrinsen. »Teufel auch, Mr. Vines, wir sind stolz darauf, die Hauptstadt des Leben-und-leben-lassens der westlichen Hemisphäre zu sein, zumal eine solche Haltung nahezu alles ist, was wir zu bieten haben – außer dem bißchen Wetter.«

Fork zögerte kurz, bevor er fortfuhr, wie um sicherzugehen, daß seine nächste Frage so taktvoll und unaufdringlich wie möglich war. »In was für einer Branche war der Eigentümer dieses Stocks tätig, bevor er als Gast der Bundesregierung droben in Lompoc eingezogen ist? Wenn Sie nichts gegen die Frage einzuwenden haben.«

»Er war Richter.«

»Was für einer?«

»Vorsitzender Richter am Obersten Gericht eines Bundesstaates.«

»Nicht dieses Bundesstaates?«

»Wohl kaum.«

»Meinen Sie, der Richter könnte vielleicht seinen Spazierstock und ein kleines Extra gegen eine ganze Menge Abgeschiedenheit eintauschen mögen?«

»Er könnte.«

Fork legte den Kopf schief, als gebe ihm das einen besseren Blickwinkel auf Vines. »Und in welcher Branche sind Sie tätig, Mr. Vines?«

»Ich bin Anwalt.«

»Welcher Zweig? Unternehmensrecht? Steuer? Strafsachen? Kraut und Rüben?«

»Zulassung entzogen«, sagte Kelly Vines.

ZWEI

Während der Carter-Regierung war der Name Jack Adair knapp vier Jahre lang entweder die Nummer zwei oder drei auf einer angeblich geheimen Liste von fünf Namen gewesen, die im Weißen Haus geführt wurde. Sein Name und die Namen von drei weiteren Männern sowie einer Frau wären sofort ernsthaft in Betracht gezogen worden, sollte während der Amtszeit Jimmy Carters einer der neun Richter des Obersten Bundesgerichts in den Ruhestand treten oder tot umfallen.

Keiner tat dies, wie sich schließlich herausstellte, aber wäre es dazu gekommen, standen in Washington die Wetten drei zu zwei, daß Adair für die Besetzung der vakanten Stelle nominiert worden wäre. Allerdings offerierten dieselben politischen Buchmacher, die drei zu zwei auf Adairs Nominierung setzten, eine Fünf-zu-eins-Quote dagegen, daß er nach einer möglichen Nominierung vom Senat jemals bestätigt würde.

Die hohe Quote gegen Jack Adairs Bestätigung war nicht überraschend. Obschon eingestanden wurde, daß er clever genug sei, um im Obersten Bundesgericht zu sitzen – zu clever, meinten einige –, wurde ebenso eingestanden, daß er viel zu parteiisch und viel zu geistreich sei, und, was das Vernichtendste war, über einen ätzend scharfen Mund verfügte, der nie stillstand, wenn er sich für etwas interessierte oder einsetzte, was bei praktisch allem der Fall zu sein schien.

Sein wacher Verstand und sein noch wacherer Mund hatten Adair zum Liebling der Medien und zum Hätschelkind der Talkshows gemacht. Noch zehn Tage, bevor Anklage gegen ihn erhoben wurde, war er in der Phil-Donahue-Show aufgetreten und hatte eine deutlich überzogene Position (zum Teil bei Camus ausgeliehen) zur Todesstrafe bezogen, die in seinem Bundesstaat, wo fast alle annahmen, daß er es todernst meinte, einen politischen Feuersturm auslöste.

»Will er Mord durch Abschreckung verhindern«, hatte Adair in seinem gewichtigsten Richtertonfall und mit berechneter Mißachtung des Achten Verfassungszusatzes gesagt, »so muß der Staat mittels Exempel wirken, und es gibt keine wirkungsvollere Abschreckung als eine öffentliche Hinrichtung. Und zwar keine öffentliche Null-acht-fünfzehn-Hinrichtung durch den Strang, Phil, sondern eine altmodische Vierteilung mit diesen großen, stämmigen Budweiser-Kaltblütern, die den Verurteilten zur besten Fernsehzeit auseinanderreißen, so etwa um acht Uhr abends, bevor die Kleinen ins Bett gesteckt werden.«

In dem Bundesstaat, dem Jack Adair einst als Vorsitzender Richter diente, hatte stets die Regel geherrscht, daß die Mitglieder des Obersten Gerichts für jede neue Amtszeit kandidieren mußten, genau wie der Gouverneur, die Mitglieder der gesetzgebenden Körperschaften und praktisch jeder andere auf der Gehaltsliste des Staats bis hinunter zum Chef der Eichbehörde. Diese populistische Methode der Wahl eines Obersten Gerichts garantierte, daß es sich bei denen, die am Richtertisch saßen, um zungengewandte Rechtskundige von angenehmem Äußeren handelte, die zudem eifrig das Studium der Politik betrieben, wenn schon nicht das der Jurisprudenz.

Die häufig bizarren und stets aufwendigen Fernseh-, Rundfunk- und Zeitungskampagnen, die von Kandidaten für das Oberste Gericht geführt wurden, schadeten der ohnehin ramponierten Reputation des Staats, der in jüngster Zeit eine Reihe von Affären erlebte, an denen die beinahe immerwährenden Enthüllungen über Mauscheleien sowie aktive und passive Bestechung beträchtlichen Anteil hatten. Zu den weiteren Stigmata zählten die gedopten und überbezahlten Football-Teams der Staatsuniversität, eine akute Seuche von Bank- und Sparkassenkonkursen, gegen die kein Kraut gewachsen schien, und – auf anderer Ebene – die alljährliche, aus Steuergeldern finanzierte Panhandle-Klapperschlangen-Einkesselung, ein hochgeschätztes Kulturereignis, gegen das Umwelt- und Tierschützer zum Entzücken der Medien beinahe jedes Jahr großes Protestgeschrei anstimmten und bei dem im Durchschnitt 29,2 Personen Schlangenbisse erlitten, welche in 9,7 Prozent der Fälle tödlich verliefen.

Die äußerste Blamage des Bundesstaats war jedoch sein Oberster Richter, Jack Adair, gewesen. Als der Adair-Skandal (oder L'Affaire Adair, wie einige Zuwanderer aus dem Osten ihn nannten) sich endlos dahinzog, fiel so mancher fromme Christ auf die Knie und betete zu Gott, er möge dem guten Jack den Fahrschein für die Heimreise schicken und, o Herr, wenn es nicht zuviel der Mühe macht, vielleicht ein paar der rotzigen Fernseh- und Zeitungsreporter von außerhalb gleich mitnehmen.

Doch genau wie ungetreue Liebhaber überließ die veröffentlichte Meinung Jack Adair schließlich seinem Schicksal, sehr zur Erleichterung derjenigen Staatsbürger, die den Medien – zu Recht – die Schuld an seinem schwindelerregenden Aufstieg zu einer Berühmtheit und – zu Unrecht – auch daran gegeben hatten, daß er dort war, wo er sich um 7.05 Uhr an jenem letzten Freitag im Juni befand, nämlich im Duschraum der Entlassungszone des US-Hochsicherheitsgefängnisses am Rande von Lompoc, Kalifornien.

Lompoc, eine Stadt aus lauter rechten Winkeln und in einem milden Küstental gelegen, befindet sich zehn Meilen östlich des Pazifiks wie auch des Luftwaffenstützpunkts Vandenberg und einige Meilen südöstlich des Bundesgefängnisses. Mit einer Bevölkerung von 26 267 nach letzter Zählung, liegt Lompoc außerdem 147 Meilen nördlich von Los Angeles, 187 Meilen südlich von San Francisco und nur 26 Meilen nordöstlich von Durango, Kalifornien, der Stadt, die von Gott vergessen wurde.

In Lompoc, der »Blumensamenhauptstadt der Welt«, sind viele Straßen nach Tulpe, Salbei, Rose und so weiter benannt. Viele von ihnen treffen rechtwinklig auf Straßen, die üblicherweise numeriert oder mit Buchstaben des Alphabets benannt sind. Die Avenues jedoch wurden offenkundig nach dem benannt, was gerade sichtbar oder praktisch war. Verurteilte Straftäter, beispielsweise, werden nach Westen über die Ocean Avenue gefahren, dann rund sechs Meilen nördlich über die Floradale Avenue zum Bundesgefängnis, wo – an jenem letzten Freitag im Juni – im Duschraum heißes Wasser auf Jack Adairs Rücken prasselte. Der Raum enthielt vier Duschen auf der einen und vier auf der anderen Seite und war an beiden Enden offen.

Direkt neben der Entlassungszone des Gefängnisses gelegen, standen die Duschen Inhaftierten zur Verfügung, die ihre Strafe abgesessen hatten oder auf Bewährung entlassen wurden. Die meisten nahmen gewöhnlich eine Dusche, bevor sie in ihre neue Zivilkleidung wechselten, die entweder von J. C. Penney's oder von Sears stammte und von der Haftanstalt kostenlos zur Verfügung gestellt wurde.

Als Jack Adair fünfzehn Monate vorher seine Strafe angetreten hatte, konnte er wegen der 245 Pfund, die sein ein Meter neunundsiebzig großer Körper mit sich herumschleppte, im Adamskostüm an sich hinunterblicken, ohne seine Zehen oder seinen Penis zu sehen. Der größte Teil seines überschüssigen Fetts hatte sich um die Körpermitte herum angesammelt und den Sechsundvierzig-Zoll-Taillenumfang geschaffen, der ihm die Sicht versperrte.

Doch als der heiße Strahl jetzt auf seinen Rücken und Nacken trommelte, konnte er – wenn er wollte – nach unten schauen und einen flachen Vierunddreißig-Zoll-Bauch, zehn ganz normale Zehen und eine primärgeschlechtliche Ausstattung begutachten, welche, wie ihm flüchtige Vergleichsblicke während der letzten fünf Monate bestätigt hatten, immer noch von durchschnittlicher Größe und Form war.

Er seifte sich gerade zwischen den Beinen ein, als sie in den Duschraum schlüpften. Beide waren vollständig bekleidet, auch wenn der Kleinere des Duos bereits dabei war, seinen Hosenschlitz zu öffnen. In der linken Hand des Größeren lag ein Messer mit einer Klinge, die aus einem Metallöffel geformt war, und einem Griff aus dem geschmolzenen Kunststoff von sieben Zahnbürsten.

Der Kleinere, der fälschlicherweise von sich behauptete, Mitglied der mexikanischen Mafia zu sein, wurde von allen Loco – Schwachkopf – genannt, weil er gern Glühbirnen aß, um ins Gefängnishospital verlegt zu werden, wo er manchmal Opiumtinktur oder sogar Morphium stehlen konnte. Sein richtiger Name war Fortunato Ruiz, und er saß zwölf Jahre wegen Autodiebstahls und Angriffs auf einen Bundesbeamten mittels einer tödlichen Waffe ab. Die Waffe war ein Mercedes-Kabriolett gewesen und der Bundesbeamte ein FBI-Agent, der der berechtigten Annahme nachging, daß der Wagen gestohlen war.

»Hey, Richterchen«, rief Ruiz in seinem merkwürdig lieblichen Tenor. »Du und ich und Bobby, wir feiern jetzt eine richtig schöne Abschiedsparty, ja?«

Bobby war Robert Dupree, der Mann mit dem Messer, und von Beruf ebenfalls Autodieb, der sich auf Peterbilts spezialisiert hatte. Er hatte die Sattelschlepper gern in seinem Heimatstaat Arkansas gestohlen und sie entweder in Texas oder in Missouri verkauft. Dupree selbst hatte das Gerücht verbreitet, daß er nicht eine, sondern zwei verborgene Waffen bei sich trug, von denen die erste das Messer war; die zweite war Aids.

Jetzt bewegte sich das Messer in langsamen, engen Kreisen, als Dupree grinsend in Adairs Richtung nickte. »Gönnen wir uns 'ne richtig hübsche Freudendusche, was, Richter?«

Adair ließ die Seife fallen und wich, seine Geschlechtsteile mit beiden Händen bedeckend, an die Wand zurück. Auch er setzte sein süßlichstes Lächeln auf, im Glauben, es sei die Standardtarnung für Feigheit und Angst. »Danke, Jungs, aber ich habe wirklich nicht die Zeit dafür.«

»Kostet praktisch kaum Zeit«, sagte Dupree, der mit drei raschen Schritten bei Adair war und ihm die Messerspitze an die Kehle drückte, wo einst ein Dreifachkinn gewabbelt hatte.

Adair pfiff. Kein melodisches Pfeifen mit geschürzten Lippen, sondern der durchdringende, taxistoppende Pfiff, den hübsche junge New Yorkerinnen an Regentagen in der Rush-hour häufig von sich geben – oder nicht tot zu kriegende Aktivisten bei politischen Zusammenkünften, die immer noch glauben, sie könnten eine längst gestorbene Angelegenheit wieder aufwärmen. Aus einem Häuserblock Entfernung kann ein solcher Pfiff ein Kind oder einen einigermaßen aufgeweckten Hund herbeirufen, oder – in Jack Adairs Fall – einen Retter.

Er schien in den Duschraum zu fließen, obwohl nichts außer Quecksilber so schnell fließt. Er hatte die Farbe von Milchkaffee (mit wenig Milch) und maß aufrecht stehend einen Meter vierundneunzig, doch jetzt beugte er sich nach vorn, als er einen Schritt nach rechts antäuschte, sich nach links bewegte und beide

Hände benutzte, um Bobby Duprees rechtes Handgelenk – die Messerhand – zu packen und es wie trockenes Reisig über seinem hochgezogenen rechten Knie zu brechen.

Das Messer fiel zu Boden. Bobby Dupree, das gebrochene Handgelenk umklammernd, sank schluchzend daneben zusammen. Der Mann mit der Hautfarbe von Milchkaffee trat das Messer zur Seite und wandte sich Loco, dem Glühbirnenesser zu, dessen rechte Hand in seinem offenen Hosenschlitz festzustecken schien, wo er mit sich selbst gespielt hatte.

»Hol dir woanders einen runter, Süße!« sagte der Mann.

Loco wich zum Ausgang des Duschraums zurück. Plötzlich schien ihm einzufallen, wo seine rechte Hand sich befand. Er riß sie aus dem Hosenschlitz, als habe er sich verbrüht, hauchte Jack Adair einen schmatzenden Kuß zu und sagte zu dem Mann, der Bobby Duprees Handgelenk gebrochen hatte: »Fick dich ins Knie, du irrer Bock.« Dann drehte Loco sich um und hüpfte wie ein Kind aus dem Duschraum.

»Gehen wir, Jack«, sagte der Retter. Er hieß Blessing Nelson, wog knapp unter achtundneunzig Kilo und hatte einen nach Stanford-Binet gemessenen IQ von 142, der – wie Adair ihm versichert hatte – nur acht Punkte unterhalb der Geniegrenze lag.

»Unter Einsatz einfacher körperlicher Gewalt«, sagte Adair ohne die Spur eines Lächelns, »hast du gerade das Ende meiner möglicherweise letzten Romanze übers Knie gebrochen – wofür ich, selbstredend, verdammt dankbar bin.«

Staunend schüttelte Blessing Nelson den Kopf. »Dein Mund kennt wohl weder Ruhe noch Reparaturen, was? Redet einfach immer weiter, Tag und Nacht.«

»Was ist mit ihm?« fragte Adair und wies mit einem Nicken zu dem immer noch knieenden, immer noch wimmernden Bobby Dupree.

»Das Arschloch!«

»Da wir schon wieder bei Romanze sind: Die beiden werden versuchen, dir die Eier zu schleifen«, sagte der ehemalige Vorsitzende Richter und fragte sich zugleich, ob seine Sprache jemals von ihrer langwährenden Fahnenflucht zurückkehren würde.

»Loco vielleicht«, sagte Nelson, »weil er total beknackt ist.

Aber der gute alte Bobby wird gar nichts versuchen.« Er trat Dupree in den Magen. Der harte Tritt raubte Dupree den Atem und verwandelte sein Wimmern in keuchendes Schluchzen.

»Wieviel, Bobby?« fragte Nelson.

Dupree schüttelte bloß den Kopf und schluchzte und keuchte weiter, bis Nelson erneut mit dem Fuß ausholte. Jetzt drehte Dupree den Kopf, bis er zu Nelson hochblicken konnte. »Zwanzig«, ächzte er zwischen Schluchzen und Keuchen.

»Zwanzigtausend«, sagte Adair, und es klang fast so, als freue er sich über das Preisschildchen, das man an sein Leben gehängt hatte.

Blessing Nelsons langer, kalkulierender Blick trieb den Preis nach unten. »Ein Scheiß, Jack. Hätte mir jemand die Hälfte davon in echtem Gold geboten, wärst du längst hinüber.«

»Trotz allem, was wir uns bedeutet haben«, entgegnete Adair mit einem halb spöttischen Lächeln.

Nelson nickte. »Trotz allem.«

Bevor er verhaftet, angeklagt und nach dem üblichen Kuhhandel zwischen Staatsanwaltschaft und Verteidigung zu vier Jahren in einem Bundesgefängnis verurteilt worden war, hatte der 29jährige Blessing Nelson (nach seiner geheimen Zählung) vierunddreißig Banken und neunzehn Sparkassen ausgeraubt, acht von ihnen zweimal; alle lagen im San Fernando Valley in Los Angeles und keine weiter als 180 Sekunden im gestohlenen Fluchtwagen vom Ventura Freeway oder dem San Diego Freeway entfernt, seinen beiden bevorzugten Fluchtrouten.

Auf Ratschlag eines alternden Diebes, den er als junger Anwalt zweimal verteidigt hatte, hatte Adair sich Blessing Nelsons Dienste versichert. Der alte Dieb, Harry Means, hatte dreiundzwanzig seiner zweiundsiebzig Lebensjahre hinter Gittern verbracht und seine letzte Zelle erst siebzehn Monate hinter sich, als Adair – keine zehn Tage vor seiner eigenen Einkerkerung in Lompoc – ihn anrief, um seine Ratschläge fürs Überleben in einem Gefängnis einzuholen.

»Wollen Sie's unverblümt und ohne Drumherum, Jack?«

»Allerdings, Harry.«

»Nun gut. Suchen Sie sich den größten und übelsten Nigger

aus, den Sie finden können, hüpfen ihm auf den Arm und sagen ihm: ›Schätzchen, ich gehör' dir.‹« Und dann hatte der alte Ex-Ganove fröhlich gegackert und aufgelegt.

Adair hatte den Ratschlag mehr oder weniger befolgt und sich Blessing Nelsons Dienste als Beschützer und Trainer in Sachen Körperertüchtigung für 500 Dollar pro Monat anstelle sexueller Gunstbezeugungen gesichert. Und da er die Haftanstalt lebend, ohne vergewaltigt worden zu sein, neununddreißig Kilogramm leichter und bei relativ guter Gesundheit verließ, betrachtete Adair das ausgegebene Geld als äußerst kluge Investition.

In dem kleinen Spiegel- und türlosen Umkleideraum in der Entlassungszone sah Blessing Nelson zu, wie Adair sich anzog. Nachdem er die Zipfel eines langärmligen J. C. Penney's-Hemds in eine graue Wash-and-wear-Hose mit Sechsunddreißig-Zoll-Bund gesteckt hatte, hielt Adair den Hosenbund ein Stück von seiner Vierunddreißig-Zoll-Taille weg und sagte: »Verblüffend, was eine vernünftige Diät bewirken kann.«

»Was hundert Bauchmuskelübungen am Tag bewirken«, sagte Blessing Nelson.

»Ja, sicher, das auch.«

Adair nahm eine rot und orange gemusterte Krawatte, bedachte sie mit einer kurzen Grimasse, zog sie unter den Hemdkragen und sagte: »Ich lasse deine Mutter wissen, wo ich mich aufhalte.«

»Viel lieber als eine Nachricht wär's meiner Mutter, wenn du ihr weiter die fünfhundert Dollar im Monat schickst.«

Adair streifte eine kurze hellbraune Regenjacke über, die ihn an die alten Tankwartjacken erinnerte, und sah sich nach einem Spiegel um, obwohl er wußte, daß es keinen gab.

»Kann ich mir nicht mehr leisten, Blessing«, sagte er und ließ es wie echtes Bedauern klingen. »Aber ich bin dir dankbar. Sehr sogar. Ohne dich würde ich hier mit einem verkorksten Gehirn und einer Vertriebskonzession für Aids rauskommen. Statt dessen komme ich unbefleckt und in einem gewissen Sinn des Worts jungfräulich nach draußen – wenn man von dem unerfreulichen Erlebnis mit Onkel Ralph absieht, als ich sechs war und er . . . dreißig? Zweiunddreißig?«

Verdruß, der an Verärgerung grenzte, machte sich auf Blessing Nelsons beinahe zu regelmäßigen Gesichtszügen breit und gab sich keine Mühe, wieder zu verschwinden. Während der letzten fünfzehn Monate war es Adair mindestens zweimal, manchmal dreimal am Tag gelungen, diesen Gesichtsausdruck hervorzurufen. Zwar war er inzwischen an Nelsons Verzweiflungsanfälle gewöhnt, wußte aber immer noch nicht vorherzusagen, was einen auslösen konnte.

»Können wir jetzt endlich hier raus?« drängte Nelson.

»Was ist nächsten Monat, wenn du rauskommst?«

»Nächsten Monat wirst du sagen: ›Blessing? Was für ein Blessing?‹«

Adair bestritt den Vorwurf mit einem feierlichen Kopfschütteln. »Ich vergesse meine Freunde ebensowenig, Blessing, wie meine Feinde.«

»Du hast zu viele von der einen und zu wenige von der anderen Sorte, und es ist nicht schwer auszurechnen, auf welcher Seite du knapp bist. Also, vielleicht guck' ich bei dir vorbei, vielleicht aber auch nicht. Aber jetzt laß uns gehen!« Er nahm Adairs linken Arm und steuerte ihn aus dem Ankleideraum hinaus, fast genau in die Arme eines Wärters, der sein Haar gelb färbte und dessen linkes blaues Auge wie gefroren aussah.

»Du!« sagte er und starrte Blessing Nelson mit seinem guten Auge an. »Einschlußanordnung.«

»Hab'n Passierschein.«

»Hattest'n Passierschein. Jetzt kriegst du das Loch.« Der Wärter wandte sich mit liebevoller Rachsucht Adair zu: »Und was Sie betrifft, Herr Vorsitzender Richter, nun, Ihnen steht eine Extrafreude bevor.«

DREI

Geduldig stand Jack Adair vor dem großen grauen Metalltisch und musterte den Trophäenkopf des Schwarzbären an der Wand, wobei er zum wiederholten Mal zu der Ansicht gelangte, daß das Tier viel zu klein und daher auch viel zu jung gewesen war, als es geschossen wurde. Tisch wie Bär gehörten Darwin Loom, einem der Gefängnisdirektoren, der einen sechsundzwanzig Jahre alten Waterman-Füllfederhalter dazu benutzte, alle neun Seiten eines Auftragsformulars mit seinen Initialen zu versehen.

Loom war ein wuchtig gebauter Mann von Ende Vierzig mit braunen Augen, die eine Fehlfunktion der Schilddrüse verrieten, einem merkwürdig furchenlosen Gesicht und silbrigem Haar, das so dünn war, daß der zuckerrosarote Schädel durchschien. Er beendete das Buchstabenschreiben, schraubte die Füllerkappe auf, ordnete die neun Formularseiten sorgfältig, blickte hoch und wies auf einen Stuhl aus Gußplastik.

Adair setzte sich auf den Stuhl und wartete darauf, was der Anstaltsleiter zu sagen hatte. Neun oder zehn Sekunden sagte Loom gar nichts und ließ statt dessen einen starren, finsteren Blick für sich sprechen. Dann kam die anklagende Forderung: »Ich will immer noch eine klare Antwort auf die Frage, warum Sie vor sieben Monaten die Entlassung auf Bewährung abgelehnt haben.«

»Das haben wir doch schon alles durchgekaut.«

»Tun Sie mir den Gefallen.«

Adair seufzte. »Vielleicht sollten wir es diesmal mit dem katechistischen Ansatz versuchen.«

»Großartig. Meinen Katechismus habe ich immer gemocht. Einfache Antworten auf schwierige Fragen.«

»Die erste Frage«, sagte Adair. »Warum bin ich hier?«

»Sie sind ein Straftäter, verurteilt wegen Einkommensteuerhinterziehung.«

»Werden solche Steuerhinterzieher üblicherweise in Hochsicherheits-Bundesgefängnissen inhaftiert?«

»Nur wenn man hofft, noch etwas anderes aus ihnen herauszuquetschen.«

»Wohin werden solche Steuerhinterzieher üblicherweise geschickt?«

»In Salon-Anstalten in Pennsylvania, Florida, Texas und Alabama – nur, daß die in Alabama ein bißchen mies ist.«

»Warum also bin ich wirklich hier?«

»Weil man Ihnen nicht nachweisen konnte, daß Sie unter der Hand eine Million Dollar angenommen haben – oder jedenfalls die Hälfte davon.«

»Was geschah, nachdem dieser Vorwurf fallengelassen wurde?«

»Man hat Ihnen die Steuerhinterziehungsgeschichte zur Last gelegt, und Sie haben nicht bestritten.«

»Warum habe ich das getan?«

»Weil man Sie kalt erwischt hat und Sie keine Wahl hatten.«

Adair musterte wieder den Kopf des Schwarzbären, der zu jung geschossen worden war, als er sagte: »Kommen wir zu Ihrer ursprünglichen Frage zurück.«

»Warum haben Sie die Freilassung auf Bewährung abgelehnt?«

Adair nickte und blickte wieder auf Loom. »Wenn ich heute hier rausgehe, bei wem muß ich mich dann melden?«

»Bei niemandem.«

»Und bei wem müßte ich mich melden, wenn ich die Bewährung vor sieben Monaten angenommen hätte?«

»Bei Bewährungshelfern, die vielleicht halb so alt wie Sie sind.«

»Und was wäre geschehen, wenn man mich der Verletzung der Bewährungsauflagen beschuldigt hätte, ganz gleich, wie geringfügig?«

Ein finsterer Blick legte Looms Stirn in Falten, als er sich auf seinem Drehstuhl zurücklehnte. »Sie wollen sagen, man hätte eine Verletzung der Bewährungsauflagen vorgetäuscht, damit man Sie wegen der Bestechungsgeschichte noch ein bißchen länger in die Mangel nehmen könnte, richtig?«

Adair lächelte bloß. Loom blickte zur Seite und fuhr fort:

»Nun ja, hätte man Ihnen eine getürkte Verletzung der Auflagen angehängt, wobei ich nicht sage, daß es hätte passieren können, aber wenn es passiert wäre, dann wären Sie umgehend für einen weiteren Aufenthalt hier gelandet.« Er blickte Adair an und lächelte beinahe selber. »An dieser Stelle müßten Sie eigentlich sagen: ›Damit ist meine Beweisführung abgeschlossen.‹«

»Damit ist meine Beweisführung abgeschlossen«, sagte Adair.

In der darauf folgenden Stille wechselte Looms Gesichtsausdruck von Fast-Freundlichkeit zu völliger Indifferenz. Als er schließlich das Wort ergriff, sprach er monoton und mit nahezu unbewegten Lippen irgendwo zur Seite. Er ist so lange hier, registrierte Adair im stillen, daß er ab und zu schon wie ein alter Knacki redet.

»Erzählen Sie mir von sich und Bobby Dupree«, sagte Loom durch Bauchrednerlippen.

»Von wem?«

»Dem Klingenkünstler, der mit Glühbirnen-Loco zusammenhängt.«

»Was ist mit dem?«

Looms Blick richtete sich rasch wieder auf Adair, seine Stimme wurde schroff. »Er liegt mit gebrochenem Handgelenk und Verdacht auf innere Verletzungen im Krankenhaus.«

»Tut mir leid, das zu hören«, sagte Adair.

»Wir haben ihn in der Dusche der Entlassungszone gefunden.«

»Und?«

»Sie waren der letzte, der die Dusche benutzt hat, bevor wir ihn fanden.«

»Unmöglich.«

»Wieso?«

»Weil der letzte, der die Dusche benutzt hat, derjenige sein muß, der Mr. Duprees Handegelenk gebrochen hat, und das kann ich nicht sein, wenn man mein Alter und Mr. Duprees beträchtliche Körpergröße in Betracht zieht.«

»Scheiß-Juristengerede.«

Adair nickte höflich, als bedanke er sich für ein kleines, aber elegantes Kompliment. »Was sagt Mr. Dupree?«

»Daß es vier waren, und daß sie alle Masken trugen.«

Adair stand von dem Plastikstuhl auf. »Dann wüßte ich nicht, daß wir noch etwas zu besprechen hätten.«

»Setzen Sie sich!«

Adair setzte sich. Loom lehnte sich auf seinem Managerdrehstuhl weit zurück, legte beide Füße auf den Schreibtisch, verschränkte die Hände im Nacken und musterte die Decke.

»Ein Gerücht«, sagte er. »Wir können über ein Gerücht sprechen.«

»Ein Gerücht worüber?«

»Daß jemand Zwanzigtausend in bar bietet, um sicherzugehen, daß Sie es nicht bis zum Tor schaffen. Jedenfalls nicht lebend.« Der Blick des Direktors senkte sich von der Decke und landete auf Adair. »Und da Ihnen der Mund jetzt nicht sperrangelweit aufsteht und selbst ich das Gerücht schon gehört habe, muß es schon sehr alt und abgestanden sein.«

»So alt nun auch wieder nicht«, widersprach Adair. »Und auch nicht sonderlich abgestanden.«

»Wessen Geld?«

»Keine Ahnung.«

»Blödsinn!«

Adair zuckte die Achseln. »Gerücht oder nicht, ich nehme an, Sie hätten es lieber, wenn ich durchs Tor hinausgehe, als daß man mich in einem Leichenbeutel hinausträgt.«

Loom schien darüber nachdenken zu müssen, was er wirklich wollte, nickte aber schließlich zustimmend.

»Dann habe ich einen Vorschlag.«

Der Direktor blickte auf den eichenfurnierten Regulator, der den Uhren ähnelte, die früher einmal an Klassenzimmerwänden hingen. »Glauben Sie, Sie könnten sich kurz fassen?«

»Mein Anliegen in knappe Form bringen?«

»Versuchen Sie's.«

»Also gut. Ich möchte, daß Blessing Nelson mich durchs Tor und bis zum Besucherparkplatz begleitet.«

Loom wies den Vorschlag mit einem Kopfschütteln zurück. »Ich gebe Ihnen statt dessen zwei Wärter mit.«

»Wieviel zahlen Sie den Männern heutzutage?«

»Eine fürstliche Summe, wie immer. Deshalb habe ich ja einen halben Aktenschrank voller Bewerbungen, mit Bleistift ausgefüllt von Leuten, die mit der Rechtschreibung auf Kriegsfuß stehen.«

»Für die Hälfte der gerüchteweisen Zwanzigtausend«, wandte Adair ein, »müßten die beiden Wärter nur zwei, vielleicht drei Sekunden nach links statt nach rechts schauen, und hastdunichtgesehen bin ich tot, und sie sind jeder um fünftausend reicher, wenn Sie meiner Mathematik folgen können.«

Loom hatte bereits den Mund geöffnet, offensichtlich zur Widerrede, als das grüne Telefon läutete. Auf seinem Schreibtisch waren zwei Telefonapparate: ein cremefarbenes Konsolenmodell mit zwölf Plastikknöpfen, die auf zwölf Leitungen schließen ließen, und das grüne Telefon, das überhaupt keine Knöpfe hatte, nicht einmal eine altmodische Wählscheibe. Loom setzte die Füße auf den Boden, schnappte sich den Hörer des grünen Telefons und bellte seinen Nachnamen in die Sprechmuschel.

Nachdem er nicht einmal fünf Sekunden zugehört hatte, warf er Adair einen freudlosen Blick zu, nahm seinen Füllfederhalter, schraubte die Kappe unter vereintem Einsatz von Zähnen und rechter Hand ab und machte sich eilige Notizen über die Antworten, die er auf seine meist einsilbigen Fragen nach dem Wo, Wann und Wie – jedoch nicht nach dem Wer oder Warum – erhielt. Nachdem er sofort zu kommen versprochen hatte, legte Loom den Hörer auf, schraubte den Füllfederhalter wieder zu, erhob sich rasch und starrte mit einer sonderbaren Mischung aus Verlegenheit und Vorwurf auf Adair hinab.

»Jemand hat's gerade Blessing Nelson gegeben«, sagte Loom. Sein Tonfall entsprach seinem gemischten Gesichtsausdruck.

»Gegeben?« fragte Adair, wobei er sein Urteil über die Ungenauigkeit der Wortwahl abgab, indem er die Konsonanten förmlich ausspie.

»Umgebracht. Aufgespießt. Mit einem Schrubberstiel – oder irgend etwas, das eine scharfe Spitze hatte.«

Während ein Teil von Adair spontan den Gedanken zurückwies, daß Blessing Nelson im Alter von neunundzwanzig Jahren tot war, überlegte ein anderer Teil nüchtern, daß die Ablehnung nur jenes automatische Leugnen war, das mit Trauer einhergeht.

Aber als Adair seiner Trauer nachforschte, entdeckte er nur Scham, ausgelöst durch das Fehlen jeglicher Trauer. Doch fand er auch Betrübnis, Bedauern und ein Gefühl völliger Sinnlosigkeit. Und weil er Sinnlosigkeit verabscheute, verwandelte der Zorn Adairs nächste Frage fast in eine Anklage: »Sie haben nicht zufällig auf diesen Anruf gewartet?«

Alles Mitgefühl schwand aus Looms Gesicht und wurde von totaler Gleichgültigkeit abgelöst. »Ebensowenig wie Blessing erwartet hat, sechsmal durchbohrt zu werden. Siebenmal, vielleicht. Sie sind noch beim Zählen.« Loom ging zur Tür, drehte sich aber noch einmal um. »Sie bleiben. Verstanden?«

»Hier?«

»Genau hier. Und rühren Sie sich nicht vom Fleck, bis die vier Wärter da sind, die ich persönlich aussuchen werde.« Wieder ging Loom auf die Tür zu, und wieder wandte er sich um. »Wer wartet auf dem Parkplatz auf Sie?«

»Kelly Vines.«

Loom erkannte den Namen. »Ihr teurer Anwalt, dem sie die Zulassung entzogen haben?«

»Und folgerichtig mein ehemaliger Anwalt.«

Die Neugier ließ Loom beinahe vergessen, daß er es eilig hatte. »Wieso ist ihm eigentlich die Zulassung entzogen worden?«

Adair blickte auf die Klassenzimmeruhr. Er mochte ihre gekünstelte Nostalgie nicht und vermutete, daß sie Quarzinnereien besaß.

»Verwerfliches Verhalten«, sagte er zu der Uhr und schaute dann mit einem dünnen Lächeln zu Loom. »Allerdings fiskalisch, nicht moralisch. Obschon ich annehme, daß er wie die meisten von uns zu beidem fähig ist.«

Vier

Kelly Vines erreichte an jenem letzten Freitag im Juni um 14.27 Uhr die Stadtgrenze von Lompoc und steuerte den vier Jahre alten Mercedes 450 SEL auf der Ocean Avenue nach Westen, bis er eine Unocal-Tankstelle mit komplettem Service fand, wo er zwanzig Cents pro Gallone zusätzlich zahlen konnte, damit sein Tank gefüllt, die Windschutzscheibe gewaschen sowie Öl und Reifen geprüft wurden.

Während der Tankwart sich um die Reifen kümmerte, bemerkte Vines, daß die Polizei von Lompoc auf der gegenüberliegenden Straßenseite eine Kreuzung mit schwarzweißen Sägebockbarrikaden absperrte. Als der Tankwart sagte, Ölstand und Luftdruck seien in Ordnung und fürs Benzin schulde er ihm 13,27 Dollar, reichte Vines ihm einen Zwanzigdollarschein, zeigte zu den Polizisten und fragte: »Wozu die ganze Aufregung?«

Der Tankwart drehte sich um, schaute hin, drehte sich wieder zurück und begann, Vines das Wechselgeld hinzuzählen. »Umzug fürs Blumenfestival«, sagte er. »Haben wir jedes Jahr, und viel mehr Aufregung können wir auch nicht aushalten.«

Die Farben erschlugen Vines förmlich, als er nach Norden in die Floradale Avenue einbog, die zum Gefängnis führte. Weite Flächen, jede um die tausend Quadratmeter groß, in Gold und Rot, Rosa und Blau, Lila und Orange loderten auf beiden Seiten der zweispurigen Asphaltstraße. Er verlangsamte den Mercedes auf fünfzehn Meilen pro Stunde und starrte auf die Anbauflächen von Lobelien, Kapuzinerkresse, Gartenwicken, Tagetes und Eisenkraut.

In seinem früheren Leben war Kelly Vines ein laienhafter, aber begeisterter Wochenendgärtner gewesen. Jetzt bemerkte er Blumen, die er nicht zu benennen vermochte, und wünschte, er hätte genug Zeit, jemanden nach ihren Namen zu fragen. Doch er hatte keine Zeit, und Vines fürchtete, wenn er anhielt, um an Blumenfeldern zu schnuppern, würde ihn das auf die Was-hätte-sein-können-Fahrbahn bringen, eine emotionale Sackgasse, die zu erkunden er nicht den Wunsch hegte. Er trat das Gaspedal durch. Der Mercedes erreicht rasch sechzig Meilen pro Stunde und brachte Vines einer ungewissen Zukunft näher, die den Namen Jack Adair trug.

Vines steuerte langsam über die kieferngesäumte Zufahrt, die auf das Gelände der Haftanstalt führte, und zählte die vier Bremsschwellen, die zwischen der Floradale Avenue und dem Besucherparkplatz in die Fahrbahn eingelassen waren. Er fuhr an dem Parkplatz auf der linken und dem Familienbesuchszentrum auf der rechten Seite ebenso vorbei wie an der Sporthalle und der Gefängnisverwaltung, die einem Studentenwohnheim ähnelte, bog nach rechts in eine langgezogene U-förmige Vorfahrt, passierte einige Wacholdersträuche und einen Flaggenmast und näherte sich dem dreistöckigen Raumzeitalter-Wachturm und dem Doppelzaun aus Stahldraht, den Konzertinas aus Natodraht krönten.

Das Gefängnis schien in Vines' Augen hinter den beiden Zäunen regelrecht auf der Lauer zu liegen. Das Hauptgebäude war aus hellgelbem Stein gebaut, und seine beiden Flügel deuteten wie trügerische »Ausgang«-Wegweiser zum Tor. Vines unterstellte, daß die Bundesregierung diesen Ort möglichst unfreundlich und bedrohlich erscheinen lassen wollte, was ihr geradezu glänzend gelungen war, denn er konnte sich nichts Bedrohlicheres und Unfreundlicheres vorstellen als einen gewaltigen Stahl- und Steinkasten, in dem der Staat verurteilte Gesetzesbrecher über Jahre, manchmal sogar für immer einsperren konnte.

Der Mercedes kroch um die Kurve der U-förmigen Vorfahrt, bis einer der Wächter auf Vines hinabstarrte, der sanft beschleunigte und zurück zum Besucherparkplatz fuhr. Er war zu mehr als zwei Dritteln leer, und Vines hielt sechs Einstellplätze vom nächsten Wagen entfernt.

Als es auf seiner Uhr 14.59 Uhr war, stieg er aus dem Mercedes, öffnete den Kofferraum und holte den schwarzen Stock heraus. Er schloß den Kofferraumdeckel, trat neben den linken Kotflügel des Wagens und wartete, beide Hände auf den Stock gestützt, auf Jack Adair.

Sie kamen zu sechst aus dem Besuchszentrum, das gegenüber dem Parkplatz lag. An der Spitze ging ein Mann mit Silberhaar und wuchtigem Körperbau. Hinter ihm kam ein Wärter mittleren Alters, bewaffnet mit schräg vor dem Körper gehaltener Springfield '03. Den Augen des Mannes, der den Parkplatz inspizierte, entging nichts.

Kelly Vines stand ganz still, bewegte nichts als seine Augen. Der Wärter mit der '03 machte auf ihn den Eindruck eines ehemaligen Marineinfanteristen, der zwanzig, vielleicht dreißig Jahre gedient hatte. Direkt hinter dem Wärter folgte Jack Adair, viel, viel dünner als vor fünfzehn Monaten, als Vines ihn das letzte Mal gesehen hatte. Adairs Schritte hatten neue Spannkraft, waren fast ein Hüpfen, und einen Moment lang vermißte Vines beinahe das gleitende Tänzeln, das ein unverkennbares Markenzeichen des damals noch fetten Mannes gewesen war.

Zwei junge Wärter um Mitte Zwanzig flankierten Adair; einer von ihnen atmete durch den Mund, und beide waren mit Flinten bewaffnet. Die Nachhut bildete ein finster dreinblickender Wärter, etwa in Vines' Alter, der wie ein Jäger wirkte und ein M-16 trug, das er mit der lässigen Vertrautheit eines Mannes behandelte, der seit seinem sechsten Lebensjahr mit Schußwaffen umgeht.

Der Mann mit dem dünnen Silberhaar sprach erst, als er keine zehn Meter mehr entfernt war: »Mr. Vines?«

Vines nickte, nahm die Hände von dem schwarzen Stock und hängte ihn sich über den linken Arm.

»Darwin Loom. Anstaltsleiter.«

»Wozu das schwere Geschütz?«

»Beunruhigende Gerüchte und ein... Zwischenfall. Ein Insasse ist umgekommen.«

»Umgebracht?«

»Ja.«

Vines blickte zwar immer noch auf den Gefängnisdirektor, sprach aber jetzt zu Adair. »Jemand, den du gekannt hast, Jack?«

»Blessing Nelson.«

»Das tut mir leid«, sagte Vines, jetzt die Augen auf Adair gerichtet. »Was für Gerüchte?«

»Auf meinen Kopf scheint ein Preis ausgesetzt.«

»Ein Preis auf deinen Kopf«, wiederholte Vines, der die Worte beinahe auszukosten schien. »Wieviel?«

»Zwanzigtausend, heißt es.«

»Du solltest dich geschmeichelt fühlen«, sagte Vines. »Können wir los?«

»Unbedingt.«

Adair wollte auf den Mercedes zugehen, doch der Direktor trat ihm rasch in den Weg. »Noch nicht ganz«, sagte Loom und zückte sein kleines Notizbuch und den Waterman-Füllfederhalter. Über die Schulter sagte er: »Sie können uns dabei helfen, Mr. Vines.«

Den schwarzen Stock immer noch über den linken Unterarm gehängt, ging Vines mit raschen Schritten zu Adair und stellte sich neben ihn. Er nahm den Stock vom Arm, stützte sich wieder mit beiden Händen auf ihn und musterte Loom mit höflichem Interesse.

»Wobei helfen?«

»Dabei, den Richter zu erreichen«, antwortete Loom. »Sehen Sie, wegen seiner ... nun, seiner informellen Übereinkunft mit Blessing Nelson werden der Sheriff und das FBI wahrscheinlich mit ihm reden wollen – oder zumindest mit seinem Anwalt.«

»Ich bin nicht mehr sein Anwalt.«

»Ich weiß. Aber Sie könnten mir vielleicht einen Hinweis geben, wo wir mit Ihnen oder ihm Kontakt aufnehmen können, falls ...«

»Ich weiß nicht, wo wir uns aufhalten werden«, unterbrach Vines ihn. Er setzte ein schiefes, jungenhaftes Grinsen voller Charme auf, von dem Jack Adair wußte, daß es reine Tarnung war. »Bis Anfang des Monats habe ich in La Jolla gewohnt«, fuhr Vines fort, »aber zur Zeit habe ich keine feste Anschrift und daher auch kein Telefon.«

Loom runzelte die Stirn, als mache das Fehlen einer festen Anschrift Vines automatisch verdächtig. »Was ist mit Ihrer Frau oder einem nahen Verwandten? Ihr Anwalt vielleicht, oder Ihr Steuerberater? Irgend jemand, um mit Ihnen Kontakt aufnehmen zu können.«

Vines schüttelte bedauernd den Kopf. »Meine finanziellen Verhältnisse sind dergestalt, daß ich keinen Steuerberater benötige. Und selbst wenn ich einen Anwalt brauchte – ich könnte mir keinen leisten. Meine Frau ist in einer privaten psychiatrischen Klinik und steht außerhalb der Realität. Meine Eltern sind tot. Ich habe keine Kinder oder andere nahe Verwandte.«

»Wie steht's mit einem Freund?«

Vines nickte zu Adair. »Er steht vor Ihnen.«

Loom wandte sich mit finsterem Blick an Adair. »Sie haben vermutlich auch keine Vorstellung, wo Sie sich aufhalten werden, oder?«

»Heute nacht in einem Motel, denke ich. Danach – nun, wer weiß?«

»Eltern? Frau? Kinder? Alte Freunde – außer ihm?« fragte Loom mit einem geringschätzigen Nicken zu Vines.

»Steht alles in meinen Unterlagen«, sagte Adair. »Aber um es abzukürzen: Beide Elternteile sind tot. Mein Sohn starb, wie Sie wissen, vor vierzehn Monaten in Mexiko, während ich hier war. Ein Selbstmord. Meine Frau und ich wurden zweiundsiebzig geschieden, und sie ist seit langem wieder verheiratet. Meine Tochter befindet sich in einer privaten psychiatrischen Klinik.«

Looms Blick sprang wieder zu Vines. »Dieselbe Klinik, in der Ihre Frau ist?«

»Seine Tochter ist meine Frau«, sagte Kelly Vines.

FÜNF

Vier Meilen weiter südlich auf der Floradale Avenue brachte Vines den Mercedes auf dem Bankett neben einem Feld leuchtend scharlachroter Blumen zum Halten. Fasziniert starrte Adair in die Farbenpracht, während er langsam den gekrümmten Griff des schwarzen Stocks nach rechts statt nach links drehte.

»Was sind das für Blumen?« fragte er, als er den Griff abnahm.

»Islandmohn.«

Den Blick auf das scharlachrote Feld gerichtet, legte Adair den gekrümmten Griff des Stocks in seinen Schoß, entfernte die Silberkappe, die den Korken hielt, zog das röhrenförmige Glasfläschchen aus dem Stock und trank. Beim Geschmack des Whiskeys schloß er die Augen und seufzte. Einen Moment später öffnete er die Augen und lächelte, als sei er außerordentlich erleichtert, daß der scharlachrote Islandmohn noch da und der Whiskey genau so war, wie er ihn in Erinnerung hatte.

»Nachdem wir Loom und die anderen verlassen hatten«, sagte Adair, »und nachdem mir endgültig aufging, daß es wirklich ein Adiós an diesen Hort der Scheußlichkeit war, rate mal, was ich da gerochen habe?«

»Gute Vorsätze.«

»Bei Gott, nein. Reife Persimonen. Ich habe schon fünfzehn, zwanzig Jahre keine reife Persimone mehr gerochen.«

»Ich habe gehört, gute Vorsätze können praktisch nach allem riechen. Sogar nach reifen Persimonen.«

Adair nickte und reichte Vines das Röhrenfläschchen. Vines nippte nur an dem Whiskey.

»Also dann«, sagte Adair. »Erzähl mir von der Stadt, die von Gott vergessen wurde.«

»Durango«, sagte Vines und reichte das Fläschchen zurück. »Ungefähr neuntausend Seelen, plus oder minus ein paar hundert, die sich so durchschlagen. Kaum nennenswerte Industrie und ein prächtiges Klima, von dem die Leute sich weder ernähren noch ihre Rechnungen bezahlen können.«

»Wie steht es mit dem Tourismus?«

»Sie haben keine spanische Mission, was ein Versehen von Pater Serra ist – und, natürlich, von Gott. Folglich keine Touristen.«

»Ist er schon heiliggesprochen?«

»Pater Serra? Rom grübelt noch darüber, aber die Wetten stehen so, daß er ein sicherer Kandidat ist.«

»Nun, wenn das Klima so großartig ist und es direkt am Ozean liegt, wieso gibt's dann keine Touristen?«

»Weil es keinen Strand gibt«, antwortete Vines. »Die Gleise der Southern Pacific kleben dort dicht an der Küstenlinie, und das bißchen Strand, das es mal gab, hat der Sturm geschluckt.«

Adair nickte, nahm einen kleinen Schluck aus dem Röhrchen und fragte: »Wie hast du deine Fühler ausgestreckt?«

Vines ließ den Motor an und schaute in den Rückspiegel, bevor er den Wagen auf die Straße lenkte. »Ich bin durch Soldier Sloan draufgestoßen.«

»Allmächtiger!« sagte Adair mit weit aufgerissenen Augen und beinahe ehrfürchtigem Tonfall. »Wie alt ist er jetzt – siebzig, einundsiebzig?«

»Einundsiebzig.«

»Immer noch Army Colonel?«

»Er hat sich zum Brigadier befördert.«

»Das muß den Witwen Eindruck machen.«

»In seinem Alter, sagt Soldier, zieht ein schlichter Colonel a. D. nicht mehr. Deshalb hat er sich diesmal als Brigadier der kanadischen Luftwaffe in den Ruhestand versetzt und pflegt seinen leicht britischen Akzent, der die Witwen in La Costa, Palm Springs und vor allem in La Jolla verrückt machen muß. In La Jolla ist er mir übrigens über den Weg gelaufen.«

»Wieviel berechnet er uns?«

»Fünftausend.«

»Wie bist du vorgegangen?«

»Ich bin Soldiers erstaunlich präzisen Anweisungen gefolgt und um genau zweiundzwanzig Uhr von der U.S. Eins-Null-Eins auf eine Asphaltstraße abgebogen, die die einzige Verbindung nach und von Durango darstellt.«

»Wann? Gestern abend?«

»Gestern abend. Acht Minuten später, genau, wie Soldier versprochen hat, sah ich ein defektes Auto. Daß es defekt war, sah ich daran, daß die Motorhaube offenstand und Dixie auf den Motor starrte, als hätte sie noch nie zuvor einen gesehen.«

»Dixie, die Holde, vermute ich.«

»Dixie war blond und mehr als hold. Das Auto war ein Aston Martin.«

Jack Adair nahm einen letzten kleinen Schluck aus dem Glasröhrchen und gluckste vergnügt. »Erspar mir keine Einzelheiten, Kelly«, sagte er. »Auch nicht die schmutzigen.«

Kelly Vines stieg aus dem Mercedes und ging langsam zu der Frau, die von den Scheinwerfern beider Wagen in Licht getaucht wurde. Ohne jedes Anzeichen von Besorgnis blickte sie vom Motorraum des Aston Martin auf. »Falls Sie vorhaben, mir eins über den Schädel zu geben und mein Geld zu stehlen: Ich habe sechs Dollar und ein paar Cent.«

»Ich bin nicht der Straßenräuber.«

»Der Mann von der Werkstatt?«

»Auch nicht.«

»Dann müssen Sie der Samariter sein, der praktisch alles von Autos versteht.«

»Ich kann ein Auto fahren«, entgegnete Vines. »Aber so eins habe ich noch nie gefahren.«

»Es geht ganz einfach«, sagte sie. »Man schaltet in den Zweiten und läßt ihn drin – außer, man will zurücksetzen, natürlich.

»Was ist passiert?«

»Er hat einmal gehustet, zweimal gestottert und dann den Geist aufgegeben – und, nein, das Benzin ist nicht alle.«

»Wollen Sie ihn hier stehenlassen?«

Sie zuckte die Achseln. »Wenn Sie mich in die Stadt mitnehmen.«

»Welche Stadt?«

»Durango.«

»Also gut.«

»Ich bin Dixie«, sagte sie und streckte die Hand aus.

»Kelly Vines«, sagte er, nahm ihre Hand und fand sie kalt, trocken und überraschend kräftig.

Die einzigen Gäste in der Bar des Holiday Inn an jenem Abend waren – außer Vines und der blonden Dixie – zwei ernsthafte männliche Zecher, die mit deutlichem Abstand voneinander an der Bar saßen, der eine weiß, der andere schwarz und beide Mitte Vierzig. Als stummes Zeugnis ihrer Zahlungsfähigkeit hatten beide nasse Münzen und feuchte Banknoten vor sich liegen und zahlten wortlos für jedes Getränk, sobald es serviert wurde.

Vines saß auf einer Bank, einen unberührten Bourbon und ein ebenso unberührtes Mineralwasser vor sich, während er darauf wartete, daß die blonde Dixie ihren Anruf bei Triple-A in Santa Barbara beendete, die, wie sie hoffte, einen Abschleppwagen für ihren fahruntüchtigen Aston Martin schickten.

Während Vines wartete, sammelte der Weiße an der Bar seine Geldscheine ein und ließ den Stapel nasser Münzen für den grauäugigen mexikanischen Barkeeper liegen. Vorsichtig stieg der Mann von seinem Hocker. Sobald er sicheren Boden erreicht hatte, blickte er mit nachdenklichem Gesichtsausdruck durch den Raum und sagte mit klarer, angenehmer Stimme: »Scheiß auf Kalifornien!«

Als der Mann gemessenen Schritts die Bar verließ, kam Dixie zurück und rutschte neben Vines auf die Bank. Während sie sich ihm näherte, wurde Vines sich bewußt, daß sie älter war, als er zuerst gedacht hatte. Wäre das Äußere allein der Maßstab, könnte sie leicht fünfundzwanzig sein. Aber Vines hatte entdeckt, daß ihr Verstand älter als fünfundzwanzig war, mindestens zehn Jahre älter, und ihr Auftreten sogar noch älter. Sie besaß den strengen Glanz jener Frauen, die bis in ihre Vierziger über nichts als verwahrloste Straßen reisen, aber eher aufpoliert als ramponiert ankommen. Daher taxierte er ihr wahres Alter auf zweiunddreißig, dreiunddreißig und machte sich Gedanken über ihre Vergangenheit.

Nach zwei Schlucken von ihrem Scotch Mist stellte Dixie das Glas ab und sagte: »Sie schicken den Abschleppwagen.«

»Gut.«

»Jetzt muß ich mir eine Unterkunft suchen.«

»Wohnen Sie nicht in Durango?«

»Himmel, nein. Sie etwa?«

»Nein.«

Sie ließ den Blick durch die Bar schweifen. »Ich nehme an, hier ist was zu finden.«

»Glauben Sie, hier ist ein Zimmer frei?«

Sie lächelte – ein ziemlich sarkastisches Lächeln. »Im einzigen Holiday Inn westlich von Beirut, das rote Zahlen schreibt, gibt es immer ein Zimmer.«

»Soll ich nach einem Zimmer für Sie fragen, wenn ich mich nach einem Zimmer für mich erkundige?«

»Aber gern. Danke.«

»Irgendwelche Vorlieben?«

»Meerblick wäre angenehm.«

»Und wenn es nur noch ein Zimmer mit Meerblick gibt?«

»Dann müßten wir es uns teilen, oder?« sagte sie.

Als Vines vom Anmeldeschalter zurückkam, log er ihr ohne jede Scham vor, es gebe nur noch ein Zimmer mit Meerblick. Sie lächelte, als sei ihr die Lüge durchaus angenehm, nahm ihr Täschchen, stand auf, ging zur Bar, wo sie in das Täschchen griff, eine Fünfzig-Dollar-Note herauszog, zu dem grauäugigen Barkeeper etwas sagte und ihm das Geld gab. Der Barkeeper lächelte glücklich, steckte den Geldschein ein und reichte ihr eine Flasche Scotch über die Theke. Sie hielt die Flasche mit dem Hals nach unten, als sie zu Vines zurückging, und sagte: »Kein Grund, Durst zu leiden, oder?«

Sie aßen die Hamburger, die sie beim Zimmerservice bestellt hatten, und tranken ein Drittel der Flasche völlig bekleidet. Das zweite Drittel der Flasche tranken sie völlig entkleidet. Vines entdeckte, daß Dixie tatsächlich rundum blond war, und sie entdeckte offenkundig alles, was sie über ihn wissen wollte oder zu wissen brauchte – nicht, weil der Alkohol ihn redselig machte, sondern weil er auf alle ihre Fragen offen und mehr oder weniger ehrlich antwortete, da er unterstellte, die Fragen seien notwendiger Bestandteil ihrer Aufgabe, ihres Auftrags, vielleicht sogar ihres Gewerbes.

Die Fragen waren beiläufig, manchmal reine Fußnoten, und oft schien sie seinen Antworten gar nicht zuzuhören, vor allem, als sie sich ihrer Kleider entledigt hatten und sie auf seinem Schoß saß und an seinem rechten Ohr knabberte. Wirklich aufmerksam hörte sie nur zu, als sie Vines nach dem schwarzen Spazierstock befragte und als sie wissen wollte, ob er in Vietnam gedient habe.

»Nein«, sagte er. »Warum?«

»Der Stock.«

»Der gehört mir nicht.«

»Ein Geschenk kann er ja wohl nicht sein. Man wickelt einen Stock nicht in Geschenkpapier und gibt ihn jemandem.«

»Er gehört dem Mann in Lompoc, von dem ich dir erzählt habe.«

»Hat er ein lahmes Bein?«

»Nein.«

»Wofür braucht er dann einen Stock?«

»Er versteckt seinen Schnaps drin.«

Dixie stand von Vines' Schoß auf, ging zum Bett und nahm den Stock in die Hand. Sie schüttelte ihn heftig, lachte, als sie das verräterische Glucksen hörte, wirbelte ihn wie einen Taktstock, wobei sie ihn gekonnt um ihren nackten Po kreiseln ließ, tänzelte zu der Lampe mit dem hellgrünen Keramikfuß, hängte den Griff mit übertriebener Sorgfalt an den Lampenschirm, drehte sich mit breitem Lächeln zu Vines um und sagte: »Probieren wir das Bett aus!«

Sekunden später lagen sie auf den Bettlaken, Beine ineinander verwoben, Hände in Bewegung, Zungen auf Erkundung neuer Territorien. Später, während einer Pause, fragte Vines: »Wenn du an meiner Stelle wärst, was würdest du morgen tun – zuallererst?«

»Gegen deinen Kater? Ich würde es unten in der Bar mit einer Bloody Mary probieren – so etwa um elf, würde ich sagen.« Sie hielt kurz inne. »Und ich würde den Stock mitnehmen.«

»Etwa um elf und mit dem Stock«, sagte Vines. »Wieviel Uhr ist es jetzt?«

»Wen kümmert's?«

Als Vines seine Geschichte über die blonde Dixie und die Begegnung mit Durangos Polizeichef, Sid Fork, am folgenden Morgen beendete, hatten sie die Ocean Avenue in Lompoc erreicht. Der alljährliche Umzug zum Blumenfestival schien zu Ende, aber die Avenue war immer noch von Einheimischen, Touristen, uniformierten Mitgliedern der Highschool-Kapellen, gutgelaunten Polizisten, Autos und einer großen Anzahl Lieferwagen auswärtiger Blumenhändler verstopft.

Einer dieser Lieferwagen, ein pinkfarbener Ford, auf dessen Hecktür in grünen Kursivbuchstaben »Floradora Flowers, Santa Barbara« stand, jagte unter lautem Hupen links an dem Mercedes vorbei. Fast streifte der pinkfarbene Lieferwagen den vorderen linken Kotflügel der Limousine, als er in die Fahrspur zurückschlingerte und der Fahrer vor einer roten Ampel heftig auf die Bremse trat. Vines seinerseits ließ die Hupe mißbilligend aufheulen.

Wie auf ein Signal flog die Hecktür des Lieferwagens auf, und etwas Glänzendes, Schwarzes, Rundes richtete sich auf den Mercedes. Instinktiv wollte Vines sich ducken, doch als er sah, daß der glänzende, schwarze, runde Gegenstand das längliche 35-mm-Objektiv einer Kamera war, bedeckte er statt dessen sein Gesicht mit beiden Händen und spähte zwischen den Fingern zu dem Fotografen.

Jack Adair war merklich zusammengezuckt, als die Tür des pinkfarbenen Lieferwagens aufgestoßen wurde, machte aber keine Anstalten, sein Gesicht zu verstecken. Statt dessen riß er den Kopf nach hinten, um jede Spur des verschwundenen Dreifachkinns zu tilgen, setzte ein geübtes strahlendes Lächeln auf, gab es in derselben Sekunde auf und streckte die Zunge heraus.

Der Fotograf war eine dunkelhaarige Frau, die Vines nach ihren schnellen, sicheren Bewegungen auf Ende Zwanzig schätzte. Sie trug einen hellblauen Overall und eine riesige dunkle Brille mit weißem Kunststoffgestell. Ihre Kamera verfügte offensichtlich über Motortransport, und Vines schätzte, daß sie genügend Zeit hatte, sechs oder vielleicht sieben Aufnahmen zu schießen.

Nachdem Adair die Zunge herausgestreckt hatte, senkte die Frau ihre Kamera und grinste. Sie schlug die Tür zu, als der Lieferwagen bei Rot schnell nach rechts abbog und einige Fußgänger zwang zurückzuspringen. Der pinkfarbene Lieferwagen raste durch die Seitenstraße davon. Vines unternahm keinen Versuch, ihm zu folgen. Als der Fahrer hinter ihm hupte, bemerkte er, daß die Ampel auf Grün umgesprungen war, nahm den Fuß von der Bremse und fuhr geradeaus weiter.

Während der nächsten hundert Meter sprach weder Vines noch Adair ein Wort. Dann räusperte Adair sich und sagte: »Ich nehme an, sie hat nicht für *People* fotografiert.«

»Nein.«

»Jemand braucht einen Beweis ... wofür? Daß wir wieder gemeinsam unterwegs sind?«

»Ich glaube, man hat uns nur einen Hinweis zukommen lassen.«

»Welcher Art?«

»Daß sie wissen, wohin wir unterwegs sind.«

»Nun, das ist Teil des Plans, oder?«

»Das ist Teil des Plans«, bestätigte Vines. »So wie die Dinge liegen.«

Knapp fünf Minuten fuhren sie schweigend dahin, bis sie den Ostrand Lompocs erreichten und nach rechts auf einen Highway bogen, den ein mohnrot verziertes Straßenschild als die Panoramastraße zur U.S. 101 auswies. Adair sah Vines an und fragte: »Ist das der kürzeste Weg?«

»Jedenfalls der schönste.«

Adair lächelte zufrieden, sagte: »Wie aufmerksam«, und bewunderte schweigend fast zehn Minuten die sanft geschwungenen grünen und hellbraunen Gebirgsausläufer mit den verstreut wachsenden Eichenbeständen und den vereinzelten Milchkühen, allesamt schwarzweiße Jersey-Rinder. Adair kam zu dem Schluß, daß Kühe noch genauso dämlich und gelangweilt aussahen wie immer, und fragte: »Wir treffen uns mit diesem Fork und der Bürgermeisterin zum Abendessen, oder?«

»Bei ihr.«

»Wie würdest du ihn einschätzen – den Chief?«

»Ist dir jemals ein leicht verschrobener Zen-Rotarier untergekommen?«

»Nicht daß ich wüßte.«

»Heute abend wirst du einen kennenlernen.«

»Und Ihre Ehren, B. D. Huckins, hast du noch nicht kennengelernt?«

»Noch nicht.«

»Wofür steht B. D.?«

»Barbara Diane.«

»Meinst du, sie ist das Hirn?«

Vines seufzte. »Hoffen wir's!«

SECHS

Um zum Dreizimmer-Bungalow von Bürgermeisterin B. D. Hukkins in einer Sackgasse namens Don Emilio Drive zu kommen, mußte man auf der Garner Road in die Sand-, Schiefer- und Lehmausläufer der leicht bedrohlichen Berge hineinfahren, die dazu beitrugen, Durango von den kommerziellen Vorzügen des Tourismus und den kulturellen Segnungen kostenlosen Fernsehens abzuschneiden.

Die Garner Road, von einer völlig vergessenen Grundstücksentwicklungsgesellschaft nach einem fast vergessenen Vizepräsidenten der USA benannt, bestand hauptsächlich aus sieben Haarnadelkurven. Bürgermeisterin Huckins wohnte genau in Höhe der siebten Haarnadelkurve, und Sid Fork, der Chef der Polizei, wohnte zwei Haarnadelkurven weiter abwärts am Don Domingo Drive, einer weiteren Sackgasse, in einem Dreizimmerhaus, dessen Grundriß identisch mit dem des Bungalows der Bürgermeisterin war.

Das Haus der Bürgermeisterin war himmelblau gestrichen, das Holzwerk dunkelblau, eine Kombination, die mit dem prächtigen Jakaranda-Bestand harmonierte. Das Haus des Polizeichefs, das einen neuen Anstrich benötigt hätte, wurde von der Bürgermeisterin als »masernweiß« beschrieben, weil die abblätternde Farbe einen Ausschlag von seltsamen rosa Flecken offenlegte, die, wie sie sagte, ansteckend aussahen.

Fork hatte sein Grundstück mit Steinen und Kakteen angelegt. Die Steine waren sechs extrem große und häßliche erstarrte Magmabrocken, deren Einzelgewicht irgendwo zwischen einer viertel und einer halben Tonne lag und die von einem mißmutigen illegalen Mexikaner auf dem Gelände abgeladen worden waren.

Als Fork die Steinriesen zum ersten Mal bemerkt und entschieden hatte, daß er sie unbedingt haben müsse, hatte sie der mexikanische Einwanderer in einem Kipplastwagen aus einem

Steinbruch fortgeschafft. Prompt hatte der Polizeichef ihn festgenommen, weil er Durangos Geschwindigkeitsbeschränkung von 25 Meilen pro Stunde – die seit Menschengedenken nie jemand beachtet hatte – um zwei Meilen überschritten habe. Im Tausch gegen seine Freiheit hatte der Mexikaner zugestimmt, die Magmabrocken zum Haus des Polizeichefs zu schaffen und sie zu einem – wie Fork es beschrieb – *Jardín de piedras* zu arrangieren. Doch der Mexikaner hatte sie einfach vor der Haustür abgekippt.

Das Haus blieb zwei Tage unzugänglich, bis Fork für sechs Dollar pro Kopf und Stunde sechs andere illegale Mexikaner anheuern konnte, um die Brocken zu einem Steingarten zu arrangieren. Dann ließ er dieselben Mexikaner zwölf riesige Kakteen – oder Kaktusse, wie Fork, der Widerspruchsgeist, sie nannte – anpflanzen, die er bei einem professionellen Kaktusdieb aus Arizona beschlagnahmt hatte, der versehentlich nach Durango geraten war.

Ursprünglich für den vermögenden Kunden des Pflanzendiebs in Santa Barbara bestimmt – nach Aussagen des Polizeichefs »ein Schnösel, der zum Zeitvertreib Kojoten vergiftet« – schienen die würdevollen Kandelaber-Kakteen jetzt in der feuchten Meeresluft einzugehen, auch wenn Sid Fork behauptete, das lasse sie eher noch edler und tragischer aussehen.

Nach der Arbeit trafen sich Mayor Huckins und Chief Fork häufig in Norm Trices Blue Eagle Bar an der North Fifth Street, um Ansichten über Kommunalpolitik auszutauschen, ein oder zwei Glas Wein oder Bier zu trinken und zu entscheiden, ob der Bürgermeisterin danach war, den Polizeichef nach Hause zu Tisch und Bett einzuladen. An zwei von fünf Abenden tat sie das gewöhnlich, aber an den übrigen drei Abenden und den meisten Wochenenden winkte sie ab.

Wenn er von der Bürgermeisterin abgewiesen wurde, rief der Polizeichef manchmal die blonde Dixie in Santa Barbara an und bot ihr an, sie zu Pizza oder mexikanischer Küche auszuführen, vorausgesetzt ihr Mann befand sich in New York oder Tegucicalpa, London, Istanbul oder an einem anderen Ort, den er bereiste, um – nach Forks Meinung – mehr Geld zu machen, als Dixie und er jemals würden ausgeben können.

An jenem letzten Freitag im Juni trafen sich B. D. Huckins und Sid Fork nach der Arbeit in der Ecknische des Blue Eagle und bestellten zwei Gin-Martinis, für Norm Trice Anlaß zu der Frage, was es zu feiern gebe.

»Uns war einfach danach, Norm«, antwortete die Bürgermeisterin.

»Euch war einfach danach?« sagte Trice zu Fork, als wolle er eine zweite Meinung hören.

Fork blickte ihn kühl an und nickte.

»Ihr beide kommt jeden Abend hier rein«, sagte Trice, »na ja, jedenfalls mindestens drei- oder viermal die Woche, und B.D. trinkt ein Glas Weißwein, vielleicht zwei, und du deine zwei Bier, und das einzige Mal, daß einer von euch einen Martini bestellt, ist, wenn B. D. alle zwei Jahre wiedergewählt wird, oder wenn du einen Burschen erwischst, der in L.A. gesucht wird, und dein Bild in der Zeitung erscheint – wenn ich's recht überlege, ist das auch ungefähr alle zwei Jahre. Wenn ich also frage, was er zu feiern gibt, dann kann es ja sein, daß vielleicht Iacocca angerufen hat, weil er in unserem schönen neuen Gewerbegebiet, in dem seit drei Jahren das Unkraut wächst, in einer nagelneuen Fabrik wieder DeSotos vom Band laufen lassen will. Wenn dem so ist, dann geht der Gin auf mich, und wir lassen uns gemeinsam volllaufen.«

Während Trice redete, starrte die Bürgermeisterin auf die dreiundfünfzig Jahre alte Tischplatte und die Dutzende von Initialen und Daten, die hineingeschnitzt worden waren. Das älteste Datum war, wie sie von früheren Inspektionen wußte, der 3-12-1935, der Tag, an dem Norm Trices Vater die Bar eröffnet hatte, benannt nach dem blauen Adler, der damals Roosevelts Administration des nationalen Aufschwungs symbolisierte. Ein alter Sperrholzadler, dessen Blau allmählich verblaßte, hing noch hinter der Theke, in der einen Klaue ein Zahnrad, dem einige Zähne fehlten, in der anderen zweieinhalb Blitze, und den Schnabel auf ewig nach links gewandt.

Als sie sicher war, daß Norm Trice zu Ende geredet hatte, blickte die Bürgermeisterin mit Winterregenaugen zu ihm auf, die, wären sie sanft und braun, viel zu groß für das feingeschnittene Kinn, den vollen Mund und die nicht ganz vollkommene Nase gewesen wären, nicht zu vergessen die Stirn, die Sid Fork vor sieben Jahren zu der Warnung veranlaßt hatte, sie sei eine Meile zu hoch und lasse sie wie neunzehn statt wie neunundzwanzig aussehen.

B. D. Huckins' Haar, etwas dunkler als Honig, hatte damals glatt heruntergehangen, fast bis zur Hüfte. Am nächsten Morgen hatte sie es zu einem Pagenkopf mit Pony geschoren, der knapp über den kühlen grauen Augen endete und die hohe Stirn verbarg. Die nächste Wahl zum Bürgermeisteramt gewann sie mit 56,9 Prozent – 3,6 Prozent mehr als bei der vorangegangenen Wahl. Sid Fork schrieb diesen Erfolg einzig und allein dem Haarschnitt zu.

Die Bürgermeisterin heftete ihren grauäugigen Blick einige Sekunden auf Norm Trice, bevor sie sagte: »Niemand hat angerufen, Norm. Lee nicht. Ronnie nicht. Nicht einmal Mayor Sonny aus den Springs. Nichts Gutes ist geschehen. Also: Wenn es dir nicht zu viel Mühe macht, könntest du uns dann bitte die Drinks bringen?«

Trice murmelte im Weggehen vor sich hin, daß man ja wohl noch fragen dürfe. »Ich habe im Alpha Beta vier wirklich gute T-Bones gekriegt«, sagte Sid Fork. »Schließlich kommt er gerade aus dem Knast, und ich dachte, ein prächtiges Steak könnte ihm gefallen.«

»Hast du Holzkohle?«

»Sicher.«

»Was noch?«

»Grillkartoffeln – Riesendinger aus Idaho.«

»Die brauchen eine volle Stunde.«

Fork nickte zustimmend. »Dann dachte ich, einer von meinen Caesar-Salaten und vielleicht ein paar Brötchen.«

»Was ist mit Nachtisch?«

»Vines sieht mir nicht nach einem Nachtischesser aus. Bei Adair weiß ich nicht.«

»Okay, streichen wir den Nachtisch. Wenn sie was Süßes wollen, habe ich, glaube ich, noch B &B übrig.«

Ein mürrischer Norm Trice kam zurück und servierte stumm

die beiden Martinis. Als er wegging, probierte B. D. Huckins den ihren, seufzte und fragte: »Wie ist er?«

»Vines?«

Sie nickte.

»Nun, er ist ein bißchen reserviert, eher glatt als schlüpfrig, und er hat noch alle Haare.« Fork strich sich mit der Hand über den kahlen Schädel. »Ungefähr mein Alter. Ganz gute Knochen, aber nicht viel Fleisch drauf. Richtig dunkle Augen, vielleicht schwarz, richtig schwarzes Haar und eine Nase, die nicht annähernd so arg wie meine oder die von dem Adler da drüben ist. Nicht zu klein, und er macht... nun, einen zurückhaltend-gewieften Eindruck, irgendwie bauernschlau.«

»Wie lange werden sie brauchen?«

»Hat er nicht gesagt.«

»Was ist mit Geld?«

»Vines will erst verhandeln, wenn er mit Adair gesprochen hat.«

B. D. Huckins trank ihren Martini aus, stellte das Glas auf den Tisch und sagte: »Warum ist ihm die Zulassung entzogen worden?«

»Ein bißchen Geld ist verschwunden.«

»Wessen?«

»Adairs.«

»Wieviel?«

»Da ist man nicht sicher, aber es heißt, annähernd eine halbe Million. Kurz bevor der Staat gegen Adair wegen der Bestechungsgeschichte zu ermitteln anfing, hat er jeden Cent in einen anonymen Trust gesteckt und Vines zum Verwalter oder Treuhänder oder wie man das nennt gemacht.«

»Verwalter.«

»Nachdem die Bestechungsgeschichte fallengelassen wurde, gingen die Bundesbeamten gegen Adair wegen Steuerhinterziehung vor, aber als sie sein Vermögen einfrieren wollten, merkten sie, daß er keins hatte. Oder so gut wie keins. Vines schwor jeden Eid, er habe alles durch riskante Investitionen verloren. Er hatte sogar Aufzeichnungen, die belegten, daß er zusammen mit Adairs Geld eine Menge von seinem eigenen verloren hatte.

Trotzdem zitierten sie Vines vor einen Anhörungsausschuß des Standesgerichts und legten ihm vier verschiedene Fälle standeswidrigen Verhaltens zur Last, die dem Vernehmen nach alle recht vage waren. Dann entzog das Oberste Gericht – dasselbe, bei dem Adair Vorsitzender Richter gewesen war – Vines die Zulassung. Einfach so.«

»Hat sich keiner der Richter für befangen erklärt?«

»Nee.«

»Was ist wirklich mit dem Geld passiert?« fragte die Bürgermeisterin.

»Wer weiß?«

»Rate!«

»Ich würde raten, daß es Vines gelungen ist, das Geld außer Landes zu schaffen und zu bunkern.«

»Wo?«

»Mein Gott, B. D.! Ich habe den halben Tag Ferngespräche geführt, um das herauszukriegen, was ich dir gerade erzählt habe. Woher, zum Teufel, soll ich wissen, welches Land?«

»Okay«, beschwichtigte sie. »Unterstellen wir, daß sie das Geld irgendwo haben. Die nächste Frage: Wer ist hinter Adair her?«

»Das ist einfach: Jemand, der nicht will, daß er erzählt, was er weiß.«

»Und das wäre?«

Fork antwortete mit einem Achselzucken und trank seinen Martini aus.

»Angenommen, du wüßtest etwas, mit dem du jemand erpressen könntest«, sagte B. D. Huckins. »Jemanden, der so giftig wie eine Klapperschlange ist. Du bräuchtest einen sicheren Ort, von dem aus du operieren könntest, nicht? Eine Zuflucht.«

Forks Mundwinkel verzogen sich abwärts, als er den Kopf schüttelte. »Ich würde keine Zuflucht wollen«, entgegnete er. »Zuflucht klingt in meinen Ohren immer wie ein kleiner, abgeschlossener Raum unter einer Kirche, vielleicht mit einem Feldbett und einem Nachttopf drin. Oder wie ein Wildreservat mit einem ›Betreten Verboten – Jagen Verboten‹-Schild, das von

Kugeln durchlöchert ist. Wenn ich sie wäre, Vines und Adair, dann würde ich keinesfalls eine Zuflucht suchen.«

»Richtig«, pflichtete B. D. Huckins ihm bei. »Also bieten wir ihnen das an, was wir allen anderen angeboten haben. Einen Unterschlupf.«

Sieben

Nachdem sie den blauen Mercedes auf einem der vier leeren Abstellplätze vor Figgs' Kaufhaus an der Main Street von Durango geparkt hatten, gingen sie kurz vor Ladenschluß hinein und kauften für Jack Adair vier Arrow-Hemden, zwei Levi-Kordhosen, vier Paar Socken, sechs Jockey-Unterhosen. Adair machte es großes Vergnügen, seine neununddreißiger Kragenweite und seine Taillenweite von vierunddreißig Zoll anzugeben.

Vines zahlte bar, und Adair sah verwirrt zu, wie die etwa fünfzigjährige Verkäuferin mit der goldblonden Bienenkorbfrisur den Kassenzettel um die Zwanzig-Dollar-Noten wickelte, alles in einen Metallzylinder und den Zylinder in eine pneumatische Rohrleitung steckte, in der er zum Kassenschalter im ersten oder zweiten Stock hinaufgeschossen wurde.

Als sie wieder im Mercedes saßen, sagte Adair: »Da glaubt man an Zeitreisen, nicht? Was meinst du, in welches Jahr wir da drin zurückversetzt worden sind – neunzehnhundertundfünfzig?«

»Dreiundfünfzig«, entgegnete Vines, »denn so weit kann ich mich zurückerinnern.«

Nach einem letzten Halt an einem Spirituosenladen, wo Vines zwei Flaschen Jack Daniel's kaufte, fuhren sie zum Holiday Inn und gingen zu den nebeneinander liegenden Zimmern mit Meerblick im vierten Stock. Vines stand am Fenster von Adairs Zimmer und starrte wieder auf den Pazifik hinaus, der jetzt eher grün als blau schien. Aus dem Badezimmer hörte er Adair plätschern, der sein erstes Wannenbad seit fünfzehn Monaten nahm und dabei in einem bemerkenswert sicheren Bariton ein Lied über eine Abreise in einem Düsenjet sang.

Vines wandte sich vom Fenster ab, als Adair in einer grauen Kordhose und einem blau getreiften Oxford-Hemd, das noch Knickfalten hatte, aus dem Bad kam. Adair gesellte sich zu Vines ans Fenster, und sie starrten fast eine volle Minute hinaus. Als die

Minute fast vorüber war, drehte Adair sich um und ging zu dem Schreibtisch, auf dem der Whiskey neben dem Becher mit Eiswürfeln stand, die Vines aus dem Automaten unten im Foyer geholt hatte.

»Möchtest du einen?« fragte Adair, als er Eiswürfel in ein Glas schüttete und den Bourbon eingoß.

»Noch nicht«, sagte Vines, der immer noch auf den Ozean hinausstarrte.

»Gut. Wann hast du sie das letzte Mal gesehen?«

»Vor zwei Wochen.«

»Und?«

Vines drehte sich um. »Ich bin von La Jolla nach Agoura gefahren, um die monatliche Rechnung zu bezahlen. Ich zahle jeden Monat am Fünfzehnten in bar.«

Adair nickte. »Wo genau liegt Agoura – von L. A. aus gesehen?«

»Nördliches Ende vom San Fernando Valley. Da draußen ist es hügelig. Niedrige, runde Hügel, die sich jetzt braun färben, aber wieder grün werden, wenn es regnet. Ein paar schöne alte Eichen. Es ist alles sehr ...« Vines suchte nach dem Wort, das der Arzt verwandt hatte. »Unbedrohlich.«

»Beruhigend«, übersetzte Adair.

»Beruhigend. Von ihrem Fenster kann sie manchmal Hirsche sehen, und ab und zu auch einen Kojoten.«

»Aus irgendeinem Grund hat Dannie Kojoten immer gemocht«, sagte Adair. Dannie war Danielle Adair Vines, Ehefrau des Anwalts, dem die Zulassung entzogen war, und Tochter des verknackten Richters. Da das Thema Kojoten erschöpft war, wartete Vines auf Adairs nächste Frage, die er bereits im voraus kannte, da es nur dic cinc logischc gab.

»Was sagen die Ärzte?«

»Sie sind zurückhaltend optimistisch«, antwortete Vines. »Aber sie bekommen monatlich Sechstausend in bar, also müssen sie das sein, nicht?«

»Aber du nicht.«

»Ich, Jack«, sagte Vines in resigniertem Ton, »ich bin nur der Bote. Ich fahre jeden Monat am Fünfzehnten dorthin und übergebe den Umschlag mit dem Geld, das sie, höflich wie sie sind, nie in meiner Gegenwart nachzählen. Während sie es zählen, setze ich mich in ein nettes kleines Konferenzzimmer mit einem großen Panoramafenster. Sie bringen Dannie herein. Sie setzt sich ans andere Ende des Tisches und lächelt so, wie sie immer gelächelt hat: als sei man das Wunderbarste auf der Welt. Dann sagt sie: ›Wer sind Sie? Ich glaube nicht, daß ich Sie kenne.‹«

Adair schloß die Augen und rieb sie und den Rücken seiner mäandernden Nase mit Daumen und Mittelfinger. »Keine Möglichkeit, daß sie es vortäuscht, oder?« fragte er, öffnete die Augen und zuckte zusammen, als ihm aufging, daß ein Ja schlimmer als ein Nein wäre.

»Ich war mir nicht sicher«, antwortete Vines, »deshalb habe ich nach dem ersten Wer-sind-Sie-Zeug angefangen, ihr zu sagen, ich sei Warren Beatty oder Jerry Brown – für den sie immer ein bißchen geschwärmt hat – oder sogar Springsteen. Aber sie hat immer nur gesagt: ›Ich glaube nicht, daß ich Sie kenne.‹«

»Ach, Scheiße, Kelly!« sagte Adair, trat an den Schreibtisch, wollte sich einen neuen Bourbon eingießen, überlegte es sich anders, stellte das Glas hin und wandte sich wieder Vines zu. »Glaubst du, sie würde mich erkennen?«

»Wir könnten es herausfinden.«

»Das verstehe ich als ein Nein.«

Vines nickte.

Adair entschied, daß er nun doch einen zweiten Drink wollte, drehte sich um, nahm das Glas und schüttete Eiswürfel nach. Als er den Bourbon eingoß, fragte er: »Hast du ihr von Paul erzählt?«

»Am dreizehnten April letzten Jahres – einen Tag, nachdem es passiert war – bin ich hingefahren und habe den Geldumschlag zwei Tage zu früh übergeben. Sie und ich saßen wieder in dem kleinen Konferenzzimmer am Tisch. Dreißig Meter vor dem Fenster waren zwei Hirsche, und sie hat ihnen zugeschaut und gelächelt.«

»Und was hast du gesagt?«

»So in etwa: ›Dein Bruder Paul hat sich gestern abend in einem Bordell in Tijuana erschossen.‹«

»Und?«

»Nichts.«

Seufzend, als habe er große, ungewohnte Schmerzen, setzte sich Adair langsam und vorsichtig in einen Sessel. Die Arme auf den Knien, beugte er sich vor, hielt das Glas mit beiden Händen und starrte auf den Teppich.

»Darwin Loom«, sagte Adair.

»Der Gefängnisdirektor.«

Adair nickte, ohne aufzublicken. »Er hat mir gesagt, es sei Selbstmord, bevor ich deinen Anruf aus La Jolla annehmen durfte. Ich nehme an, er wollte mich auf den Schock vorbereiten. Weißt du, was ich ihm gesagt habe?« Adair hob den Blick vom Teppich und versuchte sich an einer quälenden Parodie seiner eigenen Stimme: »Mein Sohn würde sich nie das Leben nehmen. Nicht mein Sohn.« Mit einem Kopfschütteln, einer Art Selbstanklage, widmete er sich wieder der Betrachtung des Teppichs. Nach langem Schweigen blickte Adair erneut auf und sagte mit plötzlich müder Stimme: »Und jetzt erzähl mir, was passiert ist, Kelly. Nicht den Quatsch, den du mir am Telefon gesagt hast.«

»Du hast recht. Es war Quatsch.«

»Aus Angst, daß du abgehört wirst?«

»Oder du.«

»Deine Briefe waren auch nicht besser. Der gleiche Grund?«

»Der gleiche Grund.«

Adair seufzte wieder. »Laß hören!«

»Die Polizisten in Tijuana behaupten, Paul sei allein in einem der Zimmer gewesen, als es passiert ist. Sie behaupten außerdem, er habe zwei Mädchen nach oben bestellt. Als ich von La Jolla aus hingefahren bin, hat mir einer der Beamten zwei eidesstattliche Aussagen der Mädchen gezeigt, die da aber schon verschwunden waren, anscheinend für immer. In den Aussagen heißt es, die Mädchen seien auf dem Weg zu Pauls Zimmer gewesen, als sie die Schüsse hörten.«

»Warum haben sie dich angerufen – die Tijuana-Polizei?«

»Paul hatte in der Brieftasche eine dieser Im-Notfall-verständigen-Karten. Dein Name, die alte Anschrift und Telefonnummer waren durchgestrichen. Mein Name stand auf der Rückseite der Karte.«

»Und wie haben sie es dargestellt – die Tijuana-Cops?«

»Sie sagten, er hat sich einen Fünfundvierziger in den Mund gesteckt und zweimal abgedrückt.«

»Zweimal?« wiederholte Adair.

Vines nickte.

»Du hast ihn gesehen, nehme ich an.«

»Ich habe ihn gesehen, Jack. Ich sehe ihn fast täglich noch. Es war zweimal.«

Mit ungläubigem Kopfschütteln musterte Adair ein letztes Mal den Teppich mit seinen blauen Augen, die früher einmal so unschuldig wie die eines neun Tage alten Kätzchens gewirkt hatten. Doch als er jetzt den Blick hob, war es offensichtlich, daß alle Unschuld entweder gestorben oder fortgezogen war. Seine Augen sehen aus wie blaues Trockeneis, dachte Vines, und wenn er sie schnell genug bewegt, werde ich sie klirren hören.

Unter den ausdruckslosen Augen und der Mäandernase befand sich Adairs breiter Mund, dessen Winkel früher stets nach oben zuckten, als reagierten sie auf irgendeinen komischen Witz. Jetzt war der Witz vorbei und der Mund zu einem schmalen Strich zusammengepreßt, den Adair gerade soweit öffnete, um zu sagen: »Okay, Kelly, jetzt kannst du mir die wirklich schlimmen Sachen erzählen.«

ACHT

Die wirklich schlimmen Sachen hatten knapp fünfzehn Monate vorher begonnen, kurz nachdem Vines die Zulassung entzogen und Adair hinter Gitter geschickt worden war. Damals hatte Vines einen großen Koffer gepackt, seinen Heimatbundesstaat verlassen und war mit dem blauen Mercedes nach La Jolla, Kalifornien, gefahren, wo er eine mehr oder weniger mietfreie Strandwohnung an der Ecke Coast Boulevard/Pearl Street bezog.

Die luxuriös möblierte Dreizimmerwohnung gehörte einer ehemaligen Klientin, der Erdölbohrfirma von Sanchez & Maloney – in der Ölbranche gewöhnlich als »Der kurze Mex und der lange Mick« bekannt. Als der Ölpreis hart an die Grenze von 30 Dollar pro Barrel kletterte, hatte die Firma die Wohnung als Wochenendzuflucht gekauft, in die sich die beiden Partner bequem per Firmenjet verziehen konnten.

Sie hatten die Wohnung gerade dreimal nutzen können, bevor sie sie Kelly zur Billigmiete von 3000 Dollar pro Monat anboten, welche er mit den 39 000 Dollar verrechnen konnte, die ihm die Probebohrungsfirma noch schuldete, aber nicht zahlen konnte, weil Erdöl mittlerweile zu 15 Dollar pro Barrel gehandelt wurde.

Die 39 000 Dollar hatte Vines – bevor er die Zulassung verlor – Sanchez & Maloney in Rechnung gestellt, weil er den Vizepräsidenten einer der großen Gesellschaften überredet hatte, eine Fünf-Millionen-Dollar-Klage fallenzulassen. In der Klageschrift hieß es, Joe Maloney habe den Vizepräsidenten im Petroleum Club niedergeschlagen und sei mit seinen fast nagelneuen Eidechsenleder-Cowboystiefeln auf ihm herumgetrampelt, während der halbbetrunkene Paco Sanchez seinen Partner mit Olé-Rufen angefeuert habe.

Der Vizepräsident des großen Erdölunternehmens zog seine Klage zurück, nachdem Kelly Vines ihm Einblick in Fotokopien von Anmeldeformularen gewährt hatte, die aus einem Motel am Intercontinental Airport von Houston stammten.

»Die junge Frau, die bei sieben verschiedenen Gelegenheiten das Zimmer mit Ihnen teilte«, hatte Vines in einem Tonfall, den er insgeheim immer seine Gefrorener-Rotz-Stimme nannte, gesagt, »trägt zwar Ihren Familiennamen, scheint allerdings nicht Ihre Ehefrau, sondern Ihre sechzehnjährige Nichte zu sein.«

Sechs Monate nachdem die Klage zurückgezogen worden war, was genau zwei Tage nach Vines' Zulassungsentzug geschah, hatten Paco Sanchez und Joe Maloney ihn aufgesucht, um ihm die Schlüssel zu ihrer Eigentumswohnung anzubieten.

»Sie können dort bleiben, solange dummes Zeug gequatscht wird und Scheiße stinkt«, hatte Sanchez gesagt.

»Oder bis das Öl wieder bei fünfundzwanzig pro Barrel steht«, hatte Maloney hinzugefügt.

Sanchez hatte gesagt: »Wie ich schon sagte, Kelly: für immer.«

Kelly Vines verschenkte die Mehrzahl seiner Besitztümer, ließ den Rest zurück, packte den einen großen Koffer und fuhr nach Kalifornien. Das war einen Monat, nachdem Jack Adair seine Haftstrafe im Bundesgefängnis von Lompoc angetreten hatte, und zwei Wochen, nachdem Vines' Frau ihr persönliches Kundenkonto von 43 912 Dollar aufgelöst und Freunden – jedoch nicht Vines – gesagt hatte, sie fliege nach Las Vegas, um sich scheiden zu lassen.

Sie hielt sich nur vier Stunden in Las Vegas auf, gerade lang genug, um von einem Hotelpagen vierundzwanzig Seconalkapseln zu kaufen sowie 4350 Dollar beim Blackjack zu verlieren, und flog dann weiter nach Los Angeles, wo sie sich im Beverly Wilshire einquartierte. Sobald sie in ihrem Zimmer war, schlug sie im Telefonbuch nach und rief den ersten Psychiater mit Beverly-Hills-Adresse an, den sie fand. Unter Einsatz allenfalls minimaler Arglist überredete sie ihn, ihr noch am selben Tag einen Termin zu geben.

Während ihrer neunminütigen Sitzung überzeugte Danielle Vines den Psychiater, daß sie wegen der Inhaftierung ihres Vaters und der Entehrung ihres Mannes sehr nervös und extrem deprimiert sei und nicht schlafen könne. Der Psychiater gab ihr einen

Termin für sieben Uhr morgens am folgenden Dienstag, seiner ersten freien Stunde, und stellte ihr ein Rezept über vierundzwanzig Seconalkapseln aus.

Danielle Vines bedankte sich, löste das Rezept bei der nächstgelegenen Apotheke ein, kehrte auf ihr Zimmer im Beverly Wilshire zurück und bestellte Zimttoast, eine Flasche Wein und etwas Dramamime, ein Mittel gegen See- und Luftkrankheit. Zuerst aß sie den Toast und trank den Wein dazu. Dann schluckte sie etwas Dramamime. Den Rest des Weins benutzte sie, um ihren Vorrat von vier Dutzend Seconal hinunterzuspülen, wobei sie darauf vertraute, Toast und Dramamime würden dazu beitragen, daß sie die Kapseln bei sich behielt. Danach nahm sie das Telefon und rief ihren Bruder, Paul Adair, in Washington, D.C., an, um ihm haarklein zu berichten, was sie getan hatte.

Adair sagte: »Also hat Paul dich angerufen, nachdem sie ihn angerufen hatte.«

»Nein. Er hat das Hotel angerufen und alles organisieren lassen. Arzt. Rettungswagen. Name eines Krankenhauses. Keine Cops. Keine Presse.«

Adair nickte. »Fast kann ich ihn hören.«

»Dann hat er das Krankenhaus angerufen, das, wie sich herausstellte, in Santa Monica liegt, und hat zuallererst Geld erwähnt. Das schien ihnen zu gefallen, hat er gesagt. Sobald Paul mit dem Krankenhaus alles geregelt hatte – Privatzimmer, Betreuung rund um die Uhr, ein Spezialist, absolut keine Besucher –, rief er mich an.«

Nachdenklich musterte Adair seinen Schwiegersohn: »Zuerst hat er dir die Sache mit Dannie berichtet. Und danach, würde ich sagen, ist er auf das gekommen, was ihm wirklich auf der Seele lag.«

Vines seufzte. »Er hat die Schuldzuweisungen verteilt, Jack.«

»Wer hat den größten Anteil gekriegt? Ich?«

»Er war sehr unparteiisch. Jeder von uns kriegte die Hälfte.«

»Und dann ist er rübergeflogen?«

»Am selben Abend. Wir haben uns am LAX getroffen und sind zum St. Johns in Santa Monica gefahren.«

»Dem Krankenhaus.«

Vines nickte. »Inzwischen hatten sie ihr den Magen ausgepumpt, sie war von der Intensivstation in das Privatzimmer verlegt worden und hatte ihre eigene Krankenschwester. Aber irgend etwas war geplatzt, gerissen oder durchgebrannt, denn sie erkannte weder mich noch Paul. Nach ein paar Minuten sind wir gegangen, und Paul war wieder auf hundertachtzig.«

»Immer noch wütend auf dich und mich?«

»Immer noch. Aber da war ich schon ziemlich abgestumpft, und je mehr Tiraden er vom Stapel ließ, desto abgestumpfter wurde ich. Es war beinahe angenehm, wie unter Kodein. Schließlich war ich es leid, ihm zuzuhören, und sagte ihm, er solle sich verpissen.«

Adair stand auf, trat zum Fenster und blickte hinaus. »Ist heute der längste Tag des Jahres?«

»Der Dienstag war es.«

Adair wandte sich um. »Was genau sagte Paul während seiner Haß- und Höllentiraden?«

»Er sagte, er wolle um eine sechsmonatige Beurlaubung bitten, und wenn er sie nicht bekäme, könnten sie ihn am Arsch lecken, und er würde kündigen. Den Urlaub brauche er, um dem Sumpf auf den Grund zu gehen, in den du und ich Dannie hineingezogen hätten. Außerdem ließ er sich über die Bestechung und Richter Fuller aus – vor allem aber über die Bestechung. Wieviel es wirklich war, wollte er wissen, und ob es wirklich jemand gestohlen habe, und wer meiner Meinung nach das Geld wirklich gezahlt habe. Das Wort ›wirklich‹ hat er oft in den Mund genommen.«

»Und was hast du geantwortet?«

»Ich habe ihm gesagt, ich wüßte es wirklich nicht. Dann wünschte ich ihm alles Gute, fuhr zurück nach La Jolla und wartete ab, was da kommen würde.«

Adair drehte sich wieder zum Fenster. »Ich glaube, wir werden einen spektakulären Sonnenuntergang haben.« Immer noch auf den Ozean hinausblickend, fuhr er fort: »Dann muß er irgend etwas gefunden haben.«

»Der Gedanke ist mir auch schon gekommen.«

»Hat er denn nichts halbwegs Vernünftiges getan, zum Beispiel dir einen Bericht geschickt oder eine Nachricht, wohin er gehen wollte?«

»Einmal hat er angerufen.«

»Wann?«

»Zwei Tage vor seinem Tod. Er sagte, er wolle in Tijuana einen Mann treffen, der behauptete, etwas zu wissen. Ich schlug ihm vor, er solle ihn lieber im Zoo von San Diego beim Koalakäfig mit fünfhundert Augenzeugen drumherum treffen. Das ginge nicht, sagte Paul, weil der Mann behaupte, La Migra halte an jeder Grenzstation nach ihm Ausschau. Ich schlug ein nettes, ausführliches Telefongespräch vor. Er sagte, ein Telefongespräch sei nie so gut wie eine Begegnung unter vier Augen. Ich fragte, ob der Mann einen Namen habe. Er sagte, er hieße Mr. Smith, lachte, hängte ein – und das waren die letzten Worte, die ich von ihm gehört habe.«

»Er ist also nach Tijuana gefahren, jemand hat ihm zweimal in den Kopf geschossen und es als Selbstmord arrangiert«, sagte Adair. »Hätte man nur einen Schuß abgefeuert, hätte es funktionieren können. Aber zweimal bedeutet, jemand wollte damit eine Erklärung abgeben – eine Deklaration.«

»Auch der Gedanke ist mir schon gekommen.«

»Und dann haben wir da den armen Blessing Nelson und den Preis auf meinen Kopf.«

»Noch eine Erklärung«, meinte Vines. »Und ganz gewiß eine Deklaration.«

»Dazu die Fotografin im Laderaum des pinkfarbenen Lieferwagens. Floradora Flowers in Santa Barbara. Wann überprüfen wir das?«

»Als erstes morgen früh.«

Adair starrte wieder auf den Teppich. »Ist Pauls Leiche obduziert worden?«

»Flüchtig, in T. J. Ich habe Anspruch auf die Leiche erhoben. Nachdem ich mit seinem Anwalt in Washington gesprochen hatte, ließ ich sie feuerbestatten. Es stand in seinem Testament.«

»Wer hat die Asche bekommen?«

Vines nickte zum Fenster. »Der Ozean. Auch das stand in seinem Testament, obschon er wahrscheinlich den Atlantik meinte.

Doch da er es nicht spezifizierte, kam er in den Pazifik. Er hat nicht viel hinterlassen – etwa zehntausend auf einem Girokonto, einen zwei Jahre alten BMW und eine Lebensversicherung über hunderttausend, die ihm ein Freund aufgeschwatzt hatte. Er hat alles einer von diesen Denkfabriken in Washington vermacht, die noch zu entscheiden versucht, ob sie neokonservativ oder neoliberal ist.«

»Was auch keine große Rolle mehr spielt«, sagte Adair und wandte sich ein weiteres Mal dem Ozean zu. »Trotzdem komisch, die Sache mit Paul. An Geld hatte er nie Interesse – jedenfalls nicht so wie du und ich. Wäre er nicht in den Regierungsdienst eingetreten, hätte er es tonnenweise scheffeln können.«

»Mag sein.«

Und wieder wandte Adair sich um und musterte Vines mit unverhohlener Neugier. »Hast du Paul jemals gern gehabt?«

»Ich bin mit ihm aufgewachsen und habe vier Jahre mit ihm das Zimmer geteilt.«

»Ausflüchte.«

Vines blickte auf einen Punkt direkt hinter Adairs linkem Ohr. »Ich glaube nicht, daß ich ihn jemals wirklich gern hatte. Ich habe seinen Verstand respektiert, ihn um sein Aussehen beneidet, seine Politik verachtet – und ich wollte unbedingt mit seiner Schwester bumsen.«

»Was du schließlich getan hast.«

»Was ich schließlich getan habe.«

Mit erneut offenkundiger Neugier fragte Adair: »Hast du Dannie jemals gern gehabt?«

»Sehr.«

»Und jetzt?«

»Und jetzt, Jack, jetzt liebe ich sie.«

NEUN

Es war noch hell an jenem letzten Freitagabend im Juni, als sie am äußeren Rand der siebten Haarnadelkurve der Garner Road anhielten. Indem er sich auf dem Vordersitz des Mercedes ein wenig erhob, konnte Jack Adair den größten Teil von Durango unter ihnen übersehen, einschließlich des fünf Blocks langen und drei Blocks breiten Geschäftsviertels oder Stadtzentrums, das im Westen von den Gleisen der Southern Pacific begrenzt wurde. Direkt hinter den Gleisen befanden sich der Ozean und der Landstreifen, den Chief Sid Fork gerne als »den längsten handtuchbreiten und spitzsteinigen Strand im gesamten Bundesstaat Kalifornien« bezeichnete.

Wie Adair vorausgesagt hatte, war der Sonnenuntergang spektakulär. Seine letzten Strahlen tauchten das Geschäftsviertel einschließlich des einsamen siebenstöckigen Wolkenkratzers in ein weiches, warmes Licht, das ein Fremder mit Gold verglichen hätte – ein besser bewanderter Einheimischer mit Messing.

Adair nahm den Anblick noch in sich auf, als er fragte: »Wieviel haben wir noch auf der Bahama-Bank?«

»Ungefähr dreihunderttausend.«

Adair starrte Vines ungläubig, ja schockiert an.

»Wir hatten Ausgaben, Jack. Deine Anwalts- und Gerichtsgebühren. Die hohen Kosten für die Geldwäsche. Dannies Behandlung. Blessing Nelsons Mutter. Und mich – ich habe einiges davon verzehrt und versoffen.«

»Dann müssen wir uns damit bescheiden«, sagte Adair und fügte, als ihm etwas einfiel, hinzu: »Schick die fünfhundert im Monat auch weiterhin an Blessings Mutter.«

»Wie lange?«

»Bis uns das Geld ausgeht«, antwortete Adair und kehrte zu seiner Betrachtung der Stadt unter ihnen zurück.

*

Fünf Blocks östlich der Bahngleise gelegen, war das Geschäftsviertel der Stadt vor vielen Jahren bei dem Versuch gescheitert, sich fließend um den Handshaw Park herum auszubreiten. Der Park, zwei Blocks breit, bestand aus Kiefern, Magnolien, Korallen- und Eukalyptusbäumen, grünem Gras, wenn es regnete, neun Picknicktischen aus Beton, einer defekten Rutschbahn, einigen Schaukeln und einem grauen Musikpavillon, der einstmals strahlend weiß gestrichen war.

In der Zeit, als der Pavillon noch im vollen Glanz stand, verdienten sich ausgewählte Mitglieder der Durango-Highschool-Marschkapelle einige Feriendollars, indem sie im Sommer Sonntag nachmittags zum Konzert aufspielten. Doch als das Steueraufkommen der Stadt schrumpfte, fällte die kommunale Haushaltsaxt zuerst die Sommerkonzerte, dann die Kapelle und zu guter Letzt ihren Leiter, Milt Steed, der auch Kunstunterricht gegeben hatte und, als man zum letzten Mal von ihm hörte, in Disneyland Kornett spielte.

Der Handshaw Park hieß, bis B. D. Huckins zur Bürgermeisterin gewählt wurde, schlicht City Park. Sie benannte ihn neu nach Dicky Handshaw, der vier Wahlperioden Bürgermeister gewesen war, bis Huckins ihn bei der 78er Wahl nach einem Wahlkampf schlug, der immer noch als der brutalste in 148 Jahren Stadtgeschichte in aller Erinnerung war.

Die Umbenennung des Parks hatte anfangs wie eine nette, versöhnliche Geste gewirkt. Doch das dauerte nur so lange, bis der Inhalt eines Dialogs die Runde machte, den Norm Trice und ein prominenter einheimischer Anwalt, der sich als knospendes politisches Talent betrachtete, in der Blue Eagle Bar führten. Der Anwalt hatte behauptet, beim nächsten Mal könne B. D. Huckins problemlos von beinahe jedem Kandidaten besiegt werden, der einen Schwanz zwischen den Beinen und etwas Hirn im Kopf habe.

»So wie Sie, hä?« hatte Trice gefragt.

»Sicher. So wie ich. Wieso nicht?«

»Weil B. D. Huckins«, hatte Trice mit geduldiger Stimme erläutert, »den Park nicht nach Dicky Handshaw benannt hat, damit die Leute sich an ihn erinnern. Sie hat es getan, damit Kerle wie Sie sich daran erinnern, was mit ihm passiert ist.«

»Genug gesehen?« fragte Kelly Vines.

Jack Adair nickte, gönnte sich einen letzten Blick und sank in den Ledersitz zurück. »Etwa ein Dutzend Straßen in Ost-West-Richtung«, sagte er, »und zweieinhalb Dutzend in Nord-Süd. Zu viele leere Grundstücke. Keine nennenswerten architektonischen Merkmale, es sei denn, man nimmt die Unzahl viktorianischer Bürgerhäuser, die samt und sonders mit den Farben Grün und Creme aufgedonnert sind. Jetzt wahrscheinlich Frühstückspensionen – oder Anwaltsbüros. Warum verwenden die eigentlich immer Grün und Creme?«

Als Vines antwortete, er wisse es nicht, stellte Adair die nächste Frage: »Und da ich absolut sicher bin, unten bei den Gleisen keinen von ihnen gesehen zu haben: Wo, glaubst du, wohnen die Reichen?«

»Hier oben, in den Hügeln«, sagte Vines, während er langsam in die Sackgasse des Don Emilio Drive hineinfuhr. »Wo sie immer wohnen.«

Am Ende der Sackgasse sahen sie Mayor Huckins' hübschen blauen Dreizimmer-Bungalow und bewunderten ihren schmukken Jakaranda. Die übrigen sechs Häuser, die die kurze Straße säumten, waren keinen Deut prachtvoller als das der Bürgermeisterin. Beim Vorbeifahren musterte Jack Adair jedes einzelne Haus und sagte: »Wenn so die Reichen leben, dann gnade Gott den Armen!«

Die Bürgermeisterin persönlich öffnete die Tür, nachdem Vines geklingelt hatte. Sie trug einen schwarzen Rock, eine graue Seidenbluse und nur wenig Make-up. Ihr Schmuck bestand aus einer robusten goldenen Herrenuhr, die von Cartier hätte stammen können, und zwei schlichten Goldohrringen, die aus einem Drugstore hätten stammen können. Auf Vines machte sie den Eindruck, als bedeute es ihr nicht viel, woher Uhr oder Ohrringe stammten.

B. D. Huckins' Blick ruhte zuerst auf Adair, dann auf Vines

und kehrte zu dem Älteren zurück. »Sie sind Jack Adair«, sagte sie und streckte die Hand aus. Während sie sich die Hände schüttelten, fragte sie: »Wie möchten Sie genannt werden: Richter, Euer Ehren oder Mr. Adair?«

»Jack, wenn es Ihnen nichts ausmacht.«

Huckins lächelte zurückhaltend und sah Kelly Vines an. »Mr. Vines«, sagte sie mit ausgestreckter Hand.

»Mayor Huckins«, sagte Vines, drückte die Hand und merkte, daß sie auf seltsame Weise an die Hand der blonden Dixie erinnerte. Die Hand der Bürgermeisterin war so schmal, kühl und fest wie die von Dixie, aber der Händedruck dauerte nicht annähernd so lange, da er aus dem raschen Zupacken und noch rascheren Loslassen bestand, das erfahrene Wahlkämpfer bevorzugen.

Sie führte sie aus einer kleinen Diele in das Wohnzimmer, dessen hauptsächliches Möbelstück eine lange cremefarbene Couch aus den Dreißigern war, die sich in bemerkenswert gutem Zustand befand. Außerdem stand dort ein schokoladenbrauner Lederklubsessel, der ihr, wie an der sorgsam plazierten Messingstehlampe zu erkennen war, als Lesesessel diente. Vor Sessel und Couch stand ein Kaffeetisch, in Wirklichkeit ein alter, auf die Seite gelegter Überseekoffer, der mit bunten Aufklebern betagter europäischer Hotels und längst vergangener Dampfschifffahrtslinien bepflastert war.

Auf dem glattpolierten Eichenfußboden lag ein großer, knallbunter Webwollteppich, nach Vines' Annahme ein Stück aus Yucatán. Einen Fernsehapparat gab es nicht, aber sehr viele Bücher, und an den Wänden hingen drei Monet-Drucke und zwei Poster.

Eins der Poster zeigte einen Strunk appetitlich wirkender, feuchter lila Weintrauben mit dem Slogan »Der Zorn der Früchte. Schließt euch dem Boykott an!«. Auf dem anderen Poster war ein stilisierter Arbeiter zu sehen, der mit zwei Hämmern auf etwas eindrosch. Darunter stand Bertolt Brechts vergebliche Hoffnung: »Kunst ist kein Spiegel, welcher der Wirklichkeit vorgehalten wird, sondern ein Hammer, mit dem sie geformt wird.«

Vines folgte Adair und Huckins um den Glas-Chrom-Tisch der Eßecke herum durch die Küche und zur Hintertür hinaus auf den mit alten Ziegeln gepflasterten Innenhof, wo Polizeichef Sid Fork, bekleidet mit einer Schürze, die aus Matratzendrell zu bestehen schien, über den Holzkohlengrill wachte.

Zuerst redeten sie übers Wetter und wandten sich, als dieses Thema erschöpft war, den Vorwahlkämpfen um die Präsidentschaftskandidatur zu, deren Anfänge Adair, wie er preisgab, hinter Gefängnismauern verfolgt hatte. Mit den Worten »Als ich im Gefängnis war« brachte er das Gespräch auf seinen fünfzehnmonatigen Aufenthalt in Lompoc. Als diese Schwelle überschritten war, bemerkte Vines, daß Fork und Huckins sich entspannten, obschon auch der Bourbon, den sie alle tranken, damit zu tun haben konnte.

»Als ich im Gefängnis war«, hatte Adair gesagt, worauf er anhub, seine informelle und zugegebenermaßen unwissenschaftliche Auflistung der politischen Vorlieben der Häftlinge zu beschreiben. Er gestand, daß er ziemlich überrascht gewesen sei, eine überwältigende Mehrheit vorzufinden, die strikt konservativ und beinahe krankhaft patriotisch war.

Sid Fork entgegnete, das überrasche ihn nicht. »Hätten Sie sie nach dem idealen Gespann für die Kandidatur gefragt, hätten sie John Wayne als Präsidenten und Clint Eastwood als Vizepräsidenten genannt. Und hätten Sie erwähnt, daß Wayne tot ist, hätten Sie die Antwort bekommen, Sie wüßten es nun mal nicht besser, aber sie hätten von einem Kerl, der einen Vetter von Waynes Bodyguard kennt, was anderes gehört. Und dieser Kerl, der den Vetter des Bodyguards kennt, schwört auf einen ganzen Stapel von Bibeln, daß der Duke in Rio Lobo abgetaucht ist, daß er springlebendig ist und nur auf den richtigen Augenblick wartet. Und hätten Sie weitergefragt, wo zum Teufel Rio Lobo ist, hätten Sie zur Antwort bekommen: genau einundzwanzigkommaneun Meilen westlich von Fargo.«

Nach beendeter Analyse nahm der Polizeichef einen langen Schluck von seinem Whiskey mit Wasser, setzte das Glas ab, drehte sich zum Grill, versetzte einem der Steaks mit der Gabel einen beinahe boshaften Stich, wendete es und wandte sich wieder an Adair.

»Was denken Sie wirklich über die Arschlöcher, mit denen man Sie zusammengesperrt hat?«

»Manchmal fand ich ihre Denkabläufe interessant und auf bizarre Weise unterhaltsam. Aber ich muß gestehen, eine Schwäche fürs Bizarre zu haben.«

»Die meisten von ihnen sind unterbelichtet?«

»Jedenfalls keine Geistesleuchten.«

»Und ein paar sind clever, vielleicht sogar brillant?«

»Einige wenige.«

»Wie steht's mit Charme? Sind Ihnen charmante Arschlöcher über den Weg gelaufen?«

»Die sind noch seltener.«

Fork schien das Kolloquium fortsetzen zu wollen, änderte aber seine Absicht, als B. D. Huckins fragte, ob die Steaks schon fertig seien.

»Wenn alle sie blutig wollen, sind sie fertig«, sagte Fork und schaute Vines an, als wolle er ihn herausfordern, sein Steak durchgebraten zu bestellen. Doch Vines sagte, er hätte seins gern blutig, und der Ex-Richter versicherte, er esse es nie anders.

Sie saßen an dem Redwood-Tisch im Innenhof und redeten nicht viel, abgesehen von den Komplimenten an Fork für die Steaks, den Caesar-Salat, die Brötchen und die gebackenen Idaho-Kartoffeln. Als Jack Adair, ein Meister des Smalltalk, fragte, ob die Kartoffeln in einem echten Backofen oder in der Mikrowelle gebacken seien, antwortete Fork, in einem echten Backofen, weil B. D. keine Mikrowelle im Haus haben wolle. Er fuhr fort, sie glaube immer noch, Mikrowellen verursachten Krebs, aber er selbst habe sich für sein Haus ein Gerät gekauft, denn wer wolle schon sechzig Minuten auf eine gebackene Kartoffel warten, wenn die Mikrowelle es in zehn schaffe.

Dann erstarb die Unterhaltung, und niemandem, nicht einmal Adair, fiel ein wesentlicher Gesprächsbeitrag ein. Kurz bevor die Stille peinlich wurde, stand B. D. Huckins auf und fragte, ob alle Kaffee wollten. Alle wollten, also ging sie in die Küche und kam wenige Minuten später mit einem Tablett zurück, auf dem eine Thermoskanne, vier braune Becher, Kaffeesahne und Zucker standen. Beim Eingießen teilte sie bedauernd mit, daß es keinen Nachtisch gebe, doch falls jemand etwas Süßes wolle, könne sie Benedictine und Brandy dazu anbieten. Niemand wollte.

Mayor Huckins setzte sich wieder an den Tisch, dessen Platte auf Böcken lagerte, nahm einen kleinen Schluck von ihrem Kaffee und lächelte Kelly Vines höflich an. »Ich glaube, Sie sind meiner Schwester Dixie in die Arme gelaufen.«

Mit leidlichem Erfolg versuchte Vines, seinen Schreck hinter milder Überraschung zu verbergen. »Ich glaube nicht, daß sie Huckins als Familienname genannt hat.«

»Nein, natürlich nicht, denn sie heißt Mansur. Dixie Mansur. Sie hat einen Iraner geheiratet. Einen von den reichen, Gott sei Dank.«

Vines nickte, als billige er Dixies kluge und glückliche Wahl. »Viel Familienähnlichkeit haben Sie nicht.«

»Wir hatten verschiedene Väter. Meiner war Huckins, ihrer war Venable.«

»Ich nehme an, Dixie hat ein Zeugnis ausgestellt.«

»Sie hat Ihnen eine Eins plus gegeben. Andernfalls würden wir uns jetzt nicht unterhalten.«

Sid Fork legte beide Ellbogen auf den Tisch. Als er sich zu Vines vorbeugte, war sein Gesichtsausdruck vielleicht eine Spur zu freundlich. »Soldier Sloan sagt ebenfalls, daß Sie okay sind«, sagte er und lehnte sich zurück, um Vines' Reaktion zu beobachten.

Ohne sichtbare Reaktion und mit gleichmütigem Tonfall, der seine Worte nur andeutungsweise als Frage erkennen ließ, sagte Vines: »Ach, ja?«

Fork nickte. »Ich schätze, Soldier würde unter die Typen fallen, die ich vorhin erwähnt habe – ein cleveres, charmantes Arschloch.«

»Äußerst charmant, aber nicht allzu clever. Wo haben Sie ihn kennengelernt?«

»Gemeinsame Freunde. Soldier sagt, sowohl Sie als auch der Richter hätten ihn verschiedene Male vertreten. Aber es ist irgendwie schwer zu sagen, wann Soldier lügt.«

»Sie können ihm glauben, zumindest bei der letzten Aussage«, versicherte Adair. »Ich habe ihn vor langer Zeit verteidigt, als ich noch als Anwalt tätig war – und, wie ich hinzufügen sollte, als sowohl Soldier als auch ich beträchtlich jünger waren. Jahre später, als ich hinter dem Richtertisch saß, hörte ich, daß er in Schwierigkeiten steckte. Worum es genau ging, ist mir entfallen. Ich ließ ihm ausrichten, er solle sich mit Kelly in Verbindung setzen, und der hat es, wenn mein Gedächtnis mich nicht im Stich läßt, geschafft, ihn aus der Patsche zu holen.«

Adair wandte sich an die Bürgermeisterin und schenkte ihr sein einnehmendstes Lächeln. »Es sieht also so aus, als seien wir die, die zu sein wir behaupten.« Das Lächeln verschwand. »Sie auch?«

»Sie meinen, ob wir so was schon vorher gemacht haben?« fragte sie.

»Ja«, sagte Jack Adair. »Genau das meine ich.«

ZEHN

Den Worten der Bürgermeisterin zufolge hatte alles zehn Jahre zuvor mit der Verabschiedung des Gesetzesantrags Nummer 13 begonnen, der Kaliforniens Vermögenssteuersatz senkte und die Haushaltsgrundlage vieler Städte des Bundesstaats, vor allem der kleineren, buchstäblich ruinierte.

»Bis vor zwei Jahren erlaubte der Dreizehner einer Stadt wie Durango nicht einmal die Ausgabe von Kommunalobligationen«, sagte sie. »Dabei hat sich ohnehin niemand die Finger danach geleckt, welche zu kaufen.«

»Wie schlimm wurde es?« fragte Adair.

»Wir sind beinahe bankrott gegangen. Und es wäre auch dazu gekommen, wenn die Wirtschaft sich nicht ein bißchen erholt hätte, zumindest eine Zeitlang, und hätte es nicht die Spenden gewisser ... nun, gewisser Wohltäter gegeben.«

Adair nickte. Sein Gesichtsausdruck war nichtssagend, sein Blick neugierig. »Wie viele Wohltäter haben über die letzten neun, zehn Jahre, Bares in der Hand, Schlange gestanden?«

Sie sah Fork an. »Ein Dutzend?«

»Exakt ein Dutzend.«

»Wieviel hat jeder... gespendet?« fragte Vines. »Durchschnittlich.«

»Die ersten vier einhunderttausend«, sagte Huckins. »Dann schlug die Inflation zu, deshalb mußten die nächsten acht zweihunderttausend mitbringen.«

»Jeder?«

»Jeder.«

»Alles in allem also zwei Millionen«, sagte Adair. »Und als Gegenwert für seine Großzügigkeit bekam jeder dieser Philantropen einen sicheren Hort? Eine Zuflucht?«

»Einen Unterschlupf«, sagte die Bürgermeisterin.

»Wollte sich irgendeiner von ihnen vor dem Gesetz davonstehlen?« fragte Vines. »Oder geht mich das nichts an?«

»Einer wollte sich, wenn man so will, vor dem Gesetz davonstehlen«, sagte Fork, »aber es war eine verdrehte CIA-Sache, also haben B. D. und ich uns gesagt, was soll's, und er konnte sich einkaufen. Alle übrigen sind vor der anderen Seite in Deckung gegangen.«

»Geschäftsrivalen?«

»Leute, die sie umlegen wollten«, präzisierte Fork.

»Ist es ihnen jemals gelungen?« fragte Adair mit offenkundigem Interesse.

»Nie«, versicherte der Polizeichef.

»In Durango nie«, korrigierte B. D. Huckins ihn. »Aber zwei von ihnen bekamen, mit etlichen Jahren Abstand dazwischen, Hummeln im Hintern und verabschiedeten sich vor der Zeit aus Durango, obwohl wir versucht haben, es beiden auszureden. Der, der zuerst ging, fiel von einem Gebäude in L. A. Mid-Wilshire, glaube ich. Der andere wurde nördlich von Dallas von einem Auto überfahren, dessen Fahrer ihn im Rückwärtsgang noch mal überrollte, um sicherzugehen, daß er tot war. Die anderen zehn sind, soweit wir wissen, alle okay, allerdings ...« Sie zuckte die Achseln.

»Sie schreiben nicht«, übernahm Fork.

»Sie rufen nicht mal an«, sagte die Bürgermeisterin mit einem leichten Lächeln.

»Und die zwei Millionen Dollar?« fragte Adair und blickte sich um, als hoffe er etwas zu finden, das von dem Geld angeschafft worden war.

»Sie halfen, die Dinge am Laufen zu halten«, antwortete die Bürgermeisterin. »Jedenfalls den Kleinkram. Die Bibliothek blieb geöffnet, ganz knapp, ebenso die Klinik für Geschlechtskrankheiten und das Tagespflegeheim, jedenfalls bis General Electrics wegzog und wir schließen mußten. Das Heim, meine ich, nicht die Klinik. Was von dem Geld übrigblieb, ging für Polizei und Unterhaltsarbeiten drauf.«

»Hat nie jemand diese ›Spenden‹ in Frage gestellt?« wollte Adair wissen.

»Wir haben hier ein politisches Verwaltungssystem wie größere Städte«, sagte sie. »Und seit ich Stadtoberhaupt bin, ist jedes neues Ratsmitglied, nun, sorgfältig ausgewählt worden.«

Zwar nickte Adair ermunternd, aber näheres wollte sie nicht erläutern. Wieder drohte ausgedehnte Stille, doch Vines begegnete dieser Gefahr mit einer Frage an Fork: »Wie sind Ihre Cops, Chief?«

»Darf ich ein wenig angeben?«

»Warum nicht?«

»Tja, ich würde behaupten, ich habe eine der besten Kleinstadt-Polizeitruppen zur Hand. Es gibt mich, vier Detectives, zwölf Uniformierte und drei Angestellte, die, wenn's sein muß, auch im Gefängnis Dienst tun. Dann haben wir noch den County Deputy Sheriff, Henry Quirt. Aber der hat ein Riesengebiet zu beackern, und deshalb sorgen wir dafür, daß er hier bei uns keine Zeit verschwendet.«

»*Vier* Detectives?« fragte Adair und hob eine Augenbraue.

»Vier. Und jeder einzelne von mir persönlich angeheuert. Ich sage Ihnen, wie ich es gemacht habe. Ich habe nach Erfahrung gesucht – Männer, die ihre zwanzig Jahre hinter sich hatten, ihre Pension bekamen und vielleicht ein bißchen Bakschischgeld zur Seite gelegt hatten, aber höchstens einundvierzig, zweiundvierzig, meinetwegen auch fünfzig waren, und denen es langweilig war, nur zu Hause rumzusitzen. Denen habe ich Dreißig im Jahr geboten, dazu ein göttliches Klima, großartige Jagd- und Angelgründe, billiges Wohnen, kostenlose Arzt- und Zahnarztbehandlung, leichte Arbeit und langen Urlaub.«

»Und sie haben angebissen«, meinte Vines.

»Wer hätte nicht? Zwei von ihnen kommen aus Chicago und Detroit, beide Morddezernat, einer war bei Glücksspiel und Betrug in Dallas, und der vierte, der bei den Drogenfahndern war, wollte in einem Stück aus Miami rauskommen. Sie haben rund fünfundachtzig Jahre kollektive Erfahrung, und an ihnen schlüpft niemand vorbei.« Wissend lächelte er Vines an. »Absolut niemand.«

Vines dachte an den vorangegangenen Abend und die blonde Dixie – Dixie Mansur – zurück. »Die beiden Zecher an der Bar im Holiday Inn. Richtig?«

Fork nickte knapp und stolz.

»Glückwunsch!« sagte Vines.

Dies war der Zeitpunkt, da Jack Adair herauszufinden beschloß, ob er den Handel besiegeln konnte. Er zwang ein gewisses Maß Herzlichkeit in seine Stimme, als er sich an die Bürgermeisterin wandte und sagte: »Wir scheinen uns tatsächlich in äußerst fähigen Händen zu befinden.«

»Noch nicht«, entgegnete sie, sowohl das Kompliment als auch die Herzlichkeit ignorierend. »Nicht, bevor wir das Geld diskutieren.«

»Ja, selbstverständlich. Wieviel, würden Sie sagen, kosten uns ein oder zwei Monate?«

»Zweihundertundfünfzigtausend, egal, ob es eine Woche, ein Monat oder ein Jahr ist. Wenn hinter Vines jemand anders her ist, verdoppelt sich der Tarif. Wenn dieselben Leute, die hinter ihm her sind, auch hinter Ihnen her sind, bekommen Sie's zum Kurs zwei für einen.«

Da Herzlichkeit ihm nichts gewonnen hatte, wurde Adair ernst und würdevoll und nickte Huckins zu, als sei die Summe, wenn auch nicht belanglos, so doch absolut nicht umwerfend. »Angenommen«, sagte er, »Ihre Gebühr würde für eine geringfügige zusätzliche Mühe Ihrerseits beträchtlich erhöht?«

»Wir ziehen niemand aus dem Verkehr«, sagte der Polizeichef mit fester Stimme und unfreundlichem Gesichtsausdruck.

Die Bürgermeisterin warf dem Polizeichef einen wütenden Blick zu, dann musterte sie Adairs Gesicht mehrere Sekunden lang. »Fahren Sie fort«, sagte sie.

»Zuerst einmal muß ich etwas gestehen«, begann er. »Ich weiß nicht, wer mich umbringen oder umbringen lassen will.«

Huckins nickte ungeduldig. »Das ist normal. Keiner scheint jemals zu wissen, wer geschickt wird, um es zu erledigen.«

»Ich kann nur vermuten«. fuhr Adair fort, »daß es von demjenigen ausgeht, der bereits versucht hat, den Eindruck zu erwecken, ich und ein weiterer Richter hätten beträchtliche Bestechungssummen angenommen. Der andere war Richter Mark T. Fuller. Das T stand für Tyson.«

Sid Fork streckte sich, gähnte, ohne sich zu entschuldigen, und inspizierte den Nachthimmel. »Davon haben wir gehört. Wir haben auch von Ihrem Sohn gehört – Paul, nicht wahr? Ein Selbstmord unten in T. J. Und heute nachmittag hat es oben in Lompoc einen Typen mit einem komischen Namen erwischt. Wie man so hört, war er Ihr Babysitter.« Forks Blick löste sich von den Sternen. »Blessing Soundso.«

»Blessing Nelson«, sagte Adair. »Ein Freund und Gefährte.«

B. D. Huckins stützte die Ellbogen auf den Redwood-Tisch, das Kinn auf die rechte Faust und musterte Adair neugierig. »Vielleicht kann ich Ihnen nicht ganz folgen«, sagte sie.

»Wieso?«

»Sie bieten uns doch nicht eine Menge Geld dafür an, daß wir praktisch keinerlei Extras tun.«

»Nein. Mein Vorschlag ...« Er brach ab und blickte Vines an. »Da es dein großer Plan ist, wird es das Beste sein, wenn du es erklärst.«

Vines nickte, starrte Fork einige Sekunden an, nickte erneut, als sei er zu einer unausweichlichen Schlußfolgerung gelangt, und wandte seinen Blick B. D. Huckins zu, die ungeduldig wurde und sagte: »Ich höre.«

Vines wählte seine Worte mit Bedacht und richtete sie ausschließlich an die Bürgermeisterin: »Wir wollen von Ihnen, daß Sie bekannt werden lassen –, daß Sie Jack Adair für eine Million Dollar verkaufen – an jeden, der ihn haben will.«

Die Bürgermeisterin lehnte sich zurück, ergriff ihren braunen Becher, nahm einen Schluck kalten Kaffee und stellte den Becher wieder auf den Tisch, ohne den Blick von Kelly Vines abzuwenden. »Sie wollen, daß wir ein falsches Angebot machen ...«

»Die Million wird echt sein.«

»... das unseren Ruf ruinieren könnte.«

»Bei wem?« fragte Vines.

»Er hat den Nagel auf den Kopf getroffen, B. D.«, warf Fork ein.

»Sagen Sie mir eins«, sagte sie. »Warum sollte jemand eine Million für Jack Adair bezahlen?«

»Wegen dem, was er weiß«, sagte Vines.

Sie sah Adair skeptisch an. »Und das wäre?«

Adair seufzte. »Ich weiß nicht, was es ist. Oder vielleicht ist es etwas, das ich weiß, aber noch nicht ausreichend analysiert habe.«

»Muß eine Menge wert sein – was Sie da wissen oder nicht wissen.«

»Offensichtlich.«

»Haben Sie schon daran gedacht, denen eine Erpressung vorzutäuschen?«

»Leider bin ich kein Erpresser, und zweitens weiß ich nicht, wer die sind.«

»Ich habe gesagt, eine Erpressung *vortäuschen.*«

»Ich habe gehört, was Sie sagten.«

Sie wandte sich von Adair zu Sid Fork. »Dann wäre es an uns, das zu arrangieren, oder?«

Fork runzelte die Stirn. »Wird nicht einfach sein.«

Das feingeschnittene Kinn vorgestreckt, einen berechnenden Blick in den grauen Augen, wandte sie sich als nächstes Kelly Vines zu. »Und wie teilen wir die Million auf?«

»Gar nicht«, antwortete Vines.

Für Vines war es ersichtlich, daß die Bürgermeisterin Überraschungen, angenehme oder unangenehme, nicht mochte. Sie kniff die Augen zusammen, bis sie fast geschlossen waren, und preßte die Lippen zu einem verbissenen Strich. Wenn sie jetzt die Stirn runzelt, dachte Vines, ist das Geschäft geplatzt. Doch Hukkins runzelte die Stirn nicht. Statt dessen öffnete sie die Augen weit und gönnte ihrem Mund ein entspanntes Lächeln.

»Also kriegen wir alles – Sid, die Stadt und ich.«

Vines nickte. »Falls Sie Erfolg haben.«

»Und falls nicht?«

»Bekommen Sie nichts. Und Jack bekommt wahrscheinlich einen dürftig besuchten Gedenkgottesdienst.«

»Also läuft es, wie Sie als Anwalt sagen würden, auf Erfolgsbasis hinaus.«

»Womit wir Anwälte reich werden.«

Das Lächeln war noch auf ihrem Gesicht, als sie den Polizeichef ansah. »Nun?«

Nachdenklich strich Fork mit dem linken Daumen über seinen

Geschwaderführerschnurrbart, blickte Vines stirnrunzelnd an und fragte: »Krieg ich den Stock trotzdem, ganz gleich, wie es ausgeht?«

»Ganz gleich, wie es ausgeht«, versicherte Vines.

Der Polizeichef bedachte B. D. Huckins mit einem Grinsen. »In meinen Ohren klingt es phantastisch.«

Stille machte sich breit, die niemand zu beenden versuchte. Schließlich wurde sie unterbrochen, als die Bürgermeisterin den Polizeichef anblickte und ihm einen Befehl in Form eines Vorschlags gab.

»Warum fährst du nicht mit Mr. Vines auf einen Drink zum Blue Eagle, während der Richter und ich ein paar Details durchgehen?«

Offensichtlich konnte Fork sich eine Reihe von Gründen vorstellen, die dagegen sprachen, aber er protestierte nicht, sondern fragte Vines: »Wollen wir uns ein paar auf die Schnelle genehmigen?«

Vines wollte zunächst fragen, ob er die Wahl habe, sagte dann aber: »Je schneller, desto besser.«

ELF

An jenem letzten Freitag im Juni um 23.26 Uhr stieg vor Felipes Tierhandlung an der North Fifth Street Nummer 532, nur vier Türen vom Eckhaus entfernt, in dem sich die Blue Eagle Bar befand, ein kleiner, dicker Mann mit einem Priesterkragen aus dem pinkfarbenen Ford-Lieferwagen, der jetzt bar jeder Firmenaufschrift war.

Die Tierhandlung hatte wie üblich um 18 Uhr geschlossen. In ihrem Schaufenster schliefen vier Welpen kreuz und quer durcheinander auf ihrem Lager aus zerrissenem Zeitungspapier. Die Welpen waren Mischlinge, die der Besitzer des Ladens als Shelties anpries. Als der pinkfarbene Lieferwagen davonpreschte, schaute der Mann mit dem Priesterkragen nach links und rechts, sah nichts von Interesse und wandte sich dem Schaufenster der Tierhandlung zu.

Lächelnd betrachtete er die schlafenden Welpen und ignorierte seine Spiegelung in dem Glas, die kleine, ziemlich graue Zähne und einen Mund zeigte, der so schmal war, daß er fast keine Lippen zu haben schien. Der Mund war viel zu nahe an der Rüsselnase, deren rechtes Loch eineinhalbmal so groß wie das linke wirkte. Er trug keine Kopfbedeckung, und sein dichtes schwarzes Haar ergraute allmählich und war von einer offenbar unsicheren Hand zu einem unregelmäßigen Flachschnitt geschoren, beziehungsweise verhackstückt.

In Ergänzung zu seinem Priesterkragen trug er schwarze Schuhe und einen zu engen schwarzen Anzug aus mattem Synthetikmaterial. Der Anzug hatte fast die gleiche Schwarztönung wie seine Augen, die einem alten, unbeirrbaren Lüstling hätten gehören können, der allein stirbt und sich darüber langweilt.

Der Mann schnippte zweimal mit dem Mittelfinger an die Schaufensterscheibe. Doch als die schlafenden Welpen ihn nicht beachteten, hörte er auf zu lächeln, wandte sich nach links, weg von der Blue Eagle Bar, und hastete auf ungewöhnlich kurzen Beinen den Bürgersteig entlang. Nach knapp fünfzehn Metern verlangsamte er seinen Schritt zu normaler Gangart, dann zu einem zögernden Bummeln, um schließlich stehenzubleiben.

Er wandte sich rasch um, ohne sich jedoch ganz zu drehen, und sein Blick wanderte suchend beide Seiten der Fifth Street entlang. Dann nickte er, als fielen ihm die Zigaretten oder das Dutzend Eier wieder ein, die zu kaufen er vergessen hatte, und er ging den Weg zurück, wobei er, ohne auch nur innezuhalten, an den schlafenden Welpen vorbeieilte. Als er die Ecke erreichte, warf er einen letzten schnellen Blick um sich und stahl sich in Norm Trices Blue Eagle Bar.

Zwar war erst um zwei Polizeistunde, doch häufig schloß Trice seine Bar schon um Mitternacht, weil die meisten seiner Kunden bis dahin ihr Geld ausgegeben hatten und nach Hause gegangen waren. War aber Zahltag oder der Zweite oder Dritte des Monats, wenn die Schecks für Wohlfahrtsempfänger, Arbeitslose, Arbeitsunfähige und Rentner eintrafen, hielt Trice bis zwei und manchmal auch bis drei Uhr geöffnet – oder, wie er es formulierte, bis sie die Staatsknete versoffen hatten.

Als der Mann mit dem Priesterkragen hineinging, sich an die Bar setzte und ein Glas Bier bestellte, hielten sich keine Gäste mehr im Blue Eagle auf. Nachdem Trice ihn bedient hatte, zahlte der Mann und sagte in einem kalten, dünnen Tenor: »Man sagt, die Bürgermeisterin läßt sich gelegentlich hier sehen.«

»Wer ist man?« sagte Trice, der außer unerbetenen Ratschlägen nie etwas von sich gab.

»Und der Polizeichef. Wie ich höre, taucht auch er manchmal auf.«

»Und?«

Der Mann trank einen Schluck Bier und lächelte sein graues Lächeln. »Also, die Freundin von ihr, von der Bürgermeisterin, die hat mich gebeten, ihr einen Brief zu geben, und ich dachte, vielleicht kann ich Ihnen den Brief geben, und Sie könnten ihn ihr geben.«

»Geben Sie ihn ihr doch morgen selbst. Im Rathaus.«

»Ich verlasse die Stadt noch heute nacht.«

Trice seufzte. »Okay. Aber beim nächsten Mal versuchen Sie's mit einem von den Dingern, die bei der Post verkauft werden. Sie wissen schon, Briefmarken.«

Der Mann nickte, lächelte dankbar, griff in die rechte Tasche seines schwarzen Anzugs und zog einen fünf mal sieben Zoll großen Umschlag heraus, den er über die Theke schob. Trice las, was jemand auf das selbstklebende weiße Adressenetikett getippt hatte: Bürgermeister B. D. Huckins, Durango, Kalifornien.

Trice nahm den Umschlag, bemerkte, daß er mit einer Einlage, einem Stück Pappe vielleicht, versteift war, und legte ihn auf ein Regal neben der Theke. »Ich kümmer' mich drum, daß sie ihn kriegt.«

»Sie vergessen's auch nicht?«

»Ich hab' grade gesagt, daß sie ihn kriegt.«

Der Mann mit dem Priesterkragen lächelte, bedankte sich noch einmal mit einem Nicken und sagte: »Vielleicht könnten Sie mir noch einen kleinen Gefallen tun.«

»Was denn?«

»Könnten Sie mir den einlösen?«

Er reichte Trice einen persönlichen Barscheck über 50 Dollar, ausgestellt auf die Wells Fargo Bank in San Francisco. Unterschrieben war der Scheck von einem Ralph B. Farr. In der oberen linken Ecke war derselbe Name über einer Adresse in San Francisco gedruckt, die, so dachte Trice, wahrscheinlich im Mission-District lag.

Mit einem Blick, der eher an Abscheu grenzte, starrte Trice immer noch auf den Scheck, während er sagte: »Nun, wenn Sie vielleicht den Papst dazu kriegen könnten, ihn gegenzuzeichnen, Padre, oder meinetwegen auch bloß einen Bischof, dann könnte ich vielleicht 'ne Chance sehen, den . . .«

Trices wohlformulierte Weigerung brach ab, als er von dem Scheck hochblickte und die Halbautomatik vom Kaliber .22 in der linken Hand des falschen Priesters sah.

»Dann nehme ich eben, was in der Kasse ist«, sagte der Mann in seinem Tenor, der nach Trices Feststellung außer den Lippen das einzig Dünne an dem Mann war. Mindestens neunzig Kilo, merkte Trice sich, vielleicht fünfundneunzig, und höchstens einsfünfundfünzig. In dem Priesteranzug sieht das Arschloch wie die Achter-Billardkugel aus – wie Pater Billardkugel, das Arschloch.

Stirnrunzelnd tat Trice so, als dächte er über die Forderung nach dem Kasseninhalt nach, dann heuchelte er Bedauern: »Tja, Euer Eminenz, viel ist wahrlich nicht in der Kasse, nicht mehr, als Sie sonntags bei St. Maggie im Klingelbeutel finden, wenn überhaupt – fünfzig, vielleicht zweiundfünfzig Kröten.«

»Das reicht allemal«, sagte der falsche Priester und schoß Norm Trice in den Kopf, einmal direkt unter dem linken Auge und einmal direkt über dem Mund. Die 22er Schüsse machten kaum mehr Krach als zwei zuschlagende Türen.

Der kleine Mann mit dem Priesterkragen eilte aus dem Blue Eagle und in den wartenden pinkfarbenen Lieferwagen. Von der Bar aus gesehen schräg über die Straße, trat ein anderer Mann aus dem dunklen, tiefen Türeingang von Marvin's Jewelry. Der andere Mann war Mitte Dreißig und hatte ergrauendes Haar. Er trug ein weißes Hemd, verschlissene Jeans und alte hochgezogene Converse-Basketballschuhe, das Profi-Modell, obwohl er bestenfalls einsachtzig groß war. Außerdem trug er einen bekümmerten, fast resignierten Gesichtsausdruck.

Nachdem er dem pinkfarbenen Lieferwagen nachgesehen hatte, bis er mit zunehmender Geschwindigkeit auf der North Fifth Street verschwand, steckte der Mann die Hände in die Hosentaschen, wandte sich ab und ging langsam, mit gesenktem Kopf und immer noch bekümmertem Gesichtsausdruck in die andere Richtung.

ZWÖLF

Acht Minuten später betraten Kelly Vines und Sid Fork die leere Blue Eagle Bar. Fork schaute sich nach Norm Trice um, rief seinen Namen, sah sogar in der Herrentoilette und schließlich hinter der Theke nach, wo Trice tot auf dem Laufbrett lag, den Fünfzig-Dollar-Barscheck, unterschrieben von Ralph B. Farr, noch in der rechten Hand.

»Oh, Scheiße, Norm«, sagte der Polizeichef und kniete sich neben die Leiche. Er bemerkte den Scheck und zog ihn aus der Hand, indem er eine Ecke mit den Fingernägeln von Daumen und Zeigefinger wie mit einer Pinzette festkniff. Dann stand er auf, legte den Scheck vorsichtig auf die Theke und ermahnte Vines, ihn nicht anzufassen.

Kelly Vines verdrehte den Kopf, um zu lesen, was auf den Scheck geschrieben und gedruckt war. »Fünfzig Dollar, als Barscheck, unterschrieben von Ralph B. Farr. Wells Fargo Bank in San Francisco.«

»Fassen Sie ihn nicht an«, wiederholte Fork seine Warnung, drückte die Taste der Registrierkasse, die die Geldlade öffnete, und warf einen Blick auf den Inhalt. »Ungefähr einhundertfünfzig«, sagte er, schob die Kasse zu und griff zum Telefon, das auf der Theke stand. »Würden Sie nach hinten kommen und uns zwei eingießen?«

»Sicher«, sagte Vines und ging um die Theke herum, als Fork die Zahlen eintastete. Vines wählte eine Flasche Wild Turkey aus, fand zwei Gläser und suchte nach dem Eis, als er den Umschlag bemerkte. Er las den Namen der Bürgermeisterin auf dem Adressenaufkleber, goß den Whiskey ein, fügte Wasser aus der Leitung hinzu und wandte sich an Fork, um ihn über seinen Fund zu informieren.

Der Polizeichef telefonierte noch in jenem leisen und vertraulichen Tonfall, der oft verwendet wird, um bevorstehende Todesfälle anzukündigen oder Gerüchte zu verbreiten. Als Fork aufgelegt hatte, reichte Vines ihm ein Glas und sagte: »Ich habe einen an die Bürgermeisterin adressierten Umschlag gefunden.«

»Wo?«

Vines zeigte es ihm. »Haben Sie ihn angefaßt?« fragte Fork.

»Nein.«

Fork ging hin, bückte sich und las die Aufschrift. »Er ist tatsächlich an B. D. gerichtet.« Er richtete sich auf und trank einen langen Schluck. »Vielleicht sollte ich ihn öffnen.«

»Sie sind der Polizeichef.«

»Ich will keine Fingerabdrücke verwischen.«

»Es wird keine Fingerabdrücke geben«, sagte Vines.

»Wieso nicht?«

»Nehmen wir einmal an, der Schütze kommt herein und bestellt ein Bier.«

»Wieso ein Bier?«

Vines zeigte auf das zu zwei Dritteln gefüllte Bierglas auf der Theke, auf dem noch Kondenswassertröpfchen standen. Fork registrierte das Glas mit mißmutigem Nicken. »Er bestellt das Bier«, sagte Vines, »trinkt etwas, gibt dem Barmann ...«

»Dem Besitzer«, unterbrach Fork. »Norm Trice.«

»Er gibt dem Besitzer den Umschlag und ...«

»Woher wissen Sie das mit dem Umschlag?«

»Ich rate nur«, entgegnete Vines. »Egal – er gibt ihm den Umschlag, und jetzt müßten wir annehmen, Fingerabdrücke auf einem Briefumschlag und möglicherweise auf einem Bierglas zu finden. Dann bittet er den Besitzer, einen Scheck einzulösen. Weitere Fingerabdrücke auf dem Scheck – dazu Ihre Abdrücke auf dem Telefon und der Registrierkasse. Als der Besitzer ihm sagt, er gibt ihm auf seinen faulen Scheck kein Bargeld, erschießt der Mann ihn. Zweimal. In den Kopf. Die Schüsse liegen sechs, vielleicht fünf Zoll auseinander, was uns verrät, daß der Schütze entweder sehr viel Glück hatte oder sehr gut ist. Der Besitzer fällt zu Boden, und der Schütze leert die Registrierkasse.«

»Nur daß er das nicht getan hat.«

»Ich weiß«, sagte Vines. »Und das heißt, ich würde darauf wetten, daß es keine Fingerabdrücke gibt, obwohl er der Bürgermeisterin eine Botschaft hinterlassen hat – den Umschlag und die Leiche.«

»Ein Profi, hm?«

»Öffnen Sie den Umschlag, dann finden Sie's heraus.«

»Er ist ein Beweisstück.«

»Deshalb sollten Sie ihn ja öffnen«, sagte Vines. »Bevor es ein anderer tut.«

Fork stellte sein Glas ab, nahm den Umschlag, riß die Klappe auf und zog ein Stück graue Pappe heraus, an dem mit braunem Gummiband sechs Hochglanz-Schwarzweißfotos befestigt waren. Fork zog das Gummiband ab und legte die Fotos einzeln auf die Theke.

Fünf der sechs Fotos waren durch die Windschutzscheibe von Vines' blauem Mercedes aufgenommen worden. Das erste zeigte einen erschreckten Vines, der die Hände zum Gesicht hob. Das zweite zeigte ihn mit den Händen vor dem Gesicht und durch seine Finger spähend. Das dritte zeigte einen erschreckten Jack Adair. Das vierte zeigte Adair lächelnd. Das fünfte zeigte Jack Adair, wie er die Zunge herausstreckte. Das sechste und letzte Foto zeigte Sid Fork und B. D. Huckins, die, ins Gespräch vertieft, neben einem Pkw mit offener Fahrertür standen, wobei Fork redete und Huckins zu ihm aufblickte.

»Wessen Wagen?« fragte Vines.

»B. Ds.«

»Wann wurde das aufgenommen?«

»Ist mir ein Rätsel«, sagte Fork. »Wann wurden Ihre aufgenommen?«

»Heute.«

»Wo?«

»Lompoc.«

»Wer hat sie aufgenommen?«

»Eine Fotografin aus dem Laderaum eines pinkfarbenen Ford-Lieferwagens mit grüner Aufschrift – Floradora Flowers, Santa Barbara.«

»Sie haben sich versteckt, und Adair hat die Zunge rausgestreckt.«

»Eine Metapher, meinen Sie?« fragte Vines.

»Ist mir ein Rätsel«, wiederholte Fork sich, dann beugte er sich vor, um das Foto von sich und Mayor Huckins näher in Augenschein zu nehmen. »Das Bild von mir und B. D. ist nicht schlecht.«

Vines hörte erst eine, dann eine zweite Autotür schlagen. Er schob die Fotos zusammen, stopfte sie in den aufgerissenen Umschlag und steckte ihn in seine Tasche. Im gleichen Moment wurde die Eingangstür des Blue Eagle aufgestoßen, und zwei Männer in den Vierzigern kamen mit großen Schritten herein. Ihr Auftreten war wie ein Markenzeichen, das einen Polizisten fast ebenso deutlich wie seine Dienstmarke oder seine Uniform ausweist.

Vines nahm an, daß es sich um die beiden Detectives aus dem Morddezernat handelte, die Fork in Detroit und Chicago angeheuert hatte. Außerdem erkannte er sie als die beiden angeblichen Trunkenbolde aus der Cocktail-Lounge des Holiday Inn. Der eine war von durchschnittlicher Größe, schwarz, glatzköpfig und machte einen gelehrten Eindruck. Ein Ledertäschchen hing an einem Riemen von seiner linken Schulter. Der andere ähnelte einem zu groß geratenen Kobold mit flinken braunen Augen und einem langen, verschmitzten Gesicht. Die braunen Augen musterten Vines vom Scheitel bis zur Sohle, als der Mann langsam auf Fork zutrat. Vines erinnerte sich an den zu groß geratenen Mann als denjenigen, der vom Barhocker gestiegen war und mit klarer, angenehmer Stimme »Scheiß auf Kalifornien!« gesagt hatte.

Als der große Mann bei Fork war, sagte er: »Der alte Norm, hm?«

»Erschossen«, sagte Fork. »Zweimal.«

Der Detective beugte sich über die Theke und spähte zu dem Toten auf dem Laufbrett hinab. Der glatzköpfige Detective machte sich die Mühe nicht. Statt dessen legte er das Ledertäschchen auf die Theke, zog den Reißverschluß auf und nahm eine Minolta-Kamera mit eingebautem Blitzlicht heraus. Er ging hinter die Theke und fing an, den toten Norm Trice zu fotografiern. Nachdem er sechs oder sieben Aufnahmen gemacht hatte, sah er den großen Detective an und sagte: »Sieht nach jemand mit einer Zweiundzwanziger aus.«

Fork entschied, daß es Zeit war, die Anwesenden einander vorzustellen. Er zeigte auf den Detective mit der Kamera und sagte: »Joe Huff. Kelly Vines.« Die beiden nickten einander zu. Dann stellte Fork den zu groß geratenen Kobold als Wade Bryant vor. Nachdem der große Detective und Vines sich begrüßt hatten, sagte Fork: »Wir sind vor etwa sieben, acht Minuten hier eingetroffen.«

»Wo befand sich da der Scheck?« fragte Bryant. Zwar lag der Scheck noch auf der Theke, doch konnte Vines sich nicht erinnern, daß Bryant auch nur einen flüchtigen Blick darauf geworfen hätte.

»Er war in Norms Hand«, antwortete Fork. »In der rechten.«

»Hast du in die Kasse geguckt?«

Fork nickte. »Ungefähr einhundertfünfzig sind drin.«

Stirnrunzelnd schüttelte Bryant den Kopf, als sei er enttäuscht von dem, was er bisher gehört und gesehen hatte. Er griff in die Tasche seines weißen, kurzärmeligen Hemds, nahm ein Päckchen Lucky Strikes heraus, zündete sich eine Zigarette an und blies den Rauch nach links, weg von den anderen. »Liest sich nicht«, sagte er.

»Wieso nicht?« fragte Fork.

»Typ kommt rein und bestellt ein Bier«, sagte Bryant mit einem kurzen Blick auf das zu zwei Dritteln gefüllte Glas. »Er trinkt einen oder zwei Schluck und fragt dann, ob sein Scheck von außerhalb eingelöst wird. Damit ist arschklar, daß er Norm nicht gekannt hat. Als Norm ihn abweist, zieht der Typ eine Zweiundzwanziger oder vielleicht sogar eine Fünfundzwanziger und ballert Norm zweimal ins Gesicht, eine Trefferquote, mit der man beim Preisschießen ganz gut liegt. Dann macht sich der Typ aus dem Staub, läßt das Geld in der Kasse zurück und auch noch den Scheck mit seinem Namen, seiner Adresse und Telefonnummer – nur für den Fall, daß wir die Cops in San Francisco anrufen wollen, damit die ihn hopsnehmen.«

Joe Huff, der Detective mit der Kamera, kam um die Theke herum, sah Vines an, steckte die Minolta in das Ledertäschchen zurück und fragte: »Haben Sie eine Theorie, Mr. Vines?«

»Ist Trice verheiratet?« frage Vines, statt zu antworten.

»Er ist verheiratet«, sagte Fork und blickte Huff an. »Willst du's Virginia mitteilen?«

»Ich nicht«, lehnte Huff ab.

»Dafür werden Polizeichefs bezahlt«, sagte Bryant. »Um die schlechten Nachrichten zu überbringen – besonders, wenn es sich um Virginia Trice handelt.«

Fork blickte Vines an: »Möchten Sie mitkommen?«

»Nein. Aber ich tu es trotzdem.«

»Bevor du gehst«, sagte Bryant, betrachtete eingehend den Wells-Fargo-Scheck, ging um die Theke herum, nahm das Telefon und tastete eine Ferngesprächsnummer ein. Er wartete, wie Vines schätzte, ein fünffaches Läuten ab, bevor jemand abhob.

»Kann ich bitte mit Ralph B. Farr sprechen? ... Mr. Farr, hier spricht Detective Bryant von der Polizei in Durango ... Durango, *Kalifornien* ... Ich rufe an, um mich zu erkundigen, ob Ihnen in jüngster Zeit Wells-Fargo-Schecks verlorengingen oder gestohlen wurden.«

Die meiste Zeit des fünfminütigen Telefongesprächs wurde dafür in Anspruch genommen, Mr. Farr zu versichern, daß seine gestohlene Brieftasche samt Scheckheft prompt zurückgegeben werde, sobald sie gefunden sei. Bryant legte auf und sagte zu Sid Fork: »Jemand hat sie ihm vor zwei Wochen auf dem Geary Boulevard aus der Gesäßtasche gezogen. Er hat es den Cops gemeldet. Das heißt, wir haben es hier entweder mit einem Spinner oder einem Profi zu tun. Ist er ein Profi, ist er längst über alle Berge. Ist er ein Spinner ... nun, wer weiß?«

»Vielleicht ist er beides«, sagte Vines.

Erneut wanderte Bryants Blick von oben bis unten über Kelly Vines. »Ein professioneller Spinner? Das wär' wirklich mal eine harte Nuß.«

»Mir gefällt's«, sagte Joe Huff.

Fork sah auf seine Armbanduhr. »Wir müssen los. Ihr beide wißt ja, was zu tun ist.«

»Ja, wissen wir.«

»Während ich die Witwe Trice tröste, holt Jacoby her. Vielleicht findet er ein paar Fingerabdrücke.«

»Fingerabdrücke«, sagte Bryant und gluckste. »Fingerabdrücke«, sagte er noch einmal, als wiederhole er eine gute Pointe, und lachte lauthals, als er sich zu Joe Huff umdrehte. »Hörst du das, Joe? Der Chief macht mal wieder den Witzbold.«

»Ich lache nicht«, sagte Huff, »aber nur deshalb, weil ein lautes Lachen einen hohlen Verstand verrät.« Er machte eine kurze Pause. »Goldsmith.«

»Sinngemäß«, sagte Vines.

»Und verbessert«, sagte Joe Huff ohne die Spur eines Lächelns.

DREIZEHN

Als sie nach dem Abspülen – er spülte, sie trocknete ab – von der Küche ins Wohnzimmer gingen, winkte B. D. Huckins Adair zu der langen cremefarbenen Couch und fragte ihn, ob er einen Brandy möchte.

»Danke, nein.«

Adair wartete, bis sie auf dem schokoladenfarbenen Lederklubsessel saß, bevor er selbst auf der Couch Platz nahm. Als sie die Beine übereinanderschlug – nicht nachlässig, sondern gleichgültig –, sah er den oberen Teil der Strümpfe, die sie anstelle einer Strumpfhose trug, und das führte ihn zu der Überlegung, ob Strapse während seiner fünfzehn Gefängnismonate ein Comeback erlebt hätten.

»Erzählen Sie mir von dem Stock«, sagte sie. »Dem Stock, den Sid haben will.«

»Er hat meinem Großvater gehört.«

»Ein Erbstück?«

»Eine Kuriosität. Er hat ihn neunzehnhundertzwanzig, direkt nach Beginn der Prohibition, einem Spieler abgewonnen. Der Griff ist abschraubbar, und in einem Hohlraum ist ein verstöpseltes Glasröhrchen, das etwa vier Unzen Fusel – so hat er seinen Schnaps immer genannt – faßt. Nach dem Ende der Prohibition dreiunddreißig hat mein Großvater den Stock meinem Vater vermacht, der ihn schließlich an mich weitergegeben hat. Ich hätte ihn meinem Sohn gegeben, aber er hielt ihn für albern.«

»Also hat Vines ihn bekommen.«

»Um ihn sicher aufzubewahren.«

»War er verläßlicher als Ihr Sohn?«

»Nur näher. Geographisch. Mein Sohn war in Washington, Kelly war in La Jolla.«

»Und Sie waren in Lompoc.«

»Ich war in Lompoc.«

»Was hat er beruflich gemacht?«

»Paul? Er war Jurist, wie Kelly und ich, hat aber nie in einer privaten Kanzlei gearbeitet. Als er achtzehn, neunzehn wurde, war er bereits zu einer Laufbahn in Diensten der Regierung entschlossen.«

»Daß Sie ins Gefängnis gewandert sind, kann seiner Karriere nicht sehr zuträglich gewesen sein.«

»Es hat nicht geschadet. Direkt nach meiner Verurteilung stieg er vom zivilen Äquivalent eines Oberst zum Brigadegeneral auf.«

Huckins' voller Mund verzog sich zu einem ironischen Lächeln. »Seine Politik muß Washington gefallen haben.«

»Der herrschende Trend und Pauls Politik paßten zueinander wie Topf und Deckel.«

»Und Sie?«

»In meiner Familie stand die Politik des Sohnes immer in Opposition zu der des Vaters. Mein Großvater – der dem Spieler den Stock abgewonnen hat – war Debs-Sozialist. Sein Sohn – mein Vater – weinte, als Raft zweiundfünfzig die Nominierung gegen Eisenhower verlor.«

Sie lehnte sich in dem Ledersessel zurück. »Und wann hat der Wahlvirus Sie erwischt?«

»Auf der Highschool. Ich war ein ziemlich guter Debattierer und kam auf die Idee, Rechtsanwalt zu werden und vielleicht in die Politik zu gehen, nachdem ich entdeckte, wie gut es mir tat zu gewinnen. Gewinnen an sich. Später entdeckte ich, daß es nichts Besseres gibt, als eine Wahl zu gewinnen. Absolut nichts.«

»Wie alt waren Sie da?«

»Als ich mich das erste Mal bewarb? Siebenundzwanzig. Ich wurde zum County-Staatsanwalt gewählt, war zwei Wahlperioden von jeweils zwei Jahren tätig, habe ein paar betuchte Ganoven hinter Gitter geschickt, bekam meinen Namen in die Zeitungen und ging dann zurück in die private Praxis, wo ich ein ganz gutes Auskommen hatte, indem ich die gleichen betuchten Ganoven verteidigte, gegen die ich vorher ermittelt hatte. Als ich glaubte, genug Geld gemacht zu haben, bewarb ich mich um einen Sitz am Obersten Gericht – und gewann.«

»Wieviel war genug?«

Adair zuckte die Achseln. »So um die zwei, drei Millionen.«

»Wie wurden Sie Vorsitzender Richter?«

»Die Mitglieder des Gerichts wählen alle vier Jahre einen aus ihren Reihen.«

»Hört sich sonderbar an.«

»Es ist ein sonderbarer Bundesstaat. Nachdem ich dem Gericht vier Jahre angehörte, wählten sie aus irgendeinem Grund immer mich.«

»Aus irgendeinem Grund«, sagte sie.

Adair nickte und lehnte sich vor, die Ellbogen auf die Knie gestützt. Er unternahm keinen Versuch, seine Neugier zu verhehlen, als er sagte: »Ich sehe mich gezwungen, es zu hören.«

»Was zu hören?«

»Wie Sie wirklich zur Bürgermeisterin gewählt worden sind.«

Huckins musterte Adair leidenschaftslos wie einen gerade gefangenen Fisch, den sie entweder behalten oder in den See zurückwerfen konnte. Schließlich, nach fast zwanzig Sekunden, sagte sie: »Also, gut.«

Adair rutschte auf der Couch nach vorn und sagte mit seiner würdevollsten Stimme: »Wenn Sie zu dem Teil kommen, wo es scheußlich wird, Mayor, und es wird immer irgendwann scheußlich, fahren Sie einfach fort und machen Sie sich keine Gedanken über meine Empfindlichkeiten.« Er lächelte. »Falls ich welche habe.«

B. D. Huckins sagte, sie seien zu neunt in dem psychedelischen General-Motors-Schulbus gewesen, der an jenem Abend 1968 Durango ansteuerte. Am nächsten Morgen beschlossen vier von ihnen zu bleiben. Die anderen fünf hielten an der Absicht fest, zum Rocky-Mountains-Durango in Colorado zu fahren. Eine Münze wurde geworfen. Diejenigen, die nach Colorado wollten, wählten Kopf, gewannen den Münzwurf und damit den bunten Bus.

Im kalifornischen Durango, sagte sie, blieben sie selbst, damals 16, ihre zwölfjährige Halbschwester Dixie Venable, Sid Fork, 18, und ein 20 Jahre alter Spinner, der an einigen Tagen sagte, er hieße Teddy Jones, an anderen seinen Namen als Teddy Smith angab.

Huckins sagte, Teddy sei ein Trinker und Drogenfreak gewesen, der sein Gehirn mit Acid, Gin und allem anderen malträtierte, was er inhalieren, schlucken oder spritzen konnte. Aber Teddy war der einzige, der Geld hatte. Als er am Ostrand von Durango, im ländlichen Slum an der Boatright Street, ein Vierzimmerhaus – eher ein Schuppen als ein Haus, behauptete sie – mietete, zogen die anderen drei bei ihm ein.

Das Kommunenleben, sagte sie, habe drei, höchstens vier Wochen gedauert. Es endete, als sie und Fork eines Nachmittags vom Strand zurückkamen. Damals war es ein richtiger Strand, sagte sie, mit viel Sand und ganz anders als heute. Jedenfalls gingen sie und Fork ins Haus und fanden die zwölfjährige Dixie nackt ans Bett gefesselt vor. Teddy war ebenso nackt, von Gin betrunken und versuchte offensichtlich, es Dixie mit der Ginflasche zu besorgen – wahrscheinlich, sagte Huckins, weil er es anders nicht fertigbrachte.

Sid Fork nahm irgendeinen Gegenstand, ein Fallfenstergewicht, glaubte sie, schlug Teddy damit nieder und trat wie wahnsinnig auf ihn ein. Als Teddy wieder zu Bewußtsein kam, hatte Fork sein ganzes Geld, ungefähr 300 Dollar, wie sie sich erinnerte – fast tausend nach heutigem Wert. Fork sagte Teddy, er könne sein Geld zurückhaben, wenn er die Stadt mit dem nächsten Bus verlasse. Damals, sagte sie, fuhren noch zwei Buslinien Durango an, Greyhound und Trailways.

Teddy habe eingewilligt, sagte sie. Sid Fork begleitete ihn in die Stadt, kaufte ihm einen Fahrschein, verfrachtete ihn in den Bus, gab ihm sein Geld zurück und drohte, ihn im Ozean zu ersäufen, sollte er ihn jemals wieder in Durango erblicken.

Damit war das Kapitel Teddy Jones, beziehungsweise Smith, beendet, doch sie, Fork und Dixie mußten essen und trinken. Sie und Fork suchten sich einen Job – er bei einer Tankstelle, sie in einem Drugstore, wo der Besitzer, ein netter alter Bursche von etwa 45, ihr von Anfang an nachstellte, bis sie ihm sagte, sie würde es seiner Frau sagen, wenn er nicht damit aufhöre.

Bis Ende August 1968 schlugen die drei sich durch, doch dann wurde die Tankstelle, bei der Fork arbeitete, ausgeraubt. Der Besitzer verdächtigte natürlich Fork, sagte sie. Aber da er ein Oberarschloch war, beschuldigte er ihn nicht, feuerte ihn auch nicht, ging nicht einmal zu den Cops. Er machte etwas, das viel, viel schlimmer war.

Nach Huckins' Erinnerung fuhren etwa zwei oder drei Wochen nach dem Einbruch zwei FBI-Fatzkes aus Santa Barbara vor der einen Zapfsäule vor. Sid kam heraus, und sie fragten ihn nach seinem Wehrpaß. Damit hatten sie den Salat, sagte sie. Der Tankstellenbesitzer hatte Fork wegen Wehrpflichtverletzung angeschwärzt – drei Wochen darauf war er in der Army und vier oder fünf Monate später als MP in Saigon.

Als Fork fort war, sagte Huckins, sei sie zum Besitzer des Drugstore gegangen und habe ihm gesagt, wenn er noch immer regelmäßig mit ihr ins Bett wolle, würde ihn das 200 Dollar pro Monat kosten – zusätzlich zu dem Gehalt, das er ihr zahlte. Der Drugstore-Besitzer sagte, er werde darüber nachdenken. Drei Tage später bat er sie, nach der Arbeit zu bleiben.

Der Drogist sagte ihr, er habe vielleicht eine Lösung. Er habe da zwei Freunde, beide wirklich nette Kerle, einer Rechtsanwalt, der andere Wirtschaftsprüfer, und beide, wie er selbst, Mitglied im Stadtrat von Durango. Und sie, alle drei, meinte er, wären bereit, eine Art Genossenschaft ins Leben zu rufen.

Die drei hätten vorgehabt, sagte sie, ihr jeweils 150 Dollar im Monat zu bezahlen. Der Drogist sollte den Montag- und Mittwochabend bekommen, der Rechtsanwalt die Dienstage und Freitage und der Wirtschaftsprüfer die Donnerstage und Samstage. Den Sonntag, meinten sie, solle sie frei haben.

Huckins sagte, sie habe dem Drogisten einen Gegenvorschlag gemacht. Sie sagte ihm, sie werde einwilligen, falls die Männer es arrangierten, daß Dixie ohne Ärger wegen Abschriften früherer Unterrichtsbescheinigungen ab September die Schule besuchen könne. Da sie keine Zukunft darin sah, Aspirin und Kotex zu verkaufen, lautete ihre zweite Bedingung, daß sie entweder bei dem Rechtsanwalt oder dem Wirtschaftsprüfer eine Stelle bekam, damit sie etwas Praktisches lernen könne.

Sie sagte, die Verhandlungen hätten zwei Wochen in Anspruch genommen, bis sie schließlich einwilligten. Der Wirtschaftsprüfer gab ihr einen Job in der Registratur und als stellvertretende Empfangssekretärin, und Dixie wurde in der siebten Klasse eingeschult. Später, sagte sie, als der Wirtschaftsprüfer merkte, daß seine neue Registraturangestellte ein Gefühl für Zahlen hatte, begann er, ihr die Grundlagen der Buchhaltung beizubringen, und schickte sie sogar in den Stenographie- und Schreibmaschinenunterricht im Nachmittagsfortbildungsprogramm der Durango Highschool, das vor neun Jahren als Folge von Antrag 13 eingestellt worden war.

Nachdem sie drei Jahre bei dem Wirtschaftsprüfer gearbeitet hatte, sagte Huckins, beförderte er sie zur Bürovorsteherin. Und etwa um diese Zeit kam Sid Fork aus Vietnam zurück.

»Das war wann?« fragte Adair. »Einundsiebzig?«

»Ende einundsiebzig.«

»Und Sie waren damals neunzehn oder zwanzig?«

»Gerade zwanzig geworden.«

»Wie ging es weiter, als er zurück war?«

»Wir haben ein Gespräch geführt, und danach war es okay.«

Als Sid von seinen drei Dienstzeiten von je einem Jahr bei der Militärpolizei in Saigon zurückkam, sagte sie, habe er einen Specialist-6-Rang auf dem Ärmel und einen Geldgürtel um die Taille getragen, der 15 000 Dollar aus Schwarzmarktgewinnen enthielt. Adair schätzte, daß ein Specialist 6 einem Stabsfeldwebel in der Army entsprach, in der er vor langer Zeit gedient hatte. Drei Streifen und ein Winkel, erinnerte er sich.

»Warum hat sich der Chief zwei zusätzliche Dienstzeiten verpflichtet?« fragte Adair.

»Er war gern bei der MP. Und er mochte das Schwarzmarktgeld.«

Huckins sagte, Fork habe direkt dort weitermachen wollen, wo sie aufgehört hatten. Er wollte sogar nach Los Angeles ziehen, wo er erwartete, der Polizei beitreten zu können. Sie fragte ihn, was er in zehn Jahren zu sein hoffe – Sergeant des L. A. Police Department? Fork erwiderte, er könne nichts Verkehrtes darin sehen, bis sie ihm sagte, er könne in sechs oder sieben Jahren Durangos Polizeichef sein, wenn sie ihrem Plan folgten.

B. D. Huckins unterbrach sich, um Adair erneut zu fragen, ob er einen Brandy oder etwas anderes wünsche. Adair sagte, er wolle keinen Brandy, aber ganz sicher wolle er hören, wie sie den Rest bewältigt habe.

Huckins sagte, sie habe es geschafft, indem sie sich den drei Mitgliedern der Bettgenossenschaft unentbehrlich gemacht habe. Alle drei waren immer noch im Stadtrat, und nachdem sie Stenographie gelernt hatte, bot sie ihnen an, die Protokolle der wöchentlichen Ratssitzungen zu führen. Bis dahin war diese Aufgabe turnusmäßig den fünf Ratsmitgliedern zugefallen. Sie haßten es alle, sagte sie, denn es bedeutete, daß der Protokollführer den anderen zuhören mußte.

Sie flogen auf ihr Angebot, erinnerte Huckins sich, und versicherten ihr, wie sehr sie es zu schätzen wüßten, zumal es die Stadt nichts kostete. Sie sagte ihnen, sie würde ihnen gern den Gefallen tun, und wenn sie dem alten Polizeichef einen Gefallen tun wollten, dann sollten sie ihm sagen, wie er einen großen, knallharten Ex-MP und Vietnamveteranen für ein Trinkgeld einstellen könne. Und so, sagte sie, sei Sid Fork zu Durangos Polizeitruppe gestoßen.

Jack Adair entschloß sich, noch einige Fragen zu stellen. »Wer hat als Stadtkämmerer fungiert? Der Wirtschaftsprüfer, für den Sie gearbeitet haben?«

»Ja. Es war eine Teilzeitstelle. Heute ein Vollzeitjob.«

»Er hat Ihnen eine Menge Routinearbeit überlassen?«

»So viel, wie er loswerden konnte.«

»Dann haben Sie also die Ratsprotokolle geführt und praktisch auch die Stadtkasse verwaltet..«

Sie nickte.

»War die Bettgenossenschaft noch am Laufen?«

»Sie haben alle noch bezahlt und kamen ein- oder zweimal die Woche vorbei. Aber mittlerweile war es mehr Therapie als Sex. Sie mochten es, weil sie mit mir über fast alles reden konnten.«

»Und über jeden.«

»Und über jeden«, bestätigte sie.

»Ich nehme an, Sie haben sich alles gemerkt, was gesagt wurde.«

»Ich habe es aufgeschrieben.«

»Ein Wirtschaftsprüfer, ein Rechtsanwalt, ein Drogist«, sagte Adair, als denke er laut. »Sie müssen jede Leiche in jedem Keller dieser Stadt gekannt haben.«

»Falls ihnen eine entgangen ist, hat Sid sie aufgespürt.«

»Sie standen sich immer noch nahe?«

»Er bekam die Sonntagabende.«

Adairs Nicken signalisierte Verständnis, womöglich sogar Beifall für das Arrangement. Er blickte sie durchdringend an und fragte: »Und wer von den dreien hat für Sie das Feld geräumt?«

»Der Drogist.«

Sie sagte, er sei 1973 gestorben, kurz nach ihrem einundzwanzigsten Geburtstag – an krankhafter Arterienerweiterung. Da es kein Wahljahr war, mußte der Bürgermeister laut Gemeindeordnung einen Nachfolger für den Rest der Wahlperiode benennen; allerdings mußte eine Mehrheit des Stadtrats den Vorschlag des Bürgermeisters gutheißen.

»Wenn nur ein vierköpfiger Rat übrigblieb, konnte es zum Stimmenpatt kommen«, sagte Adair.

»Dann gibt die Stimme des Bürgermeisters den Ausschlag.«

»Ich denke, Sie hatten zwei Stimmen im Rat sicher – den Wirtschaftsprüfer und den Rechtsanwalt.«

»Den Bürgermeister hatte ich auch. Die beiden übrigen Ratsmitglieder wollten, daß er einen jungen, scharfen und ehrgeizigen Rechtsanwalt nominiert. Aber meine beiden Fürsprecher überzeugten ihn, daß es klug wäre, eine junge Frau zu nominieren, die auch in Zukunft die Protokolle und die Kassenbücher führen würde.«

»Und wie lange haben Sie gebraucht, um den Bürgermeister abzuschieben?«

Es habe fünf Jahre gedauert, sagte Huckins. Nach der Zeit als Nachrücker wurde sie 1974 und 1976 in den Rat wiedergewählt. 1978 stellte sie eine eigene Liste auf und kandidierte gegen den amtierenden Bürgermeister, Richard Handshaw, dem sie vorwarf, längst pensionsreif, pflichtvergessen und inkompetent zu sein, bis Sid Fork ihr riet, ihre Attacken auf Babysprache zurückzudrehen.

Danach nannte sie Dicky Handshaw alt, langsam und faul. Sie schlug ihn mit 53,2 Prozent der Stimmen und benannte den City Park nach ihm. Das geschah drei Tage, bevor sie den alten Polizeichef feuerte und Sid Fork auf seinen Stuhl setzte.

Bewundernd schüttelte Adair den Kopf. »Bei Gott, einen Park nach ihm benannt!«

»Es war ein harter Wahlkampf, und ich dachte, das würde die Gemüter etwas beruhigen.«

»Und vielleicht als ständige Mahnung daran dienen, was dem armen alten Dicky widerfuhr.«

Zum ersten Mal seit dreißig Minuten lächelte B. D. Huckins. »Ja, das wäre wohl möglich, aber so habe ich es wirklich nie gesehen.«

»Selbstverständlich nicht«, sagte Jack Adair.

Vierzehn

Kelly Vines und Sid Fork hielten an jenem letzten Freitag im Juni kurz vor Mitternacht vor einem scheinwerferbeleuchteten viktorianischen Prachtbau, geschmückt von zwei Kuppeldächern, acht Giebeln (nach Vines' rascher Zählung) und einer Veranda, die zwei Seiten des Hauses und einen Teil der dritten umrahmte.

»Nimmt sie Eintrittsgeld?« fragte Vines.

»Die Scheinwerfer bleiben an, bis er nach Hause kommt. Sie ist ganz alleine da drinnen, und die Festbeleuchtung ist so was wie eine Versicherung gegen Einbruchdiebstahl. Außerdem gehört das Haus zu den Sehenswürdigkeiten der empfohlenen Stadtrundfahrt.«

»Sie haben eine echte Stadtrundfahrt?«

»Ja, aber sie dauert nur zehn Minuten.«

Die Scheinwerfer beleuchteten einen neuen Anstrich in satter Cremefarbe, die für Vines' Geschmack einen geradezu widerlichen Kontrast zu dem dunkelgrünen Farbton bildete, der das Fachwerk zierte. Ein ziemlich neues Schindeldach blieb der Witterung ausgesetzt. Das Haus stand auf einem sechzig Meter breiten Grundstück und war von einem sorgfältig ausgedünnten Wald aus alten Kiefern umgeben. Am Ende der Zufahrt befand sich ein zweigeschossiges Gebäude, ebenfalls von Scheinwerfern beleuchtet, das nach Vines' Einschätzung einst ein Stall gewesen war und jetzt als Garage diente.

Während sie einem Serpentinenweg aus Ziegelsteinen zur Veranda folgten, erläuterte Sid Fork, daß Norm Trice das Haus von seinem Vater geerbt hatte. Dieser wiederum hatte es von *seinem* Vater geerbt, der es 1903 erbaut hatte.

Fork drückte die Klingel. Die Frau, die ihnen öffnete, war jünger, als Vines erwartet hatte. Als sie sah, daß ihre nächtlichen Besucher der Polizeichef und ein Fremder waren, nahm sie das Schlimmste an und leugnete es automatisch mit langsamem Kopfschütteln. Es war eine »Was es auch ist, ich will es nicht hören«-Bewegung, die nicht endete, bis Sid Fork sagte: »Tut mir leid, Virginia, aber ich habe eine schlechte Nachricht. Auf Norm ist geschossen worden, und er ... nun, er ist tot.«

Beim Wort »tot« stellte Virginia Trices Kopf seine gleichförmige Bewegung ein, und ihre Augen begannen in rascher Folge zu blinzeln, als kämpfe sie gegen die Tränen an. Es waren große, dunkelbraune Augen, weit auseinanderstehend, in einem schmalen, sonnengebräunten Gesicht, das von kurzem, dichtem strohfarbenen Haar gekrönt war. Zu dem Gesicht gehörten außerdem eine kleine, vielleicht kecke Nase und ein festes, vielleicht trotziges Kinn. Zwischen Nase und Mund befand sich ein vollkommener Mund, in dessen volle Unterlippe sich jetzt ihre Zähne gruben. Virginia Trice hörte auf, sich auf die Lippe zu beißen, öffnete den Mund, holte unermeßlich tief Luft, hörte zu blinzeln auf und hielt den Atem an, bis er schließlich in einem langen, kummervollen Seufzer entwich. Als der Seufzer verklungen war, sagte sie: »Kommt rein.«

Sie folgten ihr durch eine geräumige Diele vorbei an einer kunstvoll geschnitzten Eichentreppe und durch eine Schiebetür aus dem gleichen Holz in einen Raum, den Vines für den früheren Salon des Hauses hielt. Der polierte Eichenfußboden war zum großen Teil von einem rot-violetten Teppich bedeckt – das Violett so dunkel, daß es fast schwarz schien. Das Rot in dem Teppich biß sich mit dem Rosa in den winzigen Kletterrosen, die das Muster der Tapete bildeten.

An der Wand hingen Ölbilder, kalifornische Küstenlandschaften, schätzte Vines, offenkundig von Amateuren gemalt, die handwerklich versiert sein mochten, aber alles andere als begabt waren. In zwei Ecken des Zimmers standen schwere Holztische mit Klauenfüßen und runden Marmorauflagen. Auf beiden Tischen thronten wuchtige Porzellanlampen mit orangen Lampenschirmen aus Seide, die mit der Zeit verblaßt waren und nun eher idyllisch als farbenfroh wirkten.

Virginia Trice war groß, mindestens einssiebenundsiebzig, und trug enge alte Jeans, die ihre langen Beine noch länger erscheinen ließen. Sie trug ferner ein weißes Herrenoberhemd mit hochgerollten Ärmeln, dessen Zipfel aus der Hose hingen. Der Kragen war ausgefranst. Ihre bloßen Füße steckten in abgewetzten Segeltuchschuhen.

Sie ließ sich auf einen Cocktailsessel mit verschlissener Plüschsitzfläche sinken. Mit geschlossenen Knien und züchtig im Schoß gefalteten Händen schien sie aufmerksam zuzuhören, als Sid Fork Kelly Vines als »ein Freund von mir« vorstellte. Sie begrüßte Vines mit fast unhörbarer Stimme, als er und Fork sich nebeneinander auf eine Couch mit einer Rückenlehne aus Rohrgeflecht setzten.

Die kurze Stille danach endete, als Virginia Trice sich räusperte und fragte: »Wer hat ihn erschossen?«

»Das wissen wir noch nicht«, antwortete Fork.

»War es ein Überfall? Raubmord?«

»Möglich, aber ich glaube es nicht.«

»War es ein Schuß, zwei, viele?«

»Zwei. In den Kopf.«

»Dann muß es schnell gegangen sein. Ich meine, Norm hat nicht dagelegen, blutend und um Hilfe schreiend.«

»Es ging schnell, Virginia.«

Wieder seufzte sie. »Daß so was Beschissenes passiert!«

Fork nickte feierlich und fragte: »Möchtest du, daß ich jemanden anrufe? Vielleicht jemand, der ins Haus kommen und bei dir bleiben soll?«

Statt Fork zu antworten, sah sie Kelly Vines an. »Sie und Sid sind alte Freunde?«

»Eigentlich nicht.«

»Ich lebe seit vier Jahren hier und kenne kaum jemand, den ich jetzt bei mir haben möchte. Wir waren erst drei Jahre verheiratet. Ich bin seine zweite Frau. Squaw Nummer zwei, wie er sagt. Vorher war ich Kellnerin im Eagle, und ich glaube, deshalb hat es den Leuten nicht gefallen, daß wir geheiratet haben.«

»Wem hat es nicht gefallen?« meldete Fork sanften Protest an.

Sie ignorierte ihn und sprach weiter zu Vines: »Ihnen hat es nicht gefallen, weil ich Kellnerin war und wegen des Altersunterschieds. Ich war dreiundzwanzig, und Norm war dreiundvierzig. Zwanzig Jahre Unterschied. Ist das zu viel?«

Vines verneinte, seiner Meinung nach sei es nicht zu viel.

Es war still, bis sie Fork ansah und sagte: »Verdammt, Sid, was mach' ich denn jetzt?«

Fork rutschte auf der Couch nach vorn, stützte die Ellbogen auf die Knie und bemühte sich um einen mitfühlenden Gesichtsausdruck. »Zuerst einmal brauchst du einen guten Nachtschlaf.«

»Schlaf – was ist das?«

»Ich sage Joe Emory, er soll dir ein paar Tabletten schicken.«

»Auch mit Tabletten werd' ich nicht schlafen.«

»Aber du mußt, damit du morgen früh aufstehen kannst.«

»Wozu?«

»In einem solchen Augenblick spreche ich nicht gern von Geld, aber jeder wird sehen wollen, wo Norm umgebracht worden ist. Wenn du morgen runterfährst und früh aufmachst, wirst du Tausend oder sogar Fünfzehnhundert einnehmen.«

Nicht einmal die Habgier nahm Trauer und Kummer von ihrem Gesicht. »So viel?« fragte sie und beantwortete sofort ihre eigene Frage: »Ja, ich schätze, so viel könnten wir einnehmen.« Stirnrunzelnd blickte sie Fork an. »Meinst du, Norm wäre das recht?«

»Virginia«, sagte Fork, sein Tonfall war freundlich und geduldig, »Norm ist es so oder so völlig wurscht.«

Fünfzehn

Fork und Vines betraten Mayor B. D. Huckins' Haus um 0.46 Uhr ohne anzuklopfen und fanden Jack Adair mit einer Flasche Bier auf der cremefarbenen Couch vor und die Bürgermeisterin in ihrem schokoladenbraunen Ledersessel. Als sie eintraten, drehte sie sich um und wollte etwas sagen, doch Sid Fork kam ihr zuvor: »Jemand hat vor einer Stunde Norm Trice erschossen und uns eine Nachricht hinterlassen.«

Huckins nickte wie zu einer halbwegs interessanten Neuigkeit, stand langsam auf und wandte den drei Männern den Rücken zu. Sie trat zu einem ihrer Monet-Drucke und schien ihn sorgfältig zu inspizieren. Immer noch auf den Druck starrend, fragte sie: »Wie nimmt Virginia es auf?«

»Nicht leicht.«

»Hast du jemanden, der bei ihr bleibt?«

»Sie wollte niemand um sich haben.«

Huckins wandte sich von Monets »An der Seine bei Bennecourt« ab. Ihr Gesicht wirkte gefaßt, ihre Augen waren fast trokken, ihre Stimme beherrscht. »Ich rufe sie an. Vielleicht möchte sie ein paar Tage bei mir wohnen.«

Die Bürgermeisterin drückte ihre Schenkel an die Rücklehne des Ledersessels, als gebe ihr diese Stütze ein beruhigendes Gefühl. Dann verschränkte sie die Arme und fragte: »Was für eine Nachricht?«

Vines zog den Umschlag aus seiner Gesäßtasche, durchschritt das Zimmer und reichte ihn Huckins. »Er ist an Sie addressiert«, sagte er, »geht uns aber alle vier an.«

»Ich sehe, Sie haben ihn geöffnet«, sagte die Bürgermeisterin in einem Tonfall, der klarmachte, daß sie es nicht mochte, wenn jemand ihre Post öffnete. Sie nahm die Fotos heraus und betrachtete sie kurz. Als sie begann, sie gründlicher zu untersuchen, fragte Jack Adair: »Wer sind Norm und Virginia?«

»Virginia ist die Frau von Norm Trice«, antwortete sie und steckte die Fotos in den Umschlag zurück. »Ihm gehörte die Blue Eagle Bar und weiterer Grundbesitz in der Stadt. Und er war der erste, der mich unterstützt hat.« Sie sah Adair an. »Finanziell.«

Mit einem mitfühlenden Kopfschütteln deutete Adair an, wie gut er den Verlust begriff, den die Bürgermeisterin soeben erlitten hatte. Sie ging um den Ledersessel herum und gab ihm den Umschlag. »Ich werde Norm vermissen«, sagte sie.

»Das kann ich mir vorstellen«, sagte Adair, während er die Fotos herausnahm und gründlich begutachtete. Als er fertig war, sah er zu Vines hoch. »Du hast dich versteckt, und ich habe die Zunge herausgestreckt.«

»Der Chief meint, es ist eine Metapher.«

Fork schüttelte den Kopf. »Das haben Sie gesagt, nicht ich.«

Adair blickte zu B. D. Huckins, die an ein Fenster getreten war und in die Nacht hinausstarrte. »Wo und wann ist das Foto von Ihnen und dem Chief aufgenommen worden?« fragte er.

Ohne sich umzudrehen, sagte sie: »Vor zwei Tagen, kurz nach sechs Uhr nachmittags auf dem Parkplatz hinter dem Rathaus.«

Adairs Blick suchte bei Fork Bestätigung. Der Polizeichef zupfte sich am Ohrläppchen, runzelte die Stirn und sagte: »Bei Gott, das stimmt.«

B. D. Huckins wandte sich vom Fenster ab und blickte Adair an. »Sid und ich haben darüber geredet – kann sein, sogar gestritten –, ob wir noch etwas trinken sollten. Wir haben's nicht getan. Noch etwas getrunken, meine ich.«

»Und den Fotografen haben Sie nicht bemerkt«, sagte Vines.

Die Bürgermeisterin schüttelte den Kopf. »Die Fotos von Ihnen – wo sind die aufgenommen worden?«

»Mitten in Lompoc«, antworte Vines. »Keine Stunde nach Jacks Entlassung aus dem Gefängnis.«

Sie sah Fork an. »Ich würde gern was trinken, Sid. Einen Brandy.

»Sonst noch wer?« fragte Fork. Vines sagte, er hätte gern ein Bier, und Adair sagte, er wolle erst einmal seine Flasche austrinken. Als Fork in die Küche gegangen war, setzte sich die Bürgermeisterin auf ihren Lieblingssessel, zog die Beine unter sich und strich den schwarzen Rock über ihren Knien glatt.

Keiner sagte etwas, bis Fork mit zwei Flaschen Bier und einem Brandy zurückkam. Er bediente Huckins, reichte Vines eine offene Flasche und fragte, ob er ein Glas benötige. Vines verneinte.

Nachdem sie von dem Brandy getrunken hatte, fragte B. D. Huckins in die Runde: »Welchen Sinn könnte es haben, Norm umzubringen?«

»Sichergehen, daß wir die Botschaft verstehen«, meinte Vines.

»Und sie lautet – im Klartext?«

»Das ist einfach«, sagte Fork und nahm den einzigen anderen Sessel im Zimmer, der allerdings mehr Schemel als Sessel war. »Sie haben diese Fotos benutzt, um uns klarzumachen, daß sie alles darüber wissen, daß du und ich dem Richter und Vines einen Unterschlupf bereitstellen. Dann haben sie den armen alten Norm umgebracht, um uns klarzumachen, daß sie zur übelsten Sorte Menschen gehören.« Er blickte Vines an. »Trifft's das in etwa?«

»In etwa.«

Während der anschließenden Stille lehnte Jack Adair sich in die Couchkissen zurück und betrachtete eingehend die Decke. Schließlich sagte er: »Ich frage mich, wie sie die Verbindung zwischen Ihnen und uns so schnell entdeckt haben.«

Nach einer weiteren kurzen Schweigepause sagte B. D. Hukkins: »Jemand hat geredet.«

»Ich habe niemandem etwas gesagt«, versicherte Adair. »Und Kelly hat nur mit Soldier Sloan gesprochen.«

»Dann hat er mit einem Menschen zuviel gesprochen«, entgegnete sie.

»Wem haben Sie es erzählt?« fragte Vines. »Noch anderen außer Ihrer Schwester?«

»Niemandem.«

Vines und Adair sahen Sid Fork an, der versicherte, ebenfalls mit niemandem gesprochen zu haben.

Adairs Blick ging wieder zu der Bürgermeisterin. »Und wem würde Ihre Schwester etwas sagen?«

»Ihrem Mann«, antwortete Fork, bevor die Bürgermeisterin etwas sagen konnte.

»Ich hoffe, das hat sie«, sagte B. D. Huckins, ohne die kühlen Blicke zu beachten, die sie auf sich zog. Als sie weitersprach, sprach sie zu Adair. Sie beugte sich ein wenig vor und blickte ihn mit kalten grauen Augen an, die – wie Adair später Vines anvertraute – »direkt in das Kellergeschoß meiner Seele spähten, dorthin, wo es dunkel und schmutzig ist und das Ungeziefer herumkriecht«.

»Eins muß Ihnen klar sein«, sagte sie. »Wenn ich mit diesen Leuten – wer immer sie sein mögen – verhandeln soll, brauche ich einen Vermittler. Einen Mittelsmann.«

»Klingt vernünftig«, sagte Adair.

»Und ein reicher Mittelsmann ist besser als ein armer, weil ein reicher sich nicht annähernd so leicht verlocken läßt, uns aufs Kreuz zu legen, wenn die Gelegenheit sich ergibt – und das wird in unserem Fall mit tödlicher Sicherheit geschehen. Und Parvis ist weiß Gott reich genug.«

»Ist Parvis Ihr Schwager?« fragte Adair.

»Ja.«

»Ich dachte, Sie hätten gesagt, er heißt Mansur.«

»Parvis Mansur.«

»Wann werden Kelly und ich ihn kennenlernen?«

»Wie wär's mit morgen?«

»Sprechen Sie von Samstag oder Sonntag?«

»Samstag. Heute.«

»Heute wäre hervorragend«, sagte Jack Adair.

SECHZEHN

Obwohl in die geschliffene Granitplatte über dem Eingang der Name »Durango Civic Center« gemeißelt war, nannte es niemand anders als City Hall – Rathaus. Auf dem Platz des alten Rathauses gebaut, das 1887 hochgezogen wurde und während des Erdbebens 1935 zusammenfiel, war das neue Rathaus im Juni 1938 mit Arbeitsbeschaffungsmitteln fertiggestellt worden, doch das goldene Jubiläum verstrich nun unbeachtet und unbemerkt.

Es war ein solide wirkender dreigeschossiger Granitbau, den B. D. Huckins gern als graue Feldkiste mit Fenstern schilderte. Einschließlich Parkplatz und dem Feuerwehrhaus Nr. 1 (ein Feuerwehrhaus Nr. 2 gab es nicht) nahm das Civic Center fast einen halben Block in bester Lage am Noble's Trace ein.

Der Trace, wie ihn jedermann nannte, war die einzige Hauptverkehrsstraße in Durango, die Ähnlichkeit mit einem Boulevard hatte, und die einzige, die von der Ostgrenze in Kurven und Windungen quer durch die Stadt bis zu den Southern-Pacific-Gleisen im Westen führte. Alle anderen Straßen – außer denen in den Gebirgsausläufern – verliefen linealgerade von Ost nach West oder von Nord nach Süd.

Noble's Trace hatte seinen Namen von einem Spieler aus Louisiana, Noble Clark, der mit seiner Frau Lupe, einer mexikanischen Prostituierten, die Siedlung vor 148 Jahren gründete und sie nach dem Durango in Mexiko benannte, aus dem Lupe während der Skorpionplage 1835 geflüchtet war.

Mit widerwilliger und lustloser Hilfe einiger Chumash-Indianer baute das Paar das erste Gebäude in Durango, das vier Wände und ein Dach hatte. Es war ein Haus, das halb aus Holz und halb aus luftgetrockneten Ziegeln bestand und eine Kombination aus Handelsstation, Schenke und Bordell beherbergte. Dreiundzwanzig Monate darauf brannte es unter rätselhaften Umständen nieder, wobei Noble und Lupe Clark sowie zwei unidentifizierte männliche Kunden in den Flammen ums Leben kamen.

Der alte Pfad, der sich durchs Gebirge und seine Ausläufer bis zum Ozean wand, wurde immer noch der Trace genannt, weil nie jemand auf den Gedanken gekommen war, daß es wirklich notwendig sei, ihm einen anderen Namen zu geben.

Wie die in Stein gemeißelte Bezeichnung verlautete, war das Civic Center Heimstatt aller kommunalen Einrichtungen Durangos. Bürgermeister, Polizeichef und Stadtkämmerer saßen gemeinsam mit dem Nest voller Kämmereibediensteter im Obergeschoß. Im ersten Stockwerk befanden sich der Gerichtssaal und die Amtszimmer des Gemeinderichters, der alle vier Jahre gewählt wurde. Auf demselben Flur waren der gewählte städtische Rechtsbeamte und seine beiden Vertreter, die ernannt wurden, sowie zwei Angestellte, ein Gerichtsdiener, drei Sekretärinnen und der alternde Teilzeit-Protokollführer und Vollzeit-Schwulenaktivist, der trotz zunehmender Taubheit zu eitel war, eine Hörhilfe zu benutzen. Der Feuerwehrchef arbeitete in seinem Büro im Feuerwehrhaus Nr. 1.

Das Erdgeschoß des Civic Center war für den Publikumsverkehr der Stadtverwaltung reserviert. Fast ein Drittel wurde von der Polizei und dem Gefängnis – sechs Haftzellen, eine Ausnüchterungszelle – in Anspruch genommen. Der Rest enthielt die Büros und Amtsräume, in denen die Bürger ihre Steuern, Bußgelder und Wasserrechnungen bezahlten, ihre Heiratserlaubnis erhielten und Scheidungsbegehren einreichten, Geburten und Todesfälle meldeten, Baugenehmigungen und Grunddienstbarkeiten beantragten und – falls sie die Neigung verspürten, was nur wenige taten – den wöchentlichen Sitzungen des Stadtrats von Durango beiwohnten.

An jenem letzten Samstag im Juni kurz nach 9.30 Uhr lehnte Polizeichef Sid Fork sich auf seinem Bankierdrehstuhl zurück, legte die Füße auf seinen Walnußschreibtisch und hörte sich den Bericht seiner beiden Detectives an, Wade Bryant, dem zu groß geratenen Kobold, und Joe Huff, der für Sid Fork immer der Professor war.

Als Bryant fertig war, sagte der Chief: »Zweiundzwanziger, hm?«

»Erste Wahl des anspruchsvollen Profis«, sagte Huff.

»Wäre ganz hilfreich, wenn wir ein Motiv hätten«, sagte Fork. »Ich meine, warum sollte ein Profikiller aus L. A., oder meinetwegen aus San Francisco, dem alten Norm zwei Kugeln in den Kopf jagen und sich nicht mal die Mühe machen, die Kasse zu leeren.«

»Was für eine gute Frage«, sagte Bryant.

»O ja«, sagte Huff.

»Also?«

»Weil ihn jemand bezahlt hat«, sagte Huff.

»Und wer ist der Jemand?«

»Jetzt hast du uns«, sagte Bryant. »Genau darüber haben Joe und ich uns den Kopf zerbrochen. Deshalb sind wir heute ziemlich früh aufgestanden, obwohl Samstag ist, und haben bei der frischgebackenen Witwe vorbeigeschaut. Wir wollten nachsehen, ob sie okay ist und nicht etwa den Kopf in den Gasherd gesteckt hat, und ihr vielleicht auch ein, zwei Fragen stellen. Also gut, wir waren so um acht heute morgen da, und nun rate mal!«

Fork gähnte. »Sie war nicht da.«

»Richtig«, bestätigte Bryant. »Also sagt Joe: ›Versuchen wir's im Blue Eagle. Vielleicht ist sie dort, um die Bücher zu prüfen oder ihren Kummer zu ertränken.‹ Also fahren wir zum Blue Eagle, und nun rate mal!«

»Das wäre Quizfrage Nummer zwei«, sagte Fork.

»Wir konnten kaum rein«, sagte Huff.

Fork nickte erfreut. »Gerammelt voll, was?«

»Vier Reihen vor der Theke«, sagte Bryant. »Na ja, mindestens zwei. Und dahinter steht Virginia höchstpersönlich, zapft Bier, gießt Schnäpse ein, lächelt durch die Tränen und klimpert eine muntere Melodie auf der Registrierkasse.«

»Ich habe ihr gesagt, sie könnte mindestens einen Tausender einnehmen«, sagte Fork. »Vielleicht sogar eineinhalb.«

»Deine Idee also?«

»Besser als zu Hause zu bleiben, durch die vierzehn Zimmer zu wandern und Löcher ins Taschentuch zu beißen.«

»Jedenfalls schaffen wir's endlich bis zur Bar«, fuhr Huff fort, »und Wade sagt irgendwas Mitfühlendes wie ›Wie geht's denn so, Ginny?‹, und sie sagt uns, wie dankbar sie wäre, daß wir vorbeischauen, und die erste Runde ginge aufs Haus.«

»Ihr seid also gar nicht dazu gekommen, sie zu fragen, wer den Killer geschickt haben könnte?«

»Schien uns nicht der richtige Augenblick«, anwortete Bryant, »mit Condor State Bank links von uns und Regent Chevrolet rechts.«

»Praktisch wie 'ne Totenwache, was?« sagte Fork.

»Praktisch ja.«

Sid Fork schaute zum Fenster hinaus. »Ich kann mich erinnern, wenn früher einer gestorben ist, trafen sich nach der Beerdigung seine Verwandten, Nachbarn und Freunde bei einer Tonne Essen, jede Menge Grillhühnchen und Bratschinken, und die Witwe stand ganz in Schwarz da, schüttelte jede Hand und gab allen recht, ja, sicher, der verstorbene Tom oder Harry sähe wirklich ganz natürlich aus und seien die Blumen nicht wunderschön?«

»Wann soll das denn gewesen sein?« fragte Bryant.

»Vor fünfundzwanzig, dreißig Jahren«, sagte Fork, löste seinen Blick vom Fenster und fragte Bryant: »Also, was habt ihr bisher erreicht?«

Bryant leckte sich die Lippen, als wolle er seine Antwort vorkosten. »Einen möglichen Augenzeugen.«

Fork setzte die Füße auf den Boden und beugte sich vor. »Wer?«

»Father Frank von St. Maggie's.«

»Na, wunderbar«, sagte Fork und legte die Füße wieder auf den Schreibtisch. »Unser Whiskeypriester!«

»Er ist seit 'ner Weile trocken«, sagte Joe Huff. »Geht zu den Anonymen Alkoholikern und so.«

»Wie seid ihr auf ihn gestoßen?«

»Er drückte sich heute morgen vor dem Eagle rum und traute sich nicht rein, als Wade und ich rauskamen.«

»Angst vor den Hochprozentern, was?«

»Wahrscheinlich«, sagte Bryant. »Joe fragt ihn, wie's denn so geht. Und er sagt, ganz gut, und er würde vielleicht später zurückkommen und Virginia sein Beileid aussprechen, wenn sie nicht so viel zu tun hat. Dann guckt er mich an, und ich kann sehen, wie er innerlich abzählt: ja, nein, ja, nein. Und schließlich sagt er, er glaubt, letzte Nacht was Absonderliches bemerkt zu haben. Ich glaube, ich habe noch nie gehört, wie jemand ›absonderlich‹ gesagt hat.«

»Ich auch nicht«, sagte Joe Huff.

»Jedenfalls scheint's, daß er bei einer Versammlung gewesen...«

»AA-Versammlung?« unterbrach Fork.

Bryant nickte. »Aber sie hat nicht die rechte Wirkung, oder jemand hat was gesagt, was ihm gegen den Strich geht, oder vielleicht hat der Bischof ihm einen bösen Brief geschrieben, wer weiß, jedenfalls war er irgendwie erregt und wollte noch eine Runde drehen, um den Ärger loszuwerden. Und er war unten an der North Fifth, als er den anderen Priester sieht, der sich die Welpen in Felipes Schaufenster anschaut.«

»Shelties, nicht?« warf Fork ein. »Putzige Kerlchen.«

Jetzt übernahm Joe Huff die Berichterstattung. »Du weißt ja, daß Father Frank die meiste Zeit in T-Shirt und Jeans rumläuft. Aber er sagt, der andere Priester ist ganz in Schwarz, hat einen verdrehten Kragen und was dazu gehört. Und da er ihn noch nie gesehen hat, glaubt Father Frank, der andere wär' nur auf Besuch oder auf der Durchreise. Und er denkt, vielleicht würde der andere Priester gern auf 'nen Kaffee und Doughnuts bei Pretty Polly's vorbeischauen. Er will also grade über die Straße und ihn einladen, als der andere Priester sich umdreht und in die andere Richtung rennt.«

»Zum Eagle?«

»Entgegengesetzt. Father Frank also tritt in den Eingang von Klein's zurück, der ja ziemlich tief ist, weil er nicht will, daß der andere Priester auf falsche Gedanken kommt.«

»Was für falsche Gedanken?«

»Ich bin Baptist«, sagte Huff, »woher soll ich das wissen? Willst du ein paar Sachen aus dem frommen Süden drüber hören, was Priester und Nonnen so machen? Das rollt dir die Fußnägel auf.«

»Erzählt mir nur, was sich laut Father Frank abgespielt hat.«

Jetzt übernahm Wade Bryant wieder die Sprecherrolle: »Er sagt, der andere Priester saust den Bürgersteig entlang, bleibt stehen, macht kehrt, als hätte er was vergessen und steuert schnurstracks den Blue Eagle an.«

»Um welche Zeit ist das?«

»Etwa zwanzig nach elf, glaubt er.«

»Wann war die AA-Versammlung zu Ende?«

»Halb zehn, aber er ist noch 'ne halbe Stunde bei Keksen und Kaffee sitzengeblieben.«

»Und hat sich dann zu seinem Eineinhalb-Stunden-Spaziergang aufgemacht.«

»An den Kneipen vorbei, denke ich«, sagte Huff. »Die Versuchung herausfordern.«

»Aber der andere Priester«, sagte Fork, »ist in die Blue Eagle Bar gegangen.«

Huff nickte.

»Und was hat Father Frank gemacht?«

»Er hat sich noch einige Zeit rumgedrückt«, sagte Bryant, »und darauf gewartet, daß der andere wieder rauskommt, weil er dachte, sie könnten immer noch zusammen Kaffee trinken und Doughnuts essen.«

»Wo hat er sich rumgedrückt?«

»Genau gegenüber vom Eagle«, sagte Huff.

Fork schloß die Augen, als skizziere er einen Lageplan des Straßenbauabschnitts. »Marvin's Jewelry«, sagte er. »Ebenfalls ein tiefer Eingang.«

»Father Frank sagt, er benutzt solche Eingänge, weil er vermeiden möchte, nachts an Straßenecken gesehen zu werden«, sagte Bryant.

»Kommen wir zu den Merkwürdigkeiten«, sagte Fork. »Hat er etwas gesehen?«

Bryant schüttelte den Kopf.

»Hat er etwas gehört?«

»Er glaubt, er hat gehört, wie im Eagle jemand in die Hände geklatscht hat.«

»Geklatscht?«

»Geklatscht.«

»Einmal?« fragte Fork. »Fünfmal? Fünfzigmal? Nun?«

Bryant grinste. »Weißt du, Sid, genau das hab' ich ihn auch gefragt.«

»Und?«

»Und er sagt, es ist zweimal geklatscht worden.«

»Und dann?«

»Dann rennt der fremde Priester aus dem Eagle, springt in einen Lieferwagen und rast davon.«

»Was hat Father Frank dann gemacht?«

»Er sagt, weil er keinen hatte, mit dem er Kaffee trinken konnte, ist er nach Hause und ins Bett gegangen.«

»Wie sah der andere Priester aus?«

Bryant nickte Joe Huff zu, der ein kleines Notizbuch zückte, ein paar Seiten umblätterte und vorlas, was er aufgeschrieben hatte: Klein. Sehr kurze Beine. Etwa einsfünfundfünfzig. Zwischen vierzig und fünfundvierzig. Dick, kugelrund. Graues Haar, kurz geschnitten. Und häßlich. Schweinsartig.«

»Schweinsartig?«

»Er sah aus wie ein Schweinchen. Mit einer nach oben gebogenen Nase, die einen direkt mit den Nasenlöchern anguckt.«

»Augenfarbe?«

»Father Frank sagt, dafür war er nicht nah genug«, sagte Bryant. »Aber es war genug, um zu erkennen, daß der Kerl wie ein Schweinchen aussah.«

»Irgendwas über den Lieferwagen?«

Bryant schüttelte bedauernd den Kopf. »Weder Kennzeichen noch Fabrikat. Father Frank sagt, er kann einen Buick nicht von einem Ford unterscheiden. Aber er sagt, er war pinkfarben.«

»Pinkfarben?«

Bryant nickte.

»Na, also«, sagte Fork, »das ist doch was.«

Siebzehn

Das Rasthaus, in dem Adair, Vines und B. D. Huckins an jenem Samstag um 13 Uhr den reichen iranischen Schwager der Bürgermeisterin treffen sollten, lag vier Meilen östlich von Durango auf der Südseite des Noble's Trace, der sich direkt hinter der Stadtgrenze von einem Boulevard in die zweispurige Asphaltstraße verwandelte, die in Kurven und Windungen zur U. S. 101 führte.

Das Rasthaus hieß Cousin Mary's, und sein Besitzer, Merriman Dorr, bestand darauf, daß es sich um einen Luxusnachtklub und ganz und gar nicht um ein Rasthaus handelte. Dorr war erst kürzlich aus Florida zugewandert und behauptete, an der Universität von Arkansas Geographie gelehrt zu haben, als Kopilot für eine obskure karibische Frachtgesellschaft geflogen zu sein und noch davor bei den Savannah Indians in der Double-A-Liga zwei Saisons an der zweiten Base gespielt zu haben.

Kurz nachdem Dorr in Durango aufgetaucht war, hatte der stets skeptische Sid Fork eine Reihe von Ferngesprächen geführt und herausgefunden, daß Dorr alles getan hatte, was er behauptete – und noch einiges mehr. Zu dem »mehr« gehörte eine dreimonate Untersuchungshaft in West Palm Beach aufgrund einer recht vage formulierten Betrugsanzeige.

Der angebliche Betrug betraf zwei, möglicherweise drei Lieferungen von M-16-Gewehren und M-60-Granatwerfern. Es hieß, eine Export-Import-Firma in Miami, Midway There Inc., habe Dorr dafür bezahlt. Die Firma behauptete, die Lieferung nie erhalten zu haben.

Alle Anschuldigungen gegen Dorr wurden urplötzlich fallengelassen, als Midway There Inc. an einem Thanksgiving-Wochenende sang- und klanglos aus dem Geschäftsleben verschwand.

Danach führte Sid Fork Merriman Dorrs wegen keine neugierigen Ferngespräche mehr, weil – wie er der Bürgermeisterin sagte – »alles nach Spionage zu riechen begann«. Dennoch betrachtete

Fork es als seine Bürgerpflicht, Cousin Mary's hervorragende Speisenkarte und die akzeptablen Preise zu erhalten, auch wenn das Rasthaus knapp außerhalb seines Zuständigkeitsbereichs lag. Deshalb stattete er Dorr acht Wochen nach Eröffnung des Rasthauses einen belehrenden, halbamtlichen Besuch ab.

»Warum hier?« fragte er Dorr.

»Als ich in West Palm Beach im Gefängnis saß, habe ich von dem lockeren Stil hier gehört.«

»Haben Sie auch von unseren Regeln gehört?«

»Nein.«

»Also, die Regeln sind: keine Drogen und keine Huren, es sei denn, Sie wollen das FBI oder die Deputy-Sheriffs im Haus haben.«

»Und wie steht's mit einem netten, ruhigen Table-stake-Poker an den Wochenenden?«

»Das ist was anderes«, sagte Sid Fork.

B. D. Huckins lenkte ihren drei Jahre alten grauen Volvo auf den Rasthausparkplatz und folgte der Kieszufahrt, die zur Rückseite führte. Kelly Vines bemerkte das kleine blaue Neonschild mit der Aufschrift »Cousin Mary's« und fragte, ob es tatsächlich eine Mary gebe, die jemandes Cousine sei.

»Merriman Dorr«, klärte Huckins ihn auf. »Ihm gehört der Laden.«

»Gutes Essen?« fragte Jack Adair vom Rücksitz.

»Die Portionen sind zu groß.«

Die letzte Frage kam von Vines, der wissen wollte, warum keine Wagen auf dem Gästeparkplatz standen.

»Weil er erst um sechs öffnet«, antwortete die Bürgermeisterin.

Cousin Mary's war ein ungenutztes, einundachtzig Jahre altes Schulgebäude mit zwei Klassenräumen gewesen, bis Merriman Dorr es kaufte und renovierte. Einen großen Teil der Arbeit erledigte er selbst, sogar die Verlegung der elektrischen Leitungen. Er baute außerdem zwei Flügel an und strich das Gebäude, vom Dach abgesehen, scheunenrot. Jeden Morgen – auch wenn es oft schon auf zwölf zuging – hißte Dorr an dem alten, aber frisch gestrichenen und immer noch stabilen Fahnenmast das Sternenbanner. Direkt nach der Eröffnung hatte Dorr an allen Sonn- und Feiertagen bei Sonnenaufgang die alte Schulglocke geläutet. Obwohl seine nächsten Nachbarn eine Viertelmeile entfernt wohnten, hatten sie (bis auf eine taube Frau) alle telefonisch, schriftlich oder persönlich gegen das morgendliche Getöse protestiert. Danach läutete Dorr die Glocke nur noch am vierten Juli und am Heldengedenktag.

Außerdem hatte er ein breites gelbes Band, fast schon eine Schärpe, um den Stamm der alten Eiche gebunden, die in der Mitte des ehemaligen Schulhofs wuchs, der jetzt als Gästeparkplatz diente. Das gelbe Band, hatte Dorr einem 23jährigen Reporter der *Durango Times* in die Feder diktiert, sei ein Gedenken an alle Amerikaner, die von diversen Terroristen als Geiseln gehalten würden, und »an jeden anderen Amerikaner, der in einem ausländischen Gefängnis schmachtet, weil die Hohlköpfe in Washington vergessen haben, den richtigen Leuten Druck zu machen«.

Einige betrachteten Dorr als Patrioten. Andere hielten ihn für einen Spinner. Er kam gut zurecht.

Huckins parkte ihren Volvo hinter dem Rasthaus am Ende einer Reihe von fünf fast neuen und bemerkenswert schlichten Limousinen diverser amerikanischer Hersteller. Kelly Vines dachte bei sich, sämtliche Autos hätten genausogut eines dieser Fatzkenummernschilder mit der Aufschrift RENT-A-CAR haben können. B. D. Huckins bemerkte sein Interesse an den übertrieben anonymen Wagen und beantwortete seine unausgesprochene Frage: »Sie werden von den Spielern gefahren.«

»Poker?«

»Poker.«

Die rückwärtige Tür des Rasthauses war Vines vertraut, weil er eine ähnliche einmal in der Wohnung eines Klienten hatte einbauen lassen, der allen Grund zu der Annahme gehabt hatte, daß jemand ihn umzubringen versuchte. Die Tür war mindestens zwei Zoll dick und bestand aus einem festen Aluminiumkern in einer Stahlverkleidung.

Huckins hob die Faust, um anzuklopfen, doch bevor sie dazu kam, wurde die Tür von einem schlanken Mann geöffnet. Er war deutlich größer als ein Meter achtzig, hatte lebhafte grüne Augen und ein Gesicht, das durch eine dünne, eierschalenweiße Narbe, die sich von seinem linken Auge bis zum linken Ohrläppchen zog, vor der Stupidität eines männlichen Models bewahrt wurde. Die Narbe verlieh ihm ein angenehm finsteres Aussehen, das wahrscheinlich, wie Vines annahm, dem Geschäft nützte.

Merriman Dorrs grünäugiger Blick streifte Vines, verweilte kurz auf Adair und verharrte dann auf B. D. Huckins. Sein Lächeln ließ perfekte Zähne aufblitzen, als er sagte: »Ich schwöre Ihnen, B. D., jedesmal, wenn ich Sie sehe, und das ist bestimmt nicht oft genug, werden Sie schöner.«

Das war nett formuliert und unaufdringlich ausgesprochen, doch Huckins ignorierte das Kompliment und machte die Männer auf knappste Weise miteinander bekannt: »Jack und Kelly. Merriman.«

»Gentlemen«, sagte Dorr und tat einen Schritt zur Seite, damit seine Gäste eintreten konnten. Als Huckins an ihm vorbeiging, sagte sie: »Ich sehe Parvis' Wagen nicht.«

»Muß daran liegen, daß er noch nicht hier ist.«

Dorr und die Bürgermeisterin gingen, gefolgt von Vines und Adair, einen Flur entlang. Sie passierten eine geschlossene Tür. Davor saß auf einem Holzstuhl ein wachsamer Mann um die fünfzig, der eine Schrotflinte über den Knien liegen hatte. Hinter der Tür war das unverkennbare Klicken von Pokerchips zu hören, die aufgestapelt oder in den Topf geworfen wurden.

In der Mitte des Flurs blieben sie vor einer weiteren geschlossenen Tür stehen, die ihr Gastgeber öffnete. Mit einer Verbeugung bat er sie in den Raum. »Was für ein außergewöhnlicher Stock«, sagte Dorr, als Adair an ihm vorbeiging.

»Ein Erbstück«, entgegnete Adair.

Dorr betrat den Raum, als B. D. Huckins sich umdrehte, um den großen runden Tisch zu betrachten, auf dessen gestärkter Leinendecke vier Gedecke aus schwerem Silber, Goldrandgeschirr sowie Kristallgläser standen, in denen kunstvoll gefaltete Stoffservietten steckten. Vines bemerkte, daß der Raum keine

Fenster besaß, und schätzte, daß die fast lautlose Klimaanlage die Temperatur bei konstant 22 Grad Celsius hielt.

In einer Ecke des Raums standen drei hellbraune Sessel, eine dunkelgrüne Couch und ein Couchtisch. Auf dem Fußboden lag ein brauner, aus Synthetikmaterial gewebter Teppich, und an den hellen, cremefarbenen Wänden hingen interessante Aquarelle des alten Schulhauses. Nicht weit von der Couch und den Sesseln entfernt befand sich eine kleine Bar. Eine halb geöffnete Tür führte zur Toilette.

»Wie hört sich das an, B. D.?« fragte Dorr. »Forellen, wirklich große Tiere, wilder Reis, vielleicht ein wenig Broccoli und Salat des Hauses, zum Dessert Kuchen?«

»Fein«, sagte sie.

»Chief Fork ist nicht dabei?«

»Nein.«

Dorr nickte wie zu einer leicht enttäuschenden Nachricht und wies auf die Bar. »Bedienen Sie sich selbst«, sagte er und ging hinaus.

Die Bürgermeisterin begutachtete einen Fingernagel ihrer linken Hand, Kelly Vines betrachtete eins der Schulhaus-Aquarelle, und Jack Adair nippte an einem Glas Bier, als neun Minuten später die Tür aufging und die blonde Dixie eintrat, gefolgt von einem eleganten Mann von Ende Dreißig, bei dessen Anblick Vines aus irgendeinem Grund an einen Zeremoniendolch denken mußte, der nur darauf wartete, gezogen zu werden.

Dixie Mansur trug eine beige sportliche Hose, die einen teuren Eindruck machte, und eine dunkelbraune Seidenbluse, deren Preis nach Vines' Einschätzung astronomisch gewesen sein mußte. Ihr Blick glitt über Vines und Adair und verhielt bei ihrer Halbschwester, der Bürgermeisterin. »Ich habe mich selbst eingeladen«, sagte sie.

»Freut mich«, sagte Huckins und hielt ihrer Schwester die Wange zum Kuß hin. »Ich glaube, Richter Adair hast du noch nicht kennengelernt. Meine Schwester, Dixie Mansur.«

Nachdem sie sich begrüßt hatten, sagte Huckins: »Kelly Vines kennst du natürlich.«

»Natürlich.«

B. D. Huckins lächelte zu ihrem Schwager hoch, der – wenn auch ohne zu lächeln – ein freundliches Gesicht aufsetzte. Seine rechte Hand steckte tief in der Tasche seiner sandfarbenen Buschjacke aus Rohseide, seine linke hielt eine Zigarette. »Wie geht's dir, Parvis?« fragte Huckins.

»Bestens, B. D. Dir auch, hoffe ich.«

Die Bürgermeisterin nickte zur Antwort und stellte ihn Jack Adair und Kelly Vines vor. Parvis Mansur schüttelte zuerst Adair die Hand, dann Vines, dem er »für die Rettung meiner Frau« dankte.

»Nicht der Rede wert«, wehrte Vines ab.

»Ich stehe in Ihrer Schuld.«

»Ganz und gar nicht.«

»Dann akzeptieren Sie zumindest meine Dankbarkeit.«

»Natürlich«, sagte Vines und fragte sich, ob die Höflichkeiten jemals aufhören würden. Das taten sie, als die Tür geöffnet wurde und ein mexikanischer Hilfskellner mit einem weiteren Gedeck hereineilte. Direkt hinter ihm kam Merriman Dorr, der Mansurs Frau verärgert anblickte. »Sie hätten zumindest anrufen können, Dixie.«

Sie ignorierte Dorr, der jetzt dem Hilfskellner Anweisungen gab, ebenso wie seinen finsteren Blick. Als das Gedeck arrangiert war, schob Dorr eine Salatgabel ein paar Millimeter nach links, drehte sich mit einem charmanten Gastgeberlächeln um und sagte: »Ich hoffe, Sie werden den Lunch genießen.«

»Das werden wir ganz bestimmt«, sagte B. D. Huckins.

»Gut«, sagte Dorr und ging hinaus, den Hilfskellner vor sich herscheuchend.

Als die Tür ins Schloß gezogen wurde, fragte Parvis Mansur die Bürgermeisterin: »Haben wir noch Zeit für einen Drink?«

Huckins wies auf die Bar. »Bedien dich.«

Auf dem Weg zur Bar fragte Mansur: »Dixie?«

»Sicher.«

Alle sahen zu, wie Mansur Eiswürfel in zwei Gläser schüttete, den Scotch eingoß und Wasser zufügte. Er tat das mit einer Bewegungsökonomie, die beinahe geizig wirkte. Vines vermutete, daß er alles auf diese Weise tat – außer reden, denn Vines vermutete auch, daß Mansur den Klang seiner eigenen Stimme liebte, einen tiefen Bariton, der an Baß grenzte, mit dem er, abgesehen von britischen Vokalen und Flexionen völlig akzentfrei sprach. Als er sich fragte, wie früh wohl die britischen Obertöne angeeignet worden waren, hatte Vines plötzlich das Bild eines älteren britischen Armeeoffiziers im Ruhestand vor Augen, der seine Pension dadurch aufbesserte, daß er lange Nachmittage in Teheran damit zubrachte, einen zappeligen Parvis Mansur, der nie etwas vergaß, korrekte Aussprache zu lehren.

Als alle entweder auf den Sesseln oder der Couch saßen, blickte Mansur Adair an und forderte ihn auf: »Erzählen Sie.«

»Schwer zu entscheiden, womit ich anfange.«

»Vielleicht mit dem Verfahren selbst – in dessen Verlauf es zu der Millionenbestechung kam.«

»Der vorgetäuschten Bestechung«, korrigierte Adair.

»Einverstanden. Der vorgetäuschten Bestechung.«

Jack Adair trank den Rest seines Biers, stellte das Glas auf den Tisch, verschränkte die Hände über dem gekrümmten Griff des schwarzen Stocks und musterte einen oder zwei Augenblicke die Decke, als ordne er die Erzählfäden. Dann sah er Parvis Mansur an.

»Nun, Sir, es kam natürlich als Berufungsfall zu uns, und es ging um Mord, um eine Spur von Inzest und möglicherweise viele Milliarden Kubikmeter Erdgas. Man könnte also durchaus sagen, es war ein einigermaßen interessanter Fall.«

»Ja«, sagte Mansur. »Ich verstehe, weshalb man das sagen könnte.«

Achtzehn

Jack Adair begann seine Geschichte mit Delano Maytubby, dem 52jährigen Osage-Indianer und Wünschelrutengänger, der, nur mit zwei Weidenzweigen ausgerüstet, dafür berühmt geworden war, Öl oder Gas unter Land zu entdecken, das von den großen Ölgesellschaften entweder nicht beachtet oder abgeschrieben worden war. Tat sich wenig, suchte Maytubby, wenn man ihn bedrängte, auch nach Wasser. Aber zuerst erklärte er jedem, der ihn engagierte, daß er ein echter, professioneller Wünschelrutengänger und kein stümpernder Amateur sei, der an Waldgeister und ähnlichen Hokuspokus glaube.

Maytubby war engagiert worden, um in der Südwestecke von Adairs Bundesstaat unter den mit Schwarzeichen und Kletten bewachsenen fünf Quadratmeilen, auf denen der 63 Jahre alte Obie Jimson sein Vieh weidete, nach Gas oder Öl zu suchen.

Die beiden fuhren in Jimsons uraltem Ford-Pickup über das Ranchgelände, bis Maytubby ihn anhalten ließ. Dann stieg er, mit seinen beiden Weidenzweigen bewehrt, aus und ging in eine von ihm gewählte Richtung. Jimson fuhr mit dem Pickup im ersten Gang hinterher. Das machten sie fast einen Monat lang so, bis die gekreuzten Weidenzweige dreimal zuckten und ausschlugen, direkt nach unten wiesen und Delano Maytubby sagte: »Oh, oh.«

Jimson stieg aus dem Pickup und sah sich skeptisch um. »Hier, meinst du?«

»Hier.«

»Und was ist es?«

»Tja, Öl ist es nicht, also muß es Gas sein.«

»Woran erkennst du den Unterschied?«

Maytubby zeigte mit der rechten Hand steil nach oben. »Welche Farbe ist das?«

»Was?«

»Der Himmel, gottverdammt noch mal.«

»Blau.«
»Woher weißt du das?«
»Ich kann's sehen.«
»Woher weißt du, daß du's sehen kannst?«
»Ach, Scheiße, Del, ich weiß es eben.«
»Und genauso kann ich erkennen, daß es Gas und nicht Öl ist«, sagte der Wünschelrutengänger. »Ich weiß es eben.«

Zwar hatte Obie Jimson Maytubby auch wegen dessen Ruf als herausragender Öl- und Gasaufspürer des Bundesstaates engagiert, vor allem aber deshalb, weil Maytubby seinen Mund nicht halten konnte. Zwei Tage später saß der Kontraktjäger einer der großen Ölfirmen in Crazy Kate's Coffee Shop und hörte Maytubby mit seinem angeblichen Fund auf Jimsons Ranch prahlen.

Der Kontraktjäger erwähnte es beiläufig seinem Boß gegenüber, der ihm den Auftrag gab, sich bei den Behörden umzuhören, ob außer einem Wünschelrutengänger schon jemand anders in der Gegend rumgeschnüffelt habe. Als der Kontraktjäger meldete, ein Kerl von Phillips Petroleum sei plötzlich in der Stadt aufgetaucht, beauftragte sein Boß ihn, zu Jimsons hinauszufahren und herauszufinden, ob der Rancher ein harter Brocken sei.

Obie Jimson entpuppte sich als beinharter Brocken, wie die Ölbruderschaft zu sagen pflegte. Er redete ständig um den heißen Brei herum, grummelte, daß Vieh und Öl nicht zueinander paßten und er das Land schützen müsse, das seit drei Generationen seiner Familie gehöre, und er außerdem sehr enttäuscht sei, daß der Wünschelrutengänger, den er engagiert habe, kein Wasser gefunden habe, weil Kühe nun mal weder Öl noch Gas saufen würden.

Nachdem sich der Kontraktjäger mit dem Versprechen, mit einem interessanten Angebot zurückzukommen, verabschiedet hatte, rief Jimson bei Continental Airlines – der billigsten Fluggesellschaft – an und buchte einen Flug nach New Orleans. Dann grub er einen Ausriß aus dem *Wall Street-Journal* aus, das die zwanzig besten Steueranwälte des Landes aufgelistet hatte, und rief Randolph Parmenter in New Orleans an, die Nummer sechzehn der Liste.

Am nächsten Tag flog Jimson nach New Orleans, nahm ein paar Drinks und ein gutes Abendessen zu sich, durchstreifte bis drei Uhr morgens das französische Viertel und erschien, entspannt und ausgeruht, um zehn zu seinem Termin bei Parmenter.

Parmenter stellte die Eingangsfrage, die die meisten Anwälte und Ärzte stellen: »Was für ein Problem haben wir denn?«

»Das Problem ist«, sagte Jimson, »daß ich die Chance habe, stinkreich zu werden, und nicht will, daß die sozialistischen Spinner oben in Washington das Geld in die Finger kriegen. Jedenfalls nicht zuviel davon.«

Parmenters Praxis befand sich in einem der älteren Innenstadthäuser, das sich der Honorigkeit und Solidität seiner Mieter rühmte. Dem Coffee Shop im Haus sagte man nach, die besten Hühnersalat-Sandwiches der Stadt zu servieren, und das benachbarte Zigarrengeschäft rühmte sich ob der Qualität seiner eingeschmuggelten kubanischen Zigarren.

Der Anwalt bedachte Obie Jimson mit einem gönnerhaften Lächeln, das nach altem Reichtum aussah, und fragte: »Und was, Mr. Jimson, verstehen Sie unter stinkreich?«

»Sechzig, vielleicht siebzig Millionen, so um den Dreh. Aber natürlich nicht alles auf einmal.«

Parmenter legte seine gönnerhafte Haltung ab. »Und die Quelle dieses neuen Reichtums ist?«

»Erdgas.«

»Nun ja, das bringt zur Zeit neun Dollar pro tausend Kubikfuß«, gestand Parmenter.

(Sie dürfen nicht vergessen«, erinnerte Jack Adair seine Zuhörer, »daß sich das alles neunzehnhundertvierundachtzig abspielte.«)

»So hoch wird der Preis nicht bleiben«, entgegnete Jimson.

»Ach?«

»Er wird in Kürze runterpurzeln.«

»Wie kommen Sie darauf?«

»Ich hab' im *Wall Street-Journal* gelesen, daß dieser Araber, wie heißt er noch, Scheich Jamani, es vorausgesagt hat, und ich stell' mir vor, der muß was wissen, was ich nicht weiß.«

»Geologisch ist Ihr Land natürlich überprüft worden?«

»Ich glaub' nicht, daß ich das gesagt habe.«

»Wieso können Sie dann sicher sein, daß es dort Gas gibt?«

»Weil der beste Wünschelrutengänger des Osage-Stammes es sagt.«

»Ein Wünschelrutengänger«, sagte Parmenter. »Verstehe.«

»Nein, Sie verstehen nicht, Mr. Parmenter. Es hat sich so ergeben, daß ich 'ne neue Frau hab', auch wenn sich herausstellt, daß ich sie nicht besonders mag, und ich hab' auch noch zwei Kinder, einen Jungen und ein Mädchen aus der ersten Ehe – sie ist vor zehn Jahren gestorben, meine erste Frau –, und ich mußte Jack und Jill praktisch allein großziehen, wenigstens bis ich vor zwei Jahren Contrary Mary geheiratet hab'. Und ich bin Ihnen sehr verbunden, daß Sie nicht wie die meisten Leute über die Namen meiner Kinder schmunzeln. Jack ist zwanzig und Jill ist achtzehn – die erste Frau hab' ich spät geheiratet, die zweite nicht spät genug –, und ich will die Einnahmequelle aufteilen, bevor das Gas nachgewiesen ist, weil ich in *Money* gelesen hab', wenn man das macht, kann man tonnenweise Steuern sparen.«

Parmenter lehnte sich in seinem hohen Ledersessel zurück und musterte Jimson durch seine horngerahmte Brille. Jimson, der nie eine Brille getragen hatte, bemerkte, daß sie Dreistärkengläser hatte. »Die Zeitschrift *Money?«* fragte Parmenter, der das Entsetzen in seiner Stimme nicht verbergen konnte.

Jimson nickte.

»Nun ja, es stimmt, wenn man seinen Grundbesitz aufteilt, bevor bestimmte Bodenschätze auf oder unter dem Land nachgewiesen sind, kann man beträchtliche Steuerzahlungen vermeiden. Allerdings betrachtet die Einkommensteuerbehörde derartige vorherigen Aufteilungen mit ziemlicher Skepsis. Sind Sie sicher, daß Ihr Land noch nie geologisch oder seismographisch untersucht worden ist?«

»Nicht daß ich wüßte«, sagte Jimson.

»Haben sich in jüngster Zeit Interessenten gemeldet?«

»Ein alter Knabe von 'ner Probebohrfirma – sie heißt ›Der kurze Mex und der lange Mick‹ – hat bei mir angeklopft. Aber ich hab' den Doofen gespielt, und er ist wieder gegangen.«

»Sie sind also einzig und allein aufgrund Ihres Vertrauens in die

Fähigkeiten dieses Osage-Wünschelrutengängers zu mir gekommen?«

»Die Frage ist nicht, ob ich Vertrauen in ihn hab', Mr. Parmenter. Mir scheint die Frage zu sein, ob die Einkommensteuerbehörde es hat.«

Als er schließlich die Eleganz von Obie Jimsons Antwort verstand, gestattete Parmenter sich das erste Lächeln dieses Tages. Immer noch lächelnd, griff er nach einem Block, schraubte die Kappe eines Füllfederhalters ab und fragte: »Wie möchten Sie es aufteilen?«

»Zwei Fünftel von allem will ich selber behalten. Ich will, daß meine Frau, Marie Elena Contraire Jimson, ein Fünftel kriegt, und ich will, daß meine beiden Kinder pro Nase ein Fünftel kriegen. Wenn ich sterbe, will ich, daß meine zwei Fünftel an die Kinder gehen, weil sie von meinem Blut sind und ich sie verdammt noch mal länger kenne als Contrary Mary. Und das wär's auch schon – bis auf ein oder zwei Kleinigkeiten.«

Als Parmenter seine Notizen gemacht hatte, blickte er hoch. »Ich benötige einige zusätzliche Einzelheiten. Dokumente und...«

Jimson ließ ihn nicht ausreden. »Hab' ich alles hier«, sagte er, bückte sich, hob eine Wal-Mart-Einkaufstüte vom Fußboden auf und schob sie über den Schreibtisch des Anwalts. Parmenter prüfte rasch die Papiere in der Tüte und lächelte ein zweites Mal.

»Es scheint, Sie haben genau das mitgebracht, was ich benötige. Auch aus *Money*?«

Jimson nickte. »Da steckt 'n Haufen nützlicher Tips drin.«

»Irgendwann muß ich mir mal eine Ausgabe kaufen«, sagte Parmenter.

Jimson akzeptierte schließlich das Angebot eines der großen Ölkonzerne und ließ Parmenter zur Führung der Verhandlungen aus New Orleans einfliegen. Knapp sechs Monate später waren Obie und sein Sohn Jack auf der Wachteljagd, als Jill sie mit ihrem alten Volkswagen aufspürte.

»Er hat grade angerufen«, sagte sie.

»Wer?« fragte ihr Vater.

»Der Mann von der Ölgesellschaft.«

»Was will er?«

»Er sagt, wir fördern.«

»Wieviel hat er nicht gesagt?«

»Ich soll dir sagen, es ist ein Hypertreffer. Was heißt das, Daddy – Hypertreffer?«

»Das heißt, daß wir stinkreich sind«, sagte Obie Jimson, stieß ein Rebellengebrüll aus, warf seinen Hut auf die Erde und vollführte einen Freudentanz um ihn herum.

Am Abend feierten die vier Jimsons im Stack Boys Ranch Inn mit – wie Roy Stack später bezeugte – »riesengroßen Steaks, reichlich Achtzehn-Dollar-Flaschen kalifornischen Sekts und vielleicht ein oder zwei Glas Whiskey pro Person«.

Dann begaben sich alle vier Jimsons – Obie, Contrary Mary, Jack und Jill – nach Hause und ins Bett. Irgendwann zwischen Mitternacht und drei Uhr früh stand Obie Jimson auf und ging in sein Arbeitszimmer im alten Ranchhaus. Eine geladene Schrotflinte, eine von den Waffen, die er und Jack am Nachmittag bei der Wachteljagd benutzt hatten, wurde aus dem verschlossenen Gewehrständer genommen. Ihre Mündung wurde in Obies Mund gesteckt und der Abzug gedrückt. Seine Frau, die frühere Marie Contraire, fand ihn. Sie schrie und rannte, immer noch schreiend, los, um Jack und Jill zu holen.

Als der Deputy-Sheriff, der Marie Jimsons hysterischen Anruf entgegennahm, endlich daran dachte zu fragen, wo sie ihre beiden Stiefkinder gefunden hatte, antwortete sie, sie habe sie dort gefunden, wo sie nachts immer seien: zusammen im Bett.

Die einzigen Fingerabdrücke auf der Schrotflinte, die Obie Jimsons Leben ein Ende setzte, stammten von seinem Sohn Jack. Er und seine Schwester Jill – damals 21 beziehungsweise 19 Jahre alt – wurden verhaftet und des vorsätzlichen Mordes angeklagt. Die Kaution wurde auf jeweils eine Million Dollar festgesetzt und vom Präsidenten der Bank aufgebracht, bei der Obie Jimson seine Konten hatte. Der Bankpräsident verlangte und bekam eine Gebühr von 18,9 Prozent auf die geleisteten zwei Millionen, wobei er Jack Jimson erklärte, er würde den gleichen Satz zahlen müssen, wenn er seine Visa-Karte damit belastete.

Von der Ranch waren Jack und Jill durch ihre Stiefmutter ausgeschlossen, die – über einen frisch engagierten Medienberater – verkündete, sie wolle »mit den unzüchtigen Blutschändern, die meinen geliebten Mann ermordet haben, nicht unter demselben Dach schlafen«. Die Geschwister bezogen im Ramada Inn der Kreisstadt eine Suite, feuerten ihren örtlichen Anwalt und riefen Randolph Parmenter in New Orleans an, der ihnen dringend empfahl, Combine Wilson aus Austin, Texas, als Verteidiger zu verpflichten, einen Anwalt, der für seine Brillanz, seine Extravaganz und seine üppigen Honorare gleichermaßen berühmt wie berüchtigt war.

»Ich schätze doch, wir können ihn uns leisten«, sagte Jack Jimson.

»Hört Jill noch mit?« fragte Parmenter.

Als die Frage bejaht wurde, erinnerte Parmenter Bruder und Schwester an die Urkunden, die er für Obie Jimson aufgesetzt hatte und die sie beide, wie auch ihre Stiefmutter Marie Contraire Jimson, unterschrieben hatten.

»Im Falle von Obies Tod, der leider eingetreten ist«, sagte Parmenter, »sollten Sie beide seine vierzig Prozent Einnahmen aus dem Erdgas erben. Das heißt, Sie beide zusammen bekommen jetzt achtzig Prozent aller Einnahmen und Ihre Stiefmutter zwanzig Prozent. Wenn Sie sterben, bekommt ihre Stiefmutter Ihren Anteil. Stirbt sie, bekommen Sie beide ihren.«

»Über was für Geld reden wir eigentlich?« fragte Jack Jimson.

»Nun, Sie haben derzeit fünf produzierende Schächte, also reden wir von etwa zwölf Millionen Kubikfuß Erdgas pro Tag. Bei Ihrer Förderungsabgabe von drei Sechzehnteln summiert sich das bei fünf Schächten auf etwas mehr als zwanzigtausend Dollar pro Tag oder etwa drei Millionen pro Monat. Selbstverständlich schluckt die Produktionssteuer pro Monat zweihundertachtundzwanzigtausend, aber damit bleiben Ihnen beiden immer noch achtzig Prozent von zweikommasiebensieben Millionen im Monat.«

»Ungefähr fünfundzwanzig Millionen im Jahr? Für Jill und mich?«

»Ja.«

»Das ist ja interessant.«

»Ich bin sicher, das findet Combine Wilson auch«, sagte Parmenter.

Wilson fand es so interessant, daß er kein Honorar festsetzte, sondern sich bereit erklärte, seine beiden jungen Mandanten – oder Waisen, wie er sie gern nannte – auf Risikobasis zu vertreten, was in einem Mordverfahren bis dahin noch nie vorgekommen war. Er erklärte ihnen, sie würden ihm während der nächsten drei Jahre zehn Prozent ihres Bruttoeinkommens zahlen, wenn er sie frei bekäme.

»Aber wenn ich euch zwei Hübschen nicht frei bekomme«, hatte Combine Wilson gesagt, »zahlt ihr mir keinen Cent.«

Jack Adair legte eine Erzählpause ein, griff nach seinem Glas und trank von dem Bier, das mittlerweile fast warm geworden war. »Nun waren zehn Prozent Ertragsbeteiligung bei einer derartigen Menge Erdgas in der Tat, wie Combine selbst gerne zugab, ›eine ordentliche Stange Geld‹. Und um sie zu verdienen, hat er eine brillante Vorstellung inszeniert. Seine beste, sagen die meisten.«

»Ein guter Redner, nehme ich an«, sagte Parvis Mansur.

»Ein fesselnder Redner«, entgegnete Adair. »Er stimmte ein bewegendes Klagelied über zwei ungeliebte Kinder an, die durch Einsamkeit, Verzweiflung und kriminelle Vernachlässigung zueinander fanden, und tauchte den Inzest damit in ein sympathisches Licht. Er wetterte gegen einen alternden, gleichgültigen und balzenden Vater, der seinen Kindern als Stiefmutter eine Frau ins Haus brachte, die in Houston sechzehnmal wegen Prostitution festgenommen worden war. Er holte Sachverständige aus Detroit und Los Angeles, die der Beweisführung der Anklage nachgingen und sie in der Luft zerfetzten. Er hat den Deputy in den Zeugenstand zitiert und ihm so zugesetzt, daß er zu zittern begann, und wenigstens drei weitere Zeugen der Anklage brachte er zum Weinen. Aber was am besten gelang, das war, daß er einen mittelmäßigen Provinzrichter zu einer furchtbar schlechten Prozeßführung provozierte. Und dann Combines Schlußplädoyer, das war Demagogie auf raffinierteste und effektivste Weise.«

Adair trank sein Bier leer und fuhr fort: »Man hat mir gesagt, es war halb geflüsterte, halb geschriene Demagogie. Anwälte kamen von überall her geflogen, einige zum gesamten Prozeß, aber die meisten nur, um Combines Schlußplädoyer zu hören. Und es muß nach unerbittlicher, unwiderstehlicher Logik geklungen haben – außer, man nahm es genauer unter die Lupe, was ich anschließend tat und feststellte, daß es zwar brillant aufgebaut und vorzüglich vorgetragen, aber kaum mehr als emotionale Rhetorik war. Kelly war dabei, er kann es Ihnen bestätigen.«

Die beiden Halbschwestern und der Iraner blickten Kelly an, und B. D. Huckins sprach die Frage aus, die sie alle dachten: »Was haben Sie dort gemacht?«

»Eine Mandantin vertreten – den kurzen Mex und den langen Mick, die eben schon erwähnt wurden. Sie haben mich hingeschickt, weil sie glaubten, ein bißchen mitverdienen zu können, oder zumindest ein paar Krumen abzubekommen, die vom Tisch fielen, falls das Urteil so lautete, wie sie hofften.«

»Und lautete es so?« fragte Huckins.

»Nein.«

Sie sah Adair an: »Also?«

»Nachdem der Staatsanwalt plädiert hatte und Combine endlich verstummt war – und nach den zweifelhaften Ermahnungen des Richters –, zog sich die Jury zurück und blieb eine Stunde und fünfzehn Minuten draußen, gerade lange genug, um es halbwegs anständig aussehen zu lassen. Dann kamen sie zurück und befanden Jack und Jill Jimson des gemeinschaftlichen vorsätzlichen Mordes für schuldig.«

NEUNZEHN

Zum Dessert gab es einen sündhaft gehaltvollen Kuchen, und nachdem Merriman Dorr ihn allen eigenhändig serviert hatte – nur Kelly Vines sagte, er mache sich nichts aus Nachtisch –, fragte er ihn, ob er ihn unter vier Augen sprechen könne.

Vines stand auf und folgte ihm in den Korridor, wo Dorr wie vor einem Stoppschild nach links und rechts schaute.

»Hat Ihnen das Essen geschmeckt?« fragte Dorr.

»Die Forelle war gut.«

»War am Salat vielleicht ein Hauch zu viel Estragon?«

»Der Salat war auch gut. Wieviel?«

»Eintausend bar«, sagte Dorr. »Keine Schecks. Kein Plastik.«

»So gut war die Forelle nun auch wieder nicht.«

»Sie zahlen dafür, was es kostet, samstags das Personal herbeizuschaffen. Dann die Getränke und das Zimmer. Aber letztlich treiben Ungestörtheit und Diskretion den Preis, und deren Kosten sind kaum zu bewerten, weil Sie es nirgendwo besser treffen.«

»Barzahlung vereinfacht gewiß Ihre Buchhaltung«, sagte Vines, zog eine nicht allzu üppige Rolle Hundert-Dollar-Scheine aus der Hosentasche, schälte zehn Hunderter so langsam ab, daß Dorr mitzählen konnte, und gab sie ihm. Dorr zählte sie noch langsamer ein zweites Mal und sagte: »Ich weiß nicht, was Sie und B. D. vorhaben, aber ...«

»Belassen wir's dabei!«

Dorr ignorierte den Einwurf. »Aber was es auch ist, wenn B. D. oder auch Sie schnell irgendwohin müssen, weiß ich, wo ich eine Cessna kriegen kann.«

»Was berechnen Sie? Zweihundert Dollar pro Meile?«

»Sie könnten sich ein wenig im Zuhören üben«, sagte Dorr und schob die jetzt zusammengefalteten tausend Dollar in die Gesäßtasche. »Ich biete Ihnen über B. D. einen Dienst an. Was ich sagen will: Wenn sie mir sagt, daß Sie schleunigst irgendwohin müssen, geht das in Ordnung; ich fliege Sie, aber vorher brauche ich B. Ds. Okay, weil ich nämlich Sie und Ihren Partner nicht kenne. Aber wenn ich einmal etwas für B. D. tun kann, dann tu ich es gratis und franko, denn für mich ist sie das Trumpf-As.«

»Wieso?« fragte Vines.

»Wieso was?«

»Wieso ist jedermann bereit, für sie vom Hochhausdach zu springen?«

»Wenn man heute zu springen anbietet, wird man vielleicht morgen nicht runtergestoßen. Deshalb.«

Als Kelly Vines zu seinem Platz am Tisch zurückkam, war Jack Adair bereits mitten in seiner Schilderung der Millionen-Bestechung: ». . . und als die Berufungsinstanz das Urteil bestätigte, hob sie auch die Kaution auf. Der Junge wurde ins Staatsgefängnis von Goldstone geschickt, und das Mädchen in die Frauenbesserungsanstalt – so hat man das Staatsgefängnis für Frauen getauft, als es 1911 gebaut wurde.«

»Und das Strafmaß?« fragte Parvis Mansur. »Das haben Sie noch nicht erwähnt.«

»Tod durch Injektion.«

»Wirklich? Beide?«

»Beide.«

»Wer sollte die Todesspritze setzen – ein Arzt?«

»Ein Arzthelfer.«

Da sie argwöhnte, daß ihr Schwager noch eine lange Liste weiterer Fragen über den Ablauf der Hinrichtung hatte, kürzte B. D. Huckins es ab: »Kommen wir zur Bestechung!«

Mit zustimmendem Nicken sagte Adair: »Der Generalstaatsanwalt persönlich trat vor uns für den Bundesstaat auf. Er ist kein großartiger Jurist, aber ein verflixt guter Politiker, deshalb ist er heute auch Gouverneur. Dann kam Combine Wilson, und das war der Moment, in dem alle Richter des Obersten Gerichts aufmerkten, denn diesmal war es Combine, der Rechtsgelehrte, nicht Combine, der Publikumsbeglücker. Und wenn einige von uns nicht sehr vorsichtig gewesen wären, hätten wir seine Ausführungen womöglich mit einem Kopfnicken begleitet und sie vielleicht sogar gelegentlich mit einem Amen bekräftigt, als er uns darlegte, was Recht und Gesetz wirklich bedeuten – und das war nicht das, was ein halbgebildeter Dorfrichter in Little Dixie darunter verstand.«

»Little Dixie?« fragte Dixie Mansur.

»So nennt man den Teil meines Bundesstaats, in dem das erste Verfahren gegen die Jimson-Kinder geführt wurde.«

»Ist es als Kompliment oder als Kritik gemeint?«

»Ursprünglich als Kompliment, aber das hat sich ins Gegenteil verkehrt.«

»Das dachte ich mir«, sagte sie.

Adair sah jeden seiner Zuhörer einzeln an. »Weitere Fragen?«

Als niemand eine stellte, fuhr Adair fort: »Trotz Combines Brillanz konnte ich spüren, daß mindestens vier der Richter seiner Argumentation nicht folgten. Mag sein, es lag daran, daß drei von ihnen zur Wiederwahl anstanden und sich ausmalten, bei den Wählern in meinem Bundesstaat würde es ihnen nicht schaden, zwei reiche junge Leute zum Tode zu verurteilen. Alles in allem haben die Leute dort eine gewisse Vorliebe für Hinrichtungen. Die vierte Stimme gehörte dem einsamen Wunderling des Gerichts, der ein perverses Vergnügen daran fand – und wahrscheinlich immer noch findet –, Todesurteile zu bestätigen. Jedenfalls hat er noch nie für eine Aufhebung gestimmt. Aber ich muß zugeben, daß es mir große Befriedigung – wenn auch anderer Art, hoffe ich – verschafft hat, genau entgegengesetzt zu votieren.«

»Sie sind also Gegner der Todesstrafe?« fragte Mansur.

»Jawohl, Sir, das bin ich. Unabänderlich.«

»Eigenartig.«

»Haben Sie jemals einer Hinrichtung beigewohnt, Mr. Mansur?«

Bevor Mansur antworten konnte, was er offensichtlich vorhatte, schaltete B. D. Huckins sich ungeduldig ein: »Machen wir weiter!«

Adair lächelte sie an. »Mit meiner Schilderung, nehme ich an, und nicht mit meiner Philosophie.« Ohne eine Antwort abzuwarten, fuhr er fort: »Nach meiner Abschätzung der Stimmenverhältnisse kam ich auf vier gegen vier, und die ausschlaggebende Stimme lag beim alten Richter Fuller.«

Parvis Mansur konnte sich eine weitere Unterbrechung nicht verkneifen: »Wenn Sie sagen ›alt‹, ist das nur eine Floskel oder eine Feststellung?«

»Richter Fuller war damals einundachtzig, also nicht nur alt, sondern hochbetagt. Sein vollständiger Name war Mark Tyson Fuller, er gehörte dem Gericht seit sechsundreißig Jahren an und bezeichnete sich selbst gern als institutionelles Denkmal, obschon die Gerichtsbediensteten ihn bereits seit einem Vierteljahrhundert die Wetterfahne nannten, weil er in neunundachtzig Prozent der Fälle mit der Mehrheit stimmte.«

»War er denn kompetent?« fragte Mansur.

»Er war nicht gerade ein Rechtsgelehrter, und faul war er auch, aber er verfügte über einen gewitzten Verstand, hatte alle fünf Sinne beisammen, und er war der beste Stimmenzähler des Gerichts – sogar noch besser als ich, und ich war schon besser als gut. Allerdings war er entschlossen, bis zu seinem Tode Richter zu bleiben, denn seine Frau hatte die Alzheimersche Krankheit, und die ständige Pflege, die sie brauchte, hatte ihn finanziell fast ruiniert.«

»Wieviel verdient ein Richter am Obersten Gericht in Ihrem Bundesstaat?« fragte Dixie Mansur.

»Fünfundsechzigtausend«, antwortete Adair. »Der Vorsitzende Richter bekommt siebzig.«

»Hmm«, sagte sie, »in L. A. machen Kanzleiangestellte fast genausoviel.«

»Davon bin ich überzeugt«, erwiderte Adair. »Aber einige von uns konnten sich die Richtertätigkeit leisten. Andere dachten, ein oder zwei Wahlperioden würden ihnen politisch helfen oder nützlich sein, wenn sie in die private Praxis zurückkehrten. Und wieder andere genossen das Prestige. Es gibt einen alten Spruch: Ein Staatsrichter ist ein Rechtsanwalt, der einen Gouverneur kennt. Aber in meinem Heimatstaat bedeutet die Tatsache, als Richter beim Obersten Gericht *gewählt* zu sein, daß man eine politische Figur ist, die noch über dem Vizegouverneur und nur ein oder zwei Sprossen unter einem US-Senator rangiert.«

B. D. Huckins schaute auf ihre Armbanduhr und sagte: »Könnten wir ...«

»Ja, Ma'am«, versprach Adair, »keine Abschweifungen mehr.« Er lehnte sich vor, legte die Ellbogen auf den Eßtisch und starrte Parvis Mansur an, der seinen Blick aus braunen Samtaugen erwiderte, die sanft wie die einer Taube gewirkt hätten, wäre da nicht ein leichtes Schielen im rechten Auge gewesen, das dem ganzen Gesicht des Iraners den Ausdruck eines abgrundtiefen Skeptizismus gab. Auch Mansurs übriges Gesicht war leicht aus der Fasson, befand Adair. Die Augen standen zu weit auseinander, zu der schmalen Nase und den wuchtigen Kiefern schien eine wesentliche Komponente zu fehlen, möglicherweise ein Schnurrbart, und Adair stellte sich die Frage, wie oft Mansur einen Bart hatte sprießen lassen, nur um ihn wieder abzurasieren.

»Also weiter«, sagte Adair. »Einige Tage nachdem wir die Anhörung im Jimson-Fall abgeschlossen hatten, fühlte Richter Fuller bei mir vor. Er kam in mein Arbeitszimmer und deutete an, daß er dazu neige, das Urteil gegen die Geschwister aufzuheben und ein neues Verfahren anzuordnen. Sehr gut, sagte ich ihm, ich neige selbst auch in diese Richtung. Dann brachte er das Gespräch darauf, wie schwer die Wiederwahl für ihn gewesen sei, was völliger Unsinn war, aber ich ließ ihn plappern, bis er zu dem kam, was ihn wirklich bewegte.«

»Und das war?« fragte Mansur.

»Er bat mich, ihn die Mehrheitsmeinung festschreiben zu lassen, weil er, wie er sagte, ein wirkliches Empfinden für den Fall habe, und weil er glaube, es könne ihm politisch etwas Auftrieb geben, was erneut Unsinn war. Aber inzwischen hatte ich das Abstimmungsverhalten abgeschätzt und sah keinen Nachteil darin, deshalb sagte ich: ›Okay, Mark, Sie schreiben die Begründung.‹ Das tat er dann auch, und das Gericht hob das Urteil mit fünf gegen vier Stimmen auf und ordnete ein neues Verfahren für die Jimsons an.«

Adair schaute Kelly Vines an. »Soweit okay, Kelly?«

»Soweit, ja.«

»Etwa einen Monat später erhielt ein Ermittler der Generalstaatsanwaltschaft einen anonymen Anruf. Ein Mann behauptete mit erkennbar verstellter Stimme, Richter Fuller und ich hätten uns eine Bestechungssumme von einer Million Dollar geteilt und deshalb dafür gesorgt, daß die Berufung der Jimsons den gewünschten Verlauf nahm.«

»Einfach so?« fragte B. D. Huckins. »Aus heiterem Himmel?«

»Einfach so«, sagte Adair. »Dreißig Minuten nach dem Anruf kam der Generalstaatsanwalt persönlich in mein Arbeitszimmer und spielte mir die Bandaufnahme des Gesprächs vor, was verdammt idiotisch von ihm war. Aber nur wenige Monate vor den Vorwahlen dachte er wohl mehr an seine Kandidatur für den Gouverneursposten und die politischen Nebenwirkungen als an Recht und Gesetz. Ich hörte mir das Band an, bedankte mich bei ihm und fragte ihn, ob jemand anders Richter Fuller eine Kopie vorspielte.«

»Und?« warf Mansur ein.

»Ich glaube, dem Generalstaatsanwalt war nicht einmal der Gedanke gekommen, denn er wirkte überrascht, sogar ein bißchen schockiert. Nein, natürlich nicht, erwiderte er, und er wolle zuerst mit mir darüber reden. Ich mußte ihn darauf hinweisen, daß wir beide meines Erachtens die Angelegenheit nicht weiter diskutieren sollten. Jetzt fielen ihm die Vorschriften ein, und er ging. Das war morgens um halb elf, und als er ging, machte er den Eindruck, als ob der Himmel über ihm zusammenstürzte, was in gewissem Sinn wohl auch der Fall war. Und da habe ich mich entschlossen, mir selbst einen guten, billigen Rechtsanwalt zu nehmen. Deshalb habe ich meinen Schwiegersohn angerufen.«

»Mich«, sagte Vines.

Jack Adair wirkte plötzlich müde, lehnte sich auf seinem Stuhl zurück und sagte: »Ich denke, Kelly sollte erzählen, wie es weiterging.«

Nach dem Gespräch mit Adair rief Vines im Haus von Richter Fuller an, doch war die Leitung besetzt. Fünfzehn Minuten lang wählte er immer wieder die Nummer, rief dann bei der Vermittlung an, behauptete, es sei ein Notfall, und bat festzustellen, ob

Fullers Telefon benutzt wurde oder der Hörer neben der Gabel lag. Die Kontrolle ergab, daß der Hörer ausgehängt war.

Das Fuller-Haus war ein großes, zweigeschossiges, weiß gestrichenes Holzmonstrum mit einer tiefen, verdeckten Veranda, die darauf hinwies, daß es in den 20ern vor dem Siegeszug der Klimaanlagen gebaut worden war. Es stand mitten in einem ständig weiter verkommenden Bezirk, der von der Stadt im vergeblichen Versuch, die Grundstückswerte zu erhalten, als »Historisches Viertel« benannt worden war.

Wiederholt klingelte Kelly Vines an der Tür. Als niemand öffnete, drückte er die Klinke und entdeckte, daß die Tür nicht verschlossen war. Sein erster Impuls war, zum Wagen zurückzugehen und in seine Kanzlei zu fahren, doch statt dessen betrat er das Haus aus, wie er sagte, »Neugier und einem verschwommenen Pflichtgefühl«.

Eine geräumige zentrale Diele führte zur Treppe. Rechts lag das Wohnzimmer, links das Eßzimmer, das an die Küche grenzte. Vines ging in das Wohnzimmer und fand Mrs. Mark Fuller, die Alzheimer-Kranke, in einem jener Schaukelstühle sitzend, die John Kennedy populär gemacht hatte; sie trug ein langes rosa Flanellnachthemd und war tot, offensichtlich durch eine Schußwunde in der Brust. Ihre im Schoß gefalteten Hände hielten noch die Brille mit dem Silbergestell.

Vines verließ das Wohnzimmer, lief durch die Diele und betrat das Eßzimmer. Richter Fuller saß in einem Lehnstuhl, der zum Eßtisch paßte, welcher aus dem gleichen sehr dunklen, fast schwarzen Holz, wahrscheinlich philippinisches Mahagoni, hergestellt war. Der Tisch gehörte zu einer Garnitur, die aus acht Stühlen, einem Büfett und einem Geschirrschrank mit Glastüren bestand.

Sieben der acht Stühle waren an den Tisch gedrückt. Der Stuhl, auf dem Richter Fuller saß, war vom Kopfende des Tisches einen Meter, fast bis zur Wand, zurückgeschoben, anscheinend um zu verhindern, daß Blut über den handgeschriebenen Brief spritzte, der direkt vor zwei offenen Schuhkartons auf dem Tisch lag. Die Kartons waren mit gebündelten Hundert-Dollar-Noten gefüllt, die von roten Gummibändern zusammengehalten wurden.

Richter Fuller saß, den Kopf zurückgeworfen, ausgestreckt auf dem Lehnstuhl. Zweifingerbreit über seinem Nasenrücken war ein schwarzes Loch mit bleistiftgroßem Durchmesser. Neben dem Stuhl lag eine kleine halbautomatische Pistole auf dem Fußboden.

Vines konnte sich nicht mehr erinnern, ob er Sekunden oder Minuten auf den toten Richter starrte, bevor er seine Aufmerksamkeit dem handgeschriebenen Brief zuwandte. Er lag in der Mitte des Tisches, auf dem Papier als Briefbeschwerer eine vollständige Unterkiefer-Gebißplatte.

Mit seinem Kugelschreiber schob Vines die falschen Zähne zur Seite und las die schleifenreiche Handschrift des Briefes:

> Nachdem ich heute morgen einen besorgniserregenden Anruf aus dem Büro des Generalstaatsanwalts erhielt, habe ich beschlossen, meinem Leben und dem meiner unheilbar kranken, geliebten Martha ein Ende zu setzen.
>
> Der Grund für diesen schwerwiegenden Schritt ist die Tatsache, daß Vorsitzender Richter Jack Adair und ich jeder $ 500 000 (fünfhunderttausend Dollar) Bestechungsgeld von unbekannter Seite angenommen haben, um im Berufungsfall Jack und Jill Jimson wie geschehen abzustimmen. Es war Vorsitzender Richter Adair, bis dahin einer der ehrenhaftesten Männer, die ich je kennengelernt habe, der mir in voller Kenntnis meiner prekären Finanzsituation das Angebot machte, die Bestechungssumme von $ 1 000 000 (eine Million Dollar) zu gleichen Teilen aufzuteilen. Doch nun ist die Last einfach zu schwer, und Martha und ich sind zu alt geworden. Es tut mir außerordentlich leid.

Unterschrieben war der Brief mit »Hochachtungsvoll, Mark Tyson Fuller«.

Kelly Vines benutzte seinen Kugelschreiber, um das Gebiß an die alte Stelle zurückzuschieben, ging zum Telefon im Wohnzimmer und rief einen Zeitungsreporter an, den er kannte. Der Reporter traf in Begleitung eines Fotografen zuerst ein. Der Fotograf war nach schnellen Aufnahmen von dem toten Richter, der ermordeten Frau und dem Abschiedsbrief gerade dabei, die beiden Schuhkartons voll mit Hunder-Dollar-Scheinen zu fotografieren, als die Polizei eintraf.

»Sie waren zu viert«, sagte Vines. »Zwei Detectives vom Morddezernat und zwei Uniformierte. Als erstes setzten sie den Reporter und den Fotografen vor die Tür. Als nächstes brüllten sie mich eine Zeitlang an. Dann vergewisserten sie sich, daß der Richter und Mrs. Fuller wirklich tot waren. Danach lasen sie den Abschiedsbrief. Und schließlich zählten sie das Geld. Aber ganz gleich, wie sie es zählten – und das war mindestens sechs- oder siebenmal –, die Endsumme betrug immer nur vierhundertsiebenundneunzigtausend Dollar.«

ZWANZIG

Wie Vines erwartet hatte, war es Parvis Mansur, der die erste und zweckdienlichste Frage stellte. »Reichten zwei aus?«

»Zwei Schuhkartons? Ja.«

»Ist das eine Schätzung – eine Vermutung?«

»Weder noch.«

»Darf ich fragen, woher Sie das wissen?«

»Von ehemaligen Mandanten, die große Bargeldmengen in Schuhkartons mit sich herumtrugen.«

»Wieviel amerikanisches Geld paßt in einen Karton?«

»In Hundertern?«

»Ja, in Hunderten.«

»Der durchschnittliche Schuhkarton ist zwölf Zoll lang, sechs Zoll breit, dreieinviertel Zoll hoch und kann dreitausend US-Banknoten aufnehmen, wenn sie fest gebündelt sind. Aber die Leute, die ich kannte, packten nicht mehr als zweitausendfünfhundert in einen Karton. Indem sie Hundert-Dollar-Noten nahmen, hatten sie einen bequemen, tragbaren Behälter mit einer Viertelmillion Dollar Inhalt, der nicht einmal fünf Pfund wiegt.«

»Woher wissen Sie, wieviel es wiegt?« fragte B. D. Huckins.

»Weil fünfhundertundvierzig Banknoten ein Pfund wiegen.«

»Haben Sie das auch von ehemaligen Mandanten gelernt?« wollte Mansur wissen.

»Woher sonst?«

»Sie müssen äußerst wohlhabend gewesen sein.«

»Es waren Haschraucher, die zu Dealern wurden und dann zu Großhändlern heranwuchsen, die so viel Bargeld einnahmen, daß sie es zum Zählen wiegen mußten.«

»Was ist mit ihnen passiert?« fragte Dixie Mansur.

»Wen kümmert's?«

»Kehren wir zu dem Reporter und dem Fotografen zurück«,

sagte Mansur. »Als Sie den Abschiedsbrief gelesen und die beiden Schuhkartons gesehen hatten, war Ihnen klar, daß sie nicht mehr als eine halbe Million Dollar enthalten konnten – richtig?«

»Richtig.«

»Um also alles auf Film festzuhalten, bevor die Polizei eintraf, riefen Sie den Reporter an und drängten ihn, einen Fotografen mitzubringen. Auch richtig?«

Vines nickte, und Mansur nickte zufrieden zurück. Die folgende Stille wurde schließlich von einem verzweifelten Seufzer von B. D. Huckins unterbrochen. »Ich verstehe das nicht.«

»Was verstehen Sie nicht?« fragte Vines.

»Alles. Vor allem die Sache mit dem Geld. War es eine Million oder waren es nur fünfhunderttausend? Hat der Richter – wie hieß er noch? – Fuller sich selbst und seine Frau umgebracht, oder hat das jemand anderes getan? Und zu guter Letzt«, sagte sie, an Jack Adair gewandt, »haben Sie die halbe Million genommen oder nicht? Und wenn ja, von wem?«

Auch Vines sah Adair an und sagte: »Nun?«

Adair entschloß sich dazu, die Zimmerdecke zu betrachten. Er schaute immer noch noch oben, als er zu einer Entscheidung kam und sagte: »Sag's ihnen, Kelly!«

»Alles?«

»Alles.«

Nachdem er die beiden Detectives verärgert hatte, indem er sich weigerte, Fragen ohne Anwesenheit eines Anwalts zu beantworten, versetzte Kelly Vines sie noch mehr in Rage, als er jedem von ihnen eine Visitenkarte überreichte und in seinem herrischsten Tonfall anregte, wenn sie ihn weiter befragen wollten, sollten sie seine Sekretärin anrufen und einen Termin vereinbaren.

Die beiden Detectives schäumten vor Wut, als Vines das Fuller-Haus verließ, in seinen Wagen stieg und sofort zu dem drei Jahre alten, siebenstöckigen Haus mit Eigentumswohnungen fuhr, an dessen Stelle früher die inzwischen abgerissene Grundschule gestanden hatte, die er sieben Jahre lang besucht hatte. Das als »Nonplusultra an Luxus und Prestige« angepriesene Haus lag direkt an dem knapp hektargroßen Park, den Vines täglich auf dem

Weg zur Grundschule, die mit der Vorstufe begann und mit der sechsten Klasse endete, durchquert hatte.

Jetzt führte eine Zufahrt in weitem Bogen durch einen halben Hektar aufwendig gestalteter Parklandschaft zum Eingang des noblen Wohnhauses. Vines stieg aus dem Mercedes – derselbe Wagen, mit dem er später nach Kalifornien fahren sollte – und übergab die Limousine dem Portier, der, wie Vines sich erinnerte, 1965 in der elften Klasse die Highschool verlassen hatte, um sich zu den Marines zu verpflichten. Der Portier schien sich nicht mehr an Kelly Vines zu erinnern.

Vines nahm den Aufzug zum obersten Stockwerk, dem sechsten, und verschaffte sich mit einem Schlüssel Einlaß in die 250 Quadratmeter große Wohnung seines Schwiegervaters. Er durchquerte den Wohnraum, ging einen Flur entlang und betrat das Zimmer, das der Architekt zum Hauptschlafzimmer ernannt hatte und zu dem ein geräumiger begehbarer Wandschrank direkt neben dem Bad gehörte. Die Doppelschiebetür des Schranks war ursprünglich in voller Breite mit Spiegeln ausgestattet gewesen, bis Adair sie mit der Erklärung entfernen ließ, das Letzte, was er morgens zuerst sehen wolle, sei ein nackter oder halbnackter fetter Mann.

Vines trat in den Schrank, schaltete das Licht ein, kniete sich hin und fand zwölf Stück in einer Ecke gestapelt, versteckt – oder zumindest verdeckt – unter zwei alten Burberry-Mänteln, die für Adair damals zu klein, aber noch viel zu gut waren, um weggeworfen zu werden.

Die zwölf Schuhkartons bildeten zwei Stapel von jeweils sechs und trugen die Markennamen von Ferragamo, Johnston & Murphy, Bass, Allen-Edmonds und Gucci. Einer der Gucci-Kartons war der unterste des vorderen Stapels, der andere die Nummer zwei von oben im zweiten Stapel. Automatisch zog Vines sie heraus, weil er sicher war, daß Jack Adair eher barfuß herumlaufen würde, bevor er etwas anzog, das von Gucci gefertigt war. Er trug die beiden Schuhkartons zu dem Kingsize-Bett. Als er die Deckel öffnete, sah er, daß wieder jemand rote Gummibänder benutzt hatte, um die Hundert-Dollar-Scheine zu bündeln.

Telefonisch bestellte Vines seinen Wagen zum Eingang. Als er aus dem Haus kam, öffnete er den Kofferraum des Mercedes und warf achtlos eine grüne Plastikmülltüte hinein. Danach fuhr er eine Viertelstunde ziellos umher, bis er sicher war, daß ihm niemand folgte. Aus einer Telefonzelle rief er einen Mandanten an, der in dem Marihuana-Großhandelskonzern im Vorstand saß.

Eine Stunde später trafen sie sich im Historischen Museum, das nur zwei Blocks vom Regierungsgebäude des Bundesstaats entfernt lag. Sie trafen sich im Untergeschoß des Museums, wo die jahrhundertealten Postkutschen, Einspänner und Planwagen ausgestellt wurden. Der Mandant war ein schlaksiger 32jähriger, der Jeans, abgewetzte Cowboystiefel und ein weißes Button-down-Oberhemd trug, dessen Ärmel er bis knapp über den Ellbogen aufgerollt hatte. Der Mandant hatte sechs Monate vorher aufgehört, sowohl Tabak als auch Marihuana zu rauchen, und hatte jetzt einen Zahnstocher im Mund stecken. Vier- oder fünfmal am Tag tauchte er den Zahnstocher in ein kleines Fläschchen mit Zimtöl.

»Was ist los?« fragte der Mandant.

»Ich müßte eine Ihrer Wäschereien benutzen.«

»Kein Witz?«

»Welche schlagen Sie vor?«

Der Mandant steckte einen Zeigefinger ins rechte Ohr, was ihm immer beim Denken zu helfen schien, und sagte: »Tja, Panama ist nicht schlecht, aber man kann nicht sicher sein, daß da unten alle Englisch sprechen, auch wenn's die meisten tun, aber irgendwie steh' ich auf die Bahamas, weil da alle Englisch sprechen, auch wenn man sich manchmal verdammt anstrengen muß, um zu kapieren, was die einem erzählen. Über wieviel reden wir denn?«

»Fünfhunderttausend.«

»Oh«, sagte der Mandant, als lohne die Summe kaum die Mühe. »Tja, das kostet.«

»Wieviel?«

»Erst einmal nehmen wir zehn Prozent, und unsere Hausbank unten in Houston nimmt auch noch mal zehn. Wenn der Schotter also da ist, wo er hin soll, haben Sie noch um die vierhundert Riesen.«

»Dann machen wir's«, sagte Vines.

»Wann?«

»Heute. Jetzt.«

Als Kelly Vines im zweiten Stock des Regierungsgebäudes das Vorzimmer der Amtsräume des Vorsitzenden Richters am Obersten Gericht betrat, blickte die 54jährige Sekretärin mit einem ängstlichen Blick hoch, der sich in Erleichterung auflöste, als sie sah, daß der Besucher der Schwiegersohn ihres Chefs und nicht die Polizei war.

»Er hat nach Ihnen gefragt«, sagte Eunice Warr, seit dreizehn Jahren Adairs Sekretärin.

»Wie geht's ihm?«

Sie zuckte die Achseln. »Den Umständen entsprechend.«

Vines lächelte verhalten. »Glauben Sie, er hat es genommen, Eunice?«

Erneut zuckte sie die Achseln. »Er sagt, nein.«

Das weitläufige Amtszimmer des Vorsitzenden Richters war mit Hickoryholz getäfelt und hatte einen Teppichboden aus Webwolle, die Möblierung bestand aus einem gewaltigen Teakholzschreibtisch, zwei braunen Ledersofas und mindestens sechs braunen Ledersesseln. Kastanienbraune Samtvorhänge schmückten drei breite, raumhohe Fenster, durch die man auf das von Japanern entworfene Verwaltungsgebäude auf der anderen Straßenseite blickte, in dem der Gouverneur arbeitete.

Adair saß, die Füße auf dem wuchtigen Schreibtisch, in einem Lederdrehsessel mit hoher Rückenlehne und lauschte per Kopfhörer einem kleinen grauen Mehrfrequenz-Sony-Radio, dem Kurzwellenmodell ICF-2002.

Adair nahm den Kopfhörer ab und sagte: »Immerhin, BBC hat's noch nicht.«

»Was hast du sonst gehört?« fragte Vines und setzte sich in einen der Ledersessel.

»Nur was alle lokalen Nachrichtenstationen bringen«, antwortete Adair und griff nach seinem schwarzen Stock. Nachdem er Griff und Korken entfernt hatte, goß er den Bourbon in zwei Gläser, die er aus einer Schreibtischschublade holte.

»Ich habe ausgehalten, bis du hier bist«, sagte er, als er aufstand und Vines eines der Gläser gab. »Es schien mir nicht der rechte Zeitpunkt, alleine zu trinken.«

Vines kostete von seinem Whiskey und fragte: »Hat jemand angerufen?«

»Keine Menschenseele.«

»Oder vorbeigeschaut, um zu kondolieren?«

»Das wäre, als würde man einem Axtmörder kondolieren.«

»Hat Paul nicht angerufen? Oder Dannie?«

»Paul arbeitet zur Zeit für Vater Staat auf Zypern, glaube ich, und was Dannie angeht – nun, im Moment scheint deine Frau und meine Tochter aktuellen Geschehnissen nicht viel Aufmerksamkeit zu schenken, wie du doch sicher bemerkt haben wirst.«

»Aber du hast von den Fullers und dem Abschiedsbrief gehört?« fragte Vines weiter.

Adair nickte und nippte an seinem Whiskey. »Sie sagen, du hast die Leichen gefunden.«

»In deiner Wohnung war ich auch.«

»Sicher, du hast einen Schlüssel.«

»Ich habe mich umgeschaut.«

»Zur Sache, Kelly!«

»Ich bin in den großen Wandschrank in deinem Schlafzimmer gegangen.«

»Du willst sagen, daß du aus einem bestimmten Grund dort zuerst gesucht hast, richtig?«

Vines nickte.

»Und hast was gefunden?«

»Zwei Gucci-Schuhkartons. Der erste enthielt zweihundertundfünfzigtausend Dollar in Hundert-Dollar-Scheinen. Der zweite genau das gleiche.«

Vines wußte, daß niemand, nicht einmal ein großer Schauspieler, den Schock vorspielen könnte, der jetzt Adairs kätzchenblaue Augen weitete, seinen Mund aufklappen ließ und ein heftiges Heuschnupfenniesen hervorrief, wonach er sein Taschentuch herauszog und sich die Nase putzte. Als er damit fertig war, fiel ihm sein Drink ein. Er leerte das Glas in einem Zug und sagte fast im Plauderton: »Verdammte Scheiße.«

Danach starrte Adair zwischen seinen Knien auf den Wollteppich, blickte zu Vines hoch und sagte: »In meinem ganzen Leben habe ich mir noch nie ein Paar Guccis gekauft.«

Dann kam die Wut, eine allmähliche, kalte Wut, die Adairs Augen verengte, seinen runden Backen alle Farbe entzog und das Dreifachkinn in zorniges Beben versetzte, als er weitersprach. »Ist das Geld noch da?« fragte er. »In meinem Schrank? In zwei verdammten Gucci-Schuhkartons?«

Vines sah auf seine Armbanduhr. »Im Moment müßte es unterwegs zu den Bahamas sein.«

Adairs Wut verflüchtigte sich. Die Farbe kehrte in sein Gesicht, Neugier in seine Augen zurück. »Ich danke dir, Kelly«, sagte er mit bedachter Förmlichkeit. »Aber ich muß sagen, daß es eine gottverdammte Dummheit ist, was du getan hast.«

»Und ein Verbrechen. Man hat dich reingelegt, Jack. Aber ohne das Geld haben sie keinen Fall. Jedenfalls keinen Fall, den sie gewinnen können.«

Adair drehte sich in seinem Sessel, so daß er das fast neue Gebäude sehen konnte, in dem der Gouverneur arbeitete. »Aber sie werden's versuchen, oder?«

»Ja.«

»Und wo, glaubst du, werden sie zuerst herumschnüffeln?«

»Das übliche: deine Bankkonten, Bankschließfächer, Sachvermögen, Anlagen, Steuererklärungen.«

»Steuererklärungen«, sagte Adair zu dem Gebäude auf der anderen Straßenseite.

Dann dehnte die Stille sich aus. Es war eine Stille der Art, die selten sehr lange dauert, weil jemand hustet oder sich räuspert, bevor jemand anderes schreit. Kelly Vines beendete die Stille im Amtszimmer des Vorsitzenden Richters mit einer gemurmelten Frage: »Wo liegt das Problem, Jack?«

Adair drehte sich in seinem Sessel herum und sprach mit ausdrucksloser Stimme. Es war ein Tonfall, den Vines sofort erkannte, denn er hatte ihn oft bei Mandanten gehört, die, wenn alle Hoffnung dahin war, ihre Sünden ohne Emotionen und ohne Beschönigung schilderten. Es war, wie Vines gelernt hatte, die Stimme der Wahrheit.

»Vor vier Jahren«, sagte Adair, »habe ich der Personalabteilung gesagt, sie sollten die Landes- und Bundessteuern aus meinen Bezügen doppelt abführen. Ich hatte mir vorgestellt, die zusätzliche Abführung würde mich am Jahresende mit der Finanzbehörde glatt stellen und alle Steuern abdecken, die ich vielleicht aus Zinsen, Dividenden und weiteren Außeneinkünften schuldete.«

»Sehr umsichtig«, sagte Vines.

»Das Problem ist nur«, fuhr Adair fort, »daß ich im ersten Jahr vergessen habe, meine Steuererklärung einzureichen. Als es mir wieder einfiel, habe ich sie vor mir hergeschoben. Und als nichts passierte, habe ich sie noch weiter aufgeschoben.«

»Für wie lange?«

»Wie ich schon sagte: Es sind jetzt vier Jahre.«

»Damit haben Sie dich, Jack.«

»Ich weiß.«

»Herrgott, du hättest zu H. und B. Block gehen können. Du hättest Eunice bitten können, es für dich zu erledigen. Du hättest – ach, Scheiße, das ergibt einfach keinen Sinn.«

»Hinauszögern ergibt selten einen Sinn.«

An der Stille, die sich jetzt auftat, war nichts Rätselhaftes oder Bedrohliches. Es war vielmehr eine bekümmerte Stille, die man manchmal bei Beerdigungen erlebt, wenn niemandem etwas einfällt, was über den Verblichenen zu sagen wäre, weder Gutes, noch Schlechtes. Schließlich sagte Kelly Vines: »Vielleicht kann ich mit ein oder zwei ausgefallenen Tricks einen Trust zusammenzimmern, der, wenn wir Glück haben, etwas rettet.«

»Kannst du mich vor dem Gefängnis bewahren?«

»Ich kann es versuchen.«

»Das habe ich nicht gefragt.«

»Ich gehöre nicht zur Gilde der Wundertäter, Jack.«

»Wäre ein Wunder nötig, um herauszufinden, wer die Schuhkartons in meinen Schrank gestellt hat?«

»Nein«, sagte Vines, »dafür ist kein Wunder nötig.«

EINUNDZWANZIG

Nachdem Parvis Mansur sich angehört hatte, was Adair und Vines über Zulassungsentzug, Lompocs Gefängnisleben, Blessing Nelsons Tod und den Mord im Blue Eagle zu berichten hatten, übernahm der Iraner die Initiative in der Diskussion und zielte direkt auf den Punkt, der ihn offenkundig am meisten beunruhigte.

Ohne den Versuch zu unternehmen, seine Skepsis zu verhehlen, sagte er: »Genau gesehen, Mr. Adair, sagen Sie, daß niemand Sie wirklich umbringen will – noch nicht, jedenfalls. Sonst hätte man das leicht tun können, als Sie aus dem Laderaum des pinkfarbenen Lieferwagens fotografiert wurden. Eine Uzi ist schließlich genauso einfach zu bedienen wie eine Minolta. Sogar noch einfacher, sagen manche Leute.«

»Oder sie hätten mich im Gefängnis töten können.«

»Doch da dies nicht geschehen ist, glauben Sie, wegen dem, was Sie wissen, noch am Leben zu sein. Korrekt?«

»Wegen dem, was andere *glauben*, daß ich es weiß.«

»Besteht die Möglichkeit, daß Ihr Gedächtnis in einem günstigen Moment besser funktionieren könnte?«

»Wenn es wirklich etwas Einnernswertes gibt, könnte ich praktisch jeden Tag darauf stoßen. Oder jede Nacht.«

»Und wenn Ihnen jemand die Pistole an die Schläfe setzt und ›Rede oder stirb!‹ sagt?«

»Das könnte meinem Gedächtnis auf die Sprünge helfen. Andererseits vielleicht auch nicht.«

Nach einem ungläubigen Blick wandte Mansur sich an Vines: »Ich nehme an, Mr. Adairs Feinde sind auch die Ihren.«

»Das ist eine begründete Annahme.«

»Und zimperlich sind sie wohl nicht gerade.«

»Offensichtlich nicht.«

Mansur verzog den Mund und schloß die Augen wie als Reaktion auf einen plötzlichen Schmerz, der nach Vines' Vermutung wahrscheinlich geistiger Natur war. Als er sie wieder öffnete und Vines ansah, hatte sein Blick nichts von seiner Skepsis verloren. »Wenn ich meine Schwägerin richtig verstehe«, sagte Mansur und klang dabei gelangweilt, womöglich sogar resigniert, »wollen Sie, daß ich Ihre Feinde aus ihrem Versteck hervorlocke. Und um das zu erreichen, soll ich die Nachricht verbreiten, daß Sie beide für eine Million Dollar in bar ihren mutmaßlichen Beschützern, Mayor Huckins und Chief Fork, abgekauft werden können. Soweit korrekt?«

»Bis jetzt, ja«, sagte Vines.

»Darf ich fragen, wie Sie auf diese nette, runde Summe gekommen sind?«

»Ich bin zu dem Schluß gekommen«, sagte Adair, »daß eine Million für meine Feinde nur Kleingeld ist. Beachtliches Kleingeld, versteht sich, aber trotzdem Kleingeld.«

»Und noch eins«, sagte Vines. »Wir möchten, daß Sie es wie eine Falle aussehen lassen – als hätten Sie uns hineingelockt.«

»Nun, ja«, sagte Mansur und klang zum ersten Mal interessiert und erfreut, »ein kleiner Schwindel. Wunderbar. Es könnte funktionieren, vorausgesetzt ...« Der Satz blieb im Ungewissen, als er Huckins einen belustigten Blick zuwarf. »Nun, B. D.?«

»Sid und ich wollen ein glattes Geschäft, Parvis«, sagte sie. »Du streust die Offerte, und Mister Rätselhaft beißt an. Wenn Ort und Zeit vereinbart sind, verkaufst du Adair und Vines nach den Gegebenheiten für eine Million. Danach sind sie auf sich selbst gestellt.«

Mit einer fragend hochgezogenen Augenbraue wandte Mansur sich an Adair. »Zufriedenstellend?«

»Klingt prima.«

Mansur lehnte sich zurück und betrachtete Adair eingehend. »Aus irgendeinem Grund sehen weder Sie noch Mr. Vines wie jemand aus, der willentlich die Schwelle zum Tod überschreiten würde.«

»Das würden wir auch nicht«, sagte Adair.

»Folglich haben Sie einen ... Ausweichplan.«

Adair starrte ihn nur stumm an.

»Der mich natürlich nichts angeht. Meine einzige Aufgabe ist es, den Kontakt anzubahnen und sicherzustellen, daß niemand betrogen wird oder zu Schaden kommt – zumindest, bis das Geld sicher in meinen Händen ist.«

»Darin sind Sie doch gut, oder?« fragte Vines.

»Dinge zu regeln?« erwiderte Mansur. »Ja. Darin bin ich sehr gut.« Mit einem strahlenden Lächeln blickte er in die Runde und sagte: »Noch weitere Fragen? Anmerkungen?«

»Nur eine«, sagte Adair. »Ich bin immer neugierig, wieso ein Mann einen lausigen Job übernimmt. Da wir Ihnen nichts bezahlen und nach meinem Wissen die Bürgermeisterin und der Chief auch nicht, stelle ich die übliche indiskrete Frage: Was steckt für Sie drin?«

Mansur drehte sich mit liebevollem Lächeln zu seiner Frau um und legte seine Hand auf ihre. »Fortgesetztes häusliches Glück«, sagte er.

»Was, wie wir alle wissen, unbezahlbar ist«, sagte Adair.

»Genau.«

Dixie Mansur entzog ihrem Mann die Hand, blickte Kelly Vines an und sagte: »Sie haben etwas vergessen.«

»Was?«

»Sie haben dem Richter gesagt – jedenfalls haben Sie das eben erzählt –, Sie könnten herausfinden, wer die beiden Schuhkartons voll Geld in seinen Schrank gesteckt hat. Und? Haben Sie es herausgefunden?«

»Ja.«

»Wie?«

»Ich habe den Portier von Jacks Haus gefragt.«

»Der, mit dem Sie auf der Highschool waren und der sich nicht mehr an Sie erinnert hat?«

»Er hat sich an mich erinnert«, sagte Kelly Vines.

Der Portier schaute auf den Fünfzig-Dollar-Schein in seiner rechten Hand, dann sah er Vines an. »Wofür ist das, Kelly? Der alten Zeiten wegen?«

»Ein paar Freunde haben Richter Adair einen Streich gespielt, und er möchte herausfinden, wie sie es gemacht haben.«

»Was für einen Streich?« fragte der Portier. »Gemein? Komisch? Handfest?«

»Handfest.«

»Erzähl! Was zu Lachen wird mir guttun.«

»Sie haben etwas in seine Wohnung gebracht – oder es jemanden hineinbringen lassen.«

»Was denn?«

Vines nahm beide Hände zu Hilfe, um etwa die Größe eines Brotkastens zu demonstrieren. »Ungefähr so groß. Vielleicht eingepackt.«

»Du bist jetzt Rechtsanwalt, oder? Ich weiß noch, daß du in der Schule immer in der Debattiergruppe warst. Ich weiß auch noch, wie du einmal nach Washington, D. C., geflogen bist und mit einer anderen Gruppe aus Wisconsin debattiert hast. Ich glaub' jedenfalls, daß es Wisconsin war. Bist du deshalb auf die Idee gekommen, Rechtsanwalt zu werden – weil du gern vor den Leuten aufstehst und Argumente vorträgst?«

»Wahrscheinlich«, sagte Vines.

»Ungefähr so groß, hm?« sagte der Portier und formte mit seinen Händen seinen eigenen Brotkasten. »Was war denn so Komisches drin?«

»Tote Fische.«

»Kapier' ich nicht.«

»Es hatte mit einem Angelausflug zu tun, den der Richter in letzter Minute absagen mußte.«

Der Portier runzelte die Stirn, als käme ihm diese Art Humor immer noch nicht geheuer vor. »Und seine Freunde haben ihm nach dem Ausflug einen Teil ihres Fangs untergejubelt, um ihm zu zeigen, was er verpaßt hat – richtig? Aber mittlerweile fingen die Fische schon zu stinken an.« Er dachte darüber nach, nickte verdrossen und sagte: »Tja, ich schätze, es gibt Leute, die so was komisch finden.«

Die graublauen Augen wurden groß und dann verkniffen, als sei ihm plötzlich etwas eingefallen – oder als wolle er zumindest diesen Eindruck erwecken. »Heh, war es das, was du heute nachmittag in dem Müllbeutel aus seiner Wohnung runtergebracht und in deinen Mercedes geworfen hast? Die Fische?«

»Wir haben uns köstlich amüsiert«, sagte Vines.

»Du und der Richter, was?«

»Richtig. Und jetzt würden wir uns gern bei denen revanchieren, die bei ihm den Fisch abgekippt haben.«

Der Portier nahm seine Mütze mit dem glänzend schwarzen Schirm ab, betrachtete die Fünfzig-Dollar-Note, die er noch in der rechten Hand hielt, und steckte sie hinter das Schweißband seiner Dienstmütze. Doch statt sie wieder aufzusetzen, hielt er die Mütze umgedreht vor sich, als warte er auf Almosen. Als nichts hineingelegt wurde, sagte er: »Weißt du, kann sein, daß ich mich an jemand erinnere, der 'nen Schlüssel zur Wohnung des Richters hatte.«

Vines seufzte, griff in die Tasche, zog einen zweiten Fünfziger heraus und legte ihn in die Mütze.

»Ich versuche mich grade zu erinnern, ob es ein großes oder ein kleines Päckchen war.«

Vines legte einen weiteren Fünfziger in die Mütze.

»Und ob es ein Mann oder eine Frau war.«

Als Vines' Hand diesmal aus der Tasche kam, hielt sie drei Fünfzig-Dollar-Scheine. »Du hast gerade das Ende der Fahnenstange erreicht«, sagte er und legte die Scheine in die Mütze.

Umgehend bedeckte der Portier seinen Kopf mit der Mütze und ihrem Schatz von dreihundert Dollar. »Ein sehr kleiner Mann«, sagte er, »mit einem Beutel, der nach Lebensmitteln aussah. Er sagte, er hätte 'nen Schlüssel zur Wohnung des Richters, und in dem Beutel wären Dokumente, die er für den Richter reinbringen soll. Sah komisch aus. Klein, wie schon gesagt. Deutlich unter einssechzig, rund und fett. Außerdem war er potthäßlich und hatte 'ne komische Nase, ein Nasenloch doppelt so groß wie das andere. Die Nase konnte man einfach nicht übersehen, weil sie so nach oben gedreht war und einen richtig anguckte. Na ja, er hatte jedenfalls einen Schlüssel und gab mir einen Zwanziger, da hab ich ihn vorbeigelassen.«

»Nach seinem Ausweis hast du ihn nicht gefragt?«

»Ach, Quatsch, Kelly, einen Priester fragst du doch nicht nach seinem Ausweis.«

Zweiundzwanzig

Endlich fand Sid Fork, was er in dem größeren Schlafzimmer seines masernweißen Dreizimmerhauses am Don Domingo Drive gesucht hatte. Das Schlafzimmer enthielt die – wie er sie nannte – Forksche Kollektion amerikanischer Artefakte. Einige von ihnen – beispielsweise seine zweiundsechzig Coca-Cola-Flaschen aus der Zeit vor 1941 – bewahrte er in Vitrinenschränken auf. Weniger zerbrechliche Schätze, etwa seine einhunderteinunddreißig Sorten Stacheldraht, waren sorgfältig auf Kunststoffregalbrettern arrangiert, die ein Drittel einer Wand einnahmen.

Unter den weiteren Ausstellungsstücken befand sich eine augenfällig plazierte Sammlung der neunundvierzig verschiedenen »I Like Ike«-Buttons, die während der Präsidentschaftswahlkämpfe 1952 und 1956 verteilt worden waren. Die Wahlwerbe-Buttons, sorgfältig nach Größe geordnet, befanden sich neben der dramatischen Schau der jeweils letzten Ausgaben von *Collier's, Look, Liberty, Flair,* der alten *Saturday Evening Post,* dem alten *Vanity Fair, McClure's* und einem halben Dutzend weiterer ausgestorbener Magazine.

Vieles von dem, was Fork über die Jahre zusammengetragen hatte, mußte noch sortiert und katalogisiert werden und war in splittrigen Holzkisten und fleckigen Pappkartons verstaut, die in einer Ecke des bettlosen Schlafzimmers bis zur Decke gestapelt waren. Aber Forks besonderer Stolz war seine Sammlung von Glasisolatoren, die einstmals Hochspannungsleitungen, über Land und in den Städten, von Alaska bis Florida zierten. Die grünen, violetten, braunen und grauen spulenförmigen Isolatoren waren auf zwei hohen Regalbrettern aufgereiht und wurden von einer Lichtleiste illuminiert. Genau hinter den Isolatoren auf dem obersten Regal fand Fork schließlich das Fotoalbum.

Er nahm es mit zu seinem einundachtzig Jahre alten Eichenholz-Rollschreibtisch, schaltete die zweiundfünfzig Jahre alte

Schreibtischlampe ein, staubte den schwarzen Einband aus Lederimitat mit einem Damenspitzentaschentuch ab, dessen Herkunft ihm entfallen war, und blätterte das Album Seite für Seite durch, bis er zu einem großen Farbfoto – einem Jumbo-Abzug – von zwei jungen Männern und zwei jungen Mädchen kam, eines davon eher noch ein Kind.

Fork starrte einige Sekunden auf das Foto, bevor er es aus dem Album nahm und das Durcheinander auf seinem Schreibtisch nach dem X-acto-Messer durchsuchte. Messer und ein Lineal benutzte er dazu, Kopf und Schultern des einen Mannes auf dem Schnappschuß auszuschneiden. Nach einer weiteren kurzen Suche spürte er die Flasche Gummikleber auf und montierte den Fotoausschnitt sorgfältig auf eine drei mal fünf Zoll große Karteikarte. Aus der rechten Tasche seiner alten Tweedjacke zog Fork neun weitere Karteikarten und schob die neue dazwischen. Nachdem er alle zehn Karten gemischt hatte, legte er sie wie Spielkarten auf dem Schreibtisch aus.

Die Karten zeigten Farbfotos von zehn Männern zwischen zwanzig und vierzig. Keiner der Männer war attraktiv oder ansehnlich, einige waren ausgesprochen häßlich. Alle blickten direkt in die Kamera. Keiner lächelte.

Fork sammelte die zehn Karten ein, steckte sie in die Jackentasche und verließ das Zimmer, blieb jedoch noch einmal stehen, um eine mindestens fünfundzwanzig Jahre alte gerahmte Vierfarb-Illustriertenanzeige zu bewundern, die, irgendwo westlich von Laramie, eine hübsche junge Frau in einem großen, glänzenden Sportzweisitzer zeigte. Die Anzeige war Sid Forks Lieblingsstück amerikanischer Volkskunst, der Werbetext sein liebstes Gedicht.

Der Polizeichef fand den Whiskeypriester an jenem letzten Samstag im Juni um 15.13 Uhr. Father Frank Riggins saß im Handshaw Park, nicht weit vom Musikpavillon, auf einer Bank unter einem Eukalyptusbaum. Der Priester trug alte Bluejeans, neue Nike-Wanderschuhe ohne Socken und ein grünes T-Shirt mit einer Zeile aus gelben Lettern, die verkündeten: »*Kleine* Wunder gibt es nicht!«

»Dachte mir, daß Sie hier sind«, sagte Fork, als er sich auf die Bank setzte, eine kleine weiße Papiertüte aus seiner Jackentasche zog und sie Riggins hinhielt. »Joe Huffs Frau hat sie gemacht. Sie nennt es ihr Vassar-Rezept.«

Father Riggins starrte auf die Papiertüte, schüttelte bekümmert den Kopf und sagte: »Ich sollte eigentlich nicht.«

»Sind Pekannüsse drin.«

»Führen Sie mich nicht in Versuchung, Sid.«

»Ein Stück kann nichts schaden.«

»Ersatzstoffe sind ein Rückzieher«, sagte Riggins, als seine rechte Hand in die Tüte tauchte und mit einem pekangefüllten Pralinenriegel, zwei Zoll im Quadrat und einen Zoll dick, wieder hervorkam. Er biß ein großes Stück ab, lächelte selig und sagte: »Das setzt meinen Zähnen mehr als meinem Gewissen zu.«

»Nehmen Sie die Tüte«, sagte Fork und hielt sie ihm hin.

»Nehmen Sie keine?«

»Habe mir nie viel aus Süßigkeiten gemacht.«

Der Priester nahm die Tüte, schaute hinein, um die noch verbleibenden Naschriegel zu zählen, und blickte Fork lächelnd an. »Jetzt, nachdem Sie mich kompromittiert haben: Was wollen Sie von mir wissen? Geht's um das, was ich heute morgen Joe Huff und Wade Bryant erzählt habe?«

Fork nickte.

»Gut konnte ich ihn nicht sehen.«

»Wieso nicht? Sie sind kein Brillenträger.«

»Es war dunkel.«

»Felipe hat das Schaufenster immer gut beleuchtet, und direkt vor dem Blue Eagle steht eine Straßenlaterne.«

»Er war wie ein Priester gekleidet – oder so, wie wir uns früher alle zu kleiden pflegten.«

»Aber Sie könnten nicht beschwören, daß er einer war, oder?«

»Natürlich kann ich das nicht. Es hat alle möglichen Arten von Priestern gegeben – Verrückte, Frauenschänder, Betrüger, Diebe, Abartige und, versteht sich, Trinker. Warum also nicht auch einen Killer?«

»Wir beide, Frank, wissen, daß er kein Priester war.«

Riggins seufzte. »Ich nehme an, so ist es.«

»Könnten Sie ihn wiedererkennen?«
»Wahrscheinlich.«
»Wie hat er ausgesehen?«
»Ich kann nur wiederholen, was ich Joe und Wade heute morgen erzählt habe.«
»Das wäre schon hilfreich.«
Riggins dachte darüber nach, was er sagen sollte, und nickte dann, als ermutige er sich selbst. »Nun ja, er war klein. Das fällt einem zuerst auf. Höchstens einsfünfundfünzig. Und sehr füllig, beinahe rund. Und er hatte kurze Stummelbeine und graues, kurz geschnittenes Haar. Nicht einfach ein Bürstenschnitt, sondern so, als hätte jemand eine Schere gepackt und drauflos geschoren. Ich war zu weit weg, um seine Augenfarbe zu erkennen, aber eine Schönheit war er nicht.«
»Wieso?«
»Nun, er hatte eine merkwürdige Nase, die ein bißchen wie ein Schweinerüssel aussah, nach oben gebogen, so daß man sogar von der anderen Straßenseite aus die Nasenlöcher sehen konnte.«
»Ich habe ein paar Fotos mit, die ich Ihnen gern zeigen würde.«
»Ein Verbrecheralbum?«
»So in etwa«, sagte Fork, zog die zehn Karteikarten aus seiner Jackentasche und gab sie Riggins, der sie einzeln betrachtete, bei der siebten innehielt und sagte: »Nun . . . ich weiß nicht recht.«
»Was wissen Sie nicht recht?«
»Er sieht hier drauf viel jünger aus.«
Der Polizeichef nahm die Karteikarte aus der Hand des Priesters und blickte auf das Gesicht des Mannes, das er mit dem X-acto-Messer aus dem Jumbo-Abzug herausgetrennt hatte.
»Das liegt daran, daß er damals jünger war«, sagte Fork, den Blick immer noch auf das Foto geheftet. »Zwanzig Jahre jünger.«

B. D. Huckins, die in ihrem schokoladenbraunen Ledersessel saß, stellte das Weinglas ab, damit sie die zehn Karteikarten durchgehen konnte, die Sid Fork ihr gereicht hatte.
»Woher soll ich wissen, welche Frank Riggins herausgesucht hat?« fragte sie.

»Du wirst es wissen«, sagte Fork, trank von seinem Bier und sah ausdruckslos zu, wie die Bürgermeisterin sieben der Karteikarten prüfend betrachtete. Bei der achten hielt sie inne, verkniff die Augen und preßte die Lippen zu dem dünnen, grimmigen Strich zusammen, was ihren Schlagloch-Beschwerde-Blick ergab. Ihr Gesichtsausdruck blieb grimmig, als sie von dem Foto hochblickte und sagte: »Das kann nicht sein.«

»Du weißt, daß es sehr wohl sein kann, B. D.«

Sie tippte mit dem Zeigefinger auf das Gesicht auf der Karteikarte. »Wo hast du ein Foto von Teddy her?«

»Erinnerst du dich an den Tag, als wir alle in die Bruchbude gezogen sind, die er draußen an der Boatright gemietet hatte?«

Die Bürgermeisterin nickte widerwillig, als empfände sie die Erinnerung als beunruhigend.

»Und der Vermieter, der alte Nevers, ist vorbeigekommen, um einen Drink abzustauben. Teddy hat uns alle vier in einer Reihe aufgestellt, dich, mich, sich selbst und Dixie, und hat Nevers dazu gebracht, uns mit deiner Instamatic zu fotografieren, bevor er ihm einen Drink gab.«

»Daran kann ich mich überhaupt nicht mehr erinnern«, sagte sie.

»Aber ich. Und ich erinnere mich auch daran, daß ich von dem Film Jumbo-Abzüge machen ließ und sie in mein Album klebte.«

»Ich begreife nicht, wieso.«

»Wieso was?«

»Wieso du auf Teddy gekommen bist, und wieso du darauf gekommen bist, Frank Riggins sein Foto zu zeigen.« Sie verzog das Gesicht, als habe sie in eine Zitrone gebissen. »Teddy. Mein Gott!«

»Wie habe ich ihn immer genannt?«

»Teddy? Rüssel.«

»Und wenn ich ihn nicht Rüssel nannte, habe ich ihn Schweinchen genannt. Heute früh warteten meine beiden Top-Detectives mit einem Augenzeugen auf, Father Frank, und der behauptet, einen extrem kleinen Mann um die Vierzig gesehen zu haben, der wie Schweinchen Schlau aussah und etwa zur Zeit, als der arme Norm erschossen wurde, in den Blue Eagle ging und wieder herauskam. Da habe ich angefangen nachzudenken, ob ich einen kleinen, gemeinen Kerl mit Schweinchennase kenne, der womöglich durch die Gegend streunt und Leute für Geld oder sonst was umlegt, und da kam ich auf Teddy. Er ist mir einfach so in den Sinn gekommen.«

»Nach zwanzig Jahren?« fragte sie.

»Teddy haftet mir irgendwie im Gedächtnis, selbst nach zwanzig Jahren.«

Die Bürgermeisterin schloß die Augen und lehnte sich im Ledersessel zurück. »Wir hätten ihn ersäufen sollen.« Als sie nach einigen Sekunden weitersprach, blieben ihre Augen geschlossen, und ihre Stimme klang müde. »War Teddy als Priester verkleidet?«

»Das habe ich dir doch gerade gesagt.«

»Nein, hast du nicht.«

Fork spulte die letzten Minuten des Gesprächs im Geiste noch einmal ab. »Du hast recht, ich habe es nicht erwähnt. Wer war es dann?«

»Kelly Vines. Indirekt.«

»Wann?«

»Heute. Draußen bei Cousin Mary's.«

»Laß hören!« sagte Fork. »Alles.«

Huckins' Bericht über das Mittagessen war komprimiert, aber umfassend und schloß auch Kelly Vines' Schilderung seines Gesprächs mit dem Portier ein, dem es widerstrebt hatte, einen Priester nach dem Ausweis zu fragen. Als sie fertig war, lautete Sid Forks erste Frage: »Was gab's zum Lunch?«

»Forelle«, antwortete Huckins und zählte schnell den Rest des Menüs auf, weil sie wußte, daß Fork ohnehin danach fragen würde.

»Wie war sie – die Forelle?«

»Sehr gut.«

»Wer hat bezahlt?«

»Vines, glaube ich.«

»Sag mir noch mal, was der Portier laut Vines über den kleinen Mann in Priesterkleidung gesagt hat.«

»Wie er ausgesehen hat, meinst du?«

Fork nickte ungeduldig.

»Laß mich nachdenken.« Huckins schloß wieder die Augen, ließ sie mindestens zehn Sekunden geschlossen, öffnete sie und sagte: »Der Portier hat Vines gesagt, der Priester war klein und potthäßlich, und ein Nasenloch war doppelt so groß wie das andere. Die Nase war nach oben gedreht, hat er gesagt, und sie guckte einen richtig an – so hat er es ausgedrückt.«

»Und dabei hast du nicht sofort an Teddy gedacht?«

»Nein.«

Forks folgendes Nicken sollte eigentlich mitfühlend sein, doch konnte er seine Geringschätzung nicht verhehlen. »Nun ja, du bist kein Cop.«

»Aber da du einer bist, kannst du mir sicher eins verraten. Was werden die wegen Teddy unternehmen?«

»Alles, was Recht und Gesetz zulassen.«

»Und Sid Fork? Was wird er tun?«

»Alles, was notwendig ist.«

DREIUNDZWANZIG

Der 51jährige Durango-Detective, der früher beim Dezernat Glücksspiel und Betrug in Dallas gearbeitet hatte, blickte von seiner *People*-Ausgabe hoch, als der hochgewachsene weißhaarige Mann mit dem gepflegten, pechschwarzen Schnurrbart die Lobby des Holiday Inn betrat und auf die flache Nische zusteuerte, in der sich die Haustelefone befanden.

Ivy Settles markierte die Seite, indem er eine Ecke einknickte, legte die Illustrierte auf den Tisch neben der Couch und stand auf, ohne die Augen von dem Mann zu nehmen, der, den Hörer am Ohr, kerzengerade am Telefon stand und wartete, daß sein Anruf entgegengenommen wurde.

Settles musterte das mattbraune, karierte Jackett des Mannes und taxierte den Stoff als Seidenwollgemisch mit einem Ladenverkaufspreis von mindestens 650, vielleicht sogar 700 Dollar. Die sorgfältig gebügelte beige Gabardinehose, so schätzte er, kam auf 400 oder 425 Dollar. Und die braunweißen Schnürschuhe mit den Mokassinzehen – ein Stil, den Settles seit zwanzig Jahren nicht mehr gesehen hatte – waren wahrscheinlich handgefertigt und kosteten so viel wie das Jackett. Einschließlich Socken, Hemd und Unterwäsche, überschlug Settles, trug der Mann an die zweitausend Dollar am Körper.

Der Detective steckte seine Hände in die Schlitztaschen seines in Taiwan produzierten Anoraks, für den er bei Figg's Kaufhaus einschließlich Verkaufssteuer 16,83 Dollar bezahlt hatte, und durchquerte die Lobby auf Füßen, die in Billig-Mokassins von Land's End steckten. Der Rest seines Leibes war mit einer Baumwollhose von Sears, einem weißen kurzärmeligen Hemd von Arrow und Unterwäsche von Fruit of the Loom bekleidet. Settles mochte billige Kleidung und schätzte, daß alles, was er einschließlich seiner weißen Drugstore-Socken trug, zusammen nicht so viel gekostet hatte wie das schwarze Krokoarmband, das die flache goldene Uhr am linken Handgelenk des weißhaarigen Mannes hielt.

Die Hände in den Anoraktaschen, blieb Settles direkt hinter dem Mann stehen, als bildeten sie beide eine Warteschlange. Der Mann sprach jetzt mit einer angenehmen, frischen Stimme, die für sein Alter viel zu jung klang, in das Haustelefon. Settles nannte sie in Gedanken die Hoher-Norden-Stimme des Mannes, und er erinnerte sich, wie mühelos sie in einen weichen Südstaatentonfall übergleiten konnte, der bemerkenswert nach Charleston klang.

»Ja, in der Lobby«, sagte der Mann ins Telefon. »Ich dachte, ich könnte ein oder zwei Minuten reinschauen und Ihnen etwas zeigen, das Sie interessieren dürfte.«

Als er schließlich jemanden hinter sich spürte, drehte der Mann sich um und sah Settles an, der, die Hände noch immer in den Schlitztaschen, auf Hacken und Fußspitzen vor und zurück wippte. Der Mann wies stirnrunzelnd auf die übrigen Haustelefone. Settles lächelte leicht und schüttelte den Kopf.

Der Mann drehte dem Detective den Rücken zu und sprach wieder in das Telefon. »Sagen wir, in fünf Minuten statt sofort. Ich muß noch einen Anruf erledigen.«

Der Mann hängte ein, drehte sich wieder zu Settles um und fragte: »Sind Sie auf dieses spezielle Telefon scharf, mein Freund?«

»Ist eine Weile her, Soldier«, sagte Settles.

Erneut runzelte der Mann die Stirn und versuchte diesmal, verblüfft auszusehen. Es hätte ihm gelingen können, wären da nicht die glitzernd grünen Augen gewesen, die ihre Verschlagenheit nie ganz verbergen konnten. »Ich glaube nicht, schon einmal das Vergnügen gehabt zu haben«, sagte er mit der tiefgekühlten Nordstimme.

»Dallas«, sagte Ivy Settles. »Februar dreiundsiebzig. Ich hab dich hopsgenommen und dich in den Greyhound nach Houston gesetzt, als die Börsenmaklerwitwe es ablehnte, Strafanzeige zu erstatten.«

»Meine Verlobte«, sagte der Mann. »Edwina Wickersham.«

»Der du das Geld zurückgegeben hast.«

»Das Darlehen zurückgezahlt, meinen Sie wohl.« Der Weißhaarige musterte Settles eingehend, angefangen bei den Billig-Mokassins bis hinauf zu dem runden Gesicht, in dem eine feingeschnittene Nase und ein zögerliches Kinn im krassen Kontrast zu den grauen Uns-ist-nichts-fremd-Augen und einem dünnen, wissenden Mund standen.

»Du bist dick geworden, Ivy«, sagte der Mann. »Und du hast schon bessere Zeiten gesehen. Andrerseits war das bei dir nie ganz einfach zu erkennen. Was machst du jetzt – Hausschnüffler im Holiday Inn?«

»Wen hast du angerufen, Soldier?« fragte Settles.

»Das geht dich nun wirklich einen feuchten Kehricht an, oder?«

Settles Nicken schien Zustimmung anzudeuten. Der Detective nahm eins der drei Haustelefone und tastete drei Zahlen ein. »Settles. Ich rufe von unten aus der Lobby an. Haben Sie gerade einen Anruf von Soldier Sloan bekommen?« Er hörte zu, warf einen Blick auf Sloan und sagte: »Nein, nein, keine Probleme. Nur zur Kontrolle. Ich schicke ihn nach oben.«

Als Settles einhängte, lächelte Soldier Sloan ein warmes, fast trautes Lächeln und fragte: »Wie gefällt es dir, für Sid Fork zu arbeiten, Ivy?«

»Es ist angenehm und ruhig, und genauso mögen Sid und ich es auch.«

Sloan sah sich in der fast leeren Lobby um. »Gräber sind nicht so ruhig.«

»Nun ja, nächste Woche haben wir den Umzug zum vierten Juli.«

»Zweifelsohne ein Tag der Festfreude und Ausgelassenheit.«

»Ich begleite dich zum Aufzug, Soldier. Damit du auch den richtigen Knopf drückst.«

Während sie auf einen Aufzug warteten, sagte Settles: »Wie man hört, hast du dich zum Brigadier befördert.«

»Wurde auch höchste Zeit, meinst du nicht?«

Settles lächelte und nickte glücklich, nicht als Antwort auf Sloans Frage, sondern so, als sei er soeben zu einer erfreulichen Schlußfolgerung gelangt. »Der neue Schnurrbart gefällt mir wirklich, Soldier. Erinnert mich an den, den Cesar Romero trug, bevor er weiß wurde. Das war noch ein Schnurrbart – nicht so einer von den schlappen Staubfängern, die Selleck und die Kids von der Highway Patrol heutzutage tragen. Ich wette, deiner wächst rabenschwarz, und du brauchst ihn nicht mal zu färben. All das weiße Haar. Schwarze Augenbrauen. Entsprechender Schnurrbart. Ich muß schon sagen, Soldier, du siehst wirklich wie ein feiner Herr aus, und was soll ich Sid sagen, wie lange du diesmal bei uns bleibst?«

»Ich empfehle mich mit der Abendflut.«

»Sid wird bedauern, dich nicht getroffen zu haben«, sagte Settles, als die Aufzugtür sich öffnete. Er sah zu, wie Sloan den Aufzug betrat, sich umdrehte und den Knopf mit der Vier drückte. »War nett, dich wiederzusehen, Soldier.«

»Stets zu Diensten«, sagte der alte Mann, bevor die Tür sich schloß.

Nach einem halben Leben bei Glücksspiel und Betrug beobachtete Ivy Settles die beleuchtete Stockwerkanzeige des Aufzugs, den Soldier Sloan zum vierten Stock nahm – nur um sicherzugehen, sagte er zu sich selbst, daß er nicht seitwärts fuhr. Der Aufzug war im dritten Stock kurz stehengeblieben und dann in den vierten weitergefahren, wo er nun festzustecken schien.

Der andere Aufzug, der rechts von Settles, war auf dem Weg abwärts. Auch er hatte auf drei kurz gehalten, und Settles beschloß, den Fahrgast oder die Fahrgäste zu fragen, ob sie wüßten, was den Lift im vierten Stock festhielt.

Die Tür des rechten Aufzugs öffnete sich, und ein sehr kleiner, sehr fülliger Mann trat heraus. Er trug eine Mütze, auf der Werbung für dänischen Schnupftabak prangte, dicke, getönte Brillengläser und einen dunkelblauen Overall, über dessen linker Brusttasche mit rotem Zwirn »Francis« gestickt war. In der rechten Hand hatte er eine große schwarze Werkzeugkiste, die alt und ramponiert aussah.

»Was ist mit dem anderen Aufzug los?« fragte Settles.

Der Mann blieb stehen, blickte zu Settles hoch, dann zu der

Stockwerkanzeige des Aufzugs und wieder zurück zu Settles. »Keinen Schimmer.«

»Wo sind Sie eingestiegen?«

»Im dritten.«

»Mit der Aufzugreparatur haben Sie wohl nichts zu tun, oder?«

Der kleine Mann drehte Settles den Rücken zu. Ein bogenförmiger, zwei Zoll hoher und von Schulter zu Schulter reichender Aufdruck auf dem Overall verkündete in roten Lettern: »Francis der Klempner«. Unter dem Namen stand eine Telefonnummer. Der Mann wandte Settles wieder die Bauchseite zu.

»Ich bin Francis, und in Drei-zweiundzwanzig war eine defekte Toilette, und es ist Samstag, und ich arbeite für doppelten Lohn. Wenn also jemand möchte, daß ich rumstehe und über kaputte Aufzüge rede, muß jemand dafür eine Rechnung kriegen.«

»Warten Sie hier!« sagte Settles.

»Warum?«

Settles zückte seine Dienstmarke und zeigte sie dem Klempner. »Weil ich's sage.«

Settles eilte zu der flachen Nische, in der sich die Haustelefone befanden, schnappte sich eins und tastete drei Zahlen ein. Nach zweimaligem Läuten meldete sich eine Männerstimme mit »Hallo«.

»Mr. Adair?« sagte Settles fragend.

»Vines hier.«

»Settles noch mal, unten in der Lobby. Ist Soldier Sloan schon aufgekreuzt?«

»Noch nicht.«

»Würden Sie sich den Aufzug im vierten Stock mal anschauen, der Schacht rechts von Ihnen, und dann runterkommen und mir berichten, was damit nicht in Ordnung ist?«

»In die Lobby hinunterkommen und Ihnen berichten?«

»Ja, bitte.«

»In Ordnung«, sagte Vines und legte auf.

Settles eilte zu den Aufzügen zurück, wo Francis der Klempner es vorgezogen hatte, nicht zu warten. Der Detective drehte sich um und trabte zum Hoteleingang. Er kam gerade noch rechtzeitig durch die Tür, um einen pinkfarbenen Ford-Lieferwagen aus der

Parkplatzausfahrt nach rechts abbiegen zu sehen. Auf einer Seite des Wagens war ein großes Magnethaftschild mit großen, schwarzen Buchstaben: »Francis der Klempner«. Darunter, in kleineren Lettern: »Tag und Nacht«.

Ob seiner Eitelkeit beschämt und verärgert, nestelte Ivy Settles seine Brille aus der Hemdtasche und setzte sie auf. Doch inzwischen war es selbst mit Brille unmöglich, das Kennzeichen des pinkfarbenen Ford-Lieferwagens zu lesen.

VIERUNDZWANZIG

Von Kelly Vines' Zimmer im vierten Stock aus gesehen, lagen die Aufzüge den Flur hinab und um eine Ecke. Als er sie erreichte, fand er Soldier Sloan auf dem Rücken liegend, halb im Flur und halb in der Aufzugkabine, deren automatische Tür alle drei oder vier Sekunden sanft die Taille des alten Manns anstupste.

Für Vines war offenkundig, daß Sloan tot war. Die übertrieben grünen Augen hatten ihr Glitzern verloren und starrten ohne zu blinzeln auf die vanillegelbe Decke des Flurs. Vines kniete sich und legte eine Hand an den Hals des alten Manns, um nach dem Puls zu tasten, den er, wie er wußte, nicht finden würde.

Hinweise auf eine mögliche Todesursache konnte Vines nicht erkennen. Sichtbare Verletzungen oder Blut gab es nicht, jedoch fand er Sloans Position recht eigenartig. Es sah so aus, als habe sich der alte Mann zur Rückwand der Kabine umgedreht und sei dann nach hinten durch die geöffnete Tür gefallen.

Vines durchsuchte die Taschen des Toten, ohne über Konsequenzen nachzudenken, rief sich allerdings in Erinnerung, daß er dem Justizwesen nicht mehr angehörte. Die Uhrentasche sparte er bis zuletzt auf, weil er sicher war, was er dort finden würde.

In den Innentaschen der Jacke fand er einen Kamm, einen Montblanc-Füllfederhalter und ein abgewetztes Portemonnaie aus Straußenleder, das 550 Dollar in Fünfzig-Dollar-Noten enthielt. In den übrigen Taschen fanden sich ein Zündschlüssel, der an einem Mercedes-Emblem hing, was aber nicht unbedingt etwas bedeutete, ein kleines Taschenmesser mit goldener Scheide, nach Vines' Vermutung wahrscheinlich 14 Karat, ein Taschentuch aus irischem Leinen und ein kleiner Taschenkalender mit Adressenteil. Die Adressenseiten waren beinahe vollständig mit Namen und Telefonnummern, aber kaum Anschriften gefüllt. Die Kalenderseiten waren leer, und die Seite für jenen Juni-Samstag, den fünfundzwanzigsten, war herausgerissen.

*

In Sloans Uhrentasche fand Vines, wie erwartet, eine zusammengefaltete, 1934 ausgegebene Tausend-Dollar-Note mit dem eingravierten Porträt von Grover Cleveland und der Unterschrift von Henry Morgenthau jr., dem Finanzminister. Auf der Rückseite der alten Banknote war eine kunstvolle Gravur, die Geldfälscher entmutigen sollte.

Die herausgerissene Kalenderseite, wie der Tausend-Dollar-Schein auf Briefmarkengröße gefaltet, befand sich ebenfalls in der Uhrentasche. Behutsam entfaltete Vines den Zettel und bemerkte, daß der größte Teil der Seite für Termineintragungen diente und ein schmaler Raum am Fuß für Notizen. Am Kopf der Seite standen Initialen und Zahlen, »KV 431« und »JA 433«, was Vines sofort als seine und Jack Adairs Anfangsbuchstaben sowie die dazugehörigen Zimmernummern entschlüsselte.

Am Fuß der Seite stand in dem für Notizen gedachten Raum eine weitere Eintragung: »ZU JA WG DV«. Vines konnte damit nichts anfangen und steckte alles dorthin zurück, wo er es gefunden hatte, einschließlich der herausgerissenen Kalenderseite und der Tausend-Dollar-Note, die er beide wieder sorgfältig zusammenfaltete. Dann stand er auf und begab sich zu Ivy Settles, um ihm zu sagen, daß Soldier Sloan tot war.

Settles, der erste Polizist bei Soldier Sloans Leiche, sah zu, wie der junge Assistent der Hotelleitung einen Schlüssel benutzte, um den Aufzug auszuschalten, damit die Türen offen blieben und den Toten nicht mehr in die Taille stupsten. Settles kniete sich neben Sloan, suchte nach Lebenszeichen und schaute zu Vines hoch, der jetzt wie Adair an der Wand gegenüber den Aufzügen lehnte. »Er ist tot«, sagte Settles. »Wie Sie gesagt haben.«

Da Vines nichts einfiel, was er dem hinzufügen konnte, sagte er nichts. Wenige Minuten später traf Chief Sid Fork ein, nickte Vines und Adair zu, warf einen Blick auf den toten Soldier Sloan und begann Settles zu befragen. Er fragte noch immer, als die beiden Experten für Gewaltverbrechen, Wade Bryant und Joe Huff, eintrafen und sich an der Befragung Ivy Settles' beteiligten.

Der kahlköpfige, schwarze und professorale Huff warf gelegentlich eine Frage dazwischen, während er mit seiner Minolta

Aufnahmen von der Leiche machte. Als er genug Fotos hatte, unterbrach er Wade Bryant und sagte: »Drehen wir ihn um!«

Sobald Soldier Sloan auf dem Bauch lag, wurde der untertassengroße Blutfleck auf dem Rücken seines mattbraunen, karierten Jacketts sichtbar. Mit Bryants Hilfe zog Huff das Jakkett aus und machte einige Aufnahmen von dem Blutfleck, der auf dem Rücken von Sloans hellgelbem Oberhemd die Größe eines Tellers hatte.

Aus Neugierde fragte Kelly Vines: »Woher nehmen Sie eigentlich einen amtlichen Leichenbeschauer?«

»Weil wir zweiundneunzig Meilen von der County-Verwaltung entfernt sind, hat man Doktor Joe Emory zum aushilfsweisen Vertreter des Leichenbeschauers ernannt«, sagte Huff, während er Sloans Hemd aus der Hose zupfte und es über dem Rumpf des Toten hochzog. »Der tolle Titel bedeutet nicht viel, weil das County Joe auf Stückbasis bezahlt.«

»Mag er die Autopsien?«

»Er mag das Geld«, sagte Huff.

Als das Hemd bis zu Sloans Achselhöhlen hochgeschoben war, war die kleine Schußwunde erkennbar. Die Wunde selbst hatte eigentlich nicht viel geblutet und wies, in Huffs Worten, den »Durchmesser einer dicken Stricknadel« auf.

Als er sich aufrichtete, fügte Huff hinzu: »Jedenfalls ist er schnell gestorben«, und zielte mit seiner Minolta auf Sloans entblößten Rücken.

»Wenn der Winkel gestimmt hat und der Kerl wußte, was er tat«, sagte der noch kniende Wade Bryant, »dann hat er wahrscheinlich nicht viel gespürt.«

»Er hat's gespürt«, sagte Huff. »Er hat es immerhin so gespürt, daß er sich umdrehte, um zu sehen, wer es getan hat. Und dann ist er nach hinten gekippt.«

Der Hotelassistent trat zu Fork. »Könntet ihr ihn nicht wenigstens aus dem Aufzug ziehen, Sid? Wir werden ihn brauchen.«

»Nein, werdet ihr nicht«, sagte Fork.

»Wann können wir ihn denn wieder benutzen?«

»In ein oder zwei Stunden.«

»Ach, Scheiße«, sagte der Assistent der Geschäftsleitung und ging in Richtung Treppenhaus.

Bryant widmete dem toten Sloan einen letzten gründlichen Blick und richtete sich auf. »Während wir auf Doc Emory warten, Chief, könnte uns Ivy vielleicht ein bißchen mehr über seinen neuen Freund, Francis den Klempner, erzählen.«

»Ich hab' schon alles erzählt«, sagte Settles.

»Wir würden es gern noch mal hören«, sagte Bryant und sah um Unterstützung heischend zu Huff, der gerade seine Minolta einstellte. Der schwarze Detective blickte kurz auf, nickte und wandte sich wieder seiner Kamera zu.

»Noch einmal, Ivy«, sagte der Polizeichef.

Settles gönnte Fork einen vorwurfsvollen Blick und sagte: »Er war etwa vierzig, klein und dick. Einsfünfundfünfzig und vielleicht fünfundneunzig Kilo. Dunkelblauer Overall mit ›Francis der Klempner‹ in roten Buchstaben auf dem Rücken – und einer Telefonnummer, an die ich mich nicht erinnere. Er hatte eine alte, verbeulte schwarze Werkzeugkiste dabei. Getönte Brille, eine, die je nach Lichtverhältnissen von ganz hellem Grau zu ganz dunklem Grau wechseln kann. Eine Reklamemütze für dänischen Schnupftabak. Er hatte einen dünnen, boshaften Mund. Sein Fahrzeug war ein pinkfarbener Lieferwagen, Ford, mit einem Magnethaftschild ›Francis der Klempner‹ auf einer Seite – vielleicht auf beiden Seiten, aber das weiß ich nicht aus eigener Anschauung. Und nein, das Kennzeichen hab' ich diesmal auch nicht erkannt.«

»Du hast seine Nase vergessen«, sagte Huff, immer noch mit seiner Kamera beschäftigt.

»Ja, richtig. Die Nase. Wie gesagt, sie war irgendwie nach oben gequetscht, und er hatte ein sehr großes und ein normales Nasenloch, und beide sahen metertief aus. Und sie waren behaart. Er hatte einen richtigen Busch da drin wachsen, und die meisten Härchen waren grau.«

»Und jetzt sag uns noch mal, warum du ihn hast ausbüxen lassen«, sagte Wade Bryant, dessen zunehmend tückischer Tonfall seinem Äußeren entsprach, das an einen zu groß geratenen Kobold erinnerte.

»Ich hab' ihn nicht laufen lassen. Ich hab' ihm meine Marke gezeigt und gesagt, er soll warten, während ich zum Telefon gegangen bin und Vines angerufen habe. Der Kerl war Klempner und möglicherweise – möglich war es doch! – ein redlicher Bürger. Ihr beide hättet ihn natürlich sofort den Fußboden küssen lassen. Mit eurer Erfahrung wißt ihr natürlich genau, daß Klempner automatisch verdächtig sind.« Settles hielt inne, blickte Bryant wütend an und sagte: »Ach, ja. Noch was.«

»Was denn?« fragte Bryant.

»Ich habe Soldiers Aufzug auf dem Weg nach oben beobachtet. Die Stockwerkanzeige, meine ich. Er hat bei der Fahrt nach oben auf drei gehalten, und der andere Aufzug, den der Klempner benutzt hat, hat bei der Abwärtsfahrt auf drei gehalten. Also würde ich sagen, der Klempner ist auf drei in Soldiers Aufzug gestiegen, hat ihn während der Aufwärtsfahrt nach vier umgebracht, ist ausgestiegen, über die Treppe zurück nach drei und hat von dort den Aufzug bis zur Lobby genommen, wo ich es aus irgendwelchen Gründen versäumt habe, ihn windelweich zu prügeln.«

FÜNFUNDZWANZIG

Nach einem tröstlichen Schluck Bourbon mit Wasser, den Kelly Vines ihm gereicht hatte, blickte der Polizeichef Jack Adair an und sagte: »Verraten Sie mir eins: War Soldier jemals Soldat?«

»In zwei Kriegen«, sagte Adair und wandte sich vom Fenster in Vines' Zimmer ab, durch das er wieder einmal den Ozean betrachtet hatte. »Und Soldier war zufällig auch sein richtiger Name.«

»Nicht möglich«, sagte Fork.

»Vor Jahren habe ich seine Geburtsurkunde gesehen. Das war in den frühen Fünfzigern, als eine gewisse Mrs. Shipley im Außenministerium beinahe jeden verdächtigte, der einen Paß beantragte, aber besonders mißtrauisch bei Antragstellern war, die im Lincoln-Bataillon in Spanien dienten und später für den OSS arbeiteten – deshalb ist Soldier damals zu mir gekommen.«

Fork bemühte sich nicht, Unglauben und Überraschung zu verbergen. »Was, zum Teufel, hat er in Spanien gemacht?«

»Aus reinem Zufall geriet Soldier an einen Job, bei dem er neun Dodge-Ambulanzwagen von Detroit nach Mexiko und weiter nach Spanien überführen mußte. Ein paar Leute, die später, glaube ich, frühreife Antifaschisten genannt wurden, hatten sie für die Loyalisten gekauft.« Adair lächelte. »Soldier behauptete immer, sein alter Kumpel Hemingway habe geholfen, einen Teil des Geldes aufzutreiben.«

»Wie alt war Soldier damals?«

»Als er nach Spanien ging? Gerade zwanzig, denke ich. Er ist am sechsten April 1917 geboren, und ich erinnere mich an das Datum, weil wir an diesem Tag Deutschland den Krieg erklärten.« Wieder lächelte Adair sanft und fügte an: »Erster Weltkrieg.«

Sid Forks ungeduldiges Kopfnicken deutete an, daß er alles über den Ersten Weltkrieg wußte. »Und deshalb haben seine Eltern ihn Soldier genannt?«

Adair nickte. »Sein vollständiger Name war Soldier P. Sloan. Das P. stand für Pershing. Ein General – im Ersten Weltkrieg.«

»Und er hat gekämpft, nachdem er die Ambulanzwagen nach Spanien geschafft hatte?«

»So behauptete er. Jedenfalls nahmen sie ihn wegen seiner dortigen Erfahrungen direkt nach Kriegsausbruch beim OSS im Rang eines Leutnants auf.« Adair lächelte Fork beinahe entschuldigend zu. »Zweiter Weltkrieg.«

»Und was hat er dort gemacht – oder behauptet, daß er gemacht hat?«

»Beim OSS? Er war an allen möglichen heimlichen Händeln beteiligt – zumindest, wenn sie nicht mit seinen Schwarzmarktaktivitäten kollidierten.« Diesmal war Adairs Lächeln eher verständnisvoll als entschuldigend. »Schwarzmärkte und Kriege scheinen immer Hand in Hand zu gehen.«

Fork unterband elegant jede weitere Diskussion des Themas Schwarzmarkt, indem er fragte: »Warum wollte er in den Fünfzigern einen Paß?«

»Schulden«, sagte Adair.

»Wollte sich wahrscheinlich absetzen.«

»Das trifft's in etwa. Jedenfalls erinnerte ich einen gewissen republikanischen Kongreßabgeordneten an einen Gefallen, den er mir schuldete, und Soldier bekam seinen Paß. Als er vier Jahre später, das war fünfundfünfzig, aus Europa zurückkehrte, war er achtunddreißig Jahre alt und plötzlich ein Oberstleutnant a. D. Danach beförderte er sich noch zweimal, wodurch er eine nie abreißende Reihe leichtgläubiger, aber vermögender Witwen beeindruckte, die ihn mit Kleidung, Autos, Bargeld und allen verbliebenen Reizen beglückten, die sie noch zu bieten hatten.«

»In gewisser Weise habe ich Soldier von Jack geerbt«, sagte Kelly Vines, der sein Glas vorsichtig auf den Couchtisch stellte, sich vorbeugte und Fork anblickte. »Wo ist er Ihnen über den Weg gelaufen, Chief?«

»Er war unser erster Unterschlupfkunde«, sagte Fork. »Und anschließend hat er uns etwa ein Drittel unserer Klienten geschickt, Sie beide eingeschlossen. In gewisser Weise hat er uns drei – B. D., mich und Dixie – adoptiert, und sonntags hat er uns zum Essen eingeladen. Na ja, für B. D. und mich wurde das ziemlich bald langweilig, doch Dixie traf sich bis zu ihrer Heirat mit Parvis regelmäßig mit ihm. Sie sagt, sie mag Soldiers Manieren.« Kühl erwiderte er Vines' Blick. »Zufrieden?«

Als Vines mit einem Achselzucken antwortete, fragte Fork: »Was machen wir nun nach der Autopsie mit ihm? Verbrennen, beerdigen, der Wissenschaft vermachen? Hat er Kinder, Ex-Frauen, Brüder, Schwestern oder sonstwen?«

Adair seufzte. »Er hatte tausend Bekannte, und Kelly und mich. Aber nach dem, was Sie sagen, hatte er auch Sie, die Bürgermeisterin und Dixie. Deshalb meine ich, wir sollten ihn beerdigen, samt Grabstein und allem, was dazu gehört.«

»›Soldier P. Sloan‹«, sagte Vines. »›1917–1988‹. Dann ein oder zwei Textzeilen.«

»Die Formulierung überlassen wir dir, Kelly«, sagte Adair und fragte dann, an Fork gewandt: »Was wird es kosten, Chief – Grabstelle, Grabstein, ein billiger Sarg und ein paar Worte eines nicht übermäßig frömmlerischen Priesters?«

»War Soldier katholisch?«

»Abgefallen, fürchte ich.«

»Dann kenne ich den richtigen Priester. Und was die Kosten angeht: Er hatte ungefähr Fünfhundertfünfzig im Portemonnaie, aber das reicht nicht ganz für das, was uns vorschwebt.« Als er Kelly Vines' strengen Blick spürte, fuhr er hastig fort: »In der Uhrentasche hatte er außerdem einen Tausend-Dollar-Schein, aber ich bin mir nicht sicher, ob er noch gültig ist.«

»Er ist zweifelsohne ein gesetzliches Zahlungsmittel«, sagte Adair, »und da Sie der Polizeichef sind, dürfte die Bank keine Fragen stellen.«

»Da war noch etwas in Soldiers Uhrentasche«, sagte Fork. Er fischte die zusammengefaltete Kalenderseite aus seiner Hemdtasche und gab sie Vines. »Nur ergibt es keinen Sinn.«

Vines faltete die Seite auf und nahm die Zahlen und Großbuchstaben in Augenschein, als sehe er sie zum ersten Mal. »Auf Kreuzworträtsel habe ich mich nie verstanden«, sagte er, »aber die ersten Zeichen, KV431 und JA433, sind ziemlich eindeutig. Das sind Jacks und meine Zimmernummer.« Er blickte auf und reichte Adair den Zettel. »Der Rest ist mir schleierhaft.«

Zuerst las Adair die Zeile mit den Großbuchstaben leise, dann laut: »ZU JA WG DV.« Er las die Buchstaben ein zweites Mal vor, stand auf, trat ans Fenster, als könne das Tageslicht helfen, las die Buchstaben stumm ein weiteres Mal, starrte einige Sekunden auf den Ozean hinaus und sagte dann zu Vines: »Vielleicht ist es einfacher, als es aussieht.«

»Vielleicht ist es ein alter OSS-Code«, meinte Fork.

»Wohl eher die hausgemachte Kürzelschrift eines alten Mannes, der seinem Gedächtnis nicht traut«, widersprach Adair. »›ZU JA‹ könnte heißen ›Zu Jack Adair‹, er wollte zu mir. WG ist wahrscheinlich die gängige Abkürzung: wegen. Die beiden letzten Buchstaben sind DV, und die einzige Person mit den Initialen DV, die ich kenne, ist meine Tochter und Kellys Frau, Danielle Vines.«

»Zu Jack Adair wegen Danielle Vines?« fragte Vines.

»Vielleicht. Vielleicht auch nicht. Aber das Beste ist, ich besuche Dannie.«

Sid Fork schüttelte den Kopf. »Ein dummer Einfall, Richter.«

»Wieso?«

»Haben Sie vor zu fahren?«

Adair nickte.

»Wohin?«

»Agoura, nicht wahr?« sagte Adair fragend zu Vines, der ebenfalls nickte.

»Jemand könnte Sie auf dem Freeway überholen. Eine Schrotflinte, mit Doppel-Null geladen, und Jack Adair war einmal.«

»Jemand könnte hier durch die Tür spazieren und das gleiche tun«, sagte Adair.

Fork drehte sich um, musterte die Hotelzimmertür und wandte sich dann wieder an Adair. »Deshalb werde ich Sie beide in etwa dreißig Minuten umquartieren.«

»Wohin?«

»An einen Ort mit den besten Sicherheitsvorkehrungen in der Stadt.«

»Nein, danke, keine Gefängniszelle«, sagte Adair.

»Ich rede nicht von einer Gefängniszelle«, erwiderte Fork, »ich rede von zwei freundlichen, sauberen Zimmern mit einem gemeinsamen Bad, garantierter Abgeschiedenheit, Telefon, Übernachtung mit Frühstück, und das alles für nur Tausend pro Woche. Und pro Kopf.«

»Muß ein phantastisches Frühstück sein«, sagte Vines. »Braucht sie das Geld wirklich so dringend?«

»Ja, Sir. Sie braucht's.«

»Wer?« fragte Adair.

»Die Frau des verstorbenen Norm Trice, dem der Blue Eagle gehört hat«, antwortete Vines. »Sie wohnt in einem riesigen viktorianischen Haus, und soweit ich sehen konnte, machen die Sicherheitsvorkehrungen einen recht guten Eindruck.« Mit einer knappen Handbewegung umriß Vines das Hotelzimmer. »Auf jeden Fall besser als hier.«

Adair sah Fork an. »Und Sie empfehlen es uns?«

»Dringend.«

»Trotzdem werde ich meine Tochter besuchen.«

»Es ist trotzdem ein dummer Einfall.«

»Er könnte hinfliegen«, sagte Vines.

»Von wo?«

»Sie sagten mir, es hat hier mal einen Flugplatz gegeben.«

»Und ich habe Ihnen gesagt, daß die Bundesbehörden ihn geschlossen haben.«

»Das würde manch einen Piloten nicht aufhalten.«

»An wen denken Sie?«

»An den Mann, dem Cousin Mary's gehört«, sagte Vines, »Merriman Dorr. Er sagte mir, er könne sich eine Cessna beschaffen und uns überall hin fliegen – vorausgesetzt, die Bürgermeisterin gibt ihr Okay.«

Nach einigen Sekunden stirnrunzelnden Nachdenkens gab Fork widerstrebend nach. »Nun gut, jedenfalls ist es vernünftiger, als zu fahren.«

Vines stand auf, trat zu Fork, blickte auf ihn hinab und sagte: »Ich verstehe diese plötzliche Besorgnis um unsere Sicherheit noch nicht ganz, Chief.«

»Sie kommt gar nicht so plötzlich«, sagte Fork. »Ich mache mir Sorgen, seit Norm Trice erschossen wurde und diese Fotos aufgetaucht sind. Daß Soldier umgebracht worden ist, macht meine Sorgen nicht geringer. Aber ganz besonders besorgt bin ich, seit die Bürgermeisterin und ich unsere Informationen verglichen haben.«

Fork blickte von Vines zu Adair und zurück zu Vines, um sich zu vergewissern, daß sie ihm ihre ganze Aufmerksamkeit widmeten. »Erinnern Sie sich noch, daß Sie im Cousin Mary's allen Anwesenden von dem Portier berichtet haben, von dem Sie die Beschreibung eines kleinen, dicken Priesters mit Rüsselnase bekamen, der die beiden Schuhkartons voller Geld in den Schrank des Richters gesteckt hat?«

Vines bestätigte, daß er sich erinnere.

»Wenn B. Ds. Darstellung Ihres Berichts zutrifft, dann stimmt die Beschreibung eines kleinen, dicken Priesters haargenau mit der Beschreibung eines Augenzeugen überein, der behauptet, in der Nacht, in der Norm Trice erschossen wurde, denselben Mann gesehen zu haben, wie er in den Blue Eagle hinein- und wieder herausgegangen ist.«

»Auch ein Priester?« fragte Vines.

»Gekleidet wie einer. Und die Beschreibung – bis auf die Priesterkleidung – stimmt mit dem überein, was einer meiner besten Detectives über den Klempner sagt, der vermutlich Soldier erschossen hat. Sie beide haben Ivy gehört. Und das alles zusammengenommen heißt, daß ich mir so gut wie sicher bin, daß der Mann mit den beiden Schuhkartons voller Geld und der Mann, der Norm Trice und Soldier Sloan ermordet hat, ein und dieselbe Person sind.«

»Und es klingt fast so, als wüßten Sie auch, wer er ist«, sagte Vines, in dessen Ton sich zurückhaltende Bewunderung einschlich.

»Ich weiß es tatsächlich. Er ist Teddy Smith – oder Teddy Jones, je nachdem, wie er sich gerade fühlt. Die Bürgermeisterin, Dixie und ich kannten den kleinen Drecksack vor zwanzig Jahren. Damals habe ich ihn aus der Stadt gejagt, nachdem er... nun, das tut jetzt nichts zur Sache.«

»Smith«, sagte Adair mit Blick zu Vines. »Hieß so nicht der Mann, den Paul in Tijuana treffen wollte. Der Mann...«

Ein dreifaches lautes Klopfen an der Hotelzimmertür unterbrach Adair, der mit nachdenklichem Gesichtsausdruck aufstand und öffnete. B.D. Huckins nickte ihm zu, als sie mit raschen Schritten das Zimmer betrat. Sie ignorierte Vines und ging geradewegs auf den Polizeichef zu. Die Fäuste in die Hüften gestemmt, blickte sie finster auf Sid Fork hinab und beeindruckte Adair mit der Art, wie sie es schaffte, das Zimmer zu dominieren, ohne ein Wort zu sagen.

Die Augen unverwandt auf den Polizeichef geheftet, sagte sie: »Laß es sausen, Sid!«

»Was?«

Mit einer knappen, geradezu wilden Bewegung ihrer geballten Faust machte sie klar, daß es darum ging, Vines und Adair sausenzulassen. »Die beiden«, sagte sie. »Alles. Es ist alles vorbei.«

»Verdammt, B.D., das kannst du nicht machen!«

»Wart's ab!« sagte sie.

Sechsundzwanzig

Während sie gelegentlich von dem Glas puren Bourbons nippte, das sie verlangt und das Kelly Vines ihr eingegossen hatte, ging Mayor B. D. Huckins in dem Meerblickzimmer des Holiday Inn auf und ab und beschrieb mit erstaunlichem Gefallen, wie sie von Soldier Sloans Ableben erfahren hatte.

»Kam es vom Polizeichef, oder vom Rechtsbeamten der Stadt, oder etwa von den beiden Trotteln, die die Fleischkarre fürs Bruner-Bestattungsinstitut fahren?« fragte sie, offensichtlich keine Antwort erwartend: »Nein, es kam von Lenore Poole, die als freie Mitarbeiterin für den maroden Westküstenrundfunk schafft. Und ratet mal, was Lenore wissen will!«

Da auch dies keine echte Frage war, antwortete keiner der drei Männer. Die Bürgermeisterin nahm erneut einen kleinen Schluck Bourbon, wandte sich zum Fenster, schaute auf den Pazifik hinaus und sagte: »Lenore will meine Reaktion auf den Serienmörder wissen, der Durango terrorisiert.«

Sie drehte sich hastig vom Fenster weg und fixierte Sid Fork mit ihren kalten grauen Augen. »Stell dir das vor! Lenore, die auf der Highschool Englischunterricht und einen Lehrgang in Journalismus gibt, Lenore, die überzeugt ist, Fernsehreporterin in Santa Barbara oder vielleicht sogar in L. A. zu werden, sobald sie genug zusammengespart hat, um ihr Kinn mit ein bißchen chirurgischer Hilfe korrigieren zu lassen – und diese Lenore erzählt mir, daß irgendein Klempner Soldier Sloan im Aufzug erschossen hat.«

»Ich dachte, sie spart auf eine Harley«, sagte Sid Fork. »Das hat sie mir jedenfalls gesagt.«

B. D. Huckins ignorierte ihn und wandte sich an Jack Adair, der in einem der drei Sessel des Zimmers saß und der teilnahmsvollste ihrer Zuhörer zu sein schien.

»He, sagte Lenore zu mir, heute dieser Sloan und gestern

nacht der arme Norm Trice, meinen Sie nicht, daß es so aussieht, als hätten wir einen Serienmörder frei rumlaufen? Aber ich kann ihr bloß sagen, daß ich keine Kommentare zu laufenden Ermittlungen abgebe und daß sie besser mit dem Polizeichef redet, doch den versucht sie, sagte Lenore, ›schon am Wickel zu kriegen‹ – und so was ist heutzutage eine Englischlehrerin –, kann ihn aber nicht finden.« Huckins' kalte graue Augen hefteten sich wieder auf Fork. »Wo, verdammt noch mal, hast du gesteckt, Sid?«

»Hier.«

»Warum hast du mich nicht angerufen oder anrufen lassen?«

»Ich dachte, das hätte schon jemand getan.«

Die Bürgermeisterin reagierte mit einem resignierten Kopfschütteln auf dieses Eingeständnis offenkundiger Unfähigkeit und wandte sich wieder an Jack Adair, den Ex-Politiker, der weiterhin ihr teilnahmsvollster Zuhörer blieb. »Dann schlägt Lenore einen Haken und sagt, wenn ich schon nicht der Ansicht wäre, daß ein wahnsinniger Killer eine Mordserie in Gang gesetzt hat, ob ich dann nicht wenigstens zugeben würde, daß es eine Verbrechensserie ist. Und ich sage ihr, tut mir leid, Lenore, auch keine Verbrechensserie, und lege auf.«

Wieder an Fork gewandt, fuhr sie fort: »Da wollte ich anfangen herumzutelefonieren, Sid, um dich aufzuspüren. Doch im gleichen Moment klingelt *mein* Telefon – so viel zu Geheimnummern –, und es muß ein nachrichtenarmer Tag sondergleichen sein, denn Zeitungen, Fernseh- und Rundfunksender von überall rufen mich an und ...«

»Wo ist überall?« unterbrach Fork.

»San Francisco. Vegas. L.A. Santa Barbara. San Diego. San Jose. Sogar Oakland. Für mich ist das überall. Und alle wollen alles wissen – über die, Zitat Anfang, Hysterie, die ein kleines, verschlafenes kalifornisches Küstenstädtchen erfaßt, Zitat Ende. Zwei von ihnen haben mir sogar einen Ausschnitt aus Lenores beknackter Radiosendung vorgespielt, und da macht sie mich zwei Jahre älter und sagt, Durangos 38 Jahre alte Bürgermeisterin habe, Zitat Anfang, vehement dementiert, Zitat Ende, daß zwei Morde in zwei Tagen eine Verbrechensserie oder das Werk eines Serienmörders seien. Aber eins mußt du überprüfen, Sid.

Lenore hat anscheinend mit jemandem von deinen Leuten gesprochen, denn sie hat gesagt, Soldier heißt S. Pershing Sloan und er sei Generalmajor a. D. gewesen.« Sie hielt inne, runzelte fragend die Stirn und sagte: »Pershing?«

»Sein Mittelname«, klärte Fork sie auf, während er sich in seinem Sessel vorbeugte und zum ersten Mal Interesse erkennen ließ. »Was hat Lenore über Norm Trice gesagt?«

»Sie hat ihn als Besitzer von Durangos flottestem Nachtclub bezeichnet.«

»Typisch Lenore«, sagte Fork mit einem Grinsen und fragte: »Was hast du nun all den Reportern gesagt, B. D.?«

»Ich habe ihnen gesagt, sie sollen sich an den Polizeichef wenden, der mir gesagt hat, eine Festnahme stehe kurz bevor.«

»Gut.«

»Du weißt, was das alles anrichtet, nicht?«

»Klar«, sagte Fork. »Es wird einen Rückgang des Unterschlupf-Geschäfts bewirken.«

Mit einem langsamen dreifachen Kopfschütteln demonstrierte die Bürgermeisterin, daß sie anderer Meinung war. »Keinen Rückgang, den Tod.«

»Es wird sich wieder geben.«

»Den Teufel wird's!«

Sid Fork stand von seinem Sessel auf und ging langsam zum Fenster. »Also gut«, stimmte er zu, »sagen wir, es ist vorbei. Erledigt. Aber was ist mit unserem Abkommen mit Vines und Adair?«

»Wenn du meine Meinung nicht ändern kannst«, sagte sie, »ist es gestorben. Sollen sie doch woanders unterschlüpfen.«

Als er beim Fenster war, warf Fork einen flüchtigen Blick auf den Ozean, wandte sich um, lehnte sich an die Fensterbank, verschränkte die Arme und betrachtete die Bürgermeisterin mit dem distanzierten Blick eines Manns, der die Antworten auf seine Fragen bereits kennt.

»Sag mir eins, B. D.: Wie kratzt du das Geld zusammen, um die Bibliothek offenzuhalten, wenn Ende nächsten Monats unser Haushaltsjahr ausläuft? Oder um das Programm ›Sommer im Park‹ zu starten, das du für Juni versprochen hast – und jetzt ist praktisch schon Juli? Oder um die Tripperklinik offenzuhalten? Oder, um Himmels willen, überhaupt genug Geld herzukriegen, um nach der Parade zum Vierten den Pferdemist wegzuräumen?« Mit einem Nicken wies Fork auf Vines und Adair, bevor er fortfuhr: »In diesem Zimmer sitzen vor uns auf zwei Sesseln eine Million Dollar. Also bevor du alles abbläst, solltest du darüber nachdenken, was ich gerade gesagt habe.«

Huckins machte bereits einen entsprechend nachdenklichen Eindruck, als sie sich umwandte und langsam in den Sessel sank, den Fork eben geräumt hatte. Sie stellte das Glas auf die Armlehne, streckte ihre langen, sonnengebräunten Beine aus und schlug die Füße übereinander. Bekleidet war sie mit einer gelben Baumwollbluse und einem knielangen beigen Rock aus Baumwollköper. Ihre Füße steckten in mexikanischen Sandalen. Jack Adair starrte auf ihre nackten Beine, bis sie fragte: »Noch nie welche gesehen?«

»Nicht in letzter Zeit«, sagte er.

Erneut sah die Bürgermeisterin Fork an, der immer noch mit verschränkten Armen an der Fensterbank lehnte. »Woran ich am meisten denke, Sid, ist der achte November und nicht der vierte Juli.«

Die Erwähnung des Wahldatums verwandelte Adairs Anteilnahme in intensives Interesse. »Wie sieht es denn aus?« fragte er.

Die Augen auf Fork gerichtet, sagte sie: »Nun, Sid? Wieviel Wählerstimmen, schätzt du, bringen zwei ungeklärte Morde und vielleicht noch ein paar mehr zwischen jetzt und November?«

»Würde 'nen ganzen Sack voller Stimmen bringen, wenn der Mörder geschnappt wird, B. D.«

»Aber wann wirst du ihn schnappen? Nachdem Adair und Vines tot sind?«

Bevor Fork etwas erwidern konnte, sagte Kelly Vines: »Eins sollten wir klarstellen: Jack und ich haben nicht vor, endlos herumsitzen und auf den Beginn von Verhandlungen zu warten, während ein Mann, der als Priester oder Paketbote verkleidet herumläuft, Pläne ausheckt, wie er uns erschießen, erstechen oder erdrosseln kann. Irgendwann kommt der Zeitpunkt, an dem die Geduld erschöpft ist und der gesunde Menschenverstand zum Zuge kommt.«

»Was uns zu Sids Teddy-Theorie bringt«, sagte die Bürgermeisterin.

Fork erzeugte tief im Hals ein Geräusch, das ihm die Aufmerksamkeit des ganzen Zimmers sicherte. »Es ist mehr als eine Theorie«, sagte er.

Die Bürgermeisterin warf ihm einen zweifelnden Blick zu. »Glaubst du wirklich, daß Teddy der Mörder von Soldier Sloan ist?«

»Ich weiß es. Er hat ihn im Aufzug ermordet, von Kopf bis Fuß als Klempner maskiert. Samt Werkzeugkiste und allem Drum und Dran.«

»Wenn du Teddy findest und verhaftest«, sagte sie, »kommt er also vor Gericht, oder?«

Forks Achselzucken mochte ja, nein oder vielleicht bedeuten.

»Und wenn er vor Gericht kommt«, fuhr die Bürgermeisterin fort, »könnte eine Menge komisches Zeug aus der alten Zeit über dich, mich, Teddy und Dixie herauskommen – komisch-seltsame Sachen, die die meisten Leute nicht wissen oder vergessen haben. Sachen, die mir am achten November nicht gerade nützlich wären.«

»Falls es einen Prozeß gibt«, sagte Fork.

»Natürlich meinen Sie, falls es so rasch einen Prozeß gibt«, sagte Adair. »Vor dem achten November.«

»Falls es überhaupt einen Prozeß gibt«, sagte Fork.

»Der Chief spricht von etwas anderem, Jack«, sagte Vines.

»Dessen bin ich mir wohl bewußt.«

»Ich bin mir ziemlich sicher, daß ich Teddy finden werde«, sagte Fork, als denke er laut. »Oder vielleicht findet er mich. Aber ich bin mir so oder so ziemlich sicher, daß er sich gegen eine Verhaftung wehren wird.«

»Das heißt, Sie sind sich ziemlich sicher, daß Sie ihn töten werden«, sagte Adair in einem sanften, fast gleichgültigen Tonfall, der gut zu einer Bemerkung über das Wetter gepaßt hätte.

Der Tonfall weckte Forks Argwohn. »Macht Ihnen das sehr zu schaffen, Richter?«

Adairs Stimme verlor jede Sanftheit. Sie klang jetzt streng richterlich und seiner eigenen Meinung nach schrecklich bombastisch. »Man konnte mich nie davon überzeugen, daß vorsätzlicher Mord jemals gerechtfertigt ist, ob er nun von einem Individuum oder vom Staat verübt wird.«

»Das ist der größte Blödsinn, den ich je gehört habe«, sagte B. D. Huckins.

»Ach, wirklich?«

»Allerdings. Sie und Vines haben sich die Sache ausgedacht, es ist Ihr Plan. Sie haben sie in Gang gesetzt, und zwei Menschen hat sie bereits das Leben gekostet. Drei, wenn man Ihren Freund in Lompoc mitzählt. Damit ist es Zeit, das Predigen einzustellen. Aber wenn Sie beide sich absetzen wollen, schön. Das ist allein Ihre Sache. Natürlich werden Sid und ich zu Ende bringen müssen, was Sie begonnen haben, denn jetzt gibt es keine Möglichkeit mehr, es aufzuhalten.«

»Absolut keine«, bekräftigte Fork.

»Mag sein, daß ich danebenliege«, fuhr sie fort, »aber meiner Meinung nach gibt es nur eine Möglichkeit, daß Sie beide ohne Verlust oder sogar mit einem kleinen Plus aus der Sache rauskommen, wobei ich nicht von Geld spreche – Sie müssen zu Ende führen, was Sie begonnen haben. Andernfalls haben Sie drei Leben für nichts vergeudet, auch wenn Sie das möglicherweise rechtfertigen können, doch das glaube ich eigentlich nicht. Und deshalb, Mr. Adair, habe ich gesagt, daß Sie Blödsinn reden.«

Adair, dessen Wangen sich rosarot gefärbt hatten, starrte zwischen den Knien auf den Teppich des Hotelzimmers, während die Frau und die beiden Männer ihn anstarrten. Schließlich blickte er zu Huckins hoch und sagte: »Nach sorgfältiger Abwägung, Mayor, haben Sie nicht völlig unrecht.«

Sie sah Vines an. »Was heißt das?«

»Es heißt, wir sind noch im Geschäft.«

»Gut«, sagte B. D. Huckins.

SIEBENUNDZWANZIG

Um 17 Uhr am Nachmittag desselben Samstags hatten Jack Adair und Kelly Vines im Holiday Inn ausgecheckt und folgten Virginia Trice gehorsam in das große, alte Badezimmer im ersten Stock ihres viktorianischen Vierzehnzimmerhauses.

Das Badezimmer, mindestens drei mal vier Meter groß, trennte ihre beiden Schlafzimmer voneinander und enthielt eine sehr alte, knapp zwei Meter lange Badewanne, die auf gußeisernen Klauen stand, eine ziemlich neue gekachelte Dusche, ein Waschbecken mit getrennten Hähnen, ein altmodisches WC mit Kettenspülung und mehr Handtücher, als Adair selbst in den feinsten Hotels jemals gesehen hatte.

»Handtücher«, sagte Virginia Trice und zeigte auf zwei üppige Stapel.

»Sehr nett«, sagte Adair.

Sie verließen das Bad und gesellten sich im Flur wieder zueinander. »Was hätten Sie gern zum Frühstück?« fragte sie.

Adair sah Vines an, und der sagte: »Irgendwas.«

»Eier und Speck?« fragte sie. »Kaffee? Saft? Bratkartoffeln? Brötchen oder Toast? Honigmelone vielleicht?«

»Kaffee, Toast und Saft für mich«, sagte Adair.

»Für mich auch«, sagte Vines.

»Sie können haben, was Sie wollen«, sagte sie. »Bei dem, was Sie bezahlen . . .« Der Satz starb an akuter Verlegenheit.

»Da wir gerade von der Miete sprechen«, sagte Vines, zog ein unverschlossenes Briefkuvert des Holiday Inn aus der Tasche und reichte es Virginia Trice.

Sie schaute hinein, zählte die zwanzig Hundert-Dollar-Noten aber nicht nach. »Irgendwie ist es zu viel, nicht?«

»Nicht in Anbetracht der Ungelegenheiten, die wir Ihnen bereiten«, sagte Adair.

»Okay, wenn Sie das meinen. Und es kommt zu einem Zeitpunkt, wo ich es gut gebrauchen kann.«

»Die Sache mit Ihrem Mann tut mir sehr leid«, sagte Adair.

»Das ist nett von Ihnen. Die Beerdigung ist am Montag. Wenn Sie Beerdigungen mögen, sind Sie herzlich eingeladen. Die Bestattungsfeier findet in der Leichenhalle von Bruner's statt, weil Norm nicht grade ein Kirchengänger war. Der Eagle bleibt den ganzen Montag aus Pietät geschlossen. Sid Fork meint, ich sollte ihn offen lassen, aber ich weiß nicht. Es scheint mir nicht recht. Was meinen Sie?«

Adair sagte, er sei sicher, daß sie es schon richtig mache.

Sichtlich dankbar für die Rückenstärkung, sagte Virginia Trice: »Also, das Telefon ist am Ende des Flurs auf einem kleinen Tischchen bei der Treppe. Ich stelle Ihnen Radios in beide Zimmer. Billige Apparate. Sie kriegen den lokalen UKW-Sender rein, der aber nicht toll ist, und aus irgendeinem Grund einen CBS-Nachrichtensender aus L. A., auf Mittelwelle. Fernsehen gibt's nicht. Norm wollte keins im Haus haben, weil er für den Apparat im Eagle eine Schüssel kaufen mußte und das Fernsehen nie ausschalten durfte. Mal sehen, was sonst noch? Ach ja, fast hätte ich die Schlüssel zur Haustür vergessen. Sie liegen in Ihren Zimmern auf dem Nachttischchen. Sie können nach Belieben kommen und gehen. Wenn Sie über Nacht einen Freund unterbringen wollen, in Ordnung. In der Woche komm' ich kaum vor eins nach Hause, und an Samstagen wie heute ungefähr um halb drei. So, ich denke, damit haben wir alle Vorschriften.«

Adair lächelte und entgegnete, von Vorschriften habe er bisher nichts bemerkt.

»Wahrscheinlich, weil ich nicht viel mit einer Hauswirtin gemein habe«, sagte sie.

Vines sagte, nach seinem Dafürhalten sei sie die ideale Hauswirtin.

Virginia nickte zu dem Kompliment und versuchte zu lächeln, was ihr nicht ganz gelang. Plötzlich fiel ihr etwas ein. »Herrje, es gibt doch eine Vorschrift. Das ganze Haus ist mit Alarmanlagen bestückt, aber solange Sie den Haustürschlüssel benutzen, um raus- und reinzukommen, passiert nichts. Und öffnen Sie keine Fenster, weil die ebenfalls an die Alarmanlage angeschlossen sind. Ich weiß nicht, ob es Ihnen aufgefallen ist, aber alle Zimmer haben Klimaanlage – bis auf den Speicher. Wenn Sie nicht den Haustürschlüssel benutzen, um rein- oder rauszukommen, oder aus Versehen ein Fenster öffnen, sind die Cops in drei, höchstens vier Minuten hier.«

»Das ist sehr beruhigend«, sagte Adair.

»Darf ich Sie was fragen?«

Vines nickte.

»Wie schlimm ist es – Ihr Problem?«

»Mittelmäßig«, sagte Vines.

»Sid hat gesagt, Sie könnten helfen, Norms Mörder zu fangen. Stimmt das so, oder hat Sid mir bloß etwas vorgemacht, wie er's manchmal tut?«

»Er hat Ihnen nichts vorgemacht«, sagte Vines.

»Gut«, sagte Virginia Trice, nickte und sagte noch einmal: »Gut.«

Um 17.35 Uhr am selben Samstagnachmittag standen Adair und Vines neben dem Mercedes und beobachteten die viersitzige Cessna, die ihnen auf der rissigen und holprigen Rollbahn des ehemaligen städtischen Flugplatzes von Durango entgegenkam. Alles, was von dem Flugplatz übriggeblieben war, waren die zerbröselnde Start- und Landebahn, zwei Wellblechhangars ohne Dach, zwei vor sich hinrostende Treibstoffpumpen, deren Schläuche jemand gestohlen hatte, und der »Terminal« des Flugplatzes – ein eingeschossiges Gebäude von der Größe eines Tankstellenbaus, das schon lange verwüstet war.

»Gehört alles zum Trend, nehme ich an«, sagte Adair, während Merriman Dorr den Motor ausschaltete und aus der Cessna kletterte. »Zuerst verschwanden die Kleinstadtbahnhöfe, dann die Busstationen, und jetzt bekommen wir Geisterflughäfen.«

»Bist du sicher, daß ich nicht mitkommen soll?« fragte Vines.

»Ich glaube, mehr als einen von uns gleichzeitig kann Dannie nicht verkraften.«

»Erwarte nicht zu viel, Jack.«

»Nein.«

»Erwarte gar nichts.«

»Alles, was ich erwarte, ist ein Besuch bei meiner letzten lebenden Blutsverwandten.«

Merriman Dorr, der sich dem Mercedes jetzt bis auf sechs Meter genähert hatte, trug eine Fliegerjacke aus braunem Leder, die nach Vines' Einschätzung entweder sehr alt war oder zu der Art gehörte, die in der Werbung als »vor-verschlissen« angepriesen wurde. Ferner trug er eine dunkle Pilotenbrille, eine grobe Baumwollhose, Cowboystiefel und eine blaue Dodgers-Baseballkappe. Als er noch vier Meter entfernt war, sagte Dorr: »Die Rollbahn ist völlig hinüber.«

»Heißt das, wir können nicht starten?« fragte Adair beinahe hoffnungsvoll.

»Ich kann überall starten, wo ich landen kann. Sind Sie so weit?«

Adair nickte.

»Dann los!« sagte Dorr und machte kehrt. Adair zuckte mit den Schultern, scin karger Abschiedsgruß an Vines, und folgte, den schwarzen Spazierstock schwingend, Dorr zum Flugzeug.

Vom Fahrersitz des Mercedes aus sah Vines dem Start zu. Die Cessna flog auf den Pazifik hinaus und drehte nach Süden ab. Als er das Flugzeug nicht mehr sehen konnte, ließ Vines den Mercedes an und fuhr nach Durango zurück.

Beim ersten Drugstore hielt er und kaufte eine Dose mit gemischten Nüssen und zwei Schokoladenriegel – sein Abendessen. Als Einschlafhilfe kaufte er den Taschenbuchroman eines Autors, dessen vorangegangene Werke sich um leicht verworfene, extrem empfindsame Südstaatler drehten, denen nicht viel, weder Gutes, noch Schlechtes, widerfuhr. Für den Fall, daß es dem Roman mißlang, ihn einzuschläfern, hielt Vines an einem Spirituosenladen und kaufte eine zusätzliche Flasche Jack Daniel's Black Label.

Es war 18.20 Uhr, als er das cremefarben und grün gestrichene viktorianische Haus erreichte. Vines parkte auf der Straße hinter dem Aston Martin, aus dem Dixie Mansur ausstieg und auf seinen Mercedes zukam. Sie trug eine weiße, sportliche Hose und einen dunkelblauen Zopfmuster-Baumwollpulli mit tiefem V-Ausschnitt.

Als sie den Mercedes erreichte, bückte sie sich, damit sie durchs offene Fenster mit ihm sprechen konnte. »Parvis hat Kontakt aufgenommen«, sagte sie.

»Schon?«

»Schon.«

»Besser, du kommst rein und erzählst mir alles.«

»Im Wagen?«

»Im Haus.«

Dixie Mansur richtete sich auf, sah über das Dach des Mercedes zu dem alten, zweistöckigen Prachtbau, bückte sich wieder und fragte: »Wer ist im Haus?«

»Niemand.«

»Hast du was zu trinken?«

»Bourbon.«

»Irgendwann mal«, sagte sie, »könntest du auch eine Flasche Scotch kaufen.«

Vines machte mit ihr einen Rundgang durchs Parterre. Besonders taten es ihr die dunklen, schweren Möbel und die wuchtigen Porzellanlampen im Salon an. »Wie eine Filmkulisse, nicht?« sagte sie.

»Ich weiß nicht«, entgegnete Vines. »Ich war noch nie in einer Filmkulisse.«

In der Küche leerten sie eine Eisschale in eine kleine Schüssel, nahmen zwei Gläser, füllten wieder Wasser in die Schale und stellten sie ins Gefrierfach des Kühlschranks zurück. Als sie die alte Eichentreppe zum ersten Stockwerk hinaufgingen, sagte Dixie Mansur: »Hier würde ich nicht wohnen wollen.«

»Warum nicht?«

»Zu viele Erinerungen.«

»Was für Erinnerungen?«

»An Dinge, die vor meiner Geburt passiert sind«, sagte sie. »Ich mag den Gedanken nicht, daß davor viel passiert ist.«

In Vines' Zimmer plazierten sie den Whiskey, das Eis, die Gläser, die gemischten Nüsse und die Schokoladenriegel auf der Walnußkommode. Den Roman legte Vines neben das kleine Radio auf das Nachttischchen. Dixie Mansur sah sich um, betrachtete alles eingehend und fragte: »Wo ist Adairs Zimmer?«

»Am Ende des Flurs«, sagte Vines, während er Eiswürfel in die Gläser gab. Er goß Whiskey ein und ging ins Bad, um die Gläser mit Wasser aufzufüllen. Als er zurückkam, saß Dixie Mansur am Kopfende des Betts. Er reichte ihr ein Glas und sagte: »Erzähl!«

Erst nahm sie einen Schluck aus ihrem Glas. »Als wir heute nachmittag nach Santa Barbara zurückkamen, hat Parvis sich sofort ans Telefon gehängt. Er hat ein halbes Dutzend Anrufe gemacht, vielleicht ein paar mehr, und wollte gerade wieder wählen, als das andere Telefon klingelte – sein eigentliches Privattelefon.«

»Und?«

»Sie waren dran. Sie oder er.«

»Hast du zugehört?«

»Er hat mich aus dem Zimmer gescheucht.«

»Aber bei den anderen Anrufen hast du zugehört.«

»Ich konnte hören, was er sagte, aber nicht, was die Leute sagten, die er angerufen hat.«

»Wie hat er seinen Gesprächspartnern die Geschichte angedient?«

»Das habe ich nur einmal gehört.«

»Du hast doch gesagt, du hast bei allen Gesprächen zugehört.«

»Er hat nur ein einziges Mal Englisch gesprochen. Bei allen anderen Gesprächen hat er sich in Farsi unterhalten – Persisch.«

»Und der Anruf auf seinem eigentlichen Privattelefon – der Bingo-Anruf?«

»Er fing auf englisch an.«

»Und wechselte dann zu Farsi?«

»Das weiß ich nicht. Als er mich rausscheuchte, hat er noch englisch gesprochen.«

»Aber den einen Anruf, bei dem er englisch gesprochen hat, hast du gehört, oder?«

Sie nickte.

»Was hat er gesagt?« fragte Vines: »Ich meine, ist er mit der Tür ins Haus gefallen, etwa so: Heh, Al, ich hab' hier was Tolles für dich! Ich würde gern genau wissen, was er gesagt hat.«

»Was soll das? Traust du ihm nicht?«

»Da es mein Hals ist, bin ich neugierig.«

»Ich kann mich nicht genau erinnern, was er gesagt hat. Niemand könnte das.«

»So exakt wie möglich.«

»Nun, er hat niemanden verlangt, als der Anruf angenommen wurde. Er fing damit an, daß er sagte: ›Ich bin es‹, oder: ›Ich bin es, Parvis‹. Dann hat er etwas über eine äußerst wertvolle Information über bestimmte Beamte in einer südkalifornischen Gemeinde gesagt, die wegen ihrer Abgeschiedenheit bekannt ist, und daß diese Beamten bereit wären, zwei von ihren ... ich glaube, er hat sie ›Gäste‹ genannt ... zwei von ihren Gästen auszuliefern, vorausgesetzt sie – da hat er wohl B. D. und Sid gemeint – würden für ihre Mühe oder ihr Risiko oder so was entschädigt. Dann hat Parvis eine Zeitlang zugehört und gesagt: ›Eine Million fix.‹ Und danach hat er gesagt: ›Sehen Sie bitte, was Sie tun könnnen.‹ Und das war's.«

»Was war, als der Bingo-Anruf kam?«

»Wie gesagt, er hat mich rausgescheucht. Aber nach dem Gespräch hat er mich wieder reingerufen. Er hat mir gesagt, er hätte Kontakt aufgenommen und es wäre wichtig, daß du und Adair es wüßten, damit ihr vorbereitet seid. Aber er wollte euch nicht über die Hotelzentrale anrufen, und da er am Telefon bleiben mußte, hat er mir gesagt, ich sollte rüberfahren und dir und Adair sagen, daß er Kontakt aufgenommen hat. Ich habe ihn gefragt, was ich tun soll, wenn ich keinen von euch antreffe, und er hat gesagt, ich soll so lange suchen, bis ich euch finde. Wo ist Adair überhaupt?«

»Los Angeles.«

»Was macht er da?«

»Trifft ein paar Leute.«

»Wann kommt er zurück?«

»Spät.«

»Was dagegen, daß ich auf ihn warte?«

»Wo?«

Sie klopfte auf das Bett. »Hier – es sei denn, eure Hauswirtin hat etwas dagegen.«

»Hat sie nicht.«

»Wann kommt sie zurück?«

»Etwa halb drei.«

»Dann haben wir reichlich Zeit, nicht wahr?« sagte Dixie, stellte ihr Glas beiseite, streifte den dunkelblauen Baumwollpulli über den Kopf und ließ ihn auf den Fußboden fallen.

Aus irgendeinem Grund überzeugt, daß sie noch nie in ihrem Leben einen Büstenhalter getragen hatte, setzte Vines sich neben sie, stellte auch sein Glas neben dem kleinen Radio auf das Nachttischchen und küßte sie. Als der lange, mit Bourbon gewürzte Kuß endete und Vines sein Hemd aufknöpfte, sagte er: »Ist das hier auch Parvis' Idee?«

»Würde es dich stören?«

»Nicht im mindesten«, sagte Kelly Vines.

ACHTUNDZWANZIG

Nachdem die Cessna auf der Lehmbahn des Privatflugplatzes etwa eine Meile südlich des Ventura Freeway nahe der Kanan Dume Road in Agoura gelandet war, hielt es Jack Adair für besser, sich nicht danach zu erkundigen, wem die Landebahn oder der schmucke neue Land-Rover gehörten, der auf sie wartete und dessen Zündschlüssel hinter die Sonnenblende geklemmt war.

»Ich nehme an, Sie wissen nicht, wo die Altoid-Klapsmühle liegt«, sagte Merriman Dorr, als er den Motor des Land-Rover anließ.

»Ich habe Ihnen die Adresse gegeben.«

»Da draußen in der Wildnis ist eine Adresse selten von Nutzen.«

Adair zuckte die Achseln. »Wir könnten jemanden fragen.«

»Ich frage nie nach dem Weg.«

»Warum nicht?«

»Weil es niemand was angeht, wo ich hin will.«

Als Dorr die gesuchte Straße schließlich auf einer Thomas-Brothers-Karte fand, überquerten sie den Ventura Freeway Richtung Norden. Etwa eine Meile danach bog Dorr nach links auf eine schmale Asphaltstraße ohne Bankette, die sich in eine gewellte, ausgedörrte Hügellandschaft hineinschlängelte. Hier und da waren die hellbraunen Hügel mit den grünen Flecken kleiner Eichengruppen gesprenkelt. Doch selbst die tiefwurzelnden Eichen, dachte Adair, fingen an, durstig auszusehen.

Adair war überrascht, daß die Altoid-Nervenklinik nicht von einem festen Maschendrahtzaun umgeben war. Auf den ersten Blick ähnelte die Anlage einem exklusiven Country Club, der seine Tennisplätze und den Golfplatz an falscher Stelle angelegt hatte. Zwar waren die schätzungsweise sechs Hektar Gelände umzäunt, doch handelte es sich um einen niedrigen Holzzaun, nützlich als Dekoration und zur Kennzeichnung von Grundstücksgrenzen, aber nutzlos gegen Menschen, Karnickel, Kojoten oder einigermaßen entschlossenes Rotwild.

Dem Landschaftsplaner der Klinik war es gelungen, viele der Eichen zu erhalten. Der Kiesweg, der zwischen zwei Feldsteinsäulen auf das Grundstück und dann weiter zum Haupteingang der Klinik führte, verlief in abrupten Zickzackkurven und wich dadurch mindestens neun alten Bäumen aus, deren Stämme geweißt waren.

Der Land-Rover hielt vor dem tiefen Portal, das die Größe einer kleinen Zugbrücke hatte und aus dicken, von schmiedeeisernen Bändern gehaltenen Redwood-Balken bestand. Neben der Tür war ein auf Hochglanz poliertes Messingschild, nicht größer als ein Briefumschlag, auf dem in kleinen schwarzen Buchstaben »Altoid Sanatorium« eingraviert war. Darunter stand in noch kleineren und noch unauffälligeren Buchstaben die sanfte Bitte »Nur einmal klingeln, bitte«.

»Wie lange, glauben Sic, werden Sie bleiben?« fragte Merriman Dorr.

»Eine Stunde. Länger nicht.«

Dorr schaute auf seine Armbanduhr, ein fachmännisch gearbeitetes Stück aus rostfreiem Stahl mit einem Sekundenzeiger, den Jack Adair irgendwie beruhigend fand. »Jetzt ist es achtzehn fünfundfünfzig«, sagte Dorr. »Punkt acht bin ich wieder hier. Okay?«

»Sehr gut«, sagte Adair, stieg aus dem Land-Rover, ging die beiden Stufen hinauf und drückte, genau wie es das Messingschild erbat, einmal auf den Klingelknopf.

Danielle Adair Vines, die 35jährige Geisteskranke, die in dem gemütlichen Zimmer mit dem großen Panoramafenster am anderen Ende des kleinen Konferenztisches saß, sah für Jack Adair nicht viel anders aus als die Tochter, die er vor mehr als fünfzehn Monaten zum letzten Mal gesehen hatte. Blasser, dachte er, und nicht annähernd so lebhaft oder vielleicht hektisch. Aber im Grunde keine große Veränderung, genau, wie ihm der Klinikpsychiater gerade gesagt hatte. Positiv stabilisiert, hatte er gesagt. Wir erwarten bald merkliche Fortschritte.

Adair nickte und lächelte seiner Tochter zu, als er auf dem Stuhl am anderen Ende des Tisches Platz nahm. »Wie fühlst du dich, Dannie?«

Sie erwiderte sein Lächeln und fragte: »Wer sind Sie? Kenne ich Sie?«

»Ich bin Jack.«

»Jack?«

»Jack Adair.«

»Danke, Jack, ich fühle mich sehr gut.«

»Das ist schön. Brauchst du etwas?«

»Nein, ich glaube nicht. Wieso?«

»Ich soll dich von Kelly grüßen.«

»Sie meinen Mr. Vines?«

»Richtig. Kelly Vines.«

»Mr. Vines ist so ein dummer Mann. Er besucht mich fast jeden Monat, glaube ich. Manchmal sagt er, er ist Kelly Vines, und manchmal sagt er, er ist jemand anders. Einmal hat er gesagt, er ist ein Schauspieler, aber das habe ich ihm nicht geglaubt.« Sie lächelte. »Er ist so ein dummer Mann.«

»Hast du viele andere Besucher?«

»Die Kojoten kommen manchmal. Und die Hirsche. Die Hirsche kommen fast bis zu diesem Fenster, aber die Kojoten kommen nicht annähernd so nahe heran.«

Mit einem Kopfnicken würdigte Adair die Besuche aus der freien Wildbahn. »Hast du jemals einen Besuch oder einen Anruf von Soldier Sloan gehabt?«

»Von wem?«

»Soldier P. Sloan.«

»Für was steht das P?«

»Pershing.«

»Ich erinnere mich an ihn.«

»Dann hat er dich besucht.«

»Er ist gestorben.«

»Ja, ich weiß.«

»Bevor ich zur Welt kam.«

»Wer ist gestorben?«

»John Joseph ›Blackjack‹ Pershing. Geboren achtzehnhundert-sechzig. Gestorben neunzehnhundertachtundvierzig.«

Langsam stand Danielle Adair Vines auf, legte die Hände vor ihrem Körper übereinander, wodurch sie für Adair plötzlich eher wie eine 13jährige denn wie eine 35jährige aussah. Sie räusperte sich, hob das Kinn ein wenig und begann zu rezitieren.

»›Mein Rendezvous mit dem Tode‹ von Alan Seeger, geboren 1888, gestorben 1916.« Sie räusperte sich erneut. »Mein Rendezvous mit dem Tode / Findet an einer Schanze statt / Wenn Frühlingsfarben leuchten satt / Und alles riecht nach Apfelblüten.«

Scheu lächelte sie Adair an. »Ich kenne noch eins über den Krieg, in dem Ihr Freund General Pershing gekämpft hat. Es heißt ›In Flanderns Feldern‹.«

»Das kenne ich, glaube ich«, sagte Adair. »Es ist auch sehr nett. Sehr bewegend.«

Sie setzte sich wieder auf den Stuhl und legte die immer noch gefalteten Hände auf den Tisch. »Wird Mr. Vines mich wieder besuchen?« fragte sie. »Er ist so ein dummer Mann.«

»Ich bin sicher, er kommt wieder.«

»Und kommen Sie auch wieder?«

»Wenn du möchtest.«

»Ich werde es mir überlegen müssen. Sie sind nicht dumm, wie Mr. Vines, aber ich muß es mir trotzdem überlegen. Und das mit Ihrem Freund tut mir sehr leid.«

»Welcher Freund?«

»Der, der gestorben ist. General Pershing.«

»Danke, Dannie«, sagte Jack Adair und stand auf. »Das ist sehr nett von dir.«

Der Anstaltspsychiater war Dr. David Pease, ein 43jähriger, zweifach geschiedener Jungianer, der zwanzig Prozent der Anteile des Altoid-Sanatoriums hielt. Er trug einen grünen Jogging-Anzug, hatte einen keilförmigen Kopf, graues, lockiges Haar, das sich allmählich lichtete, und zwei schwarzbraune Augen, die so selten zwinkerten, daß Adair fast zu der Überzeugung neigte, sie seien ihm aufs Gesicht gemalt.

»Ist Doktor Altoid noch hier?« fragte Adair.

David Pease änderte hinter dem Schreibtisch seine Sitzhaltung, zwinkerte nicht, zuckte mit den Lippen und sagte: »Doktor Altoid ist, wie Marley, seit sieben Jahren tot.«

»Reich gestorben, denke ich.«

»Sorgenfrei.«

»Wie viele Monate, glauben Sie, muß meine Tochter hier noch für sechstausend Dollar pro Monat verbringen?«

»Wir können Ihnen keinen Zeitplan aufstellen, Mr. Adair.«

»Wie wär's mit einer ungefähren Einschätzung? Selbst eine ungesicherte Vermutung würde reichen.«

Dr. Pease schüttelte den Kopf. Die nicht zwinkernden Augen starrten auf Adairs Gesicht. »Würde ich Vermutungen äußern, würden Sie es als Voraussage ansehen. Und wenn ich mich irre, würden Sie verständlicherweise Rechenschaft von mir verlangen.«

»Sie ist völlig aus der Welt, nicht wahr?« sagte Adair. »Sie treibt irgendwo da draußen in ihrem eigenen Universum.«

»Es geht ihr besser als vorher.«

»Sie erkennt ihren eigenen Vater nicht.«

»Sie muß ihre Gründe haben.«

»Und ihren Mann.«

»Mr. Vines erkennt sie jetzt. Aber nicht als ihren Ehemann. Sie hält ihn für einen harmlosen Exzentriker, der sie einmal im Monat besucht.«

»Können Sie sie heilen?«

»Wir können ihr helfen. Wir haben ihr schon erkennbar geholfen.«

»Was ist, wenn die Geldquelle versiegt?«

Das brachte Dr. Pease zum Zwinkern. »Ist das wahrscheinlich?«

»In Anbetracht der Tatsache, daß ihr Vater gerade aus dem Gefängnis kommt, ihr Mann die Zulassung verloren hat und ihr Bruder tot ist, könnte man es eine reale Möglichkeit nennen.«

»Und ihre Mutter?«

»Ihre Mutter kann keine Zweiundsiebzigtausend im Jahr aufbringen.«

»Wir behalten Danielle natürlich so lange wir können. Und sollte sich jemals herausstellen, daß es nicht länger möglich ist, werden wir, wenn Sie möchten, dafür sorgen, daß sie in einer gut geführten staatlichen Anstalt aufgenommen wird.«

»Ich wußte nicht, daß es überhaupt gut geführte staatliche Anstalten gibt.«

»Einige werden besser betrieben als andere – wie überall.«

»Wie lange würde der Staat sie behalten?«

»Bis entschieden wird, daß sie keine Gefahr mehr für sich selbst oder andere darstellt.«

»Das könnte nach einer Woche oder zehn Tagen der Fall sein, nicht wahr?«

»Ich wünschte, Mr. Adair, Sie würden nicht versuchen, mich festzulegen.«

Adair stand auf. »Entweder Vines oder ich werden wie gewöhnlich am Fünfzehnten mit dem Geld hier sein.«

Auch Dr. Pease erhob sich, bis er seine volle Größe erreicht hatte, die, leicht vorgebeugt, einen Meter fünfundneunzig betrug. »Sie ist jeden Cent wert, Mr. Adair.«

Jack Adair musterte den nicht zwinkernden Pease einige Sekunden, nickte und sagte: »Nun, ich nehme an, keiner von uns würde seine Tochter großziehen, damit sie in der Gosse endet, oder?«

Adair wartete im Empfangsbereich des Sanatoriums, welcher der Lobby eines sehr teuren Hotels glich, auf Merriman Dorr. Während er ruhelos in seinem tiefen Sessel hin und her rutschte, sorgte er sich um seine Tochter, sehnte sich nach einem Drink und ließ sich Soldier Sloans verschlüsselte Notiz wiederholt durch den Sinn gehen: ZU JA WG DV. Aber etwas besseres als seine ursprüngliche Deutung wollte ihm nicht einfallen: Jack Adair wegen Danielle Vines aufsuchen.

Um genau acht Uhr eilte er durch das Portal des Sanatoriums, und im selben Moment hielt der Land-Rover vor dem Gebäude. Adair stieg auf den Beifahrersitz und drehte sich gerade nach hinten, um etwas vom Rücksitz zu nehmen, als Dorr fragte: »Wie war's?«

»Lausig«, sagte Adair, wieder nach vorn gewandt, den schwarzen Stock in der rechten Hand.

»Wir bleiben also nicht über Nacht oder so?«

»Nein«, sagte Adair und drehte den Griff des Stocks nach rechts statt nach links. »Wir fliegen zurück.«

Sichtlich fasziniert sah Dorr zu, wie Adair den Griff und den Korken mit der Silberkappe abnahm, das Glasröhrchen herauszog und trank. Als die Glut des Whiskeys sich ausbreitete, bot Adair Dorr das Röhrchen an, doch der schüttelte den Kopf. »Nicht wenn ich fliege.«

»Gut«, sagte Adair und nahm noch einen Schluck.

Als sie die beiden Feldsteinsäulen am Ende der Zufahrt hinter sich hatten, bremste Merriman Dorr ab, sah nach links und rechts und fragte: »Würden Sie mir das Ding verkaufen?«

»Den Stock?«

»Den Stock.«

»Er ist schon einem anderen versprochen.«

»Wem?«

»Sid Fork.«

»Mist!« sagte Dorr, beschleunigte den Land-Rover und raste die schmale, kurvenreiche Asphaltstraße, die keine Bankette hatte, entlang.

NEUNUNDZWANZIG

Weil er angehalten hatte, um eine Dose Budweiser, seine dritte in drei Stunden, aufzureißen, hätte Ivy Settles beinahe den pinkfarbenen Ford-Lieferwagen übersehen, der auf dem Noble's Trace ostwärts mit hohem Tempo Durangos Stadtgrenze und möglicherweise die U. S. 101 ansteuerte.

Settles hatte die letzten drei Stunden seiner Freizeit damit verbracht, in seinem privaten Pkw durch Durangos Straßen zu kutschieren. Er war auf der Suche nach dem pinkfarbenen Klempnerauto und versuchte ohne Erfolg, die Wut und die Beschämung zu verdrängen, die ihn nach dem Mord an Soldier Sloan beinahe übermannt hatten.

Der 51 Jahre alte Detective hatte sich fast selbst überzeugt, daß ihn keine Schuld an Sloans Tod traf. Doch Settles' Fähigkeit zu rationaler Betrachtungsweise, die, wie bei den meisten Polizisten, enorm war, hatte ihn im Stich gelassen, als er an den kleinen, dikken und falschen Klempner Francis dachte. Du hast ihn laufenlassen, Ivy, sagte er sich selbst. Du. Niemand anders. Und das wird dir von nun an in dieser Stadt anhängen. Ivy Settles. Klar, das ist der Kerl, den Sid Fork vom Rübenlaster runter angeheuert hat.

Solch düstere Gedanken hatten Settles schließlich dazu gebracht, seine 37 Jahre alte Verlobte anzubrüllen, aus ihrem gemeinsamen Dreizimmerhäuschen an der North Twelfth zu stürmen, in seinen vier Jahre alten Honda Prelude zu steigen, bei einem Spirituosenladen anzuhalten, um einen Sechserpack Budweiser zu kaufen, und die nächsten drei Stunden durch Durango zu kutschieren und darauf zu warten, daß seine Wut nachließ und seine Beschämung ein Ende fand.

Um 18.03 Uhr hatte er bei der Trasse der Southern Pacific mit seiner Suche nach dem Lieferwagen begonnen. Er patrouillierte bis zur östlichen Stadtgrenze, indem er jeden Häuserblock umkreiste und in fast jede Gasse fuhr. Um 19.15 Uhr hatte er die

Stadtgrenze erreicht, deshalb riß er die zweite Dose Bier auf und wiederholte seine Suche, diesmal von Ost nach West.

Um 21.02 Uhr befand er sich wieder kurz vor der östlichen Stadtgrenze und entschied, daß es Zeit für ein drittes Bier war. Er hatte, um 21.03 Uhr, die Dose gerade geöffnet, als er den pinkfarbenen Lieferwagen an der Kreuzung mit der 25th Street auf dem Noble's Trace vorbeirasen sah.

Settles warf die volle Bierdose aus dem Fenster, rammte den Schaltknüppel des Prelude in den ersten Gang und jagte hinter dem Lieferwagen her. Als er in den zweiten geschaltet hatte, klappte er das Handschuhfach auf und nahm seinen .38 Chief's Special heraus. Settles hatte den Revolver seit einundzwanzig Jahren, aber dies war das erste Mal, daß er wirklich glaubte, möglicherweise damit auf eine bestimmte Person zu schießen – in diesem Fall auf den falschen Klempner. Dieser Gedanke beendete seine Wut und Beschämung und hob seine Gemütslage in die gefährliche Nähe jubelnder Hochstimmung.

Der Prelude hatte keine Sirene, doch Settles hatte sich eine rote Blinkleuchte gekauft, die er, nachdem er in den dritten Gang geschaltet hatte, in den Zigarettenanzünder stöpselte. Als er nur noch einen halben Block hinter dem pinkfarbenen Lieferwagen war, schaltete er die Blinkleuchte ein, wobei er gleichzeitig feststellte, daß er sich zwei Blocks jenseits von Durangos östlicher Stadtgrenze befand. Hier war heruntergekommenes Ödland, das früher einmal als Gewerbegebiet gefördert worden war. Das einzige Gewerbe, das jemals Interesse gezeigt hatte, war eine Go-Kart-Bahn, deren Betreiber es sich aber später wieder anders überlegt hatte. Der Gewerbepark war bankrott gegangen.

Als die rote Lampe zu blinken begann, wurde der pinkfarbene Lieferwagen langsamer, rollte aufs Bankett des Noble's Trace und kam zum Stehen. Settles parkte fünf Meter hinter dem Lieferwagen und stieg vorsichtig aus dem Prelude, den Revolver in der rechten, eine lange Stablampe in der linken Hand. Als er die Fahrerseite des Lieferwagens erreichte, bemerkte er, daß das Magnethaftschild mit der Werbung für Francis den Klempner entfernt worden war, was ihn nicht überraschte.

Überrascht war er allerdings bei der Entdeckung, daß der Fahrer des Lieferwagens eine dunkelhaarige Frau von etwa 27 oder 28 war, die ihn mit zusammengekniffenen Augen anstarrte, als das Licht der Stablampe sie traf.

»Nehmen Sie die Hände hoch, damit ich Sie sehen kann, und steigen Sie aus!« sagte Settles.

Die Frau nickte, hob die Hände so hoch, daß er sie sehen konnte, und fragte: »Wie öffne ich die Tür, wenn ich meine Hände hoch halte, damit Sie sie sehen können?«

»Ich öffne die Tür«, sagte Settles, klemmte sich die Stablampe unter die rechte Achselhöhle, öffnete die Tür eine Handbreit und trat zwei Schritte zurück, Pistole und Stablampe wieder auf die Tür des Lieferwagens gerichtet.

Die Frau kam langsam heraus, die Hände mit den Handflächen nach vorn erhoben. Sie trug Jeans und ein dunkelrotes T-Shirt, auf dessen Vorderseite in weißen Buchstaben »Ich schieße alles« stand. An den Füßen trug sie blaugraue Jogging-Schuhe ohne Socken. Ihr dunkelbraunes Haar war ziemlich kurz geschnitten, und sie war fast so groß wie Settles, knapp einsfünfundsiebzig. Ihre Augen, stellte er fest, waren von einer Farbe, die er in Gedanken immer als kuhbraun bezeichnete. Und er stellte fest, daß sie ziemlich attraktiv, sogar ausgesprochen hübsch sein könnte, wenn sie nicht so erkennbar ängstlich gewesen wäre.

»Drehen Sie sich nach links und gehen Sie zum Heck des Wagens!« sagte Settles.

Mit erhobenen Händen drehte sie sich und ging drei Schritte, bis Settles sie aufforderte stehenzubleiben. »Drehen Sie sich zum Wagen!« sagte er. Nachdem sie sich gedreht hatte, befahl er ihr, sich an den Lieferwagen zu lehnen. Als sie erwiderte, der Wagen sei zu weit weg, sagte er, sie solle sich trotzdem anlehnen. Sie fiel beinahe auf den Lieferwagen, fing sich mit den Händen ab und bildete einen Winkel von sechzig Grad.

Settles steckte die Stablampe wieder unter die Achselhöhle und tastete die Frau ab, wobei er weder Brust noch Schritt ausließ. Doch machte er es rasch und unpersönlich, und die Frau sagte nichts und zuckte auch nicht zusammen.

»Okay, Sie können sich aufrichten«, sagte Settles.

Die Frau stellte sich aufrecht. »Soll ich mich umdrehen?«

»Drehen Sie sich um!«

Sie drehte sich um, und der Strahl der Stablampe fiel wieder auf ihre Augen. Sie blinzelte und kniff sie zusammen. »Wie heißen Sie?« fragte Settles.

»Terri«, sagte sie. »Terri Candles.«

»Terri mit i?«

»Mit i.«

»Was machen Sie beruflich, Terri?«

»Ich bin Fotografin.«

»Für wen arbeiten Sie?«

»Freiberuflich.«

»Wie das T-Shirt verkündet: Sie schießen alles.«

Sie nickte.

»Wo wohnen Sie, Terri?«

»Santa Barbara.«

»Was machen Sie in Durango?«

»Ich glaube nicht, daß ich zu schnell gefahren bin.«

»Ich habe gefragt, was Sie in Durango machen, Terri?«

»Ich habe einen Auftrag.«

»Für wen? Den Klempner?«

»Was für einen Klempner?«

»Wen haben Sie in Durango fotografiert, Terri?«

»Einige Kinder. Kinderfotos liegen mir.«

»Wo ist Ihr Führerschein?«

»Im Wagen. Soll ich ihn holen?«

»Später. Erst einmal öffnen wir die Hecktür, um zu sehen, was dort drin ist.«

»Sie ist abgeschlossen. Ich muß den Schlüssel holen.«

Settles überlegte einen Moment und schüttelte dann den Kopf. »Sehen wir nach, ob sie wirklich abgeschlossen ist.« Er winkte sie mit der Stablampe zum Wagenheck.

Der Griff der Hecktür war auf der linken Seite. Settles baute sich zwei Meter hinter dem Lieferwagen auf. »Öffnen Sie die Tür und sagen Sie demjenigen, der drin ist, er soll rauskommen«, sagte er.

»Da ist niemand drin, und die Tür ist abgeschlossen.«

»Probieren Sie's trotzdem, Terri!«

Ihre Hand bewegte sich zum Türgriff und zog ihn nach unten. »Sie ist doch nicht abgeschlossen«, sagte sie.

»Nun hübsch langsam öffnen, Terri!« sagte Settles.

Sie öffnete die Tür statt dessen schnell und bewegte sich mit ihr nach rechts, als sie aufschwang. Das Licht der Stablampe traf die doppelläufige Schrotflinte und dann, darüber, das auffallend häßliche Gesicht von Francis dem Klempner, der in der Hocke auf der Ladefläche stand, die Schrotflinte in Hüfthöhe. Ivy Settles zögerte eine Zehntelsekunde, bevor er den Abzug des Revolvers zu drücken begann. Inzwischen war der rechte Lauf der Schrotflinte schon abgefeuert, und ihre Ladung warf Settles nach hinten. Als er fiel, feuerte sein Chief's Special in den Himmel, auf die Sterne und den Vollmond. Die Schrotladung riß einen Teil von Settles linker Brustseite weg, und er starb Sekunden, nachdem er zu Boden gestürzt war.

Die Frau, die ihren Namen als Terri Candles angegeben hatte, kam hinter der Hecktür des Lieferwagens hervor und blickte zu dem kleinen, dicken, häßlichen Mann hoch, der manchmal ein falscher Priester und manchmal ein falscher Klempner war.

»Hab' ich das gut gemacht, Honey?« fragte sie.

»Das hast du prima gemacht«, sagte der Mann und drückte den Abzug, der die Ladung im zweiten Lauf der Schrotflinte abfeuerte.

DREISSIG

Ein 32jähriger Börsenmakler aus Ventura, in seinem BMW 325i Kabriolett zu einem unanständigen Wochenende nach Durango unterwegs, sprach von seinem Autotelefon aus mit einer der Frauen, die den flotten Dreier vervollständigen sollten, als der pinkfarbene Ford-Lieferwagen mit mindestens 80 Meilen pro Stunde an ihm vorbeihuschte.

Der Börsenmakler dachte sich nichts dabei und redete weiter mit der Frau, bis er eine Minute später, um 21.11 Uhr, die beiden Toten, einen Mann und eine Frau, am Rand des gescheiterten Ansiedlungsprojekts auf dem linken Bankett des Nobel's Trace liegen sah. Daneben war ein Honda Prelude mit eingeschalteten Scheinwerfern geparkt.

Der Börsenmakler bremste ab, starrte auf die beiden Leichen, sagte der Frau, sie solle das Wochenende vergessen, legte auf und fuhr sehr schnell weiter, bis er die erste Tankstelle in Durango erreichte. Dort warf er an einem öffentlichen Fernsprecher eine Münze ein, wählte die 911, lehnte es ab, seinen Namen zu nennen und berichtete von den beiden Leichen, dem Honda und dem pinkfarbenen Ford-Lieferwagen, der mit mindestens achtzig an ihm vorbeigerast war.

Der Börsenmakler hätte für den Anruf sein Autotelefon benutzen können, erinnerte sich aber vage daran, daß ihn jemand gewarnt hatte, die Herkunft aller Gespräche über die Notrufnummer 911 werde sofort festgehalten – oder irgend so etwas. Und da er bereits seine Pflicht erfüllte, indem er die Polizei über die beiden Leichen informierte, sah er keinen Grund für eine weitere Verwicklung ins öffentliche Leben von Durango, wo er ohnehin nicht wohnte.

Er fuhr auf dem Noble's Trace ostwärts in Richtung U.S. 101 und schaute rasch nach links, als er wieder an den Leichen vorbeikam. Als der Börsenmakler eine Meile zwischen sich und die

Toten gebracht hatte, griff er erneut zum Autotelefon, rief eine Frau in Santa Barbara an, erwähnte, er sei zufällig in ihrer Gegend, und fragte, ob sie möglicherweise Lust hätte, auf einen Drink und vielleicht einen Happen auszugehen. Die Frau gab ihm ohne weitere Erklärung oder Begründung einen Korb.

Der Börsenmakler fuhr weiter gen Ventura und Heimat, hörte ein Band, auf dem Linda Ronstadt Arrangements von Nelson Riddle sang und verspürte nicht nur starkes Selbstmitleid, sondern fühlte sich auch unangenehm tugendsam.

Chief Sid Fork saß auf dem Barhocker am Ende der Theke im Blue Eagle, aß einen Cheeseburger und trank ein Bier vom Faß, als Virginia Trice das Telefon zu ihm hinüberschob. Automatisch schaute Fork auf die Uhr über der Theke. Es war 21.23 Uhr.

Als Fork sich gemeldet hatte, sagte Detective Wade Bryant, der zu groß geratene Kobold: »Ivy ist eben von einer Schrotflinte weggepustet worden, zwei Blocks jenseits der Stadtgrenze auf dem Trace. Eine Frau Ende Zwanzig hat's ebenfalls erwischt. Ivys Honda steht mit eingeschalteten Scheinwerfern an der Straße.«

»Welche Seite der Straße?« fragte Fork.

»Südseite. Der Sheriff hat einen anonymen Neun-eins-eins-Anruf gekriegt und uns informiert. Der anonyme Anrufer hat die beiden Leichen gemeldet und gesagt, ein pinkfarbener Ford-Lieferwagen wäre Richtung Osten an ihm vorbeigerast, als wär' der Teufel hinter ihm her.«

»Wer ist die Frau?«

»Noch nicht identifiziert. Etwa siebenundzwanzig, achtundzwanzig, kurzes, brünettes Haar, braune Augen, um die einsfünfundsiebzig. Trug ein T-Shirt mit der Aufschrift ›Ich schieße alles‹. Zwischen Gürtel und Möse ist nicht viel von ihr übrig.«

»Bist du jetzt draußen?«

»Ich und Joe Huff.« Bryant hielt kurz inne. »Weißt du was, Sid? Das ist das erste Mal, daß ich Joe hab' kotzen sehen.«

»Ich bin gleich da.«

Fork legte den Hörer auf und schob das Telefon zu Virginia Trice zurück. »Was ist denn nun schon wieder los?« fragte sie.

»Ivy Settles.«

»Tot?«

Fork nickte.

Neuer Kummer schien neue Linien in Virginia Trices Gesicht zu graben. Ihre Augen füllten sich mit Tränen, ihre Unterlippe zitterte. Sie schniefte vernehmlich und sagte: »Das ist nicht... gerecht.«

»Ich weiß«, sagte Fork. »Leih mir einen Schlüssel zu deinem Haus.«

»Warum?«

»Weil ich zu Vines will, und wenn er nicht dort ist, will ich im Haus auf ihn warten, nicht im Wagen.«

»Hat er was mit Ivy zu tun?«

»Ja. Aber nicht, was du denkst.«

Als er den Aston Martin vor dem von Scheinwerfern beleuchteten Haus sah, wußte Sid Fork, was ihn erwartete. Er seufzte, parkte seinen Wagen vor dem Aston Martin, stieg aus, nickte beinahe grüßend zu Vines' blauem Mercedes und ging den gemauerten Serpentinenweg zur Haustür hinauf.

Er benutzte den Schlüssel, den Virginia Trice ihm gegeben hatte, um in das Haus zu kommen. Im Erdgeschoß waren einige Lampen an, aber nach einem raschen Blick in den Salon und in die Küche – beide leer – stieg Fork die Eichentreppe zum ersten Stockwerk hinauf und ging durch den Flur, bis er an die Tür kam, unter der Licht nach draußen fiel.

Er hob die Faust, um zu klopfen, zögerte, klopfte dann viermal sehr fest, so wie nach seiner Meinung ein Polizist klopfen müßte. Einen Moment später erlosch das Licht unter der Tür.

»Verflixt, ich bin's. Sid.«

Das Licht unter der Tür ging wieder an, und die Tür wurde von Dixie Mansur geöffnet, die, soweit Fork erkennen konnte, nur mit einem achtlos geknöpften Herrenhemd bekleidet war.

»Wir dachten, du wärst Parvis mit einer Strafpredigt«, sagte sie grinsend.

»Klar.«

»Was ist los?«

»Ich muß mit Vines sprechen.«

»Warum?«

Bevor Fork sich eine Antwort ausdenken konnte, erschien Vines, nur mit seiner Hose bekleidet, an der halboffenen Tür. »Über was wollen Sie mit mir sprechen?«

»Wir müssen irgendwo hin.«

»Wohin?«

»Wenn wir dort sind, werden Sie wissen, über was wir sprechen müssen.«

Vines' Gesicht erstarrte, alles in ihm wurde unbeweglich, nur seine Augen nicht, die mißtrauisch blickten, als er, ohne sich dessen völlig bewußt zu sein, seine Frage wie eine Anklage aussprach: »Es ist Adair, nicht? Ihm ist etwas passiert.«

»Es ist nicht Adair.«

Zuerst entspannte sich Vines' Gesicht, dann sein übriger Körper, und er lächelte beinahe. »Ich ziehe mich an.« Als er sich von der Tür abwandte, reichte Dixie Mansur ihm das Hemd, das sie gerade ausgezogen hatte.

Vines dankte ihr, nahm das Hemd und schaute sich nach Fork um, der, an den Türrahmen gelehnt, die jetzt nackte Dixie mit halb belustigtem, halb verzweifeltem Blick betrachtete. Einem Blick, der nach Vines' Ansicht auch eine Spur patriarchisch wirkte.

»Wir gehen alle gemeinsam, Dixie«, sagte Fork. »Also zieh dir was an.«

»Warum gemeinsam?«

»Weil du, wenn du später gehst, einen Alarm auslöst, und die Cops vier oder fünf Minuten danach hier sein werden und dich wegen Einbruchs festnehmen, und Parvis wird von Santa Barbara herfahren müssen, eine Kaution für deine Freilassung zahlen und dir, wenn er schlau ist, ein wenig Vernunft einprügeln.«

»Was für einen Alarm?« fragte sie.

»Wenn du keinen Schlüssel benutzt, um rein- oder rauszugehen, wird ein stummer Alarm ausgelöst.«

»Ich kapiere immer noch nicht, warum die Hast sein muß«, sagte sie, klaubte ihren blauen Baumwollpulli vom Fußboden und streifte ihn sich über den Kopf.

»Die Hast muß sein, weil ich es eilig habe«, sagte Fork.

»Es wäre weitaus zivilisierter, wenn wir erst mal gemeinsam einen Drink nähmen«, sagte sie und schlüpfte in ihre weiße Hose.

Fork würdigte sie keiner Antwort. Kelly Vines, jetzt auch mit Schuhen und Hemd bekleidet, sagte, er sei bereit aufzubrechen.

»Wartet eine Sekunde!« sagte Dixie Mansur, kniete neben dem zerwühlten Bett, fand ihren weißen Slip darunter, stopfte ihn in ihr Handtäschchen, stand auf und sagte: »Okay, gehen wir!«

EINUNDDREISSIG

Der Polizeichef und seine beiden Detectives, die bei den Morddezernaten von Detroit und Chicago gearbeitet hatten, hefteten ihre Blicke auf Kelly Vines, als dieser auf die tote Frau hinabstarrte, die das dunkelrote T-Shirt mit der weißen Aufschrift »Ich schieße alles« trug.

»Kennen Sie sie?« fragte Sid Fork.

»Nicht richtig«, sagt Vines, immer noch auf die Frau starrend.

»Was heißt ›nicht richtig‹?«

Vines blickte Fork an. »Das heißt, daß ich sie einmal gesehen habe. In Lompoc. Sie war die Frau, die die Hecktür des pinkfarbenen Floradora-Lieferwagens geöffnet und die Fotos von mir und Adair geschossen hat.«

Fork nickte zufrieden, als sei seine private Theorie bestätigt worden, wandte sich dann an Bryant, den zu groß geratenen Kobold, und sagte: »Wie deutest du das, Wade?«

Nachdenklich zupfte Bryant an seinem großen rechten Ohr, das nach Forks Ansicht auch Mr. Spock gut gestanden hätte, schüttelte mit leisem Bedauern den Kopf und sagte: »Ich glaube, wir haben Ivy heute nachmittag im Hotel etwas zu hart angepackt. Ich glaube, wir haben ihn regelrecht fertiggemacht. Ich glaube, das hat ihn grüblerisch gemacht, und er ist in seinen Wagen gestiegen, hat einen Sechserpack gekauft, sich auf die Suche nach dem pinkfarbenen Lieferwagen gemacht und ihn tatsächlich auch gefunden. Ich glaube, sie hat ihn gefahren, die Frau. Ich glaube, Ivy hat der Frau gesagt, sie soll die Hecktür aufmachen, damit er sehen kann, was sich im Wagen befindet. Ich glaube, der Klempner und seine Schrotflinte waren da drin. Ich weiß, daß eine Schrotladung Ivy getötet hat, und ich weiß, daß er selber einen Schuß abgefeuert hat, aber ich weiß nicht, ob er irgendwas getroffen hat. Ich glaube, der Klempner brauchte die Frau nicht mehr und hat die Flinte auf sie gerichtet, vielleicht nur, um sie zum Schweigen zu bringen.« Bryant verstummte, runzelte die Stirn, glättete sie wieder und sagte: »Genau das glaube ich.«

Fork drehte sich zu dem schwarzen, kahlköpfigen Detective um. »Joe?«

»Das gleiche – nur daß ich gekotzt habe.«

Forks mitfühlendes Nicken ermunterte ihn fortzufahren.

Mit einem Nicken zu den beiden Leichen sagte Joe Huff: »Verglichen mit dem, was man an jedem x-belieben Dienstag in Chicago sehen kann, ist das hier gar nichts. Mir ist schlecht geworden, weil mir klarwurde, daß ich mir dieses Schwein ohne viel Federlesens vornehme, wenn ich es finde.«

»Ihn einfach so wegpusten, hm?« sagte Fork.

»Du weißt es. Die Sache ist die, daß ich noch nie so wild war und daß ich annehme, daß mir deshalb schlecht geworden ist. Aber als ich mich hinter Ivys Honda ausgekotzt hatte, war ich immer noch von irrsinniger Wut gepackt, und ich bin es auch noch in diesem Augenblick.«

»Wer nicht?« entgegnete Fork, blickte auf die tote Frau und wieder zu Huff. »Versuch mal rauszufinden, wer sie ist.«

Als Huff neben der Frau in die Knie ging, war sein Gesichtsausdruck distanziert, beinahe klinisch. Im gleichen Moment vernahm Fork das kehlige Gurgeln eines im zweiten Gang gefahrenen Aston Martin. Er drehte sich um und sah, wie sich einer der Uniformierten bückte, um in den britischen Wagen zu schauen. Der Uniformierte richtete sich wie ein Schachtelteufelchen wieder auf und winkte den Wagen durch.

Der Aston Martin hielt direkt hinter Ivy Settles' Honda, dessen Scheinwerfer noch niemand ausgeschaltet hatte. Auf der Fahrerseite stieg Dixie Mansur aus, auf der Beifahrerseite Mayor B. D. Huckins. Dixie trug immer noch ihren blauen Baumwollpulli und die weiße Hose. Die Bürgermeisterin trug ein marineblaues Kostüm, das auch bei einer Totenwache oder einem Begräbnis nicht fehl am Platz gewesen wäre.

Fork bemerkte, daß Huckins' volle Lippen – ohne jede Spur von Lippenstift – zu einem schmalen, grimmigen Strich zusammengepreßt waren. Aber es war nicht ihr sanft betrübter Schlagloch-Beschwerde-Blick. Statt dessen erkannte er ihren Totale-

Katastrophe-Blick, den sie bei Erdrutschen, verheerenden Buschfeuern, gebrochenen Abwasserkanälen und politischem Verrat anwandte.

Auch Wade Bryant und Joe Huff erkannten den Blick. Sie murmelten Fork zu, sie könnten ja schon mal nachsehen, ob die Uniformierten etwas Brauchbares aufgespürt hätten, und entschlüpften in die Nacht. Sid Fork entschied sich, es könnte vorteilhaft sein, der Attacke der Bürgermeisterin zuvorzukommen.

»Ich habe schon wieder versäumt, dich anzurufen, B. D., und es tut mir schrecklich leid.«

Die Bürgermeisterin blieb einen knappen Meter vor Fork stehen, betrachtete ihn eingehend und sagte dann in kaltem, formellem Tonfall: »Das ist absolut zutreffend, Chief Fork. Andere haben mich angerufen. Unter anderem UPI, AP und Reuters. Sie scheinen versessen darauf zu sein, alles über unsere vier Morde binnen zwei Tagen zu erfahren. Auch Mrs. Ivy Settles hat angerufen, als sie durch einen L. A.-Rundfunksender vom Tod ihres Mannes erfuhr. Sie war völlig – wie sagt man? – völlig außer sich. Aber immerhin konnte ich einige ihrer Fragen beantworten, weil ich nämlich von Sheriff Coates informiert und einigermaßen auf den neuesten Stand gebracht worden war. Du weißt ja, wie beflissen Charlie Coates ist.«

Der Polizeichef entschied, ein Nicken wäre die klügste Antwort.

»Sheriff Coates überlegt, ob er uns eine Sondereinheit, wie er es nennt, zu Hilfe schicken soll«, fuhr Huckins fort. »Er scheint zu denken, unsere Polizeibehörde sei nicht adäquat ausgestattet, oder ›zu dünn besetzt‹, wie er es formuliert, um mit vier Mordfällen in zwei Tagen fertigzuwerden. Sheriff Coates meint, wenn Durango so weitermacht, taucht es bald in den CNN-Fünf-Uhr-Nachrichten mitten zwischen L. A.-Gangs und den Israelis und Palästinensern auf. Sheriff Coates ist sich absolut nicht sicher, ob Durango derartige Berühmtheit verdient. Was meinen Sie, Chief Fork? Sollte die Sondereinheit hinzugebeten werden?«

Offenkundig überzeugt, wie Forks Antwort lauten würde, ging B. D. Huckins mit schnellen Schritten an ihm vorbei zur Leiche von Ivy Settles. Sie betrachtete sie einige Sekunden, biß sich auf die Unterlippe und ging dann zwei, drei Schritte weiter, um die tote Frau zu betrachten. »Wer ist sie, Sid?«

Fork sah Kelly Vines an. »Sagen Sie es ihr!« sagte er, ging zu dem Honda Prelude, griff durchs offene Seitenfenster und schaltete die Scheinwerfer aus.

»Sie haben sie gekannt?« fragte die Bürgermeisterin.

Vines schüttelte den Kopf. »Sie war die Frau, die in Lompoc die Fotos von mir und Adair geschossen hat – und wahrscheinlich das von Ihnen und Fork.«

»Die mysteriöse Fotografin.« Sie warf erneut einen Blick auf die tote Frau. »Weiß man, wer sie umgebracht hat?»

»Die Polizei glaubt, es ist derselbe fette Kerl, der beim Mord an Norm Trice ein Priester und beim Mord an Soldier Sloan ein Klempner war – und Gott weiß was, als er diese beiden hier umbrachte.«

»Teddy«, sagte sie.

»Teddy Smith oder Jones. Oder wie er sich nennt.«

Die Bürgermeisterin blickte zu dem gescheiterten Gewerbepark, schloß die Augen, holte tief Luft, bewegte die Lippen kaum merklich, atmete aus und sagte: »Ich habe gerade die Beerdigungen gezählt, an denen ich dank Teddy nächste Woche teilnehmen muß.«

»Drei«, sagte Vines, streifte mit einem Blick die tote Frau und fügte hinzu: »Vielleicht sogar vier.«

»Ich bin gespannt, wie viele Reporter dabeisein werden.«

»Wie immer, zu viele.«

»Wir können das nicht brauchen – dieses Herumgeiern.«

Vines musterte die Bürgermeisterin, kam zu einer Schlußfolgerung und sagte: »Dixie hat es Ihnen nicht gesagt, oder? Hätte sie's gesagt, würden Sie und ich jetzt nicht über Öffentlichkeitsarbeit reden.«

»Dixie hat mir was nicht gesagt?«

»Daß Parvis Mansur Kontakt aufgenommen hat.«

Die Bürgermeisterin drehte sich rasch um und schrie ihre Schwester fast an, die neben dem Prelude stand und heiter mit einem niedergeschlagenen Sid Fork plauderte. Dixie Mansur drehte sich langsam um und schlenderte, von Fork begleitet, zu

Huckins und Vines, warf einen gleichgültigen Blick auf den toten Ivy Settles und beachtete die tote Fotografin überhaupt nicht.

»Mr. Vines sagt mir, Parvis hat Kontakt aufgenommen«, sagte die Bürgermeisterin.

Ihre Schwester nickte.

»Du hast vergessen, mich zu informieren. Mich oder Sid.«

»Ich habe es nicht vergessen«, entgegnete Dixie. »Parvis hat mir gesagt, ich soll Vines und Adair informieren. Adair war nicht in der Stadt, deshalb habe ich Vines informiert. Ich tue gern exakt das, was Parvis mir sagt. Es macht das Leben einfacher.«

»Aber er hat dir nicht gesagt, du solltest Sid oder mich nicht informieren, oder?«

»Nein. Warum?«

Statt ihr zu antworten, wandte sich die Bürgermeisterin dem Polizeichef zu. »Du und ich müssen umgehend entscheiden, ob wir Charlie Coates und seine Sondereinheit anfordern.«

Sid Fork blickte über den Noble's Trace zu dem jungen uniformierten Polizeibeamten, der den Aston Martin durchgewunken hatte. Der Beamte beugte sich gerade vor, um einem ausgemachten Tölpel in einem Thunderbird einen Vortrag zu halten.

»Wenn du Charlie Coates und seine Sondereinheit anforderst, B. D.«, sagte Fork, »kündige ich.«

»Droh mir nicht, Sid!«

»Das ist ein Versprechen, keine Drohung.«

Bevor die Bürgermeisterin eine möglicherweise unwiderrufliche Entscheidung aussprechen konnte, schaltete Kelly Vines sich ein: »Möchten Sie einen professionellen Ratschlag hören?«

»Von Ihnen?« fragte sie zurück.

Vines gönnte ihr sein schiefes, charmantes Jungengrinsen, das, wie Jack Adair wußte, eine Tarnung war. »Meinem Gehirn wurde die Zulassung nicht entzogen.«

»Bitte entschuldigen Sie«, sagte sie und blickte sich um. »Wo?«

»In meinem Wagen«, schlug Sid Fork vor.

»Möchtet ihr, daß ich mitkomme?« fragte Dixie Mansur.

»Nein«, sagte die Bürgermeisterin. »Das möchten wir nicht.«

»Gut«, sagte Dixie und überquerte den Noble's Trace zu dem jungen uniformierten Polizeibeamten hin, der jetzt wieder den Verkehr regelte.

Die Bürgermeisterin und der Polizeichef saßen auf der Rückbank der viertürigen Limousine. Der Rechtsanwalt, dem man die Zulassung entzogen hatte, saß halb nach hinten gewandt hinter dem Lenkrad und hatte den rechten Arm auf die Rückenlehne des Fahrersitzes gelegt.

»Weisen Sie den Sheriff nicht zu forsch zurück«, sagte Vines ohne Einleitung. »Halten Sie ihn hin. Wenn die Medien auf den Plan treten, präsentieren Sie ihnen Ihre Zehn-Minuten-Stadtrundfahrt und lassen sie eine halbe Stunde dauern. Äußern Sie Besorgnis, Erschütterung, Entsetzen und Zorn über die Morde. Wenn die Medien nach Motiven fragen, äußern Sie Verwirrung, deuten aber an, daß Festnahmen bevorstehen. Laden Sie die Journalisten zu den Beerdigungen ein. Erwähnen Sie Durangos Wachstums- und Investitionspotential, bis es ihnen zu den Ohren rauskommt. Schließlich berufen Sie beide eine Pressekonferenz ein und erzählen ihnen alles, was Sie ihnen schon mal erzählt haben.«

»Sie zu Tode langweilen, hm?« sagte Fork.

Vines nickte.

Huckins nickte zustimmend, wenn auch ohne Begeisterung, und sagte: »Wir können Coates nicht für immer hinhalten, denn er wird auf einer Frist bestehen. Und wenn wir den Mörder nicht präsentieren können, bevor sie ausläuft, werden wir ihn und seine Sondereinheit reinlassen müssen.«

»Wie sieht es mit den Zuständigkeiten aus?« fragte Vines.

»Wir befinden uns zwei Blocks jenseits der Stadtgrenze«, sagte Fork. »Es ist zwar mein toter Detective, aber sein Zuständigkeitsbereich.«

»Sagen Sie dem Sheriff, er kann seine Sondereinheit am vierten Juli herschicken«, sagte Vines. »Montag in einer Woche.«

»Warum der vierte?« wollte Huckins wissen.

»Weil das Geschäft ohnehin nicht mehr abgeschlossen wird,

wenn Mansur es bis dahin nicht abgeschlossen hat. Danach pakken weder ich noch Adair es mehr an, selbst wenn er schwört, daß es noch abgewickelt werden kann.«

Es war erkennbar, daß Sid Fork das Datum nicht mochte. Er blickte düster auf Vines, dann auf die Bürgermeisterin, strich mit dem Daumen über seinen grauen Schnurrbart und sagte: »Wenn du die Sondereinheit des Sheriffs am vierten Juli reinläßt, kannst du deine Wiederwahl am achten November vergessen.«

»Herrje«, sagte Vines, »dann eben der fünfte.«

Fork nickte zufrieden. »Der fünfte wäre viel besser.«

B. D. Huckins schaute aus dem Wagenfenster zu ihrer Schwester hinüber, die sich mit dem jungen uniformierten Polizisten unterhielt. »Eigentlich spielt es keine Rolle, Sid, ob es der vierte oder fünfte ist.«

»Ganz bestimmt tut es das.«

Die Bürgermeisterin wandte sich ihm zu und sprach mit einer etwas müden und äußerst geduldigen Stimme. Die Stimme einer Lehrerin, dachte Vines. »Charlie Coates will uns keine Sondereinheit schicken, um uns bei der Suche nach dem Mörder zu helfen. Er will uns eine Sondereinheit schicken, um alle Steine umzudrehen und in unsere dunklen Winkel zu spähen.«

»Sollen sie nur«, sagte Fork. »Du und ich, B. D., wir haben von den Unterschlupfgeschäften nie etwas in die eigene Tasche gesteckt. Die Stadt hat jeden einzelnen Cent bekommen.«

Sie lächelte ihn bekümmert an. »Hast du vor, das Charlie Coates und seiner Sondereinheit aufzutischen, Sid?«

ZWEIUNDDREISSIG

Kelly Vines saß am Steuer seines Mercedes am Ende der aufgelassenen Rollbahn von Durangos städtischem Flughafen, wartete auf das Geräusch des Cessna-Motors und wünschte, er hätte die beiden Schokoladenriegel mitgenommen.

Um 21.58 Uhr hörte er den Motor der Cessna, die eine niedrige Schleife über den Platz flog. Vines, der ihre Höhe auf achtzig oder neunzig Meter schätzte, schaltete das Fernlicht ein. Um 22.02 Uhr sah er, wie Merriman Dorr erneut eine perfekte Landung vollführte.

Die Cessna rollte auf den Mercedes zu und hielt etwa fünfundzwanzig Meter vor ihm, doch ließ Dorr den Motor der Maschine laufen, als Jack Adair herauskletterte, im weiten Bogen um den rotierenden Propeller herumging und sich, den schwarzen Stock schwingend, dem Mercedes näherte. Noch bevor Adair den Wagen erreichte, hatte die Cessna gewendet, auf der Rollbahn beschleunigt und war in die Nacht verschwunden.

Als Adair auf dem Beifahrersitz Platz genommen hatte, schaltete Vines die Scheinwerfer aus und fragte: »Wie war sie?«

»Etwa so, wie du gesagt hast.«

»Erkennt sie dich?«

»Nein.«

»Und sonst?«

»Sie hält dich für einen sehr dummen Mann«, sagte Adair, schraubte den Griff des Stocks ab, zog den Korken heraus und reichte das Glasröhrchen schweigend Vines, der aufseufzte, bevor er einen Schluck nahm.

Als er das Glasröhrchen zurückgab, sagte Vines: »Mansur hat Kontakt aufgenommen.«

»Hat er gesagt, mit wem?«

»Er hat mich durch Dixie benachrichtigt, aber mehr als diese nackte Tatsache schien sie nicht zu wissen.«

»Und sonst?«

»Tja, da haben wir Teddy, den klempnernden Priester.«

»Haben sie ihn gefaßt?« fragte Adair, klang jedoch alles andere als hoffnungsvoll.

»Nein, sie haben ihn nicht gefaßt, aber er hat Sid Forks Glücksspiel- und Betrugsexperten aus Dallas, Ivy Settles, umgebracht.«

»Wann?«

»Vor ungefähr einer Stunde. Außerdem sagen sie, wo er schon einmal dabei war, hat Teddy auch die Fotografin umgebracht, die uns in Lompoc fotografierte.«

»Schöne Scheiße, Kelly«, sagte Adair und verfiel in Schweigen. Auch Vines schien nichts mehr zu sagen zu haben, und das Schweigen währte, bis Adair sagte: »Von Anfang an. Alles.«

»Also gut.«

Vines brauchte fünfzehn Minuten für seinen Bericht. Er fing mit dem Kauf der Schokoladenriegel, der gemischten Nüsse, des Whiskeys und des Taschenbuchromans an und endete mit B.D. Huckins' pessimistischer Einschätzung des wahren Zwecks der vom Sheriff vorgeschlagenen Sondereinheit.

Adair hörte zu, ohne Fragen zu stellen, bis er sicher sein konnte, daß Vines fertig war. Dann fragte er: »Weißt du, was mir durch den Kopf geht?«

»Neue Überlegungen?«

»Genau.«

»Erzähl mir erst von Dannie, dann kommen wir auf deine neuen Überlegungen zurück.«

»Sie hat bei meinem Anblick keinen Funken von Wiedererkennen gezeigt. Und dich hält sie für einen dummen, aber harmlosen Besucher.«

»Was ist mit Soldier Sloan?«

»Ich habe den Fehler gemacht, sie nach Soldier P. Sloan zu fragen, und sie wollte sofort wissen, wofür das P. steht. Ich habe ihr gesagt, für Pershing, und plötzlich war sie wieder in der Junior-Highschool, rezitierte die erste Strophe von ›Mein Rendezvous mit dem Tode‹ und fragte mich, ob ich auch das Gedicht über den blühenden Mohn auf Flanderns Feldern hören wolle.«

Vines schloß die Augen und fragte: »Mit welchem Arzt hast du gesprochen?«

»Pease. Er meint, Dannie würde es gut gehen, solange wir die Sechstausend pro Monat schicken. Als ich ihn gefragt habe, was mit ihr geschieht, wenn das Geld ausgeht, hat er gesagt, er wolle sich darum kümmern, daß sie in einer der besseren staatlichen Nervenkliniken untergebracht würde, wo man sie vielleicht eine Woche oder zehn Tage behielte. Ich habe ihm, glaube ich, gesagt, Dannie würde keine sehr gute Tippelschwester abgeben.«

»Nein«, sagte Vines und öffnete die Augen, »das würde sie gewiß nicht.« Die Finger seiner rechten Hand trommelten auf dem Lenkrad, als er fragte: »Ist in dem Fläschchen noch was übrig?«

»Sicher«, sagte Adair und reichte es ihm.

Vines nahm einen zweiten Schluck von dem Bourbon, hustete und gab Adair das Glasröhrchen zurück. »Du meinst also, zwischen ihr und Soldier Sloan gibt es keine Verbindung?«

»Absolut keine«, sagte Adair.

»Dann ist Dannie offenbar nicht das DV in Soldiers ›ZU JA WG DV‹.«

»Offenbar.«

Wieder trommelten Vines' Finger auf dem Lenkrad, während er in die Nacht hinausstarrte, die direkt hinter dem dreizackigen Stern auf der Kühlerhaube des Mercedes begann. Schließlich hörte er zu trommeln auf und sagte: »Und Venable?«

»Was?«

»Dixie Venable.«

Adair biß sich auf die Unterlippe, weil sonst sein Mund aufgeklappt wäre, dann öffnete er ihn gerade weit genug, um zu sagen: »Mein Gott. Ihr Mädchenname.«

»Und der Name, unter dem Soldier Dixie kennenlernte.«

Adair sah Vines voller Mißtrauen an. »Wann hat dir das gedämmert?«

»Jetzt eben«, sagte Vines.

»Mit wem teilen wir diese Erkenntnis?« fragte Adair. »Dixies Schwester? Ihrem Mann? Vielleicht mit dem Polizeichef?«

»Mit niemandem«, sagte Kelly Vines.

*

Als Virginia Trice an ihren Tisch kam und sagte: »Ein Anruf für Sie«, trank Vines gerade ein gezapftes Bier und aß eine Schüssel Chili, das für seinen Geschmack zu viel Kümmel und nicht genug Chili enthielt. Adair, den Mund mit einem Schinken-Gurken-Tomaten-Sandwich gefüllt, zuckte hilflos mit den Schultern, und Vines fragte: »Ein Anruf für wen?«

»Für einen von Ihnen beiden, ganz gleich, wer.«

»Wer ist der Anrufer?«

»Das wollte er nicht sagen«, erwiderte Virginia Trice, drehte sich um und ging zu ihrer Theke zurück.

Als Vines an die Theke kam, hatte sie das Telefon bereits zu einer Stelle vor dem letzten Barhocker geschoben, der vier Hokker vom nächsten Gast entfernt stand. Vines bedankte sich mit einem Nicken, nahm den Hörer und meldete sich mit »Hallo«.

»Mr. Adair?«

»Vines hier.«

»Gut. Ich bin es, Parvis Mansur.«

»Ja, bitte.«

»Ich rufe aus einer Telefonzelle in Santa Barbara an, also bleiben Sie bitte dran, sollte ich noch Münzen nachwerfen müssen.«

»Woher wissen Sie, daß wir hier sind?«

Vines hörte Mansurs tiefen Seufzer. »Logik und Glück. Das ist die vierte Nummer, die ich anrufe.«

»Reine Neugier.«

»Hat Dixie Ihnen und Mr. Adair meine Nachricht übermittelt?«»

»Ja.«

»Gut. Vor annähernd einundzwanzig Minuten erhielt ich über meine Geheimnummer, die offenkundig nicht mehr geheim ist, einen Anruf aus einer Telefonzelle.«

»War es derselbe Anrufer?« fragte Vines.

»Ja. Diesmal wurde ein Datum vorgeschlagen, das heißt, ich sollte besser sagen, es wurde vorgeschrieben.«

»Wann?«

»Vierter Juli. Ist das für Sie und Mr. Adair zufriedenstellend?«

»Das Datum ist okay. Und der Ort?«

»Wie besprochen, muß es, logischerweise, ein Ort sein, zu dem man Sie hinlocken könnte. Damit will ich sagen, der Treffpunkt kann nicht unter einem Baum mitten in der Pampa liegen.«

»Klar.«

»Haben Sie einen Vorschlag? Falls nicht, habe ich einen.«

Vines hatte bereits gründlich darüber nachgedacht, wo er und Adair für eine Million Dollar verkauft werden könnten. Der Ort, den er im Sinn hatte, besaß eine Hintertür mit stahlverkleidetem Aluminiumkern, aber er hielt es für klüger, erst einmal Mansurs Vorschlag anzuhören und sagte: »Was würden Sie uns anraten?«

»Cousin Mary's. Hauptsächlich wegen des Standorts und der hervorragenden Sicherheitsvorkehrungen.«

»Klingt okay.«

»Gut. Ich bin froh, daß Sie einverstanden sind.«

»Wer hat Sie angerufen, Parvis?« fragte Vines, der zum ersten Mal Mansurs Vornamen benutzte.

»Beide Male rief derselbe Mann an. Offenkundig ein Amerikaner mit recht durchdringender Tenorstimme und ohne regionalen Akzent – zumindest konnte ich keinen erkennen.«

»Wie ist er an Ihre Telefonnummer gekommen?«

»Ich hielt es für besser, ihn nicht danach zu fragen.«

Das Telefon summte, eine Frauenstimme vom Band unterbrach sie und forderte den Anrufer auf, weitere fünfzig Cent einzuwerfen. Vines hörte, wie die Münzen in den Schlitz klapperten. Dann fragte Mansur: »Sind Sie noch da?«

»Ja. Haben Sie mit ihm über den Preis gesprochen?«

»Ja, natürlich. Und er erklärte sich praktisch ohne Widerspruch einverstanden.«

»Kein ernsthaftes Feilschen?«

»Nichts.«

»Das ist seltsam.«

»Das dachte ich auch, weshalb ich ausdrücklich betonte, daß es nicht zum Verkauf kommt, bevor die exakte Summe bestätigt ist.«

»Heißt das, bis Sie das Geld nachgezählt haben?«

»Im Kern, ja.«

»Was hat er dazu gesagt?«

»Kein Problem, sagte er.«

»Sonst noch etwas?« fragte Vines.

»Hat Dixie möglicherweise gesagt, wohin sie wollte, nachdem sie sich von Ihnen verabschiedete?«

»Als ich sie das letzte Mal sah, war sie mit ihrer Schwester zusammen.«

»Gut«, sagte Mansur und klang erleichtert. »Das ist großartig. Sie könnten B. D. und Sid anrufen und sie über die jüngste Entwicklung informieren.«

»In Ordnung.«

»Dann gute Nacht, Mr. Vines.«

»Gute Nacht«, sagte Vines und unterbrach die Verbindung mit dem Zeigefinger. Als Virginia Trice zu ihm blickte, bat er sie mit einem einladenden Nicken zu seinem Ende der Theke.

»Sie haben doch bestimmt die Privatnummer der Bürgermeisterin«, sagte Vines.

»Sie steht nicht im Verzeichnis.«

»Ich weiß.«

Virginia Trice sah zur Decke, blickte dann wieder Vines an und nannte die Nummer aus dem Gedächtnis. Nachdem Vines sich bedankt hatte und zu wählen anfing, ließ sie ihn allein.

Beim dritten Klingeln meldete sich die Bürgermeisterin mit einem »Hallo«.

»Kelly Vines hier.«

»Sie müssen sich verwählt haben«, sagte B. D. Huckins und legte auf.

DREIUNDDREISSIG

Nachdem sie aufgelegt hatte, ging die Bürgermeisterin zu ihrem schokoladenbraunen Ledersessel zurück und lächelte Sheriff Charles Coates entschuldigend an, der auf der Kante der cremefarbenen Couch aus den dreißiger Jahren hockte, eine Kissenbreite von Sid Fork entfernt.

Empfindlich wegen seiner nur durchschnittlichen Körpergröße, die er nach südkalifornischen Maßstäben als unzureichend betrachtete, besetzte der 42jährige Sheriff mit seinem Hinterteil selten mehr als fünfzehn Zentimeter von allem, auf dem er ruhte. Gewöhnlich saß er wie jetzt auch, ein wenig vorgebeugt, die Knie mit den Händen umklammernd, die Hacken etwas angehoben – augenscheinlich alles bereit zur wilden Jagd.

Im Stehen wirkte der Sheriff weder groß noch klein, möglicherweise wegen seiner schwarzglänzenden Cowboystiefel mit den eineinhalb Zoll hohen Absätzen. Sobald Reporter entdeckten, daß die Körpergröße für ihn eine wichtige Rolle spielte, machten sie sich ein Vergnügen daraus, ihn zu fragen, wie groß er sei, weil sie sich auf seine stets gleichbleibende Antwort freuten: »Genauso groß wie Steve McQueen lebend und auf nackten Füßen: einsachtundsiebzig und einen halben Zentimeter.«

Als B. D. Huckins sich wieder in ihrem Ledersessel niederließ, fragte der ein Meter neunzig große 28jährige Deputy-Sheriff, ob sie viele Fehlanrufe erhalte. Der Deputy war Henry Quirt, dem der einzige andere Sessel im Wohnzimmer zugewiesen worden war – der Sessel, der mehr Schemel als Sessel war und seine Knie nach oben zwang, bis sie fast auf einer Höhe mit seinem Brustbein waren. Der Deputy saß bei der nächtlichen Konferenz nicht nur deshalb auf dem niedrigen Sessel, weil er seinen Abschnitt des County von Durango aus überwachte, sondern auch, weil Sheriff Coates sich entschieden hatte, ein Zeuge könne sich als nützlich, vielleicht sogar als unschätzbar wertvoll erweisen.

Die Bürgermeisterin beantwortete die Frage des Deputy nach Fehlanrufen mit der Entgegnung, ja, sie erhalte einige. Der Sheriff sagte, er könne es zwar nicht beweisen, aber er habe den Eindruck, nicht registrierte Nummern bekämen mehr Fehlanrufe als registrierte Nummern. Die Bürgermeisterin fragte, ob sie ihm und seinem Deputy etwas anbieten könne, ein Bier vielleicht.

»Nein, nichts, B. D., vielen Dank.«

»Ich hätte gern ein Bier«, sagte Fork und erhob sich von der Couch. »Aber ich hol' es mir selbst.«

»Wenn du eins nimmst, Sid, hätte ich, glaube ich, auch gern eins«, sagte Coates.

Fork sah Deputy Quirt an. »Henry?«

»Nein, danke.«

Als Fork in die Küche ging, sagte Coates: »Entschuldige bitte noch einmal, B. D., daß wir so spät reinschneien.«

Die Bürgermeisterin sah auf ihre Armbanduhr. »Es ist doch erst zwölf Minuten vor elf.«

»Aber da ich sowieso in Durango zu tun hatte ... Ist das nicht schrecklich mit Ivy Settles? Einfach gräßlich. Wie hat seine Frau es aufgenommen?«

»Es ist hart für sie.«

»Wenn ich irgend etwas tun kann ...« Coates ließ sein Angebot in der Schwebe – unvollständig, unkonkret und, nach Huckins' Meinung, bedeutungslos.

»Das ist nett von dir.«

»Aber der eigentliche Grund, B. D., warum ich so spät noch vorbeischaue: Ich muß ein bißchen Politik bereden.«

»Mit wem?«

»Mit dir natürlich.«

Huckins' Gesichtsausdruck blieb höflich, ihre Stimme neutral. »Sid interessiert das wahrscheinlich auch.«

»Würde mich nicht überraschen.«

Sie warteten schweigend, bis Fork mit zwei offenen Bierflaschen zurückkam und eine davon Coates reichte. »Brauchst du ein Glas, Charlie?«

»Wozu?«

Huckins wartete, bis Fork wieder auf der cremefarbenen

Couch saß und einen Schluck von seinem Bier getrunken hatte, bevor sie sagte: »Charlie will ein bißchen Politik bereden.«

Fork wandte sich dem Sheriff zu und nahm ihn in Augenschein, als sehe er ihn zum ersten Mal. Er musterte die glänzendschwarzen Stiefel, die eng sitzende beige Kordhose und das waldgrüne Viyella-Hemd, das so geschnitten war, daß es den flachen Bauch, den kräftigen Brustkasten und die Schultern betonte, die fast einen Meter breit zu sein schienen.

Die langsame, sorgfältige Inspektion des Polizeichefs gelangte endlich zum Gesicht des Sheriffs mit dem markanten Kinn, dem Mund Marke »böser Cop«, der arroganten Nase, die noch nie einen Sonnenbrand hatte, und, zum Schluß, den blauen Augen, die auf Kommando Lachfältchen bekamen und wie längliche Tränen geformt waren. Über allem prangte dichtes dunkelbraunes Haar mit grauen Sprenkeln, das alle sieben Tage nach den Vorschriften des Marine Corps gestutzt wurde.

»Politik?« sagte Fork nach seiner Inspektion. »Mein Gott, Charlie, du hast dieses Jahr nicht mal einen Gegenkandidaten.«

Coates nickte, musterte den Fußboden, um die Bedeutung dessen, was er zu sagen hatte, zu unterstreichen, und blickte dann rasch hoch, erst zu Fork, dann zu Huckins. »Es darf aus diesen vier Wänden nicht hinaus.«

»Ich verrate kein Sterbenswörtchen«, sagte Fork. »Es sei denn, es nützt mir etwas.«

Fast alles in Coates' Gesicht lächelte, nur sein Mund nicht. »Mit vierzig immer noch den Schalk im Nacken, was, Sid?«

»Neununddreißig. Und bevor du dich bei jemand einlädst, solltest du wissen, ob du deinen Gastgebern trauen kannst oder nicht.«

»B. D. kennt die Antwort darauf, nicht wahr, B. D.?«

»Komm zur Sache, Charlie«, sagte die Bürgermeisterin.

Coates rutschte auf der cremefarbenen Couch noch zwei Zentimeter nach vorn, beugte sich noch weiter in Huckins' Richtung und sprach im Flüsterton des erfahrenen Verschwörers. »Der alte Sloop wird neunzig als Chef der County-Verwaltung abtreten.«

»Warum?«

»Um anderen Interessen nachzugehen.«

Die Bürgermeisterin schüttelte den Kopf. »Billy Sloop hat letzte Woche seinen achtundsechzigsten Geburtstag gefeiert – oder zumindest begangen. Er ist seit vierzehn Jahren County-Supervisor und hat keine anderen Interessen. Also, Charlie, wieviel hast du gegen ihn in der Hand?«

»Genug.«

»Und warum erzählst du mir das?«

»Weil ich meine Bewerbung um sein Amt ankündigen werde, und ich will deine Wahlempfehlung.«

»Wann wirst du sie ankündigen?«

»Zwei Tage nach der Wahl. Am zehnten November.«

»Warum dann?«

»Weil Billy mir versprochen hat, er wird an diesem Tag verlauten lassen, daß er sich neunzig nicht mehr zur Wiederwahl stellt, und meine Ankündigung gibt mir vor allen Konkurrenten einen Vorsprung.«

»Und du willst meine Wahlempfehlung?«

»Aber sicher, B. D.«

»Du weißt, daß ich außer auf Stadtebene nie jemanden empfehle.«

»Ich dachte, du könntest eine Ausnahme machen.«

Die Bürgermeisterin seufzte. »Laß den Scheiß weg, Charlie. Was willst du wirklich?«

»Ich will dir helfen, Durango zu säubern.«

»Es ist nicht dreckig«, sagte Fork.

Als der Sheriff sich zum Polizeichef umwandte, unternahm er keinen Versuch, seine Verachtung zu verbergen. »Vier Morde in zwei Tagen? Ein Serienmörder auf freiem Fuß? Wenn hier noch jemand umgebracht wird, heißt die Stadt Beirut, Kalifornien. Ich kann meine Sondereinheit herholen und das Schwein in höchstens zehn Tagen schnappen, Sid, vielleicht sogar in sieben.«

»Das ist nicht schnell genug«, sagte die Bürgermeisterin.

Coates' verächtlicher Blick verschwand, abgelöst von einer Art ehrlicher Verblüffung. »Ich weiß nicht, wie du das meinst, B. D.«

»Ganz einfach: Durango ist eine eigenständige Stadtgemeinde, die ihre eigene Exekutive unterhält.«

»Ich brauche keine Nachhilfe in Staatsbürgerkunde.«

»Politik, nicht Staatsbürgerkunde. Du hast gesagt, du wolltest ein bißchen Politik bereden, und das tun wir jetzt. Fangen wir mit Durango an. Die Stadt hat ein gewähltes Stadtoberhaupt, das der leitende Gemeindebeamte ist. Mich. Ich stelle ihren Polizeichef ein, der neben mir sitzt. Ich stelle ihn mit Billigung des Stadtrats ein, und er ist mir verantwortlich. Das wiederum bedeutet, die Polizeiarbeit liegt letztlich in meiner Verantwortung. Dafür bin ich gewählt worden, und kann ich diese Verantwortung nicht wahrnehmen, wird die Stadt einen Bürgermeister wählen, der es kann. Aber wenn ich den County-Sheriff und seine Sondereinheit herbeirufe, damit sie tun, was eigentlich der Polizeichef und ich tun sollten, dann kommt auch der begriffsstutzigste Wähler auf die Idee, daß B. D. Huckins und Sid Fork unfähig sind, Recht und Ordnung aufrechtzuerhalten, und das würde eben diesem begriffsstutzigsten Wähler einen guten Grund geben, für ein neues Stadtoberhaupt zu stimmen, das einen neuen Polizeichef einstellen würde. Kannst du mir bis hierher folgen?«

Coates nickte bloß.

»Ich lebe gern in dieser Stadt, Charlie. Ich bin hier gern Bürgermeister. Ich kenne vielleicht zweitausend Menschen in Durango beim Vornamen. Ich gehöre hierhin, und ich kann mir gar nicht vorstellen, woanders zu leben. Vor allem habe ich vor, so lange Stadtoberhaupt zu bleiben, wie ich gewählt werden kann, denn ich bin ein verdammt gutes Stadtoberhaupt – das beste, das die Stadt jemals hatte. Aber du bittest mich jetzt, politischen Selbstmord zu begehen, indem ich das Sprungbrett bei deinem Wahlkampf spiele. Charlie Coates zum County-Supervisor – der Mann, der Durango binnen einer Woche gesäubert hat, oder meinetwegen in zehn Tagen. Nein, Sheriff, das ist nicht schnell genug, denn der Killer, wer es auch ist, wird bis zum vierten Juli von Durango-Cops gefaßt und im Durango-Gefängnis hinter Durango-Gitter gesteckt werden, und dafür kann ich absolut garantieren.«

Die Bürgermeisterin hielt inne, lächelte beinahe süßlich und sagte: »Es gibt also keinen logischen Grund, deine Sondereinheit herzuholen, oder?«

Das war B. D. in Topform, urteilte Sid Fork. Bei der Attacke war ihre Stimme leise und kalt wie Eiswasser gewesen, und ihr Blick aus grauen Augen hatte sich geradewegs durch Charlies dicken Schädel gebohrt. Fork entschloß sich, ihr Hilfestellung zu leisten.

»Von der Garantie zum vierten Juli halte ich nicht viel, B. D.«, sagte er.

»Warum nicht?« entgegnete B. D. mit gespielter Schärfe, so daß es klang, als habe sie keine Ahnung, was Fork antworten werde.

»Weil wir das Schwein bis zum zweiten Juli hinter Gittern haben. Spätestens am dritten.«

Sheriff Coates rutschte auf der cremefarbenen Couch noch weiter nach vorn, so daß er höchstens noch zehn Zentimeter Sitzfläche in Anspruch nahm. »Wie lange kennen wir uns jetzt, B. D.?«

»Neunzehn lange Jahre.«

»Fast zwanzig. Ich weiß noch, daß ich gerade in dem gleichen Job anfing, den Deputy Quirt jetzt hat, als du, Sid und die anderen mit dem alten GM-Schulbus, den ihr wie ein Osterei angemalt hattet, von Frisco hier reingedüst kamt. Ihr habt im Parkverbot geparkt, an der Seventh, beim City Park, und am nächsten Morgen kam ich zufällig vorbei, hab' euch alle geweckt und euch geraten, den Bus wegzufahren, bevor die Stadt-Cops euch aufgabeln. Ich hab' euch sogar noch gesagt, wo ihr das Ding parken könnt. Weißt du das noch, Sid?«

»Nicht so richtig.«

»Seitdem haben wir eine schöne Strecke zurückgelegt, B. D. – du, ich, Sid und Dixie. Du bist Bürgermeisterin geworden, ich bin Sheriff geworden, Sid ist Polizeichef geworden, und Dixie, nun, ich schätze, Dixie ist reich geworden. Aber war damals nicht noch ein Kerl dabei? Ein Zwerg, der irgendwie komisch aussah. Häßlich. Hieß Teddy, glaube ich. Teddy Smith? Jones? Irgend so etwas.«

»Irgend so etwas«, sagte die Bürgermeisterin.

»Was aus dem wohl geworden ist?«

»Keine Ahnung.«

»Als der Rest eurer Truppe Richtung Colorado weitergefahren

ist, seid ihr zu viert in den alten Schuppen an der Boatright gezogen, nicht wahr? Und dann ist Teddy einfach verschwunden – als wäre er ins Meer gehüpft und ertrunken.«

»Er ist in einen Bus gehüpft«, sagte Fork.

»Und wohin?«

»Keinen Schimmer.«

Coates schüttelte bekümmert den Kopf, als betrauere er das mysteriöse Verschwinden eines alten Freundes, und wandte sich an die Bürgermeisterin: »B. D., hätte ich angenommen, daß es dir politisch weh tut, wenn ich eine Sondereinheit herhole, um einen verrückten Killer zu fangen, hätte ich es überhaupt nicht vorgeschlagen. Ich habe es nicht angenommen und nehme es auch jetzt noch nicht an. Aber ich akzeptiere deine Bewertung.«

»Gut.«

»Nur, was ist, wenn etwas passiert und unser Killer am vierten Juli doch nicht hinter Gittern steckt?«

»Es gibt noch eine weitere Möglichkeit, Charlie«, sagte Fork.

»Was für eine Möglichkeit?«

»Daß er am vierten tot ist.«

»Vielleicht erschossen, als er sich seiner Festnahme widersetzte?«

Fork zuckte die Achseln.

»Das bringt nicht so viele Artikel und Sendezeit, Sid. Es wäre besser, ihm den Prozeß zu machen und das Verfahren ewig dauern zu lassen.«

Der Sheriff erhob sich und stellte seine leere Bierflasche auf den Couchtisch, der früher einmal ein Schrankkoffer gewesen war. Huckins beugte sich vor und stellte die Flasche auf einen Untersetzer. Coates blickte auf sie hinab und sagte: »Ich hätte trotzdem gern eine Antwort, B. D.«

»Worauf?«

»Auf meine Frage nach dem ›Was wäre, wenn‹. Was wäre, wenn, trotz aller Bemühungen Sids, der Killer bis zum vierten Juli weder hinter Gittern noch tot ist? Was wäre, wenn er immer noch frei herumläuft?«

»Dann würde ich mir überlegen müssen, ob ich deine Sondereinheit nicht doch anfordere.«

»Und wenn wir ihn schnappen?«

»Dann würde ich meine Einstellung zu Wahlempfehlungen überdenken müssen.«

Der Sheriff strahlte, legte seine Augenpartie in Lachfältchen und schnippte plötzlich mit den Fingern, als sei ihm gerade noch etwas eingefallen. Er sagte sogar: »Verdammt!«, was Sid Fork zu der stillen Frage veranlaßte, ob der Sheriff überhaupt eine Zukunft in der Politik hatte, wo ein Minimum an schauspielerischen Fähigkeiten ebenso notwendig wie Geld ist.

»Fast hätt' ich's vergessen, Sid, aber wir haben den pinkfarbenen Ford-Lieferwagen auf einem Rastplatz an der Eins-Null-Eins gefunden. Blitzblank geputzt wie das Tafelsilber, bis auf die Stelle, die neunundneunzig Prozent immer vergessen: der kleine Hebel, mit dem man die Rückenlehne des Fahrersitzes verstellt. Wir haben drei klare Abdrücke von der linken Hand plus ein Stück vom Daumen. Staatspolizei und FBI überprüfen sie, und wenn wir eine Identifizierung kriegen, gebe ich dir Bescheid.«

Der Deputy, Henry Quirt, war jetzt auch aufgestanden, so daß er hinter Coates' rechter Schulter aufragte. »Ich soll Sie doch an das Telex aus Lompoc erinnern, Sheriff.«

Wieder schnippte Coates mit den Fingern, und der Polizeichef kam zu dem Schluß, daß die Auftritte des Sheriffs tatsächlich noch ausgiebigen Trainings bedurften. »So ein Mist!« sagte Coates. »Hab' ich auch vergessen. Das FBI möchte sich wohl gern wegen irgendeiner Geschichte, die gestern oder vorgestern, ich weiß nicht mehr genau, im Bundesgefängnis in Lompoc passiert ist, mit zwei Leuten unterhalten. Die beiden heißen Kelly Adair und Jack Vines.«

»Umgekehrt«, sagte Quirt.

Coates überlegte, nickte und sagte: »Richtig! *Jack* Adair und *Kelly* Vines. Jedenfalls haben Quirt und ich auf dem Weg zu dir, B. D., nur für den Fall des Falles beim Holiday Inn gehalten, aber es sieht so aus, als wären Adair und Vines so um vier heute nachmittag ausgezogen, kurz nachdem es diesen Sloan erwischt hat, was ich ihnen nicht verdenken kann, aber sie haben keine neue Adresse hinterlassen. Wenn sie dir über den Weg laufen, Sid, sag ihnen doch, sie sollen sich mal bei den Bundesheinis in Santa Barbara melden.«

»Ist ein Haftbefehl ausgestellt?« fragte Fork.

»Nein, nein, die Jungs wollen sich bloß ein bißchen unterhalten.« Er wandte sich an Huckins. »Natürlich weiß ich nicht, ob sonst noch jemand hinter ihnen her ist. Aber andrerseits hat ja jeder Feinde, nicht wahr, B. D.?«

»So sagt man.«

Der Sheriff bedankte sich für das Bier, wünschte eine gute Nacht und ging hinaus, gefolgt von seinem ein Meter neunzig großen Deputy. Als Coates' schwarzer Lincoln mit den beiden Peitschenantennen losfuhr, wandte B. D. Huckins sich vom Fenster weg zu Sid Fork.

»Er weiß, daß es Teddy ist«, sagte sie.

Fork nickte.

»Aber das ist nicht der Grund, weshalb er seine Sondereinheit herbringen will.«

»Nein.«

»In Wirklichkeit will er beweisen, daß wir die Bücher frisieren, uns ins Gefängnis schicken und sich damit auf direktem Weg ins Amt des County-Supervisors befördern.«

Fork dachte darüber nach, nickte und sagte: »Das könnte funktionieren. Allerdings nicht, wenn ich Teddy finde.«

»Gut. Kannst du das?«

Fork trat vor Huckins, hob ihr Kinn und gab ihr einen Kuß. »Ich muß Teddy nicht finden«, sagte er. »Ich muß ihn nur dazu bringen, daß er mich finden will.«

VIERUNDDREISSIG

Das 39 Jahre alte Haus aus Holz mit Rauhputz lag im südöstlichen Winkel Durangos, im Forscherviertel der Stadt, das aus drei kurzen Straßen bestand, die nach Lewis, Clark und Fremont benannt waren. Es hätte mehr Häuser an Straßen gegeben, die nach Forschern benannt wären, aber in der Rezession von 1949 waren dem Jungmakler, der als Highschool-Geschichtslehrer eine bescheidene Erbschaft gemacht hatte, sowohl das Geld als auch die Käufer ausgegangen.

Um 0.20 Uhr parkte Sid Fork unter einem duftenden, 39 Jahre alten Magnolienbaum an der Fremont Street und wartete darauf, daß in dem dritten Haus hinter der Ecke das Licht ausging. Es war das bläuliche Licht eines Fernsehgeräts, und da das Haus keine Schüsselantenne sein eigen nannte, war sich Fork so gut wie sicher, daß die Bewohner auf ihrem Videorekorder eine Leihkassette anschauten. Mit etwas Glück, dachte er, könnte es sogar eine kurze sein – vielleicht ein nicht jugendfreier Fünfundvierzig-Minuten-Film.

Als das bläuliche Licht um 0.32 Uhr erlosch, gab Fork den Hausbewohnern weitere neunundzwanzig Minuten, um zu Bett zu gehen und vielleicht sogar zu schlafen. Um 1.01 Uhr klopfte er an die Haustür. Weniger als eine Minute später wurde sie von einem verschlafenen Henry Quirt geöffnet. Der Vertreter des Sheriffs trug ein weißes T-Shirt, hellblaue Boxershorts und zielte mit einem kurzläufigen Smith & Wesson-Revolver vom Kaliber .38 auf den Polizeichef.

»Mein Gott, Sid, es ist ein Uhr morgens!«

»Macht's dir was aus, das Ding woanders hin zu richten?«

Als Quirt die Mündung des Revolvers zur Seite senkte, fuhr Fork fort: »Ich war selbst schon im Bett, Henry, als es mir wie ein Blitz aus heiterem Himmel einfiel.«

»Was denn?«

»Das sag' ich dir besser drin.«

Bevor Quirt antworten konnte, rief eine Frauenstimme aus dem Inneren des Hauses: »Wer ist da, Schatz?«

Quirt drehte den Kopf und rief zurück: »Sid Fork.«

»Was will *der* denn?«

Quirt zögerte, bevor er zurückrief: »Beruflich.« Alle Schläfrigkeit war von ihm gewichen, als er Fork ansah und so leise, daß es nur der Polizeichef hören konnte, sagte: »Es ist doch beruflich, oder, Sid?«

Fork wartete im Wohnzimmer auf den Stellvertreter des Sheriffs, der gesagt hatte, er wolle sich nur etwas überziehen. Aus reiner Gewohnheit inventarisierte Fork das Zimmer und hängte in Gedanken Preisschilder an die Einrichtung, zu der eine Couch samt passendem Sessel gehörte, die beide mit durchsichtigen Plastikschonbezügen bedeckt waren. Von größerem Interesse war die dreieckige Nippes-Etagere in einer Zimmerecke, auf deren fünf Regalflächen neun chromgerahmte Fotos, mindestens zwei Dutzend Miniatur-Porzellankatzen und fünf schneckenartige Muschelhäuser, nach Forks Vermutung aus Florida, prangten.

An den Wänden hingen vier hübsch gerahmte Drucke, alle mit ländlichen Szenen, die Fork im Europa des 19. Jahrhunderts ansiedelte, Frankreich wahrscheinlich, und die ihm nicht sonderlich gefielen. Er zog die Kante seines rechten Schuhs über den beigen Nylonteppichboden, taxierte ihn auf fünf Dollar fünfundvierzig pro Quadratmeter, Einkaufspreis, und wandte sich dem Einbaubücherschrank zu, der eine Bibel, eine ziemlich neue Ausgabe der Encyclopaedia Britannica und neun Taschenbücher enthielt, die sich ausnahmslos als Harlequin-Liebesromane entpuppten.

Den Mittelpunkt des Zimmers jedoch bildete das Audio-Video-Heimcenter, ein breites Eichenregal mit gestuften Brettern, auf denen ein Sony-Fernsehgerät mit 21-Zoll-Bildröhre und eingebautem Videorekorder sowie eine kompliziert aussehende Hi-Fi-Anlage standen, die Schallplatten, Kassetten und CDs abspielen konnte. Zwei Ruhesessel, Marke La-Z-Boy, waren auf das Center gerichtet. Auf dem Fernsehgerät lag eine Videokassette. Fork ging hin, las auf der Hülle den Titel – »Debbie macht dem

Teufel Feuer« – und versuchte sich zu erinnern, ob er sie schon einmal ausgeliehen hatte.

Er wandte sich im gleichen Moment von der Anlage ab, als Quirt das Wohnzimmer betrat. Der Deputy trug jetzt Jeans, das weiße T-Shirt und dicke, gerippte weiße Sportsocken. Obwohl Fork die Socken kaum beachtete, schien Quirt zu glauben, er müsse sie erklären. »Wenn der Kleine schläft, trag' ich im Haus keine Schuhe.«

»Wayne muß jetzt . . . wie alt sein? Zwei?«

»Zweieinhalb.«

»Wie geht's Mary Helen?«

»Gut – solange wir leise sind und den Kleinen nicht aufwekken.«

Sie setzten sich auf die plastikbezogenen Möbel, Fork auf den Sessel, Quirt auf die Couch. »Tolle Gesprächsrunde heute nacht, was?« sagte Sid Fork.

Quirts Kopfschütteln schien Anerkennung auszudrücken. »Diese B. D.!«

»Als du und der Sheriff fort waren, bin ich zu Bett gegangen, aber es war ein langer, anstrengender Tag, und ich konnte einfach nicht einschlafen. Ich mußte vor allem an Ivy Settles denken. Er war ein prima Cop, auch wenn er nicht unbedingt so aussah.«

»Ivy war in Ordnung.«

»Ich hab' mich hin und her gewälzt und an Ivy und Carlotta gedacht. Kennst du Carlotta?«

Quirt sagte, er kenne Carlotta Settles.

»Wenigstens kriegt sie eine anständige Pension. Ich lag also da, dachte an Carlotta und fragte mich, wen ich als Ersatz für Ivy kriegen könnte, und ganz plötzlich hatte ich es.«

»Was?«

»Dich.«

Quirt lehnte sich auf der Couch zurück und musterte Fork. Der Polizeichef war erfreut, daß der hochgewachsene Deputy nicht »Ich?« gesagt hatte. Noch mehr Mut machte ihm das listige Aufblitzen in Quirts dunkelbraunen Augen.

»Weiter«, sagte Quirt.

Fork war offensichtlich nicht in Eile. »Was meinst du, wer unser neuer Sheriff wird, wenn Charlie Coates, wie er sagt, für die Spitze der County-Verwaltung kandidiert?«

»Der Zivilschnüffler Jim Grieg.«

»Mit Lieutenant Grieg kommst du nicht so gut klar, hm?«

»Ich komme mit jedem klar, mit dem ich klarkommen muß, Sid.«

»Meinst du, Charlie Coates gibt einen halbwegs vernünftigen County-Supervisor ab?«

»Der Posten ist nur eine Zwischenstation.«

»Auf dem Weg wohin?«

»Coates ist zweiundvierzig«, sagte Quirt. »Wenn er neunzig zum Supervisor gewählt wird, ist er vierundvierzig. Nach zwei Amtsjahren nimmt er aus dem Stand Anlauf auf den Kongreß. Gewinnt er – prima. Gewinnt er nicht, hat er noch zwei Jahre als Supervisor und ist dann erst sechsundvierzig. Die beiden Jahre wird er dazu nutzen, seinen Namen bekannt zu machen und die Kriegskasse zu füllen. Dann, wenn er achtundvierzig ist, kandidiert er erneut für den Kongreß. Und wenn er es beide Male nicht nach Washington schafft, läßt er's einfach sausen und wird reich.«

»Das hat er dir alles gesagt?«

»Er nimmt mich als seinen Aufmerker mit. Deshalb war ich heute nacht bei B. D. dabei. Ich habe ein schrecklich gutes Gedächtnis, Sid.«

»Hat Charlie jemals was darüber gesagt, ob er dich mitnimmt, wenn er County-Supervisor wird oder nach Washington geht? Vielleicht, um seine Tasche zu tragen, ihn am Flugzeug abzuholen oder für ihn das Gedächtnis zu spielen?«

»Könnte sein.«

»Wie gefällt's dir in Durango, Henry?«

»Ich mag das Klima.«

»Meinst du, in Washington würde es dir gefallen?«

»Ich bin in Washington geboren. Mein alter Herr war im Wirtschaftministerium. Heute waren da vierzig Grad. Bei über neunzig Grad Luftfeuchtigkeit.«

»Ich war noch nie in Washington«, sagte Fork und runzelte die Stirn, als versuche er, eine schwierige Entscheidung zu treffen. Er ließ die Stirn in Falten und baute die Spannung auf, bis Quirt unruhig wurde. Dann sagte er: »Du hast doch gesagt, du könntest mit jedem klarkommen, mit dem du klarkommen mußt.«

Quirt nickte.

»Meinst du, du könntest mit B. D. und mir klarkommen, wenn ich dir Fünfunddreißig im Jahr, den Rang eines Detectives, Dienstwagen mit Privatnutzung, kostenlose medizinische Versorgung und vier Wochen Jahresurlaub anbiete?«

»Mit dir und B. D. könnte ich gut klarkommen, Sid, aber dafür müßte ich erst mal einverstanden sein, oder?«

Fork gab sich verwirrt. »Da komme ich nicht mit.«

»Ich meine, du willst was von mir. Jetzt. Heute nacht.«

Forks Gesichtsausdruck wechselte von verwirrt auf gekränkt. »So spiele ich nicht, Henry, und B. D. auch nicht. Der Job gehört dir. Du kannst Montag anfangen, wenn du den Sheriff so schnell verlassen kannst. Zu den genannten Bedingungen. Aber ich sollte absolut ehrlich zu dir sein: Wenn irgend jemand B. D. aussticht, erwarte ich, der erste zu sein, der gefeuert wird, und ein neuer Bürgermeister wird wahrscheinlich alle meine Leute vor die Tür setzen und seine eigenen einstellen. Aber so läuft's nun mal, nicht?«

Henry Quirt beugte sich vor, und ihm gelang es, gleichzeitig skeptisch und schlau dreinzusehen. »Was soll ich tun, um B. D. zu helfen, für immer Bürgermeisterin zu bleiben?«

»Nichts. Auch wenn ich mich wiederhole: Der Job gehört dir.«

»Laß den Quatsch, Sid!«

»Na ja, da du schon die Sprache darauf bringst: Da gibt's die Fingerabdrücke, von denen Charlie Coates mir und B. D. erzählt hat – die aus dem pinkfarbenen Lieferwagen. Charlie hat schon eine Identifizierung, richtig? Egal, was er gesagt hat.«

»Richtig.«

»Hast du schon einen Blick auf den Bericht geworfen?«

Quirt nickte.

»Und bei deinem guten Gedächtnis...«

»Ich erinnere mich gut, Sid. An alles.«

»Ich frage dich jetzt nicht, wer zu den Abdrücken gehört. Und ich möchte, daß du begreifst, daß es nichts mit dem Job, mit dem Dienstwagen und den Fünfunddreißig pro Jahr zu tun hat, weil das alles schon abgehakt ist. Und außerdem kann ich dich um nichts bitten, das du nicht guten Gewissens tun kannst.«

Quirt wirkte jetzt skeptischer und schlauer denn je, als er sagte: »Von meinem Gewissen höre ich im Moment eigentlich gar nichts, Sid.«

»Gut, das ist ja prima. Wann willst du bei uns anfangen? Montag?«

»Sagen wir lieber am Fünfzehnten nächsten Monats – bloß für den Fall, daß Sheriff Charlie noch auf was anderes stößt, das B. D. nützen kann.«

FÜNFUNDDREISSIG

An jenem letzten Sonntag im Juni um 2.04 Uhr saßen Kelly Vines und Chief Sid Fork erneut in Virginia Trices Salon nebeneinander auf der Couch mit der Rückenlehne aus Rohrgeflecht.

Ihnen gegenüber saß Mayor B. D. Huckins, die Beine unter ihren Lehnstuhl geschoben und die Knöchel gekreuzt. Jack Adair saß auf dem niedrigen Sessel mit der abgewetzten Plüschsitzfläche – die Haare zerwühlt, die Hemdzipfel halb aus der Hose und nackte Füße in den Ziegenlederschuhen, die er noch nicht zugeschnürt hatte, seit er um 1.52 Uhr die Treppe hinuntergerannt war, als die Haustürklingel eindringlich geläutet hatte. Vines, zu dieser Zeit nur halbwach, hatte sich angezogen, während Adair in der Küche Kaffee kochte.

Huckins stellte Tasse und Untertasse ab und fragte: »Ist Virginia noch nicht von der Arbeit zurück?«

»Noch nicht«, bestätigte Adair.

»Wir müssen über etwas reden.«

»Etwas, das nicht warten kann, nehme ich an«, sagte Adair.

Sie nickte. »Aber zuerst will ich Antworten auf einige Fragen.«

»Als erstes, B. D., wünsche ich mir«, sagte Sid Fork, »daß du dich nicht so gottverdammt geheimnisvoll aufführst.«

Der grauäugige Blick der Bürgermeisterin ruhte noch auf Adair, als sie sagte: »Halt's Maul, Sid!«

Der Polizeichef öffnete den Mund zu einer Erwiderung, besann sich, ließ sich tief in die Couch sacken, streckte die Beine aus, steckte die Hände in die Hosentaschen und machte auf Kelly Vines den Eindruck eines zutiefst beleidigten Mannes.

Huckins, die immer noch Adair anblickte und der Forks Gefühle offenbar gleichgültig waren, räusperte sich und sagte: »Sie haben uns noch gar nicht gesagt, was mit den Geschwistern – Jack und Jill – passiert ist, nachdem Ihr Gericht die Schuldsprüche verworfen und eine neue Verhandlung angeordnet hat.«

»Ihr Fall wurde in einem anderen County neu verhandelt.«
»Ein Schauplatzwechsel also.«
»Combine Wilson focht dafür und bekam ihn. Gegen die Jimson-Kinder wurde einhundertunddreizehn Meilen von ihrem Heimatort weg neu verhandelt, und sie wurden freigesprochen.«
»Aber hat das Bestechungsgeld, das der alte Richter angenommen hat, wie hieß er noch ... Fuller ...«
»Mark Tyson Fuller.«
»Hat das die Entscheidung des Obersten Gerichts nicht in ein schlechtes Licht gerückt?«
»Die Behörden kamen zu dem Schluß, daß keine Bestechung vorlag.«
»Und wie nannten sie die fünfhunderttausend Dollar in den Schuhkartons auf dem Eßtisch?«
»Vierhundertsiebenundneunzigtausend«, korrigierte Adair sie. »Ganz zu schweigen von den fünfhunderttausend in meinem Schrank, die man nicht fand.«
»Bleiben wir beim Fall Fuller«, sagte sie. »Wenn es keine Bestechung war, wie hat man es dann genannt?«
»Einen Doppelmord«, sagte Adair. »Und einen sehr aufwendigen und ausgeklügelten Plan, um es wie Bestechung aussehen zu lassen.«
»Das ist amtlich – und nicht nur Ihre Theorie?« fragte Huckins.
»Das wurde nach eingehenden Ermittlungen von Stadt- und Staatspolizei festgestellt. Die Staatspolizei wurde als Ermittlungsbehörde des Generalstaatsanwalts eingesetzt, denn schließlich war der alte Mark Richter beim Obersten Gericht meines Bundesstaates.«
»Warum haben Sie uns das nicht vorher erzählt?« fragte Huckins.
Adairs blaue Augen zeigten nichts als kätzchenhafte Unschuld, als er Kelly Vines ansah und fragte: »Haben wir das nicht alles beim Lunch im Rasthaus geschildert?«
»Nein«, sagte Vines.
»Warum nicht, Mr. Vines?« fragte sie.
Vines zuckte die Achseln. »Das ist alles öffentlich bekannt geworden.«

»In einem weit entfernten Bundesstaat.«

»In meinen Ohren klingt das so«, sagte Fork, »als würden einige Leute anderen Leuten nicht trauen.«

Die sich anschließende Stille wurde immer unangenehmer, bis Jack Adair sie unterbrach. In einem Tonfall, den er als seine Stimme der schmeichelnden Vernunft betrachtete, sagte er: »Wir geraten in eine Sackgasse, die ich vielleicht vermeiden kann, Mayor, wenn Sie mir eine Minute Aufmerksamkeit gewähren.«

Sie dachte über die Bitte nach und nickte.

»Nach übereinstimmender Ansicht von Staats- und Stadtpolizei«, begann Adair, »war der Mörder, der den Tod von Richter Fuller und seiner Frau wie Selbstmord beziehungsweise Gattenmord aussehen lassen wollte, entweder nachlässig oder dumm, oder er hat nicht genug Fernsehkrimis gesehen. Wie heute jedes neunjährige Kind dank des Fernsehens weiß, bleiben Schmauchspuren an der Hand, wenn man eine halbautomatische Pistole abfeuert. An Richter Fullers Händen fanden sich keine. Folglich konnte er weder seine Frau noch sich selbst erschossen haben.« Adair sah Vines an. »Die Mordwaffe war, glaube ich, eine Llama vom Kaliber .32, richtig?«

»Das Modell XA«, sagte Vines.

»Die Polizei hat ihre Herkunft bis zu einem Waffengeschäft in Tampa zurückverfolgt«, fuhr Adair fort, »wo sie von einem Mr. T. S. Jones gekauft worden war, dessen Name, Adresse und Führerschein sich als falsch herausstellten.«

»Was ist mit Fullers Abschiedsbrief, seinem Geständnis?«

»Die Polizei kam zu dem Schluß, daß er ihm diktiert wurde. Sie ist überzeugt, daß der Mörder drohte, Mrs. Fuller zu töten, wenn ihr Mann nicht exakt das schriebe, was ihm gesagt wurde. Die Cops glauben, daß er dann gezwungen wurde, seine untere Gebißplatte herauszunehmen, sie als Briefbeschwerer zu verwenden – ein bizarrer Zug – und seinen Stuhl zurückzuschieben. Dann erschoß der Mörder Fuller, ging ins Wohnzimmer und erschoß Mrs. Fuller, deren Krankheit so weit fortgeschritten war, daß sie wahrscheinlich gar nicht bemerkte, was sich abspielte. Danach ging der Mörder wieder ins Eßzimmer, drückte Fullers Hand auf die Pistole, damit Fingerabdrücke zu finden waren, und ließ die

Waffe auf den Fußboden fallen. Es war, sagen die Cops, eine ziemlich amateurhafte Vorgehensweise – bis auf die falschen Zähne auf dem Abschiedsbrief, nach ihrer Meinung ein gewitzter Zug, und die dreitausend Dollar, die an den fünfhunderttausend fehlten, damit es so aussah, als hätte Fuller schon etwas von dem Geld ausgegeben. Auch das hat den Cops sehr gut gefallen.«

»Was wäre passiert, wenn die Cops die halbe Million in Ihrem Schrank gefunden hätten?« fragte Huckins.

»Wenn das geschehen wäre, wären sie bei den Ermittlungen zum Tod der Fullers vermutlich nicht annähernd so sorgfältig gewesen und hätten womöglich das schriftliche Geständnis so gewertet, wie es der Mörder geplant hatte. Und was mich angeht: Ich säße wahrscheinlich jetzt noch hinter Gittern.«

»Sie sagen also, daß niemand bestochen worden ist«, sagte Huckins.

»Ich lebe immer noch von der halben Million, die Kelly in meinem Schrank gefunden und auf die Bahamas umgeleitet hat.«

»Aber das war, juristisch gesehen, keine Bestechung, oder?«

»Wie würden Sie es nennen? Ein Geschenk?«

»Ich würde es gefundenes Geld nennen«, sagte Sid Fork, »aber ich bin da irgendwie flexibel.«

Das nun folgende Schweigen war kürzer und endete, als Huckins Adair fragte: »Wo sind sie jetzt?«

»Jack und Jill?« Er sah Vines an. »Ich bin nicht sicher. New York?«

»London«, sagte Vines.

»Als wir, bis auf Sid natürlich, heute bei Cousin Mary's waren – jetzt ist das schon gestern –, und Sie es unterlassen haben, mir zu sagen ...«

»Versäumt, nicht unterlassen«, unterbrach Adair.

»Als Sie mir nicht gesagt haben, was sie uns jetzt gerade sagten. Gut. Ich erinnere mich jedenfalls, daß Sie gesagt haben, wenn die beiden Jimson-Kinder sterben, würde ihr Anteil an den Einnahmen aus der Gasförderung an ihre Stiefmutter gehen. Ist das korrekt?«

»Ja«, bestätigte Adair. »Und sollte die Stiefmutter sterben, würde ihr Anteil an Jack und Jill gehen.«

»Sobald ich herausgefunden hätte, daß die Bestechung vorgetäuscht ist«, sagte Sid Fork, »hätte ich mal ein paar Worte mit der Stiefmutter gewechselt. Darauf könnten Sie Ihre Rente verwetten.«

»Kelly ist der Fachmann für sie«, sagte Adair.

Alle drei sahen Vines an, doch es war die Bürgermeisterin, die das Wort zuerst ergriff. »Dieses Mal, Mr. Vines, lassen Sie bitte nichts aus.«

Vines ignorierte sie und schaute nach rechts, wo der Polizeichef saß. »Wie schwierig ist es, einen Selbstmord vorzutäuschen, wenn eine Schußwaffe den Tod herbeiführt?«

»Bei den heutigen kriminaltechnischen Methoden fast unmöglich«, sagte Fork. »Die beste Art, einen Selbstmord vorzutäuschen, ist es, das Opfer morgens um drei aus einem hohen Fenster zu stoßen und keinen Abschiedsbrief oder sonst was zurückzulassen.«

Vines wandte sich an die Bürgermeisterin. »Nachdem die Cops unseren etwas tranigen Generalstaatsanwalt informiert hatten, daß der Tod der Fullers wahrscheinlich kein Selbstmord war, tat er nichts, bevor er nicht überlegt hatte, was ihm politisch am meisten einbringen könnte. Am Ende kam er zu dem Schluß, es wäre schon dienlich, einen Obersten Gerichtshof zu haben, der gegen Bestechung gefeit ist – auch wenn sein Vorsitzender Richter mittlerweile kleine Probleme mit der Einkommensteuerbehörde hatte.«

»So kleine nun auch nicht«, sagte Adair.

»Der Generalstaatsanwalt hat also umfassende Ermittlungen angeordnet, bei denen – seine Worte – jeder Stein umgedreht werden sollte. Einer der Steine, der am dringendsten umgedreht werden mußte, war selbstverständlich die Stiefmutter. Ein zweiköpfiges Team erfahrener Ermittler wurde losgeschickt, um sie zu vernehmen. Sobald das Team zurück war, berief der Generalstaatsanwalt eine Pressekonferenz ein und verkündete, der Tod von Richter und Mrs. Mark Fuller sei nun doch kein Fall von Mord-Selbstmord, sondern, wie er es nannte, ›ein diabolischer Doppelmord‹, und weder Richter Fuller noch Vorsitzender Richter Adair seien jemals bestochen worden. Zwei Tage später, kurz bevor die beiden Ermittler die Stiefmutter erneut vernehmen wollten, kam ihr Cadillac bei geschätzten achtundziebzig Meilen pro Stunde von der Straße ab und prallte gegen eine Pappel.«

»Die nächste Tote, wette ich«, sagte Fork.

»Genickbruch. Eine Autopsie ergab, daß sie 1,6 Promille Alkohol im Blut hatte, womit sie rein rechtlich gesehen mehr als betrunken war. Eine Autopsie des Cadillacs durch ein Team von Mechanikern, das der Generalstaatsanwalt anheuerte, förderte ›ein unerklärliches Versagen der Lenkung‹ zutage, wie er es auf seiner nächsten Pressekonferenz umschrieb. Als ein Reporter fragte, ob das bedeute, daß jemand an den Lenkspurstangen hantiert hätte, sagte er, weitere Erklärungen dazu könne er vor zusätzlichen Untersuchungen nicht abgeben, und kam dann darauf zu sprechen, daß die Stiefmutter während der letzten fünf Monate fast zwei Millionen Dollar von ihren diversen Bankkonten in bar abgehoben hatte. Danach glaubte jeder zu wissen, woher das Geld in den Schuhkartons kam, und die Lenkspurstangen waren so gut wie vergessen.«

»Ziemlich gutes Motiv«, sagte Sid Fork. »Sie setzt zwei Millionen ein, um – wieviel? – fünfzehn Millionen zu gewinnen? Oder zwanzig?«

»Falls beide Jimson-Kinder starben, hätte sie die kompletten Förderabgaben für das Gas bekommen«, sagte Vines. »Nach meinem letzten Informationsstand wurden sie irgendwo zwischen fünfzig und hundert Millionen Dollar bewertet.«

»Hätte sie es so deichseln können, daß es aussah, als hätten die beiden Kinder das Oberste Gericht bestochen, um sich vor der Gaskammer zu retten...«

»In meinem Bundesstaat ist es eine tödliche Injektion«, sagte Adair.

»Okay«, sagte Fork. »Vor der Nadelkammer. Aber wenn es dazu gekommen wäre, hätte wohl kein Gericht im Land auch nur einen Finger gerührt, um zu verhindern, daß die Kinder hingerichtet werden.«

»Ich fürchte, Sie haben recht«, sagte Adair.

»Und hätte Mr. Vines die halbe Million in Ihrem Schrank

nicht gefunden«, sagte B. D. Huckins, »hätte es meines Erachtens immer noch funktionieren können.«

»Ich fürchte, auch das trifft zu«, sagte Adair.

»Egal, jedenfalls gibt's ein Happy-End, nicht wahr?« sagte Sid Fork. »Die Kinder werden freigesprochen. Das Oberste Gericht des Bundesstaates erweist sich im nachhinein als ehrlich – bis auf das kleine Problem, das sein Vorsitzender Richter mit der Einkommensteuer hat. Und als man schließlich zu der Frage kommt, wem es nützt, wenn die Kinder hingerichtet werden, stößt man auf die böse Stiefmutter. Wär's das in etwa, Mr. Vines?«

»In etwa.«

»Dann sagen Sie mir eins«, fuhr Fork fort. »Hat man jemals das Schwein aufgespürt, dessen Werk diese dreckige Geschichte war? Den, der den alten Richter und seine Frau umgelegt und sich dann als Priester kostümiert hat, um die halbe Million im Schrank des Richters zu verstecken, und der vielleicht ja auch an den Lenkspurstangen von Stiefmutters Caddie rumhantiert hat?«

Bevor Vines antworten konnte, fragte B. D. Huckins mit Blick zu Adair« »Wie hieß die Stiefmutter?«

»Marie. Marie Jimson.«

»Bevor sie geheiratet hat. Ihr Mädchenname.«

»Marie Contraire.«

Sid Forks Gesicht wurde fast weiß, bevor das Blut seinen Hals hinaufschoß und seine Ohren purpurrot färbte. Er sprang auf, zeigte mit dem Finger anklagend auf Huckins und brüllte: *»Verdammt noch mal, B. D.!«*

Die Bürgermeisterin gönnte ihm ihr liebevollstes Lächeln. »Ich wollte nur, daß du es von ihnen im Zusammenhang und nicht von mir hörst.«

Das Rot verblaßte zu Rosa, als Fork sich mit finsterem Blick wieder hinsetzte und sagte: »Das war ein ganz beschissener Zug.«

»Halt's Maul und hör weiter zu«, sagte sie und wandte sich wieder an Adair. »Weil Sid nicht bei uns war, als wir uns bei Cousin Mary's mit Parvis trafen, habe ich ihm eine komprimierte Fassung unseres Gesprächs aufgetischt. Offenbar habe ich ein paar Einzelheiten ausgelassen.«

»Zum Beispiel den Mädchennamen der Stiefmutter«, sagte Fork.

Sie beachtete ihn nicht und ließ ihren Blick zu Vines wandern. »Als Sie heute nacht anriefen, steckte ich in heiklen politischen Verhandlungen mit dem Sheriff. Deshalb habe ich eingehängt. Ich entschuldige mich dafür.«

»Nicht nötig.«

»Später ist Sid dann auf eine sehr interessante Information gestoßen, und sie ist der eigentliche Grund dafür, daß wir hier sind.«

Sie überläßt ihm den ganzen Ruhm, dachte Vines, als er Fork ansah. »Auf was sind Sie gestoßen, Chief?«

Das Lächeln, das sich auf Forks Gesicht ausbreitete, war alles andere als bescheiden. »Dieser Kerl, den B. D. und ich vor langer Zeit gekannt haben, der sich als Priester und Klempner und sonst was verkleidet und den wir als Teddy Smith oder Jones kannten?« Er ließ es wie eine Frage klingen.

»Der Killer«, sagte Vines.

»Genau. Der. Ich habe seinen richtigen Namen gefunden.«

»Wie?«

»Durch Fingerabdrücke, die er auf dem pinkfarbenen Lieferwagen hinterlassen hat.«

»Hör auf, es auszukosten, Sid«, sagte Huckins.

Das stolze und glückliche Lächeln immer noch auf dem Gesicht, blickte er von Vines zu Adair. »Nun, sein richtiger Name ist weder Smith noch Jones, obschon das keine große Neuigkeit ist. Sein richtiger Name ist Theodore Contraire.«

Mit erkennbarem Vergnügen sah Fork zu, wie Überraschung den Gesichtsausdruck von Adair und Vines verwandelte. Vines erholte sich als erster und fragte: »Ihr Bruder?«

Fork nickte. »Wem würde sie sonst bei einer solchen Geschichte trauen? Laut seiner Polizeiakte hat er – oder hatte, schätze ich – eine drei Jahre jüngere Schwester mit dem Namen Marie Elena Contraire.«

»Wie umfangreich ist seine Polizeiakte?« fragte Vines.

»Neun Festnahmen, zwei rechtskräftige Verurteilungen. Zwei Jahre hat er in Angola, unten in Louisiana, abgesessen, und neuen Monate im County-Gefängnis von L. A. wegen schwerer Körperverletzung.«

»Was hat er als Beruf angegeben – aus reiner Neugier?«

Fork grinste glücklich. »Schauspieler.«

»Meinen Glückwunsch, Chief«, sagte Adair.

»Na ja, das hat mehr Charme als Hirn gefordert«, sagte Fork. Der Versuch, bescheiden zu klingen, ging allerdings daneben. »Ich mußte nur jemand dazu überreden, etwas zu tun, von dem er nicht recht wußte, ob er es tun sollte.«

Vines stand auf, ging zum Fenster, schaute hinaus, bemerkte die viertürige Zivillimousine, die an der Straße geparkt war, und fragte sich, ob es der schwarze Detective oder der zu groß geratene Kobold war, der dort draußen Nachtwache hielt. Er wandte sich vom Fenster ab und blickte B. D. Huckins an.

»Als Sie bei meinem Anruf auflegten«, sagte er, »wollte ich Ihnen sagen, daß Ihr Schwager angerufen hat, um mitzuteilen, daß Ort und Zeit des Tauschs festgesetzt sind. Vierter Juli bei Cousin Mary's.«

Huckins nickte beifällig. »Gut. Am Vierten schließt Merriman immer. Welche Uhrzeit?«

»Das hat Mansur nicht gesagt.«

»Es wird am Nachmittag stattfinden müssen.«

»Warum?«

»Weil Sid und ich morgens am Festzug teilnehmen müssen.«

Sechsunddreissig

Sobald er der Pfanne einen kleinen Tick gab, klappte Jack Adairs erstes Omelette nach achtzehn Monaten perfekt auf die andere Seite, und Virginia Trice sagte: »Genau in diesem Moment fallen meine immer auseinander, und am Schluß krieg' ich jedesmal Rührei.«

Adair blickte über die rechte Schulter nach hinten, wo sie in der Küchentür stand, an den Rahmen gelehnt und die Arme eng vor der Brust verschränkt, als müsse sie das Zittern unterdrükken. Die Ringe unter ihren Augen erschienen Adair größer und dunkler als an dem Nachmittag, an dem sie die widerstrebende Hauswirtin gespielt hatte. Dreifache Erschöpfung, diagnostizierte er ohne jeden Zweifel: physisch, mental und emotional.

»Setzen Sie sich und nehmen Sie auch eine Portion«, sagte er. »Ich war ganz in Gedanken und habe sechs Eier genommen.« Sich wieder dem Gasherd zuwendend, der nach seiner Schätzung mindestens so alt war wie er selbst, fragte Adair: »Langer Tag?«

»Der längste«, sagte sie und setzte sich an den Kiefernholztisch.

Adair ging ein paar Schritte nach rechts und behielt ein Auge auf dem Omelett, während er Kaffee aus der Bunn-Kaffeemaschine in eine Tasse goß. Er stellte die Tasse vor ihr auf den Tisch und beeilte sich, wieder zum Herd zu kommen.

»Jetzt kommt der knifflige Teil«, sagte er, »und er wird entweder ein Kinderspiel oder ein Fiasko.«

Als habe es darauf trainiert, glitt das Omelett von der Pfanne auf den Teller. Rasch schnitt Adair es in zwei Hälften und schob die eine Hälfte auf einen zweiten Teller, den er Virginia Trice zusammen mit Besteck und Serviette präsentierte. »Toast ist im Backofen«, sagte er.

»Drüben neben dem Dosenöffner steht ein Toaster.«

»Ich weiß, aber ich mache ihn lieber im Backofen.«

Er öffnete die hohe Tür des alten Backofens, nahm einen Topflappen zu Hilfe, um den Grillrost herauszuziehen, und spießte die vier Toastscheiben mit einer langen Bratengabel auf. Den Toast servierte er zusammen mit einem kleinen, offenen Margarinebecher auf einem Teller. »Butter habe ich nicht gefunden«, sagte er und setzte sich ihr gegenüber vor seine Omeletthälfte.

»Wir haben keine Butter verwendet, weil Norm sich wegen seines Cholesterins Sorgen gemacht hat«, sagte sie und strich Margarine auf eine Toastscheibe. »Aber ich nehme an, er hätte ruhig so viel Butter essen können, wie ihm schmeckte.«

»Wahrscheinlich.«

Sie probierte von dem Omelett und sagte, es sei perfekt. Adair sagte, seiner Meinung nach könne es ein wenig Salz und Pfeffer vertragen. Sie sagte, sie verwende nicht mehr viel Salz. Danach aßen sie schweigend weiter, und Adair überlegte, was er sagen könnte, ohne daß es sich nach gezwungenem Smalltalk anhörte. Von dieser anscheinend nicht zu bewältigenden Aufgabe wurde er entbunden, als Virginia Trice fragte: »Wann haben Sie zum letzten Mal mit einer Frau gevögelt?«

Adair strich gleichmütig Margarine auf sein letztes kleines Toaststück. »Vor siebzehn Monaten und vier Tagen.«

»Wie lange waren Sie in Lompoc?«

»Fünfzehn Monate.«

»Und Sie haben sich keine letzte Sause gegönnt?«

Adair benutzte Messer und Gabel, um das letzte Stückchen Omelett auf das letzte Stückchen Toast zu häufen, vage darüber erfreut, daß es so glatt aufgegangen war. Er aß den letzten Bissen, schluckte und sagte: »Meine juristischen Probleme vor Haftantritt waren dergestalt, daß Sex eine Sache von höchster Unwichtigkeit wurde.«

»So 'ne Art Salpeter, was?«

»Mag sein.«

»Was haben Sie im Gefängnis für Ihr Geschlechtsleben getan?«

»Ich bin ohne ausgekommen und habe täglich zweihundert Liegestütze gemacht. Natürlich gab es auch ein normales Maß an Masturbation. Zumindest glaube ich, daß es normal war.«

Sie legte Messer und Gabel hin, schob den Teller mit dem halb gegessenen Omelett weg, stützte sich mit verschränkten Armen auf den Tisch und starrte auf die polierte Oberfläche. »Ich fühle mich, als hätte man mich grade ins Gefängnis geschickt.«

»Das gibt sich.«

Immer noch auf den Tisch starrend, sagte sie: »Heute muß ich vier- oder fünfhundert Kunden gehabt haben. Um acht hab' ich aufgemacht und ungefähr Viertel nach zwei, halb drei geschlossen. Neun von den Männern, die reinkamen, um mir zu sagen, wie leid es ihnen Norms wegen täte, haben versucht, mich anzumachen. Verheiratete Männer. Gute Freunde von ihm. Als ich Ihnen und Vines am Nachmittag Ihre Zimmer gezeigt habe, hätte ich mich beinahe entschlossen, nicht mehr in den Eagle zu gehen.«

»Sie haben heute eine unschätzbare Lektion gelernt«, sagte Adair. »Die Arschlöcher sind überall.«

»Ich lebe jetzt seit gut vier Jahren in dieser Stadt, und das ist länger, als ich sonst irgendwo gelebt habe. Ich kenne eine Menge Leute, weil ich Norms Frau bin und davor im Eagle für ihn gearbeitet habe. Aber er ist der einzige echte Freund, den ich hier hatte, und jetzt ist er tot. Als ich heute nacht geschlossen hatte, hab' ich mich mit einem Gin-Tonic, den ich eigentlich gar nicht mag, an die Bar gesetzt und drüber gegrübelt, wie ich es bis zum Morgen aushalten könnte, und da klopft jemand an die Tür – und es ist mittlerweile Viertel vor drei.«

Sie sah Adair an, als erwarte sie entweder einen Kommentar oder eine Ermunterung. Adair nickte und fragte: »Haben Sie aufgemacht?«

»Nun, zuerst geh' ich hin und frage, wer da ist, denn es ist schon spät, ich hab' die ganzen Tageseinnahmen und will nichts riskieren. Raten Sie mal, wer es ist.«

»Keine Ahnung.«

»Es ist B. D.«

»Die Bürgermeisterin.«

»Ja. Und sie kommt rein und fragt, ob ich heute nacht bei ihr wohnen will, oder auch so lange, wie ich will. Und wissen Sie, was ich da tue?«

»Sie weinen.«

»Ich heule wie ein Baby. Aber sie ist furchtbar nett und versteht es wohl, als ich ihr sage, daß ich nicht bei ihr wohnen kann.«

»Warum denn nicht?«

»Ich weiß nicht. Aber es liegt, glaube ich, daran, daß ich mir dauernd die Frage gestellt habe: Was wirst du Norm sagen? Ergibt das einen Sinn?«

Adair sagte, seiner Meinung nach ergebe das durchaus einen Sinn.

»Ja, und als ich mich schließlich ins Auto setze und nach Hause fahre, ist es ganz plötzlich so, als würde ich ins Gefängnis fahren. Ich meine, als müßte ich ein oder zwei Jahre ganz allein in dem Zimmer im ersten Stock verbringen. Als wäre das ein Gesetz oder so.«

»Das ist es natürlich nicht«, sagte Adair. »Noch nicht, jedenfalls.«

»Aber das Gefühl hab' ich schon«, sagte sie, wich seinem Blick aus und sah in die entfernteste Ecke der Küche. Ihr Blick verharrte dort, als sie weitersprach: »Also, wollen Sie heute nacht mit mir schlafen?«

»Warum ich?«

Sie sah ihn an – ziemlich ernst, dachte er – und sagte: »Nun, Sie sind nett, und Sie sind älter, und weil ich Sie frage und nicht Sie einen Vorstoß bei mir unternehmen, heißt das, daß es meine Wahl ist, nicht wahr? Und wenn ich eine Wahl treffen kann, dann kann ich doch schließlich nicht im Gefängnis sein.«

»Es heißt auch, daß Sie einen anderen wählen können«, sagte Adair.

»Wir müssen nichts, gar nichts tun, es sei denn, Sie möchten es. Ich wollte einfach nur aufwachen und jemand neben mir finden. Jemanden, der nett ist.«

»Ich fühle mich sehr geschmeichelt«, sagte Adair.

Zum ersten Mal lächelte sie, ein sehr zurückhaltendes Lächeln. »Ich glaube, Sie haben grade gesagt: Nein danke, Virginia.«

Adair lächelte zurück. »Aber wenn Sie morgen nacht noch genauso empfinden, nun . . .«

Langsam stand sie auf und blickte neugierig auf ihn hinab. »Das heißt doch, Sie geben mir noch eine Wahl, oder?«

»Was Sie bereits haben, kann ich Ihnen nicht geben.«

Wieder lächelte sie, diesmal zuversichtlicher. »Ich werde drüber nachdenken, Mr. Adair«, sagte Virginia Trice, drehte sich um und verließ die Küche.

Adair stand auf, sammelte Teller, Tassen und Bestecke ein und trug alles zum Spülbecken. Als er das Wasser aufdrehte und Ivory-Flüssigspüler hinzufügte, schwor er sich, alles langsam und gründlich abzuwaschen und abzutrocknen, indem er sich auf jeden Teller, jede Tasse, jede Gabel, jeden Löffel und jedes Messer konzentrierte. Das würde ihn davon abhalten, daran zu denken, wie es wäre, oben in Virginia Trices Zimmer auf der Bettkante zu sitzen und sie langsam, Kleidungsstück für Kleidungsstück, auszuziehen.

Als sie das kleine Apartment des hochgewachsenen jungen, uniformierten Polizisten verließ, der draußen auf dem Noble's Trace, wo Ivy Settles und die Fotografin erschossen worden waren, den Verkehr geregelt hatte, fuhr Dixie Mansur nach Hause in die Montecito-Enklave von Santa Barbara. Dort lebten sie und Parvis Mansur in dem geräumigen Feldsteinhaus mit dem blauen Ziegeldach auf dem einen halben Hektar großen Grundstück, das von einem dreieinhalb Meter hohen Maschendrahtzaun umgeben war.

Als sie die kodierte Plastikkarte in den Schlitz schob, der das stählerne Schiebetor öffnete, versuchte sie sich an den Namen des jungen Polizisten zu erinnern. Entweder Sean oder Michael, dachte sie und entschied, daß er gerade jung genug war, um zu einer Zeit geboren zu sein, als anscheinend die meisten männlichen Babys entweder Sean oder Michael genannt wurden. Am besten erinnerte sie sich allerdings daran, was für ein Chaos sein Apartment gewesen war.

Sie fuhr den Aston Martin durch das Tor und auf der Betonzufahrt zu der viertorigen Garage hinauf, dann drückte sie den Knopf unter dem Armaturenbrett, der ihrem Garagentor das Signal zum Öffnen gab. Sobald es offenstand, fuhr sie hinein und hielt neben Parvis Mansurs weißem Rolls-Royce.

Als sie die Bibliothek betrat, schaute Mansur von seinem Buch auf, dann auf seine Armbanduhr und wieder zu ihr. »Du hättest anrufen können«, sagte er.

Dixie ging zur Bar und goß sich ein Glas Sherry ein. »Ich war gerade dabei«, sagte sie und nippte am Glas, »aber nachdem ich mit Vines gesprochen und ihm ausgerichtet habe, was du mir gesagt hast, bin ich zu B. D. gefahren, und danach wurde es ein bißchen hektisch.«

»In welcher Hinsicht?«

»Erinnerst du dich an die Fotografin? Die, die für irgend so ein schmuddeliges Monatsmagazin eine Bildreportage über das Haus machen wollte?«

»Ich erinnere mich, daß du mit ihr gesprochen und sie abgewiesen hast. Eine Miss Hornette, nicht wahr?«

»Hazel Hornette – obwohl sie sich lieber Hazy nennen ließ. Jedenfalls ist sie tot.«

»Ein Unfall?«

»Sie ist draußen auf dem Trace erschossen worden, zwei Blocks östlich der Stadtgrenze. Und ein Durango-Cop ist ermordet worden. Einer von den Auswärtigen, die Sid eingestellt hat. Ivy Soundso.«

»Ivy Settles«, sagte Mansur, der sich die Mühe gemacht hatte, die Namen aller vier Detectives zu lernen, die Sid Fork engagiert hatte – als private Savak des Polizeichefs, wie Mansur meinte.

Er legte sein Buch – Palmer und Coltons *Geschichte der modernen Welt,* die fünfte Auflage – beiseite, stand auf und ging zur Bar, wo er sich einen dünnen Scotch mit Wasser mixte. Nach einem Schluck drehte er sich zu Dixie um und fragte: »Du hast sie also gesehen – die sterblichen Überreste?«

»Ich war bei B. D., als der Sheriff anrief und sie informierte. Sie hatte es eilig, dorthin zu kommen, deshalb sind wir mit meinem Wagen gefahren. Sie lagen noch an Ort und Stelle, ja, und so habe ich die Leichen gesehen.«

»Ich möchte, daß du mir alles übrige erzählst, Dixie, und nimm dir Zeit dabei. Du könntest damit anfangen, wie du Kelly Vines getroffen hast.«

Sie gab ihm eine exakte und einigermaßen sachliche Darstellung darüber, wie sie Nachmittag, Abend, Nacht und Morgenstunden verbracht und was sie gesehen, gehört und getan hatte, wobei sie den Sex, den sie mit Vines genossen hatte, ebenso ausließ wie den Sex, den sie mit dem hochgewachsenen jungen, uniformierten Polizisten erlebt, wenn auch nicht genossen hatte, dessen Name, wie sie sich nun erinnerte, Sean gewesen war und nicht Michael.

Als sie fertig war und Mansur alle Fragen gestellt hatte, die zu stellen er für erforderlich hielt, sagte sie: »Das hat irgendwie mit dem Handel zu tun, den du für den Vierten vorbereitet hast, nicht wahr?«

Mansur dachte darüber nach, nickte und sagte: »So könnte es durchaus erscheinen.«

»Dann halte ich mich am Vierten außerhalb auf.«

»Warum?«

»Wenn etwas schiefgeht oder dir oder Sid was zustößt, will ich mit jemandem an einem anderen Ort sein.«

Mansur lächelte beifällig. »Du willst ein Alibi.«

»So könnte man's nennen.«

»Ich kann dir wirklich keinen Vorwurf machen. An wen denkst du?«

»Ich dachte, ich fahre am Samstag nach San Diego, wohne bei den Moussavvises und komme am Montag spät zurück, wenn alles vorbei ist.«

»Sie werden sich freuen, dich zu sehen, vor allem Reva, aber es wird ein schrecklicher Verkehr herrschen.«

»Deshalb dachte ich, ich nehme den Rolls. Es sei denn, du hast vor, dein Vermittlungsgeschäft im Wagen abzuwickeln.«

Mansur kicherte. »Etwas Unpassenderes könnte ich mir nicht vorstellen.«

»Das dachte ich mir.«

»Nimm ihn, selbstverständlich«, sagte er und schaute auf seine Uhr. »Am besten, wir gehen zu Bett, nicht?« Er lächelte sie an – ein Lächeln voller Hoffnung. »Würdest du heute nacht gern in meinem Zimmer schlafen oder bist du zu müde?«

»Ich bin ganz und gar nicht müde«, sagte Dixie Mansur.

SIEBENUNDDREISSIG

Aus den Ausgaben der *Durango Times* vom 28., 29. und 30. Juni sowie 2. Juli:

Die Totenfeier für Norman Trice, 46, Besitzer der bekannten Blue Eagle Bar, fand am Montag in der Leichenhalle der Bruner Brothers statt.

Dreiundzwanzig Vertreter auswärtiger Medien und annähernd 200 Trauergäste hörten die kurze, aber bewegende Ansprachc von Mayor B. D. Huckins. Mr. Trice, in Durango geboren, hinterläßt eine Ehefrau, *(Forts. auf S. 3)*

Ein Gedenkgottesdient für Detective Ivy Settles, 51, vom Durango Police Department wurde am Dienstag in der First Methodist Church abgehalten. Polizeichef Sid Fork ehrte den Verstorbenen mit einer kurzen, aber bewegenden Ansprache.

Unter den mehr als 100 Menschen, die an dem Gottesdienst teilnahmen, befanden sich Mayor B. D. Huckins, Sheriff Charles J. Coates und Repräsentanten 17 kalifornischer Polizeibehörden. Ferner waren fünf auswärtige Reporter anwesend.

Settles hinterläßt eine Ehefrau. *(Forts. auf S. 5)*

Die Leiche von Hazel Hornette, 28, freiberufliche Fotografin aus Santa Barbara, wurde am Mittwoch von ihrer Tante Marlene Hornette, 52, ebenfalls aus Santa Barbara, identifiziert.

Im Anschluß an die Einäscherung findet eine private Gedenkfeier auf See, durchgeführt von der Santa Barbara Neptune Society, statt.

> Bei einer Totenfeier für Brig. Gen. Soldier P. Sloan (RCAF, a. D.), 71, sprach Fr. Francis Riggins von der Santa Margarita Catholic Church am Grabe des Verstorbenen auf dem Evergreen Cemetery die Gebete. Jack Adair, ehemals Lompoc, hielt eine kurze, aber bewegende Ansprache.
>
> An der Totenfeier nahmen teil: Mayor B. D. Huckins, Polizeichef Sid Fork, Kelly Vines, ehemals La Jolla, sowie Mrs. und Mr. Mansur aus Santa Barbara.
>
> General Sloan hat keine Hinterbliebenen.

Nach dem letzten Gebet entfernten sich Adair und Vines am Donnerstagmorgen von Soldier Sloans Grab und gingen auf den blauen Mercedes zu. Ein Mann in einem hellbraunen Popelineanzug stieg aus seinem schwarzen Mercury, der in der Nähe des Mercedes stand, und kam ihnen entgegen.

Die rechte Hand des Mannes suchte in der Hemdtasche oder in der Innentasche seines Jacketts nach etwas, als Sid Fork wie aus dem Nichts vor Vines und Adair auftauchte und den Mann am Weitergehen hinderte.

Fork hatte zum Begräbnis seine alte Tweedjacke, gebügelte Jeans, weißes Hemd und blaue Strickkrawatte angezogen. Seine rechte Hand steckte tief in seiner rechten Jackentasche.

Den Mann im hellbraunen Anzug ins Auge fassend, sagte Fork: »Ich will hoffen, mein Freund, Sie greifen entweder nach Zigaretten oder einem Ausweis.«

Der Mann im hellbraunen Anzug nickte. »Nachdem ich ihn ganz, ganz langsam herausgeholt habe, wird er Ihnen verraten, daß ich fürs Justizministerium arbeite.«

»Also hübsch langsam.«

Der Mann zog eine Ausweismappe hervor und reichte sie Fork, der sie in Augenschein nahm, hochblickte und sagte: »Hier steht, Sie sind Leonard Deep und Assistent des Bundesanwalts in Washington. Was hier nicht steht, ist, ob Sie in dienstlicher Angelegenheit hier sind.«

»Persönliche Angelegenheit«, sagte Deep. »Mit Mr. Adair und Mr. Vines.«

Fork drehte sich zu den beiden Genannten um und fragte: »Möchten Sie mit dem Justizministerium über etwas Persönliches reden?«

»Ich denke, doch«, sagte Adair und blickte Vines an. »Kelly?«

»Sicher. Warum nicht?«

»Dann sehen B. D. und ich Sie zum Mittagessen bei Cousin Mary's«, sagte Fork, gab Deep den Dienstausweis zurück, drehte sich um und ging zu der Bürgermeisterin, die neben ihrem Volvo stand und Father Riggins zuhörte.

»Wo würden Sie sich gern unterhalten, Mr. Deep?« fragte Vines.

Deep warf einen Blick über den Friedhof. »Die Bank dort drüben im Schatten sieht bequem aus.«

Um zu der Bank zu kommen, mußten sie an Soldier Sloans Grab vorbei, das gerade von zwei Arbeitern zugeschaufelt wurde. Deep blieb stehen, um die Inschrift, die Vines für den Grabstein verfaßt hatte, laut zu lesen: »Soldier Pershing Sloan, 1917–1988. Wenige verdienen einen solchen Freund.« Deep sah Adair und Vines an und sagte: »Ich glaube, Soldier wäre damit einverstanden. Genau wie er ist sie hübsch zweideutig.«

»Kannten Sie Soldier?« fragte Adair, als er und Deep sich auf die Bank setzten und Vines sich an eine der schattenspendenden Kiefern lehnte.

»Sagen wir, mit den Jahren hat seine lange und interessante Laufbahn unser Interesse gefunden.«

Mit vierzig, oder nahe daran, hatte Deep die Figur und Bewegungen eines allmählich alternden Athleten, der, wie Vines vermutete, in jungen Jahren Mannschaftssportarten zugunsten der Lieblingsbeschäftigung eines Einzelgängers – Laufen, Schwimmen oder Tauchen – aufgegeben hatte. Deep war, urteilte Vines, ein ebenso snobistischer wie unerbittlicher Sportler gewesen und wahrscheinlich so gerissen, wie er aussah.

»Sind Sie hier, um mit uns über Soldier zu reden?« fragte Adair. Seine Stimme war so unschuldig wie seine kätzchenblauen Augen.

Deeps Antwort klang beinahe zaghaft. »Das FBI in Santa Barbara würde es zu schätzen wissen, wenn Sie dort einmal anrufen.«

»Das sagte Chief Fork mir«, erwiderte Adair. »Ich werde es tun, wenn sich die Gelegenheit ergibt.«

Deep lächelte, als wisse er, daß er schamlos belogen wurde, ohne daß es ihn wirklich kümmerte. Vines wollte herausfinden, wieso, und fragte: »Der Vorschlag, daß Jack das FBI anrufen soll, läßt Ihre Reise mehr dienstlich denn persönlich aussehen.«

Deep musterte Vines, bevor er sagte: »Ich bin wegen Paul Adair hier.«

»Was ist mit Paul?« wollte Adair wissen.

»Es mag kein großer Trost sein, Mr. Adair, aber ich kann Ihnen versichern, daß Paul nicht Selbstmord verübt hat.«

Adair nickte langsam. »Das ist mehr als nur ein kleiner Trost, und ich danke Ihnen, daß Sie es mir gesagt haben.«

»Ich möchte Sie ferner wissen lassen, daß wir endlich die beiden mexikanischen Prostituierten aufgespürt haben, die in ihren eidesstattlichen Aussagen behaupteten, sie hätten zwei Schüsse gehört, als sie die Treppe zu Pauls Zimmer in Tijuana hinaufgingen. Jetzt haben sie diese Aussagen widerrufen: Sie waren weder auf dem Weg zu seinem Zimmer, noch haben sie irgendwelche Schüsse gehört.«

»Woher stammt das?« fragte Vines.

»Von einer FBI-Ermittlung, die der Justizminister anordnete. Er hat Paul sehr geachtet.«

»Nun, das ist nett vom Justizminister«, sagte Adair, »und ich weiß es zu schätzen, wenn Sie uns mitteilen, daß Paul keinen Selbstmord verübt hat, denn Kelly und ich haben uns schon gefragt, wie er es geschafft haben soll, sich mit einem Fünfundvierziger zweimal in den Mund zu schießen. Und da wir Pauls sexuelle Orientierung kannten, gaben wir nie viel auf die Behauptung, er habe sich zwei weibliche Prostituierte aufs Zimmer bestellt. Sie waren doch weiblich, oder, Mr. Deep?«

Deep legte beinahe belustigt den Kopf ein wenig schräg und sagte: »Sie haben natürlich gewußt, daß er homosexuell ist.«

»Seit er es an seinem fünfzehnten Geburtstag seiner Mutter, seiner Schwester und mir kundgetan hat.«

»Haben Sie es auch gewußt, Mr. Vines?«
»Ja, trotzdem war mir seine Schwester lieber.«
»Die Sie geheiratet haben.«
»Das habe ich.«
Deep seufzte und sagte: »Pauls Tod hat mich erschüttert. Es war ein großer persönlicher Verlust.«
»Wir haben uns alle scheußlich gefühlt«, sagte Adair. »Besonders Kelly, der runterfahren und die Leiche identifizieren mußte.«
»Er war ohne Abstriche brillant«, sagte Deep. »Wäre Paul noch am Leben, könnte er...«
»Er ist tot, Mr. Deep«, sagte Adair.
»Und wir wissen endlich, wer ihn umgebracht hat«, sagte Deep und wartete, als rechne er mit einem emotionalen Aufschrei.
Doch Jack Adair nickte bloß und sagte: »Sie meinen Theodore Contraire, richtig? Auch als Teddy Smith oder Jones bekannt.«
Leonard Deep verlor ein wenig von seiner fast einstudierten Haltung, faßte sich aber schnell wieder und sagte: »Zu gern würde ich hören, wie Sie von Contraire erfahren haben.«
»Chief Fork bekam es heraus und sagte es uns. Contraire ist offenbar derjenige, der all die Menschen in Durango umbringt, Soldier Sloan eingeschlossen, was mich und Kelly ziemlich erregt hat, da wir beide Soldier seit Jahren kannten. Chief Fork verfügt natürlich nicht über die Hilfsmittel des FBI, aber er ist gewitzt und läßt nicht locker. Mir scheint, Sie sollten sich mit ihm zusammensetzen und Ihren Informationsstand abgleichen.«
»Ich werde es empfehlen«, sagte Deep und stand von der Friedhofsbank auf.
»Sie und Paul waren gute Freunde, nehme ich an«, sagte Adair.
»Äußerst enge Freunde.«
»Ich bin froh, daß er jemanden hatte.«
»Noch zwei, drei Fragen, Mr. Adair, völlig inoffiziell?«
Adair nickte.
»Warum sind Sie in Durango?«
»An dem Tag, an dem ich aus Lompoc rauskommen sollte, setzte jemand einen Preis auf meinen Kopf aus.«
»Habe ich gehört. Zwanzigtausend Dollar.«

»Da dachte ich mir, Durango sei so gut wie jeder andere Ort geeignet, um dort unterzuschlüpfen, sich zu verkriechen oder wie Sie das nennen wollen.«

»Wer hat Durango empfohlen?«

»Soldier Sloan.«

»Was tat Soldier hier, als er umgebracht wurde?«

»Er hatte keine Gelegenheit, es preiszugeben.«

»Wenn ich Sie oder Mr. Vines wäre«, sagte Deep, »würde ich Durango so schnell wie möglich verlassen.«

»Kelly und ich verabschieden uns am Abend des Vierten.«

»Warum nicht früher?«

»Wir wollen den Festzug nicht versäumen«, sagte Vines.

ACHTUNDDREISSIG

Merriman Dorrs kleines Büro befand sich zwei Türen von dem Pokerzimmer entfernt, wo am Wochenende die Table-stake-Runden gespielt wurden. Das Büro war etwa so groß wie ein durchschnittlicher Wohnzimmerteppich und enthielt einen großen Chubb-Tresor, drei verriegelte Aktenschränke aus Stahl und zwei Sessel mit hohen Rückenlehnen.

Einen Schreibtisch gab es auch – ein Kinderschreibpult, das Dorr aus dem alten Schulhaus gerettet hatte und das über eine hochklappbare Holzplatte, ein rundes Tintenglas und einen Klappsitz verfügte, den er ein gutes Stück nach hinten versetzt hatte, um seinen Knien Platz zu schaffen.

Dorr saß an seinem Schreibtisch und bedachte B. D. Huckins mit einem Kopfschütteln. Sie hatte in einem der Sessel Platz genommen, die Beine übereinandergeschlagen und das marineblaue Kleid über die Knie hinabgezogen.

»Klingt für mich nach Blut auf dem Fußboden, B. D.«, sagte Dorr, nachdem er sein verneinendes Kopfschütteln eingestellt hatte.

»Fünftausend, Merriman, um eine Stunde zwei Zimmer und Ihren Safe zu benutzen.«

»Wenn Sie zwei Zimmer und einen Safe brauchen, bedeutet das, daß zwei Leute oder zwei Gruppen von Leuten beteiligt sind. Die eine Seite hat die Ware, die andere hat das Geld, und jeder mißtraut jedem. Wenn einer vergißt, das Geld oder die Ware mitzubringen, dann gibt's wahrscheinlich Pengpeng. Und wenn das passiert, reichen die Fünftausend nicht mal annähernd, um für das Elend zu bezahlen, das Charlie Coates oder vielleicht die Steuerfahndung über mich bringt.«

»Ich brauche Ihnen ja nicht zu sagen, daß es nicht um Drogen geht.«

»Ja, klar, aber es ist etwas, für das man eine Stunde lang zwei

Zimmer und einen Safe braucht, und das heißt, großer Schotter ist im Spiel, denn wenn das nicht so wäre, könnte das Geschäft auch bei der Wippe im Handshaw Park über die Bühne gehen.«

»Zehntausend«, sagte sie. »Letztes Angebot.«

»Im voraus.«

Sie zögerte, nickte widerstrebend und sagte: »In Ordnung.«

Lächelnd stand Dorr hinter dem Schulpult auf. »Wie hört sich das zum Lunch an, B. D.: Ein Schinkenbraten mit echtem Virginia-Schinken, frischen Erbsen, neuen Kartoffeln, Endiviensalat und zum Dessert selbstgemachte Pfirsicheiscreme?«

»Wenn es von Ihren Zehntausend kommt, hört es sich gut an«, sagte Huckins.

Wieder war der Lunch auf dem runden Tisch in dem großen Zimmer ohne Fenster serviert worden. Als schließlich alle mit ihrer Pfirsicheiscreme fertig waren – bis auf Kelly Vines, der kein Dessert wollte –, zündete sich Parvis Mansur eine Zigarette an, blies den Rauch gegen die Decke, lächelte sein genialstes Lächeln und sagte: »Sollen wir anfangen, B. D.?«

Die Bürgermeisterin sah Vines an und sagte: »Merriman will Zehntausend im voraus.« Und nach kurzer Pause: »Heute.«

»Was bekommen wir dafür?« fragte Vines.

»Einen Tresor und zwei Zimmer – dieses hier und das Pokerzimmer. Und da Sie bezahlen, haben Sie die erste Wahl.«

»Zuerst würde ich mir gern das Pokerzimmer ansehen«, sagte Vines.

»Merriman läßt es Sie sehen, wenn er seine Zehntausend hat.«

»Ich weiß, wie es aussieht«, sagte Sid Fork. »Es hat einen Standardpokertisch mit den üblichen Stühlen, zwei Sofas, eine kleine Bar, einen Kühlschrank, einen Grillofen, einen Kaffeeautomaten, ein Bad und keine Fenster.«

»Was ist mit der Tür?« fragte Vines.

»Stahltür.«

Vines sah Jack Adair an. »Was meinst du?«

»Mir gefällt die Stahltür.«

»Mir auch«, sagte Vines und wandte sich an Huckins. »Wo ist Merriman?«

»In seinem Büro.«

Vines schob seinen Stuhl vom Tisch weg und stand auf. »Dann kann ich ihm schon mal sein Geld geben.«

Als er geklopft und die Stimme ihn zum Eintreten aufgefordert hatte, betrat Vines Merriman Dorrs kleines Büro und sah sich neugierig um. »Netter Tresor«, sagte er. »Ihr Schreibtisch gefällt mir auch.«

»Muß ich den Tresor öffnen?«

»Ich denke, schon«, sagte Vines, ging hin zu Dorr, holte einen dicken weißen Umschlag aus der Innentasche seines Jacketts und legte ihn auf den Schreibtisch. Dorr nahm ihn, öffnete die Klappe und blickte hinein. »Ich glaube, ich werd's zählen«, sagte er.

Vines nickte, drehte sich um, ging zu einem der Sessel, setzte sich und sah zu, wie Dorr die zehntausend Dollar zählte.

»Alles da«, sagte Dorr, als er mit dem Zählen fertig war.

»Sagen Sie mir eins«, sagte Vines. »Wie sieht der Fluchtplan aus?«

»Für welchen Fall?«

»Für den Fall, der Sheriff bläst zur Razzia auf die Pokerrunde.«

Dorr zuckte die Achseln. »Durch die Hintertür.«

»Und in die Arme der Deputies? Den Plan meine ich nicht, ich meine den echten.«

»Nun, Sir, wenn ich beim Spiel säße – obschon ich das nie tue – und hören würde, wie Charlie Coates und seine Deputies versuchen, die Tür zum Pokerzimmer aufzubrechen, was sie mindestens vier Minuten kosten müßte, nun, ich würde mein Geld einsammeln und ins Bad gehen, das zwar keine Wanne, aber eine kleine Duschkabine hat.«

Dorr stand auf, ging zum Tresor, wandte Vines den Rücken zu, um die Kombination vor seinen Blicken zu schützen, und begann, den Zahlenring zu drehen.

»Und dann?« fragte Vines, als Dorr die Tresortür aufzog und den Geldumschlag hineinlegte.

Dorr ließ die Tresortür offen, als er sich wieder zu Vines umdrehte und sagte: »Scheint sich kaum zu lohnen, ihn zu schließen und dann für weniger als Tausend wieder zu öffnen, was?«

»Lassen Sie ihn offen, und ich lege Tausend auf Ihren kleinen Schreibtisch. Sie sagen mir, was in der Duschkabine geschieht. Wenn nicht, legen Sie nur Fünfhundert hinein.«

»Es wird Ihnen gefallen«, sagte Dorr.

Vines nahm zehn Hundert-Dollar-Noten aus seiner Brieftasche, plazierte sie auf dem Schulpult, ging zu dem Sessel zurück, setzte sich, nickte Dorr zu und sagte: »Lassen Sie hören!«

»Sobald ich, voll bekleidet, in der Duschkabine wäre«, sagte Dorr, »würde ich den Kaltwasserhahn nach rechts drehen und ihn fest in die Wand drücken. Die Metallwand würde sich zu einer alten Holztreppe öffnen, die nach unten, ins Kellergeschoß der Schule führt. Oben an der Treppe befindet sich eine Taschenlampe. Ich würde sie einschalten, die Wand der Duschkabine dicht schließen, die Treppe hinuntergehen, mich hinsetzen und warten.«

»Worauf?«

»Daß der Sheriff verschwindet.«

»Also kein Weg aus dem Keller hinaus?«

»Es ist nur ein Schlupfloch, Mr. Vines. Der einzige Weg hinaus ist der, den man hineingeht.«

»Es wäre besser, wenn es einen anderen Weg hinaus gäbe.«

»Gibt's aber nicht.«

»Nehmen Sie Ihre Tausend«, sagte Vines.

Nachdem Kelly Vines an den runden Tisch zurückgekehrt war und berichtet hatte, daß er die beiden Zimmer und den Tresor angemietet habe, übernahm Parvis Mansur die Gesprächsführung.

»Die einfachste aller Listen ist für gewöhnlich die beste«, sagte er. »Folglich ist die, mit der ich Mr. Vines und Mr. Adair am nächsten Montag, dem vierten Juli, hierher locke, eine Feiertagspokerrunde.«

»Zumindest werden Sie das demjenigen erzählen, der bereit ist, für uns beide eine Million Dollar zu zahlen«, sagte Adair.

»Korrekt.«

»Um wieviel Uhr beginnt das Spiel?«

»Fünfzehn Uhr.«

»Und was werden Sie ihm sagen – dem Mann, der Sie ständig anruft?«

»Über den Ablauf, meinen Sie?«

»Ja.«

»Zuerst einmal werde ich von Geld sprechen.«

»Gut«, sagte Sid Fork.

»Ich werde auch betonen – und zwar sehr eindringlich, könnte ich hinzufügen –, daß sich nichts ereignet, bevor das Geld nachgezählt und sicher untergebracht ist.«

»Was haben Sie wegen des Tresors ausgemacht?« wollte Fork von Vines wissen.

»Dorr hat eingewilligt, ihn offenstehen zu lassen, damit Parvis das Geld einschließen kann.«

»Merriman wird ihn also öffnen und die Million aushändigen, wenn alles vorbei ist?« fragte Fork.

Vines nickte.

»Sieht für mich so aus«, sagte Fork, »als ob der gute Merriman, wenn einigen von uns etwas passiert, einfach sagen könnte: ›Welches Geld?‹ Könnte er?«

»Ein interessanter Gedanke, Chief«, sagte Adair.

»Ich denke, wenn das alles abläuft«, sagte Fork, »werden Merriman und ich in meinem Haus ein paar Runden Rommé spielen – um die Zeit totzuschlagen.«

»Äußerst klug«, sagte Mansur.

»Also weiter«, sagte Adair. »Mr. Mansur hat das Geld gezählt und in den Tresor geschlossen. Was nun?«

»Als nächstes«, sagte Mansur, »übergebe ich der Person oder den Personen, die mir das Geld bezahlt haben, den Schlüssel zu dem Pokerzimmer, in dem Mr. Vines und Sie angeblich darauf warten, daß unsere Spielrunde beginnt.«

»Haben Sie uns eingeschlossen?« fragte Vines.

»Ich fürchte, ja – damit es realistisch wirkt.«

Danach schwiegen alle am Tisch einige Sekunden, bis B.D. Huckins ruhig fragte: »Was passiert dann, Mr. Vines?«

»Das kommt ganz darauf an«, sagte er.

*

Um 0.09 Uhr am Samstag, dem 2. Juli, stieg der Polizeichef nackt aus dem Bett des Stadtoberhaupts und zog die Jockey-Unterhose an, die auf dem Fußboden neben den Jeans und dem weißen Hemd lag, das er bei Sloans Beerdigung getragen hatte.

»Soll ich dir etwas bringen, bevor ich gehe?« fragte er B. D. Huckins, die, auf dem Rücken liegend, das Laken bis ans Kinn gezogen hatte und zur Strukturdecke des Schlafzimmers hinaufstarrte, die Fork immer wieder an drei Wochen alten Hüttenkäse erinnerte.

»Ein Glas Wein vielleicht.«

»Zinfandel?« fragte er, zog den Reißverschluß seiner Jeans hoch und begann sein Hemd zuzuknöpfen.

»Gern«, sagte die Bürgermeisterin.

Als er das Hemd in die Jeans stopfte, sagte Fork: »Vielleicht sollte ich bleiben, B. D.«

Sie schüttelte den Kopf. »Ich brauche Zeit zum Nachdenken.«

»Worüber?«

»Einfach nur nachdenken.«

»Ich hol' den Wein«, sagte er.

Als er mit zwei Gläsern Zinfandel zurückkam, hatte sie sich aufrecht gesetzt und das Laken fast bis zur Hüfte hinabrutschen lassen. Lächelnd betrachtete Fork ihre entblößten Brüste, die, wie er vor langer Zeit schon entschieden hatte, vollkommen waren.

»Wenn ich sie zufällig so sehe«, sagte er und reichte ihr das Glas, »denke ich genau das gleiche, was ich vor zwanzig Jahren schon gedacht habe: Sie hat die beiden schönsten Kannen von ganz Kalifornien.«

»Kannen«, sagte sie und widmete ihren Brüsten einen Blick, der sowohl Distanz als auch Gleichgültigkeit bedeuten mochte. »Ich denke, so könnte man sie nennen. Schließlich ist es ihr Hauptzweck, den Nachwuchs, den ich wahrscheinlich nie haben werden, mit Milch zu versorgen.«

»Bedrückt dich das?«

Sie trank von dem Wein und schien über Forks Frage nachzudenken. »Ich bin sechsunddreißig, Sid. Noch vier, fünf Jahre . . .«

»Willst du heiraten?«

»Ich brauche nicht zu heiraten, um ein Kind zu haben.«

Fork trank sein Glas leer, stellte es auf das Nachttischchen und sagte: »Ich möchte dich etwas anderes fragen, B. D.«

Sie nickte.

»Ist es dir zufällig jemals in den Sinn gekommen, daß wir uns die Million nehmen könnten und dann Durango Lebwohl sagen – alles Gute und *hasta la vista*?«

Sie fixierte ihn mit Augen, die – vielleicht wegen des trüben Lichts – die Farbe von Schießpulver angenommen hatten. »Das ist eine der Sachen, über die ich nachdenken muß.«

Um 0.49 Uhr am selben Samstag kam Virginia Trice nach Hause, nachdem sie den Blue Eagle früh geschlossen hatte, und traf Jack Adair wieder in der Küche des alten Hauses an. Er hatte gerade zwei getoastete Schinken-Käse-Sandwiches fertig, als sie sagte: »Kochen Sie wirklich gern?«

»Ich esse gern«, sagte Adair, legte die Sandwiches auf zwei Teller und servierte diese auf dem Küchentisch aus Kiefernholz.

»Sieht gut aus«, sagte sie und setzte sich.

»Milch?« fragte er und öffnete den Kühlschrank.

»Gern.«

Adair servierte die Milch, setzte sich an den Tisch, biß ein großes Stück von dem Sandwich ab und kaute mit sichtlichem Genuß. Während sie die Sandwiches aßen und die Milch tranken, erzählte sie ihm, daß am Nachmittag eine Kellnerin im Blue Eagle ohne Vorankündigung den Dienst quittiert habe. Es hätte sie in Verlegenheit bringen können, sagte sie, denn es war Monatsanfang und die Schecks der Sozialbehörden trafen bei ihren Empfängern ein.

»Aber es ging gut?« fragte er.

»In Durango? Eine Stunde, nachdem sie weg war, waren schon fünf Mädchen da, um sich um den Job zu bewerben. Ich hab' jeder gesagt, ich würde sie morgen anrufen, das wär' also heute, und zu- oder absagen. So brauchen sie nicht rumsitzen und darauf warten, daß das Telefon klingelt.«

»Das war sehr anständig.«

»Als ich Kellnerin war, hab' ich sehr schnell gelernt, daß dieses Land unter einem echten Mangel an Anstand leidet.«

Sie griff in ihre kleine braune Ledertasche, zögerte, sah Adair an und fragte: »Rauchen Sie?«

»Früher.«

»Was dagegen, daß ich rauche?«

»Überhaupt nicht.«

Sie nahm ein Päckchen Camel Filter aus dem Täschchen und zündete sich eine Zigarette mit einem Einwegfeuerzeug an. »Am Dienstag, direkt nach der Beerdigung, hab' ich wieder angefangen. Sechzehn Monate war ich davon weg.«

»Nun ja, es kann ein Trost sein.«

»Ich habe drüber nachgedacht, was Sie über Wahlmöglichkeiten gesagt haben – daß man wählen kann, etwas zu tun oder nicht, so, wie ich die Wahl treffe, wieder zu rauchen. Aber dann bin ich zu dem Schluß gekommen, daß es gar nicht so viele Wahlmöglichkeiten gibt, wenn man's genau betrachtet. Wenn man krank ist, kann man nicht wählen, gesund zu werden. Und ganz bestimmt kann man seine Eltern und den ganzen Mist, der damit zusammenhängt, nicht auswählen. Je mehr ich drüber nachgedacht habe, desto mehr hatte es den Anschein, daß man bei den großen Sachen nicht wählen kann, sondern bloß bei den kleinen.«

»Zum Beispiel?« fragte Adair.

»Zum Beispiel, daß man ganz spontan die Straße überquert, und später stellt es sich als die größte Entscheidung des Lebens raus.«

»Wegen der nachfolgenden Ereignisse«, sagte er.

»Genau. Wegen dem, was passiert. Deshalb hab' ich beschlossen, eine Wahl zu treffen. Ich weiß nicht, ob es eine große oder kleine ist. Aber ich habe beschlossen, Sie ohne Wenn und Aber zu fragen, ob Sie heute nacht mit mir ins Bett gehen möchten.«

Adair setzte sein, wie er hoffte, einnehmendstes Lächeln auf, als er sagte: »Es wäre mir ein Vergnügen.«

*

Kelly Vines lag im Bett und blickte von Seite 389 seines 406-Seiten-Romans über die milde Dekadenz des Südens auf, als er Adairs Stimme und Virginia Trices Kichern hörte, während sie an seinem Zimmer vorbeigingen. Er wartete auf das inzwischen vertraute Geräusch von Adairs sich öffnender und wieder schließender Zimmertür. Statt dessen hörte er, wie sich ein Stück weiter entfernt eine Tür öffnete und schloß. Es war, entschied er, die Tür zu Virginias Zimmer.

Vines lächelte, legte das Buch weg, nahm eine Handvoll gemischter Nüsse aus der offenen Dose auf dem Nachttischchen, stand auf und ging zum Fenster, von dem aus man auf die Straße blickte. Die anonyme Limousine war zwei Häuser entfernt geparkt. Mit einem Blick auf seine Uhr sah Vines, daß es wenige Minuten vor eins war.

Er stand am Fenster, aß die Nüsse Stück für Stück, starrte hinaus und wartete auf den Schichtwechsel. Eine Minute nach eins hielt eine zweite anonyme Limousine vor der ersten. Ein sehr großer Mann stieg aus, ging zu dem anderen Wagen, beugte sich hinab – anscheinend, um etwas zu sagen – und ging zu seinem Wagen zurück.

Die Scheinwerfer des hinteren Wagens strahlten auf, die Limousine fuhr davon. Vines aß seine Handvoll Nüsse auf, ging zum Bett zurück, nahm den Roman und las ihn, auf der Bettkante sitzend, zu Ende. Doch weil es dem Roman nicht gelungen war, ihn dem Schlaf näher zu bringen, griff er nach der alten Ersatzmedizin und goß fast drei Unzen Jack Daniel's in ein Wasserglas.

Er trank langsam und sinnierte, wie so oft in schlaflosen Nächten, wo er in einem Jahr sein würde, vorausgesetzt natürlich, sagte er sich, daß er in einem Jahr überhaupt noch da war.

Er trank den Whiskey aus, löschte das Licht und legte sich hin. Als er zum letzten Mal auf das Leuchtzifferblatt seiner Armbanduhr sah, war es kurz nach drei, und Jack Adair war immer noch nicht in sein Zimmer zurückgekehrt.

NEUNUNDDREISSIG

Kurz nach neun Uhr am Sonntag, dem 3. Juli, gab Dixie Mansur ihrem Ehemann einen Abschiedskuß und fuhr mit seinem weißen Rolls-Royce auf der U. S. 101 nach Süden Richtung San Diego, wo sie, wie Parvis Mansur glaubte, ein Wochenende bei ihren Freunden, Mr. und Mrs. Reva Moussavvis, zu verbringen gedachte.

Wegen des dichten Wochenendverkehrs erreichte Dixie das Holiday Inn am Strand von Ventura erst kurz nach zehn. Sie nahm eine kleine Reisetasche heraus, schloß den weißen Rolls ab und checkte für das im voraus bezahlte Zimmer ein, das für sie unter dem Namen Joyce Mellon reserviert war.

Sobald sie im Zimmer war, warf sie die Reisetasche auf das eine Bett, setzte sich auf das andere, nahm das Telefon und tastete die drei Zahlen eines anderen Zimmers im Hotel ein. Als ein Mann sich mit »Hallo« meldete, fragte sie: »Bist du soweit?« Als er bejahte, sagte sie, sie käme sofort nach unten.

Dixie Mansurs Zimmer hatte die Nummer 607, das Zimmer des Mannes die 505. Sie ging die Treppe hinunter, den Flur entlang und klopfte an die Tür. Sie wurde von Theodore Contraire geöffnet, der manchmal wie ein Priester, manchmal wie ein Klempner gekleidet war und nun einen hellblauen Kittel trug, der entweder einem Apotheker oder einem Friseur gehören konnte.

Kaum daß Dixie im Zimmer und die Tür geschlossen war, griff der ein Meter fünfundfünfzig große Contraire nach oben, packte sie bei den Schultern und zwang ihren Kopf herab, so daß er ihre Lippen zu einem langen, langen Kuß aufeinanderdrücken konnte, der mit viel feuchter Zungentätigkeit verbunden war.

Der Kuß endete so abrupt, wie er begonnen hatte. Contraire wischte sich mit dem Handrücken über den Mund und sagte: »Wir sind ein bißchen spät dran.«

»Ich mußte mit Parvis bumsen, bevor ich losfahren konnte.«

»Hier drüben«, sagte er und zeigte auf eine lange, niedrige Frisierkommode mit einem großen Spiegel. Sie setzte sich auf einen Polsterschemel, und Contraire schaltete die vier Lampen ein, die er aufgebaut hatte, um den Spiegel zu beleuchten.

»Mein Gott, ich sehe schrecklich aus«, sagte Dixie nach einem Blick in den Spiegel.

»Du wirst noch schlimmer aussehen«, sagte er. »Älter. Zehn Jahre älter vielleicht. Ich fang' mit den Kontaktlinsen an. Hier.«

Er reichte ihr ein kleines Plastiketui. Sie nahm die Kontaktlinsen heraus und setzte sie schnell ein.

»Du hast geübt«, lobte er widerwillig.

»Die ganze Woche.«

»Okay, jetzt hast du braune statt blaue Augen.«

»Blau gefällt mir besser.«

»Aber nicht zu dunkelbraunen Haaren.« Contraire steckte sich vier Haarklemmen in den Mund, zog Dixies blondes Haar nach hinten und straffte es routiniert zu einem glatten Helm, den er mit den Klemmen festhielt. Von der Kommode nahm er eine schulterlange braune Perücke, bürstete sie kurz aus und setzte sie sorgfältig auf ihren Kopf.

Nachem er seine Arbeit mit erkennbarer Befriedigung begutachtet hatte, nahm er eine gedrungene weiße Flasche ohne Etikett, goß etwas von dem dickflüssigen Inhalt auf seine Fingerspitzen und begann, die beige Flüssigkeit in die Haut ihres Gesichts und ihres Halses einzureiben. »Es dauert nur zwei Minuten, mehr nicht«, sagte er. Als er fertig war, hatte sie eine mäßig tiefe Sonnenbräune angenommen.

Dixie betrachtete sich kritisch im Spiegel. »Ich sehe anders aus, aber nicht viel älter.«

Contraire schaute über ihre Schulter in den Spiegel und fuhr mit Daumen und Zeigefinger seiner rechten Hand über die schwach ausgeprägten Linien, die an Dixies Nasenflügel begannen und zu ihren Mundwinkeln führten. »Wenn du älter wirst«, sagte er, »werden sie tiefer. Also machen wir's so.«

Mit Hilfe eines angeschärften Augenbrauenstifts machte Contraire die beiden Linien sichtbarer. »Das haut mich um!« entfuhr es Dixie angesichts des Ergebnisses.

»Setz die auf«, sagte Contraire und reichte ihr eine drahtgerahmte, grün getönte Brille, deren Linsen nur wenig größer als Halbgläser waren. Sie setzte sie auf, und prompt rutschte ihr die Brille auf die Nase. Sie schob sie hoch. Sie rutschte wieder.

»Wenn du mit ihnen sprichst, schiebst du sie immer wieder hoch. Das treibt sie zum Wahnsinn.«

Dixie drehte den Kopf so weit nach rechts, wie es ihr möglich war, ohne die Sicht auf den Spiegel zu verlieren. Dann drehte sie den Kopf ebensoweit nach links. »Mit der blöden Brille sehe ich fast wie vierzig aus.«

Contraire öffnete den Deckel eines großen Glases Feuchtigkeitscreme. »Okay«, sagte er. »Nimm alles ab, dann setz es wieder auf, damit wir sehen, wie schnell du's schaffst.«

Sie machte es zweimal, bevor er zufrieden war. Er legte die Perücke, die getönte Brille, die Kontaktlinsen, den Augenbrauenstift und die Creme in eine weiße Papiereinkaufstüte. Aus der Tasche seines Kittels zog er ein Bündel Hundert-Dollar-Noten, die von einem roten Gummiband zusammengehalten wurden.

»Genau sechstausend«, sagte er und ließ es in die Tüte fallen.

»Und die Karte?« fragte Dixie.

Er zog sie aus der anderen Tasche seines Kittels. Sie war mit der Hand auf glattem, weißem Papier gezeichnet. Dixie betrachtete sie, nickte und sagte: »Was für ein Wagen?«

»Ein zwei Jahre alter schwarzer Cadillac Seville.« Er lächelte und bleckte die grauen Zähne. »Echt konservativ.« Das Lächeln endete abrupt, und er runzelte die Stirn, als habe er etwas vergessen. »Was ist mit deinen Kleidern?«

»Ich habe im Trödelladen der Junior League ein zickiges Sommerkostüm gekauft.«

»Das müßte reichen.«

»Soll ich ihn von hier aus anrufen?«

»Um Gottes willen, nein. Aus einer Telefonzelle.«

»Willst du meine Stimme nicht hören?«

Contraire grinste, als sei er gerade der Nachlässigkeit bezichtigt worden. »Klar will ich sie hören. Ich wollte dich gerade fragen.«

»Also los«, sagte Dixie. »Halloho. Ich bin Mrs. Nelson Wigmore? Kelly Vines' Cousine? Und ich möchte gern wissen, ob ich etwas tun kann, das richtig säuisch ist?«

Contraire nickte beifällig. »Vergiß die Stimmhebung nicht. Aber es klingt ganz gut – wie irgendwo zwischen New Orleans und Mobile.«

»Ich hab' mit einem Tonband geübt.«

Wieder runzelte Contraire die Stirn, als versuche er sich an etwas zu erinnern, das er vergessen hatte. Offensichtlich fiel ihm nichts ein. Statt dessen fragte er: »Wie kommen B. D., Sid und die beiden voran?«

»Sie wissen nicht die Bohne. Außer daß Sid herausgefunden hat, wer Hazy war. Warum mußtest du sie überhaupt umnieten?«

»Warum? Weil du sie angeschleppt hast, als wir einen Fotografen brauchten, und sie hätte dich mit mir in Verbindung bringen können, darum. Und nachdem sie dabei war, als ich den Cop umgenietet habe – was hast du denn sonst erwartet?«

»Du hättest etwas anderes tun können.«

»Das klingt ja, als wollte ich sie unbedingt umnieten, als wäre ich scharf drauf oder so. Vielleicht solltest du wissen, daß zwischen Hazy und mir inzwischen eine nette kleine Romanze lief.«

»Verpiß dich, Teddy!«

»Verpiß du dich, Dixie.«

So sagten sie sich oft Auf Wiedersehen.

Dixie Mansur fuhr vom Parkplatz des Holiday Inn in Ventura und fand zwei Blocks weiter eine Texaco-Tankstelle mit einer Reihe von Münztelefonen. Sie stieg aus dem Rolls, schloß ihn ab, warf ihren Vierteldollar in den Schlitz und tastete die elfstellige Nummer ein. Als abgehoben wurde, schaltete sich die Vermittlung mit dem Hinweis ein, sie müsse zusätzlich einen Dollar fünfundzwanzig für drei Minuten einwerfen. Statt dessen warf Dixie sieben Vierteldollarmünzen ein.

Als das Klappern der Münzen aufhörte, wiederholte die Männerstimme am Telefon: »Altoid-Sanatorium.«

Dixie wechselte in ihren Südstaatenakzent und sagte: »Kann ich mit Doktor David Pease sprechen? Hier ist Mrs. Nelson Wigmore? Mr. Jack Adairs Nichte?«

Vierzig

Als ihm seine Omega Seamaster aus rostfreiem Stahl verriet, daß es exakt sechs Uhr morgens am Montag, dem vierten Juli, war, ergriff Merriman Dorr das Seil mit beiden Händen, zog fest und läutete die alte Gußeisenglocke des Schulhauses.

Beim neunten Ruck, der nun schon eher ein Reißen als ein Ruck war, wurde der Klang der großen Glocke vom fernen Heulen von mindestens zwei Dutzend Hunden beantwortet. Dorr läutete die alte Glocke immer schneller, kläffte und heulte als Antwort auf die Hunde und gröhlte Fetzen von »The Battle Hymn of the Republic«, »Dixie« und »God Bless America«.

Er läutete die Schulglocke exakt zehn Minuten. Um 6.10 Uhr ging er im Marschschritt zum alten Fahnenmast des Schulhauses, hißte das Sternenbanner, nahm Habtachtstellung ein und rezitierte den Fahneneid. Immer noch in Habtachtstellung, salutierte Dorr zackig vor der Fahne und bedachte sie mit einem Blick totaler Verklärung. Außerdem widmete er ihr ein glorreiches Lächeln, das durchaus entweder zu einem hingebungsvollen Patrioten oder, wie einige annahmen, zu einem Verrückten passen konnte.

Nach einer zackigen Kehrtwendung marschierte Dorr, das Vierte-Juli-Lächeln auf dem Gesicht, zurück zum Vordereingang von Cousin Mary's, doch jetzt in Gedanken ans Frühstück, das aus frischem Orangensaft, Würstchen, Blaubeerpfannkuchen, zwei oder drei Eiern, leicht gefettetem Toast und wenigstens drei Tassen Kaffee bestehen würde. Anschließend würde er in die Stadt fahren und dem Festzug zuschauen.

Der Festzug begann um neun Uhr mit der Aufstellung nahe der Gleise der Southern Pacific und dem ehemaligen Zugdepot von Durango, das seinen Zweck, wenn auch nicht seine Nützlichkeit, verloren hatte, als die Eisenbahngesellschaft zu dem Schluß kam, daß die Beförderung von Menschen nicht mehr profitabel war.

Das Depot war zu Durangos Tourismus- und Kulturzentrum umgewandelt worden. Das dauerte so lange, bis die Stadt herausfand, daß es äußerst wenigen Touristen diente und keine nennenswerte Kultur bot. Nach Auflösung des Zentrums vermietete Durango das Depot in rascher Folge an einen Head-Shop, eine Sushi-Bar, einen Laden, der Bücher für Erwachsene verkaufte, ein Tex-Mex-Bistro und einen Akupunkteur. Jetzt beherbergte das Depot das städtische Kontrollzentrum für Geschlechtskrankheiten, von Sid Fork und anderen gewöhnlich als Tripperklinik bezeichnet.

Der Festzug hätte laut Programm um 10.30 Uhr begonnen, wenn die Mutter des zwölf Jahre alten Billy Apco, eine Alleinerziehende, an ihrem Ford Bronco keinen platten Reifen gehabt hätte, den zu wechseln sie und Billy fünfzehn Minuten kostete. Da Billy derjenige war, der die große Paukc im von den Kiwanis gesponsorten Tambourcorps schlug, bestand Übereinstimmung, den Festzug bis zu seinem Eintreffen zu verschieben.

Der Weg des Festzugs würde über die North Fifth Street geradewegs durch das Herz des Geschäftsviertels führen, bis er um die Mittagsstunde den Handshaw Park erreichte, wo er sich auflösen sollte und Mayor B. D. Huckins vom alten Pavillon aus einige »knappe patriotische Worte« – wie es die *Durango Times* angekündigt hatte – sprechen würde. Die Zuhörerschaft der Bürgermeisterin sollte durch die Aussicht auf kostenlose Hot-dogs und Limonade, eine Spende der Safeway-and-Alpha-Beta-Supermärkte, sowie durch das Fünf-Cents-pro-Plastikbecher-Bier, traditionell eine Spende der Blue Eagle Bar, in den Park gelockt werden.

Jack Adair und Kelly Vines, Gläser mit Bier vom Faß in der Hand, standen vor dem Blue Eagle und warteten auf den Festzug. Links hinter ihnen hielt sich Detectiv Joe Huff, der wegen seiner Baseballkappe von den Chicago Cubs und der gewaltigen Zigarre weitaus weniger kahlköpfig und etwas weniger professoral wirkte. Rechts von Vines und Adair befand sich Detective Wade Bryant, der zu groß geratene Kobold, dessen Körperlänge ihm gestattete, über die Köpfe der Zuschauer auf dem Bürgersteig hinwegzublicken.

Angeführt wurde der Festzug von einer Fahnenabordnung, bestehend aus Mitgliedern der American Legion und der Veterans of Foreign Wars, die ausnahmslos alt genug waren, um entweder im Zweiten Weltkrieg oder in Korea gekämpft zu haben. Hinter den Fahnen fuhr der Festwagen von Pretty Polly's Sandwiches & Pies, einer von neun Werbewagen im Zug. Dann kam »The Wild Bunch«, ein Senioren-Motorradclub, dessen Mitglieder ausschließlich Harleys fuhren, gefolgt von der Durango Palomino & Philosophical Society, die einige prächtige Reittiere präsentierte, dem Tambourcorps der Kiwanis mit Billy Apco, der die große Pauke bearbeitete, den phantastisch kostümierten Schwulen Vaqueros, die exzellente Reiter und unglaubliche Schäkerer waren, weiteren Wagen, der Bürgermeisterin, die ein offenes 47er Chrysler-Kabriolett, Model Town & Country, fuhr, dem Polizeichef, der vom Rücksitz eines Buick-Century-Kabrioletts vom Baujahr 1940 winkte, den Mitgliedern des Stadtrats, die gemeinsam in einer offenen, von zwei Braunen gezogenen Kutsche saßen und wie Schwachsinnige um die Wette grinsten, einer Gruppe Pfadfinder, einem Fahrradclub, vierzehn Clowns, die der Handelskammer angehörten und Hershey-Negerküsse sowie Fleers-Kaugummi verschenkten, und schließlich von zwölf Majoretten, kaum im Pubertätsalter, die ihre Taktstöcke zu den Klängen von »Colonel Bogie« wirbelten, gespielt und gepfiffen vom Tambourcorps des Rotary Clubs.

Als der Festzug vorüber war, gingen Adair, Vines und Virginia Trice zum Handshaw Park, in ihrem Windschatten die Detectives Bryant und Huff. Sie aßen Gratis-Hot-dogs und tranken Fünf-Cent-Bier, während der Rechtsbeamte der Stadt Mayor B. D. Huckins ankündigte.

Huckins zitierte Tom Paine, Abraham Lincoln, Dwight Eisenhower und Bruce Springsteen in ihrer Rede, die nach Jack Adairs Urteil die beste achtminütige politische Allzweckansprache war, die er je gehört hatte.

»Sie hat nicht nur eine gute Stimme und eine großartige Vortragsweise«, sagte er zu Kelly Vines, »sondern kennt auch ein

Geheimnis, das neunzig Prozent der heutigen Politiker entweder vergessen oder nie gekannt haben.«

»Das wäre?« fragte Vines und schlüpfte damit in die ihm allmählich zur Gewohnheit werdenden Rolle des Stichwortgebers.

»Sie weiß so aufzuhören, daß die Leute sich mehr wünschen«, sagte Adair. »Und jeder Politiker, der sich heutzutage darauf versteht, wird auf ewig wiedergewählt. Außer natürlich, er wird, wie der Ex-Gouverneur von Louisiana sagt, mit einer toten Frau oder einem lebendigen Knaben im Bett ertappt.«

Um 12.31 Uhr, just nachdem ihre Schwester ihre knappen patriotischen Worte in Durangos Handshaw Park beendet hatte, bog Dixie Mansur an der Ausfahrt Kanan Dume Road in Agoura von der U. S. 101 ab und überquerte den Freeway zum Jack in the Box, wo Theodore Contraires Worten zufolge der schwarze Cadillac Seville abgestellt war.

Wie versprochen, war der Cadillac vom Baujahr 1986 hinter dem Restaurant geparkt. Dixie stieg aus dem weißen Rolls-Royce ihres Mannes, schloß ihn ab, betrat mit der weißen Einkaufstüte, die Contraire ihr gegeben hatte, das Jack in the Box und ging in die Damentoilette.

Niemand im Restaurant bemerkte die brünette Frau in dem beigen, knittrigen Leinenkostüm und mit der grün getönten Brille, die fünf Minuten später aus der Toilette kam. Ebensowenig erinnerte sich jemand daran, daß sie zur Rückseite des Restaurants ging und in den schwarzen Cadillac anstatt in den weißen Rolls stieg, mit dem sie gekommen war.

Der Schlüssel des Cadillacs lag, genau wie Contraire es gesagt hatte, im Aschenbecher. Dixie ließ den Motor an, prüfte die Benzinuhr, die einen vollen Tank anzeigte, setzte zurück, überquerte die U. S. 101 und fand nach knapp einer Meile die schmale, kurvenreiche Asphaltstraße ohne Bankette, die in die braunen Hügel hineinführte.

Dixie hatte San Diego und das Haus ihrer Wochenendgastgeber Mr. und Mrs. Reva Moussavvis, am Morgen um sieben Uhr verlassen und ihren Besuch mit der plausiblen Begründung abgekürzt, sie mache sich zunehmend Sorgen wegen des Feiertagsverkehrs.

Exakt um 12.46 Uhr, laut ihrem Zeitplan um eine Minute verspätet, lenkte sie den Cadillac aufs Gelände des Altoid-Sanatoriums, fuhr zwischen den beiden Säulen in die Zickzack-Zufahrt und parkte den Cadillac direkt vor dem massiven Redwood-Portal. Sie rutschte auf den Beifahrersitz, inspizierte sich im Schminkspiegel der Sonnenblende, schob die getönte Brille auf der Nase hoch und sah zu, wie sie wieder zurückrutschte. Außerdem begutachtete sie ihre, dank der Kontaktlinsen, neuen braunen Augen, die neuen Falten und die neue Sonnenbräune, die sie als eines der geringfügigeren Wunder moderner Chemie bewertete.

Als Dixie aus dem Cadillac stieg, war sie sicher, wie eine Frau auszusehen, die flott auf die vierzig zuging. Sie ignorierte das gravierte Messingschild, das Besucher bat, bitte nur einmal zu läuten, und drückte den Klingelknopf zweimal.

Dixie Mansur saß jetzt vor dem Schreibtisch von Dr. David Pease, der ein lila-orange gemustertes Hawaiihemd über der weißen Segeltuchhose trug, und sagte: »Wir waren völlig benommen, als wir in Aberdeen den Brief von Dannies Mama erhielten. Nelson und ich wußten ja gar nichts.«

»Nelson ist, glaube ich, Ihr Mann.«

»Nelson Wigmore? Wie ich Ihnen schon am Telefon gesagt habe? In der Ölbranche? Mit Oxy? Deswegen waren wir vier Jahre in Aberdeen?«

»In Schottland.«

Dixie schob die grün getönte Brille auf ihrer Nase hoch. »Hab' ich nicht Schottland gesagt? Ich bin wohl einfach dran gewöhnt, daß jeder in der Branche weiß, wenn man Aberdeen sagt, meint man Schottland und die Nordsee und nicht South Dakota. Jedenfalls, Dannies Mama ist meine Tante Lena, und Jack Adair ist mein Onkel, auch wenn sie geschieden sind und das schon seit zweiundsiebzig. Aber in dem Brief, den ich von Tante Lena bekommen habe, steht, daß sie gehört hat, Onkel Jack und Kelly Vines... der durch Einheirat so was wie mein Cousin ist?«

Dr. Pease nickte verstehend, als Dixie die Brille auf ihrer Nase hochschob.

»Also, sie hat gehört, Tante Lena, meine ich, daß wegen der ganzen Probleme, die Onkel Jack und Kelly hatten, sie vielleicht nicht in der Lage sein könnten, nun, Sie wissen schon, Dannie länger hierzubehalten. Deshalb hab' ich mit Nelson drüber gesprochen?«

»Und was hat er gesagt?«

»Und Nelson hat gesagt, ach was, hat er gesagt, sag ihnen, sie sollen sich wegen der Rechnung keine Sorgen machen. Und da hab' ich gestern mit Ihnen gesprochen, und Sie haben gesagt, es kostet Sechstausend im Monat? Und Nelson hat gesagt, warum sollen wir uns nicht ab sofort um sie kümmern? Deshalb bin ich hier, und haben Sie was dagegen, in bar bezahlt zu werden?«

»Barzahlung ist durchaus annehmbar, Mrs. Wigmore«, sagte Dr. Pease.

Dixie hob eine große Webfasertasche vom Fußboden hoch und wühlte darin herum. Dreimal unterbrach sie ihre Suche, um die Brille auf ihrer Nase hochzuschieben. Endlich fand sie den Umschlag von Shearson Lehman Hutton, adressiert an Mr. Nelson Wigmore am Camden Drive in Beverly Hills. Sie schob den offenen Umschlag mit der Anschrift nach oben über den Schreibtisch. Nachdem Dr. Pease einen Blick auf Name und Adresse geworfen und in den Umschlag geschaut hatte, sagte Dixie: »Könnte ich das bitte zurückhaben?«

Ein beinahe entsetzter Dr. Pease wollte den Umschlag zurückgeben, doch Dixie schüttelte den Kopf. »Nicht das Geld, Herzchen, bloß den Umschlag. Auf der Rückseite stehen eine Adresse und eine Telefonnummer, die ich brauche.«

Dr. Pease versuchte sich zu erinnern, wann er das letzte Mal »Herzchen« genannt worden war, während er die sechstausend Dollar herausnahm und den Umschlag zurückgab. Dixie steckte ihn in ihre große Tasche und sagte: »Wär' es okay, wenn ich an jedem Fünfzehnten vorbeischaue, oder auch ein, zwei Tage vorher oder nachher, und vielleicht Dannie guten Tag sage, nachdem ich die Rechnung bezahlt habe?«

»Möchten Sie sie jetzt sehen?«

»Oh! Ginge das wirklich?« sagte Dixie und schob die Brille auf ihrer Nase hoch – das zigste Mal, schätzte Dr. Pease. Plötzlich wechselte Dixies Gesichtsausdruck von Freude zu Besorgnis. »Meinen Sie, sie wird mich erkennen? Tante Lena sagt, Dannie erkennt nicht mal Kelly oder Onkel Jack.«

»Unabhängig davon, ob sie Sie erkennt«, sagte er, »könnte es sich als vorteilhaft erweisen, wenn Sie sie sehen.«

Dixie schob die Brille wieder hoch. »Wissen Sie, Doktor Pease, was ich grade gedacht habe? Ob ich mit Dannie ein bißchen spazierenfahren und ihr einen Eisbecher oder was anderes kaufen könnte? Bloß 'ne Stunde ungefähr? Und wenn ich das nächste Mal hier bin, wissen Sie, um die Rechnung zu bezahlen, könnte ich sie dann zum Lunch und einer kleinen Ausfahrt mitnehmen? Das würde doch nichts schaden, oder?«

Dr. Pease schaute auf das Geld, blickte zu Dixie hoch und lächelte. »Ich will nicht behaupten, daß es etwas hilft, Mrs. Wigmore. Aber ich bin überzeugt, daß es nichts schaden wird.«

Dixie runzelte die Stirn, schob die Brille wieder hoch, beugte sich vor und sagte beinahe flüsternd: »Sie ist doch nicht, nun, gewalttätig oder so?«

»Selbstverständlich nicht.«

»Das habe ich auch nicht erwartet.« Dixie seufzte. »Dannie war immer das süßeste und liebste Ding, das man sich vorstellen kann.«

Danielle Adair Vines löffelte gerade den Rest ihres Schokoladeneisbechers, als Dixie zu dem Motel abbog, das direkt an der U. S. 101 und in der Nähe der Kanan Dume Road lag, die zum Ozean und nach Malibu führt.

»Ich dachte, wir können hier reingehen, vielleicht etwas fernsehen und etwas Kaltes trinken.«

»Es tut mir schrecklich leid«, sagte Danielle Vines, »aber Ihr Name fällt mir nicht ein.«

»Betty.«

»Ja. Betty. Richtig.«

»Und etwas später vielleicht«, sagte Dixie, als sie den Cadillac auf den Einstellplatz vor Zimmer 141 lenkte, »könnten wir Jack und Kelly anrufen.«

»Wen?«

»Jack Adair und Kelly Vines.«

»Oh, ja, natürlich. Mr. Adair. Er ist sehr nett. Aber dieser Mr. Vines ist so ein dummer Mann.«

Einundvierzig

Als der graue Volvo die fünfte Haarnadelkurve der Garner Road erreichte, bog B. D. Huckins nach rechts in den Don Domingo Drive ab und fuhr zu Chief Sid Forks masernweißem Haus am Ende der Sackgasse.

Es war Merriman Dorr auf dem Beifahrersitz, dessen Pilotenauge die Katastrophe zuerst erspähte und der sagte: »He, Sid. Jemand hat Ihre ganzen Kaktusse umgehackt.«

Sid Fork schoß auf der Rückbank nach vorn und starrte durch die Windschutzscheibe ungläubig auf die zwölf riesigen, wenn auch kränkelnden Kandelaber-Kakteen, die offenbar mit einer Kettensäge gefällt worden waren, so daß nur noch zwölf fußhohe Stümpfe aufragten.

»Elender Dreck«, sagte Fork, als spräche er ein Gebet.

»Wer würde schon auf den Gedanken kommen, so was zu tun?« fragte Dorr.

Weder Huckins noch Fork antworteten, als die Bürgermeisterin langsam vor das Haus des Polizeichefs fuhr und anhielt, den Motor aber laufen ließ.

»Wartet hier«, sagte Fork, als er betont langsam, einen 38er Smith & Wesson Bodyguard Airweight-Revolver in der Hand, aus dem Wagen stieg. Ohne die verstümmelten Pflanzen zu beachten, schlenderte er an den gefällten Kakteen vorbei, den Blick ständig auf die Haustür geheftet.

Als er die Tür erreichte, entdeckte er, daß sie nur angelehnt war. Fork ging einen kurzen Schritt zurück, trat sie auf und preßte sich sofort mit dem Rücken flach an die Ziegelwand rechts von der Tür. Den Revolver in beiden Händen, die Mündung nach oben gerichtet, wartete er fast eine volle Minute. Als nichts geschah, rückte er geduckt durch die offene Tür vor und verschwand aus dem Blickfeld.

Zwei Minuten später tauchte er mit gepeinigter Miene und wie vergessen an seiner rechten Seite baumelndem Revolver wieder auf. Mit der linken Hand machte er eine merkwürdig resignierte Bewegung, die Huckins und Dorr auf den Plan rief.

Das erste, was sie beim Betreten des Wohnzimmers sahen, war die gegenüberliegende Wand. Alle gerahmten Bilder waren herabgerissen und auf den Boden geworfen worden, wo jemand anscheinend auf ihnen herumgesprungen war. An die Wand war eine Grußadresse gesprüht: »Ein Hallo von Rüssel.«

Die Bürgermeisterin inspizierte das übrige Wohnzimmer, sah keine weiteren Zerstörungen und fragte: »Ist es das?«

Fork schüttelte den Kopf. »Das große Schlafzimmer.«

Gefolgt von Dorr, ging die Bürgermeisterin durch den kurzen Flur ins größere der beiden Schlafzimmer, das die Forksche Kollektion amerikanischer Artefakte beherbergte. Sämtliche zweiundsechzig Coca-Cola-Flaschen von vor 1941 waren zerschmettert. Die neunundvierzig Varianten der »I like Ike«-Wahlkampfbuttons lagen auf dem Boden und waren mit einem Werkzeug, wahrscheinlich einem Hammer, flachgeklopft worden. Die letzten Ausgaben ausgestorbener Magazine waren zerfetzt. Ahornsirup war über die auf einen Haufen geworfene Stacheldrahtsammlung gegossen worden. Sämtliche Glasisolatoren, Forks besonderer Stolz, waren zertrümmert.

»Mein Gott!« sagte Dorr und fragte erneut: »Wer kommt auf so einen Gedanken?«

»Kinder wahrscheinlich«, sagte Huckins. »Während des Umzugs war keiner der Nachbarn zu Hause.«

Sie gingen ins Wohnzimmer zurück, wo Fork an einer Wand lehnte und quer durchs Zimmer auf die gesprühte Botschaft starrte – »Ein Hallo von Rüssel«. Der Revolver war nicht mehr zu sehen. Fork hatte die Arme verschränkt, was ihm eine fast defensive Haltung verlieh.

»Warten Sie bitte im Wagen auf uns, Merriman«, bat Huckins Dorr. »Wir kommen gleich nach.«

»Ja«, sagte Dorr und nickte verstehend. »Klar.«

»Gehen wir, Sid. Hier kannst du nichts tun.«

Fork beachtete sie nicht, sondern starrte weiter auf die gegenüberliegende Wand.

»Teddy hat das alles gemacht, damit du dich auf seine Fährte setzt«, sagte Huckins. »Damit er dich töten kann.«

Er sah sie an. »Wer hat es ihm erzählt, B. D.?«

»Was erzählt?«

»Über meine Sammlung von . . . Sachen.«

»Das ist kein Geheimnis.«

Störrisch schüttelte Fork den Kopf. »Jemand hat ihm davon erzählt.«

»Vielleicht hat er einen Partner«, sagte sie. »Vielleicht sogar jemanden aus der Stadt.«

»Erst mach ich Teddy fertig«, sagte Fork, »und dann mach ich seinen Partner fertig.«

Kelly Vines parkte den blauen Mercedes am Montag, dem vierten Juli, genau so hinter Cousin Mary's, wie Parvis Mansur ihn angewiesen hatte. Zuerst stieg Vines aus. Dann folgte Jack Adair, der sich auf seinen schwarzen Stock stützte und den Blick über den hinteren Parkplatz des Restaurants schweifen ließ. Er war leer bis auf das blaue Acura-Legend-Coupé, das Mansur, wie angekündigt, fahren wollte. Vines und Adair gingen auf die rückwärtige stahlummantelte Tür zu. Bevor sie sie erreichten, wurde sie von Parvis Mansur geöffnet, der außer seiner rohseidenen Buschjacke einen nervösen Habitus zur Schau trug.

»Sie tragen keine Jacken«, sagte er anstelle einer Begrüßung. »Gut.«

»Ganz nach Anweisung«, sagte Vines.

Mit einem Blick auf Adairs schwarzen Stock fragte Mansur: »Ist das ein Stockdegen?«

Adair reichte ihm den Stock und sagte: »Drehen Sie den Griff nach rechts, nicht nach links.«

Mansur tat, wie ihm geheißen, entfernte den Griff, lächelte beim Anblick des silbergefaßten Korkens, zog ihn heraus, hob den Stock an seine Nase und schnüffelte. »Bourbon, stimmt's?«

»Nervenbalsam«, sagte Adair.

Mansur setzte den Stock wieder zusammen und gab ihn Adair zurück. »Wahrscheinlich wollen Sie zuerst das Pokerzimmer inspizieren.«

»Allein«, sagte Vines.
»Ja, natürlich. Allein.«

Das Pokerzimmer war fast so, wie Sid Fork es beschrieben hatte. Es enthielt einen mit grünem Billardtuch bezogenen Tisch für sieben Spieler und sieben bequeme Stühle. Es enthielt ferner drei Ledersofas (statt zwei, wie Fork gesagt hatte), die lang genug für ein Nickerchen waren, eine wohlbestückte Bar, eine Kaffeemaschine, einen großen General-Electrics-Kühlschrank mit automatischem Eiswürfelhersteller, einen kleinen Grillofen, einen Schrank, gefüllt mit Tellern, Gläsern, Tassen, Schüsseln und Besteck, einen langen, schmalen Tisch, auf dem wahrscheinlich die Büfetts arrangiert wurden, ein Telefon mit sechs Anschlüssen und keine Fenster.

»Was ist mit dem Klo?« fragte Adair.

Vines nickte zu einer geschlossenen Tür am Ende des Zimmers. »Sehen wir's uns an.«

Das Bad war groß genug für ein Pissoir, ein WC, ein Waschbecken und eine Metallduschkabine mit einem grünen, gummierten Duschvorhang, der an elfenbeinfarbenen Plastikringen hing. Vines schob den Duschvorhang zur Seite, blickte nach unten und sah, daß der Boden zementiert war und einen Metallabfluß hatte. Er griff in die Duschkabine, packte den Kaltwasserhahn, drehte ihn nach rechts und zog hastig den Arm zurück, als wolle er dem Wasserstrahl ausweichen. Aber es kam kein Wasser.

»Mißtrauischer Hund«, sagte Adair.

»Vorsichtig«, sagte Vines, trat in die Kabine und drückte kräftig gegen die Metallwand, auf der Wasserhähne und Duschkopf installiert waren. Die Wand schwenkte zurück, und dahinter tat sich ein knapp quadratmetergroßer Treppenabsatz auf. Eine wuchtige Chromstablampe war mit einer Klammer auf dem Boden befestigt.

Sie nahmen die Stablampe zu Hilfe, um eine steile Holztreppe hinunterzugehen, die aus unbearbeiteten Kiefernbrettern gefertigt war. Ein Geländer gab es nicht. Die Treppe führte in einen kleinen Raum mit Wänden und Fußboden aus Beton. Der Raum enthielt eine Holzbank, eine chemische Toilette, eine verschlossene Fünf-Gallonen-Plastikflasche mit Arrowhead-Trinkwasser, zwei Metalltassen und sonst nichts.

Vines ließ den Lichtstrahl der Stablampe wandern, um alle vier Ecken und die Decke in Augenschein zu nehmen. »Kein Fluchtweg«, sagte Adair.

»Nein.«

»Machen wir, daß wir hier rauskommen.«

Als sie das Pokerzimmer wieder betraten, surrte das Telefon leise. Vines nahm ab und sagte: »Ja.«

»Mansur hier. Ich rufe aus dem privaten Speiseraum an. Das Telefon, entweder dieses hier oder das in Dorrs Büro, wird unser Kommunikationskanal sein. Falls erforderlich, können wir eine Konferenzschaltung arrangieren, obgleich ich die Notwendigkeit dazu nicht sehe.«

»Was ist mit dem Tresor?« fragte Vines.

»Er ist offen und vollständig leer.«

»Irgendein Anzeichen des Geldboten?«

»Nichts. Aber er hat noch fünf Minuten. Wenn er eingetroffen ist und ich das Geld abgezählt habe, schließe ich es in den Tresor, händige ihm den Schlüssel zum Pokerzimmer aus und verabschiede mich.«

»Wollen Sie damit sagen, daß wir hier schon eingeschlossen sind?« fragte Vines.

»Ja, natürlich.«

»Das haben wir nicht erwartet. Noch nicht, jedenfalls.«

Mansur seufzte vernehmlich. »Sie müssen daran denken, Mr. Vines, daß ich sie unter dem Vorwand einer Pokerrunde hierher gelockt habe. Angeblich handele ich als Mittelsmann für B.D. und Sid, die Sie beide an denjenigen verkaufen, der mit dem Geld erscheint. Wenn unser kleines Spielchen ein Mindestmaß an Glaubwürdigkeit haben soll, kann ich Sie und Mr. Adair jetzt nicht durch den Flur laufen lassen. Oder?«

»Parvis«, sagte Vines.

»Ja?«

»Was, wenn er das Geld nicht hat?«

»Dann bin ich darauf vorbereitet, mich zu verteidigen. Und Sie, selbstredend auch.« Es folgte eine kurze Pause, bis Mansur fortfuhr: » Es tut mir leid, jetzt auflegen zu müssen, aber er ist da.«

Als die Leitung tot war, legte Vines den Hörer des Telefons im Pokerzimmer auf und sagte zu Adair: »Er ist da.«

»Und wir sind eingeschlossen.«

»Möchtest du einen Drink?« fragte Vines.

»Nein. Du?«

»Nein.«

»Ein feines Paar Lügner«, sagte Jack Adair.

Theodore Contraire, der sich manchmal Teddy Jones oder Smith nannte und jetzt aus Anlaß des vierten Juli als Vietnamveteran gekleidet war, betrat das private Speisezimmer im Cousin Mary's. Er trug Tarnanzug, Springerstiefel, eine Arbeitsmütze und hielt im rechten Arm ein unverändertes und daher illegales M-16, das auf Parvis gerichtet war.

»Sie sind Parivs, richtig?«

»Ich bin Parvis.«

»Wo sind Adair und Vines?«

»Wo, möchte ich fragen, ist das Geld?«

»Welches Geld?« sagte Theodore Contraire.

ZWEIUNDVIERZIG

Mansur ging, die Hände nun im Nacken verschränkt und gefolgt von Contraire und dem M-16, in Merriman Dorrs kleines Büro. Contraire blickte sich um, nahm die beiden Sessel, den Tresor und das Schulpult wahr. »Niedlich«, sagte er. »Was ist in dem Tresor?«

»Nichts.«

»Öffnen Sie ihn, dann können wir nachsehen.«

Parvis ging zum Tresor und zog die schwere Tür auf.

»Hände in den Nacken!« mahnte Contraire Mansur und trat näher, um bessere Sicht in den Tresor zu haben, dessen Innenraum knapp einen Meter hoch und tief und etwas mehr als einen halben Meter breit war.

»Ein Riesending«, sagte Contraire.

»Ja.«

»Und völlig leergeräumt. Nicht mal ein Regal drin gelassen. Da paßt 'ne Million ohne Probleme rein, selbst in Zwanzigern und Fünfzigern.«

»Zwanziger und Fünfziger wären durchaus annehmbar.«

»Ich schätze, ich habe mich nicht eindeutig ausgedrückt«, sagte Contraire. »Es wird überhaupt kein Geld geben. Aber es wird etwas geben, das für jemanden eine Menge mehr wert ist als 'ne Million.«

»Was?«

Contraire benutzte das M-16, um auf das Schulpult zu zeigen. »Setzen Sie sich an das Kinderpult. Sobald Sie sitzen, können Sie die Hände runternehmen und schön brav wie in der Grundschule auf das Pult legen.«

»Ich habe nie eine Grundschule, wie Sie das nennen, besucht«, sagte Mansur. »Ich hatte Privatlehrer.«

»Setzen Sie sich trotzdem. Und ich setz' mich in einen der Sessel, während wir darauf warten, daß das Telefon läutet.«

»Merriman hat hier im Büro eine Geheimnummer«, sagte Mansur.

»Geheimnummern gibt's nicht.«

Zwei Minuten später, exakt um 15.05 Uhr, läutete das Telefon. Mit der rechten Hand richtete Contraire das M-16 auf Mansur, während er mit der linken den Hörer abnahm. »Ich bin's«, sagte er.

Während er zuhörte, lächelte er mit grauen Zähnen Mansur an, der hinter dem Schulpult saß, die Hände gefaltet hielt und höflich zurücklächelte.

»Bleib dran«, sagt Contraire ins Telefon. Zu Mansur sagte er: »Ich wette, Sie können das Gespräch in eine Konferenzschaltung reinlegen – sie und ich hier drinnen, der geheimnisvolle Anrufer und Vines und Adair im Pokerzimmer. Das können Sie doch, Parvie, oder etwa nicht?«

Mansur nickte.

Contraire klemmte den Hörer zwischen Ohr und linker Schulter ein, nahm mit der jetzt freien linken Hand das Telefon und plazierte es vor Mansur, der auf den Sensortasten vier Zahlen eingab.

Mit einem Nicken lächelte Contraire Mansur an und sagte in den Hörer: »Hören Sie's läuten? Und nun warten wir mal ab, wer rangeht.«

Beim vierten Surren hob Vines den Hörer ab und sagte: »Ja.«

»Wer ist da?« fragte eine Männerstimme.

»Kelly Vines.«

»Also, Kelly, passen Sie auf. Ich gebe Ihnen mal Parvie für eine Sekunde, damit er Ihnen sagen kann, was hier Sache ist. Okay?«

»Ja.«

Es dauerte eine oder zwei Sekunden, bis Mansur am Telefon war und sagte: »Es gibt kein Geld.«

»Kein Geld?« sagte Vines und hielt den Hörer ein paar Zentimeter vom Ohr weg, damit Jack Adair mithören konnte.

»Nein. Er ist hier und zielt mit einem M-16 auf mich. Ich sollte hinzufügen, daß es entsichert ist. Er hat jemanden am Telefon, mit dem Sie sprechen sollen. Das ist alles, was ich weiß.«

Erneut eine kurze Pause, bis Contraire wieder übernahm und sagte: »Alles mitgekriegt, Kelly?«

»Ja.«

»Okay. Dann wollen wir mal sehen, ob Sie die Stimme erkennen, die Sie gleich hören.«

Die Stimme, die Vines und Adair gleich hörten, sagte: »Hallo, Mr. Vines. Wie geht es Ihnen heute?«

»Mir geht's gut, Dannie. Und dir?«

»Ich hatte einen sehr, sehr schönen Ausflug. Wir sind spazierengefahren, und ich hatte einen Eisbecher, und jetzt ruhen wir uns ein bißchen aus, bevor ich zurückgehe.«

»Es ist also jemand bei dir?« sagte Vines.

»Betty ist bei mir.«

»Welche Betty?«

Vines hörte die Stimme seiner Frau durch die Hand, die sie wohl über den Hörer gelegt hatte. »Es tut mir leid, aber ich erinnere mich nicht an Ihren Nachnamen.«

Es folgte eine undeutliche, gedämpfte Erwiderung, eine Pause, und dann sprach Danielle Vines wieder zu ihrem Mann. »Betty Thompson.«

»Kann ich mit Miss Thompson sprechen?« fragte Vines.

»Tut mir leid, Kelly«, schaltete Contraire sich ein.

»Wer war das, Mr. Vines?« fragte Danielle.

»Ein Freund.«

»Ist Mr. Adair bei Ihnen? Betty hat gesagt, ich könnte mit Mr. Adair sprechen, und ich finde ihn sehr nett.«

Vines reichte den Hörer Adair, der die Augen schloß, sie mit Daumen und Mittelfinger der linken Hand rieb und zu seiner Tochter sagte: »Hallo, Dannie. Hier ist Jack Adair.«

»Wie geht es Ihnen heute, Mr. Adair?«

»Mir geht's gut, Dannie. Von wo rufst du an?«

»Ich bin . . .«

Abrupt wurde der Hörer aufgelegt, aber Contraire war noch in der Leitung. »Genug gequasselt, Jack. Wollen Sie mit mir sprechen, oder wollen Sie mir Vines wieder geben?«

»Ich spreche mit Ihnen«, sagte Adair und hielt den Hörer so, daß Vines mithören konnte.

»Also gut, Jack. So sieht's aus: Ich brauche von Ihnen beiden ein paar Antworten unter sechs Augen, und wenn ich sie nicht kriege, tja, dann fürchte ich, daß Dannie es nicht mehr zurück in die Klapsmühle schafft. Ich will, daß Sie Parvis sagen, er soll mir den Schlüssel zum Pokerzimmer geben.«

»Was geschieht mit ihm, wenn er Ihnen den Schlüssel gegeben hat?«

»Ihm geschieht nichts. Wieso sollte ihm was geschehen? Klar, ich könnte ihn vielleicht in das Speisezimmer einschließen, aber da steht ja eine hübsche kleine Bar, und da kann er sich vollaufen lassen, bis alles vorbei ist.«

»Geben Sie mir Parvis«, sagte Adair.

»Mansur hier.«

»Kann er mich hören?«

»Nein.«

»Er will, daß Sie ihm den Schlüssel zum Pokerzimmer geben.«

»Ich weiß.«

»Wenn Sie ihm den Schlüssel nicht geben«, sagte Adair, »wird er Sie umbringen.«

»Verstanden.«

»Wenn Sie ihm den Schlüssel geben, wird er Sie ebenfalls umbringen.«

»Das ist absolut nicht sicher.«

»Haben Sie schon mal Poker gespielt?«

»Ja.«

»Gut. Dann setzen Sie jetzt Ihre beste Pokermiene auf, denn Sie werden sie brauchen. Ich werde Ihnen eine Frage stellen, auf die ich keine Antwort von Ihnen erwarte. Ich erwarte vielmehr, daß Sie ›Goodbye‹ sagen, auflegen und das tun, was Sie für das Beste halten. Ist das klar?«

»Ja.«

»Jetzt kommt die Frage«, sagte Adair. »Wenn Sie heute sterben sollten, wer würde Ihren Besitz erben?«

Stille. Adair zählte bis sechs, dann hörte er, wie Parvis Mansur den Hörer sacht auflegte. Adair legte auch auf und fragte Vines: »Was hätte ich sonst sagen können?«

»Nichts.«

»Meinst du, sie werden Dannie laufenlassen?«
»Ich bezweifle es«, sagte Kelly Vines.

Mansur stand von dem Schulpult auf und sagte: »Ich denke, ich bin am besten beraten, wenn ich Ihnen den Schlüssel ohne viel Aufhebens gebe.«
»Das ist sehr klug, Parvis.«
»Aber um Ihnen den Schlüssel zu geben, muß ich in meine rechte Jackentasche greifen. Für den Fall, daß Sie das für einen Trick oder eine List halten, dürfen Sie gern selbst in die Tasche greifen.«
»Wissen Sie was?« sagte Contraire. »Sie stellen sich einfach vor den Tresor.«
»Sehr wohl«, sagte Mansur und ging zu der Stelle, die Contraire mit einem Schwenk seines M-16 angewiesen hatte.
»Ich werde nicht in Ihre Tasche greifen, Parvis«, sagte Contraire. »Der Grund ist der, daß ich mir vorstellen kann, daß Sie in Ihrer Zeit beim Savak alle möglichen schmutzigen Tricks gelernt haben.«
»Ich war nie beim Savak«, sagte Mansur mit steifer Würde.
»Das war keiner von euch reichen Säcken – genau wie keiner von den Krauts in der SS war. Ich mache Ihnen keinen Vorwurf. Ich würde dasselbe sagen. Trotzdem komm ich jetzt nicht rüber und greif Ihnen in die Tasche, weil Sie sich nämlich umdrehen, den Schlüssel aus der Tasche nehmen und auf den Tresor legen werden.«
»Jetzt?«
»Jetzt.«
Mansur drehte sich zum Tresor um. Seine rechte Hand tauchte, weder schnell noch langsam, in die Tasche seiner Buschjacke. Er wirbelte herum und feuerte durch die Tasche auf Contraire. Die Kugel – es klang nach einem kleinen Kaliber – verfehlte Contraire und traf statt dessen einen der beiden Sessel. Contraire schoß Mansur in den linken Oberschenkel und dann, wobei er sich Zeit nahm, in die linke Schulter. Mansur stöhnte, schwankte und fiel zu Boden.
Contraire bückte sich und zog eine vernickelte Sterling Auto-

matic vom Kaliber .25, das alte 300er Modell, aus Mansurs Tasche. Eine Handtaschenwaffe, dachte Contraire, als er die Pistole einsteckte. Dieselbe Hand fuhr erneut in Mansurs Tasche und kam mit dem Schlüssel wieder heraus.

»Kannst du kriechen?« fragte Contraire.

»Ja«, flüsterte Mansur. »Ich weiß nicht.«

»Ich halte es für besser, wenn du dich dazu entschließt, in den Tresor zu kriechen.«

»Nein.«

Contraire ließ seine Stimme geduldig und vernünftig klingen. »Du mußt eines begreifen, Parvie. Ich finde es nicht schlimm, daß du auf mich geschossen hast. Du kriechst in den Tresor, und das ist der erste Platz, an dem Sid und B. D. nach dem Geld suchen werden. Vielleicht bist du bis dahin nicht einmal tot, wenn du nur ganz wenig atmest. Aber wenn du da nicht reinkriechst, werde ich dir eine Kugel durch den Kopf jagen müssen.«

Mansur brauchte fast fünf Minuten, um sich in den Tresor zu zwängen. Seine Knie berührten sein Kinn. Sein Gesicht war eine Maske aus Bestürzung und Schmerz.

Contraire hockte sich vor ihn. »Bist du okay?«

»Warum?«

»Warum was?«

»Warum hat sie das getan?«

»Dixie?« sagte Contraire. »Weil sie verrückt nach mir ist, und das schon, seit sie zwölf ist.«

»Aber warum?« flüsterte Mansur.

»Muß an meinem Aussehen liegen«, sagte Contraire, stand auf, schloß langsam den Tresor und drehte, als die Tür eingerastet war, den Zahlenring einige Male.

DREIUNDVIERZIG

Als der schwarze Cadillac etwa die Hälfte der schmalen, kurvenreichen Straße ohne Bankette zurückgelegt hatte, die zum Altoid-Sanatorium führte, wandte Danielle Adair sich Dixie Mansur zu und sagte: »Das war so wunderschön, Betty, ich will nicht zurück.«

Dixie, die sich auf eine enge Kurve konzentrierte, sah sie nicht an. »Das ist nett.«

»Ich glaube nicht, daß Sie mich verstehen, Betty. Oder vielleicht habe ich mich nicht richtig ausgedrückt – obwohl ich mich schon viel besser ausdrücke als früher.«

Dixie streifte sie mit einem kurzen Blick. »Was soll ich verstehen?«

»Daß ich nicht zu Doktor Pease zurückgehe. Ich glaube, ich besuche lieber Mr. Vines und den netten Mr. Adair.«

»Wenn ich dich vor dem Eingang abgesetzt habe, kannst du tun, was du willst.«

»Aber wenn ich dorthin zurückgehe, wird Doktor Pease mich nicht hinauslassen. Können wir nicht einfach zu dem netten Motel zurückfahren, und ich rufe Mr. Adair an? Oder Sie können ihn für mich anrufen. Dann warte ich im Motel auf ihn.«

»Tut mir leid«, sagte Dixie.

»Sie meinen, Sie tun es nicht?«

»Das stimmt. Ich tue es nicht.«

»O je!« sagte Danielle Vines, packte mit beiden Händen das Lenkrad und drehte es in dem Moment nach links, als der Cadillac in eine scharfe Rechtskurve fuhr. Dixie Mansur kämpfte um die Kontrolle über das Lenkrad, aber die Frau von Kelly Vines war entweder zu stark oder zu verzweifelt. Instinktiv trat Dixie auf die Bremse, als der Cadillac auf die Leitplanke zuschleuderte.

Bremsen und Leitplanke zusammen bremsten den Cadillac, konnten ihn aber nicht stoppen. Die schwere Limousine riß die

Leitplanke nieder und stürzte den steilen Hang hinab. Beide Vorderreifen platzten. Keine der beiden Frauen hatte Zeit zu schreien, bis der Wagen mit 34 Meilen pro Stunde gegen eine große, alte Eiche prallte.

Der alte Baum an dem steilen Hang hatte niedrige, verzweigte Äste. Einige berührten beinahe den Boden. Und einer von ihnen, ein abgestorbener Ast, durchbohrte die Windschutzscheibe auf der Fahrerseite. Und er bohrte sich tief am Hals durch Dixies Kehle und tötete sie praktisch auf der Stelle.

Danielle Vines, im Schock, voller Blutergüsse und aus einem tiefen Schnitt auf der rechten Gesichtshälfte und einer bösen Schürfwunde an der rechten Hand blutend, gelang es, die Beifahrertür zu öffnen und aus dem Wagen zu kriechen. Sie war benommen und noch auf Händen und Füßen, als sie die Stimme eines Mannes rufen hörte: »Sind Sie okay, Lady?«

Sie blickte nach oben und sah den Mann an der geknickten Leitplanke stehen und zu ihr herabschauen. Ihr fiel auf, daß er eine grünlichgraue Uniform trug.

»Ich ... ich glaube ja«, sagte sie. »Aber ich glaube, die arme Betty nicht.«

Karl Seemant sah auf die Uhr. Es war 15.35 Uhr. Karl Seemant war Kammerjäger bei der Agoura Pest & Varmint Control Co. und wegen eines hektischen Anrufs aus dem Altoid-Sanatorium unterwegs, als er, ungefähr zwanzig Meter hinter dem Cadillac, gesehen hatte, wie die Limousine durch die Leitplanke krachte. Das Sanatorium hatte den hektischen Telefonanruf ausgelöst, als es entdeckte, daß seine Patienten von einer rätselhaften Flohplage befallen waren.

Da es der vierte Juli war und Seemant doppelten Lohn bekam, hielt er es für das beste, das Telefon in seinem Truck zu benutzen und den Sheriff oder die Highway Patrol zu verständigen, zu warten, bis sie – oder vielleicht ein Rettungswagen – auftauchten, und dann die Wartezeit dem Altoid-Irrenhaus, das, wie alle sagten, mehr Geld hatte, als es ausgeben konnte, in Rechnung zu stellen.

*

In aller Ruhe schloß Theodore Contraire die Tür zum Pokerzimmer im Cousin Mary's auf. Er öffnete sie nur einen Zentimeter weit, steckte den Schlüssel wieder in die Tasche, trat die Tür auf und stürmte in den Raum, sein M-16 auf Dauerfeuer eingestellt.

Contraires Blick schweifte durch das Zimmer, die periphere Sicht ausnutzend, wie es ihm bei dem zweiwöchigen Aufklärer- und Überlebenslehrgang beigebracht worden war, den er im Süden Alabamas für eine Gebühr von 4250 Dollar besucht hatte.

»Keine Späßchen!« schrie er. »Ich mag so Scheißspäßchen nicht!«

Die Tür am anderen Ende des Pokerzimmers öffnete sich langsam. Dahinter saß Jack Adair, Hose und Boxershorts um die Knöchel, auf der Toilette. Seine rechte Hand lag auf dem gekrümmten Griff des schwarzen Stocks.

Contraire rannte zu der Tür, stürmte hinein und setzte die Mündung des M-16 an Adairs linkes Ohr. »Was soll der verdammte Scheiß hier?«

»Ich entdecke gerade, wieso Angst Mutter Naturs verläßlichstes Abführmittel ist«, sagte Adair.

Contraire gluckste, zog das M-16 zurück, hörte zu kichern auf und fragte: »Wo ist Vines?«

»Wo ist meine Tochter?«

»Inzwischen müßte sie wieder in der Klapsmühle sein. Also, wo ist Vines?«

»Ich kann Ihnen nicht folgen.«

»Er ist, verdammt noch mal, nicht hier«, brüllte Contraire.

»Aber warum sollte er?« fragte Adair. »Ich würde ihn bestimmt nicht bitten, mich zur Toilette zu begleiten. Und er würde sich gewiß auch nicht aufdrängen. Folglich muß er im Pokerzimmer sein, wo ich ihn verlassen habe.«

»Gottverdammt, da ist er nicht!«

»Sie nehmen doch nicht an, daß er die Flitze gemacht hat, oder?« sagte Adair. »Hatte womöglich einen eigenen Schlüssel? Und als ich hier drin war und sehr beschäftigt, ist er zur Hintertür raus. Auf und davon. Das sieht Kelly ähnlich, Aufopferung hat ihm eigentlich nie gelegen. Natürlich kann ich ihm keinen Vorwurf machen, aber er hätte mich wenigstens mitnehmen können.«

Contraire hörte Adairs Überlegungen längst nicht mehr zu. Er konzentrierte sich jetzt auf die Duschkabine und den zugezogenen grünen Vorhang.

»Er ist dort hinter dem Duschvorhang.«

»Ich versichere Ihnen, da ist er nicht«, sagte Adair.

»Er ist da drin, vielleicht mit einer zerschlagenen Bierflasche oder so was, und wenn ich meinen Kopf reinstecke, sticht er mir das Auge aus.«

»Ich kann es beinahe sehen.«

»He, Vines!« rief Contraire. »Komm da raus!«

Doch als Vines das nicht tat, stellte Contraire das M-16 auf Einzelfeuer und jagte drei Kugeln durch den Duschvorhang. Die Schüsse ließen Adairs Ohren klingeln.

Als sich nach mehreren Sekunden nichts tat, sagte Contraire: »Na ja, vielleicht ist er ja doch nicht drin.«

»Oder es war ein sehr stiller Tod.«

Contraire sah auf seine Armbanduhr. »Ich hab' drei achtunddreißig und um vier läuft die Mietzeit hier ab. Wir haben also noch zweiunddreißig Minuten, um über dies und das zu plaudern.«

»Zweiundzwanzig, glaube ich«, sagte Adair.

Contraire runzelte die Stirn, übte sich im Kopfrechnen und sagte: »Genau. Zweiundzwanzig. Das ist reichlich.«

»Wenn Sie so etwas wie eine Unterhaltung vorhaben, warum führen wir sie dann nicht in dem anderen Zimmer, wo es viel bequemer ist.«

»Ich mag Sie da, wo Sie sind, Richter, mit Hose und Unterhose um die Knöchel. So gibt's jedenfalls keine plötzlichen Attacken.«

»Darf ich wenigstens die Toilette ziehen?«

Contraire schnüffelte. »Ja, wäre vielleicht besser.«

Adair griff nach hinten und drückte den Hebel. Die alte Toilette erzeugte gurgelnde Geräusche, die Kelly Vines hören konnte. Er kauerte auf dem knapp quadratmetergroßen Absatz der Holztreppe, die in den Kellerschlupfwinkel hinabführte. Der

Lärm der Toilette reichte auch aus, das leise Geräusch zu übertönen, das die Wandtür der Duschkabine beim Öffnen machte. Vines schlüpfte hindurch und stellte sich, lautlos durch den Mund atmend, hinter den zugezogenen Duschvorhang.

Adair sah Contraire an und fragte: »Könnte ich etwas zu trinken haben?«

»Wenn Sie ein Glas haben – da ist ein Wasserhahn.«

»Ich dachte an Whiskey.«

»Wollen Sie etwa, da ich Ihnen einen Whiskey bringe?»

»Ich habe selbst welchen«, sagte Adair, nahm den schwarzen Stock und schüttelte ihn, so daß Contraire das gurgelnde Geräusch hören konnte.

»Ach ja, Dixie hat mir von dem Ding erzählt.«

»Irgendwelche Einwände?«

Contraire zuckte die Achseln.

Adair drehte den Griff des Stocks ab, zog den Korken heraus, dann das Glasröhrchen und trank. Er bot das Röhrchen Contraire an, doch der schüttelte den Kopf und sagte: »Vielleicht haben Sie Gift reingeschüttet.«

»Dann bin ich bald tot«, sagte Adair und setzte Glasröhrchen, Korken und Griff wieder an ihren angestammten Platz.

»Aber vielleicht haben Sie irgendwo ein Gegenmittel versteckt.« Contraire merkte selbst, wie wenig plausibel diese Behauptung war, und fügte hastig an: »Bei der Arbeit trinke ich sowieso so gut wie nie.«

»Schön, wenn es mehr von Ihrer Sorte gäbe.«

Das M-16 in der Armbeuge, lehnte Contraire sich an die Wand und musterte Adair. »Wissen Sie, wer ich wirklich bin?«

Adair nickte. »Sie sind der Kerl, den Sid Fork achtundsechzig aus der Stadt gejagt hat, nachdem er Sie erwischt hat, eine Ginflasche in der Hand und die zwölf Jahre alte Dixie vor sich ans Bett gefesselt.«

»Das war alles Dixies Idee, nicht meine. Dixie ist ein bißchen abartig. War sie schon immer. Wird sie auch immer sein.«

»Außerdem sind Sie der Bruder von Marie Contraire, die bei einem Unfall starb, als ihr Wagen gegen eine Pappel fuhr, weil die Lenkung versagte – einigermaßen rätselhaft, habe ich gehört.«

»Haben Sie eine Vorstellung, wieviel ich von Marie geerbt hätte, wenn der Staat die beiden Jimson-Bälger, wie vorgesehen, mit einer Überdosis ins Jenseits bugsiert hätte?«

»Millionen.«

»Millionen und Aberabermillionen.«

»Ich bin neugierig«, sagte Adair. »Als Sie das alles ausgetüftelt haben – den Plan, Dixie zu einer reichen Witwe zu machen –, ist Dixie an Sie herangetreten, oder haben Sie die Initiative übernommen?«

Contraire zeigte ein dünnlippiges Lächeln, das sich sofort in ein hämisches Grinsen verwandelte. »Seit achtundsechzig haben Dixie und ich ständig Kontakt gehabt. Höchstens mit kurzen Unterbrechungen. Eins müssen Sie begreifen, und ich geb' jetzt wirklich nicht an, aber ich bin der einzige, der ihr in Sachen Sex das Wasser reichen kann. Wir stehen beide auf die gleichen Sachen.«

»Und der arme Parvis, nehme ich an, ist jetzt tot.«

Wieder sah Contraire auf seine Uhr. »Steckt fast 'ne Stunde drin. Ich hab ihm erst zwei Kugeln verpaßt und ihn dann in den Tresor eingeschlossen. Fünf Minuten, höchsten zehn, dann ist ihm entweder das Blut oder die Luft ausgegangen.«

»Wieviel wird Dixie erben?«

»Ungefähr?«

Adair nickte.

»Dreißig Millionen vielleicht. Das ist nicht annähernd so viel, wie ich von Marie gekriegt hätte, wenn alles geklappt hätte. Aber dreißig sind ja auch kein Pappenstiel.«

»Und wie geht's jetzt weiter?«

»Tja, Dixie kommt von ihrem Wochenendbesuch zurück und ist völlig erschüttert und ganz die trauernde Witwe, wenn sie erfährt, daß ihr Mann tot ist, weil er sich auf ein beklopptes Geschäft eingelassen hat, das die Bürgermeisterin und der Polizeichef angeleiert haben. Der Sheriff wird sich alle beide, Sid und B. D., vorknöpfen, von der Seite kommt also gar nichts. Und Sie werden ganz bestimmt auch nichts sagen, weil Sie tot sind. Und Vines auch nicht, sobald ich ihn finde. Und damit bleibt praktisch keiner übrig, der wirklich weiß, was hier läuft.«

»Wieso sind Sie wegen der Bürgermeisterin und des Polizeichefs so sicher?«

»Dixie denkt, sie kann beide kaufen – für eine oder vielleicht zwei Millionen.« Contraire runzelte die Stirn. »Wie haben Sie das mit Dixie überhaupt rausgefunden?«

»Vines hat als erster Verdacht geschöpft – dank Soldier Sloan.«

»Ich hab' ihr immer gesagt, wenn sie nicht aufhört, mit dem alten Arsch rumzumachen, müßte ich mich um ihn kümmern. Und das hab' ich auch getan.«

»Haben Sie sich auch um meinen Sohn gekümmert?«

»Ja. Der war vielleicht ein ausgebuffter Vogel. Wissen Sie, als er nach Tijuana runterkam, hatte er fast die ganze Chose rausgekriegt. Manchmal glaub' ich wirklich, Schwule sind cleverer als normale Leute.«

Contraire sah wieder auf die Uhr und sagte: »Sieht nicht so aus, als würde Vines noch mal zurückkommen.« Er schaltete das M-16 auf Dauerfeuer und zielte auf Adairs Brust.

»Ein letzter Schluck?« fragte Adair mit gequältem Lächeln.

Contraire lächelte zurück. Offenbar fand er Vergnügen an der Situation. »Machen Sie's schnell!«

Adair drehte wieder den Griff des Stocks. Doch diesmal drehte er nach links statt nach rechts. Und er hustete laut genug, daß Contraire das leise Klicken nicht hören konnte. Nach dem Klikken schüttelte Adair bekümmert den Kopf und sagte: »Ich glaube, ich will doch keinen letzten Schluck.«

»Spielt der Magen nicht mit?« sagte Contraire, kicherte, hörte aber sofort wieder auf zu kichern, als ihm ein anderer Gedanke kam.

»Das war alles nur Gequatsche, nicht? Daß Sie etwas wissen, was eine Million Dollar wert ist. Das haben Sie sich bloß ausgedacht und B. D. und Sid damit gefüttert, als Dixie Soldier dazu gebracht hat, Sie hierher zu dirigieren.«

»Aber wer war der Dirigent, und wer der Dirigierte?« sagte Adair.

»Vielleicht war es halbe-halbe. Aber Sie wußten nicht die Bohne. Jedenfalls nichts, was eine Million wert ist. Was war dann für Sie und Vines drin – ich? Eine Revanche?«

»Sie haben meinen Sohn umgebracht. Haben dazu beigetragen, den Verstand meiner Tochter zu zerrütten. Haben es geschafft, mich für fünfzehn Monate in ein Bundesgefängnis zu verfrachten. Ja, da muß ich wohl Rache im Sinn gehabt haben. Und was Kelly angeht, der kann für sich selbst sprechen.«

Das war Vines' Stichwort. Er schob den grünen, gummierten Duschvorhang ganz nach links. Die Plastikringe machten ein Geräusch, das Contraire zu der Duschkabine herumfahren ließ. Als Contraire sich umdrehte, riß Adair den Griff vom Stock – und mit ihm ein achtzehn Zentimeter langes, schmales Stilett. Adair war jetzt auf den Füßen, wenn auch leicht gebückt, weil Hose und Unterhose um seine Knöchel hingen, und stach die dünne Klinge in Contraires rechte Gesäßhälfte.

Contraire schrie auf, wechselte das M-16 in die linke Hand und benutzte die rechte, um nach seinem verletzten Gesäß zu fassen. Vines stürmte aus der Duschkabine, packte das M-16 und drückte den Lauf zur Decke. Contraire – oder seine Reflexe – jagte einen Schuß in die Luft. Vines trat nach Contraire. Er zielte auf die Kniescheibe des kleinen Manns, traf ihn aber zwischen den Beinen. Contraire schnaubte und Vines entriß ihm mit beiden Händen das M-16.

Der kleine, schwere Mann mit dem bemerkenswert häßlichen Gesicht sog so viel Luft ein, wie seine Lungen zu fassen vermochten, und krümmte sich. So blieb er mindestens zwanzig Sekunden, die linke Hand um seine Hoden gelegt, die rechte immer noch auf die Stichwunde im Gesäß gepreßt. In Vines' Augen eine äußerst unbeholfene Positur, die ihn irgendwie an eine Brezel erinnerte.

Als Contraire sich wieder aufrichtete, waren alle Anzeichen von Schmerz getilgt, verborgen unter einer Maske der Gleichgültigkeit. Er blickte auf das blutverschmierte Stilett in Adairs rechter Hand.

»Wie funktioniert das Scheißding?« fragte er mit professioneller Neugier.

»Man dreht den Griff nach links statt nach rechts, bis man ein Klicken hört«, sagte Adair. »Das Klicken bedeutet, daß eine Nutfederhalterung die Klinge gepackt hat.«

Contraire nickte beinahe beifällig und schaute auf das M-16, mit dem Vines auf ihn zielte, wie man auf eine noch nicht ganz tote Schlange zielt.

»Damit es funktioniert, mußt du den Abzug drücken, du Hohlkopf«, sagte Contraire.

Vines nickte, als bedanke er sich für den Hinweis, legte einen Zeigefinger um den Abzug, zielte mit dem M-16 noch sorgfältiger auf Contraire, blickte kurz zu Jack Adair und sagte fragend: »Nun?«

Adair sagte erst nach einer langen Pause: »Nein«.

»Warum nicht?« fragte Vines, die Augen auf Contraire gerichtet.

Adair seufzte. »Weil es gegen das Gesetz ist, Kelly.«

Vierundvierzig

Contraire, jetzt beide Hände im Nacken verschränkt, kam als erster aus dem Badezimmer, gefolgt von Vines mit dem M-16 und Adair mit dem schwarzen Stock. Der gekrümmte Griff war wieder am alten Platz, das Stilett in der Scheide.

Schweigend bewegten sie sich auf die Tür des Pokerzimmers zu, als das Telefon surrte. Adair meldete sich mit einem »Hallo«. Contraire, die Hände immer noch im Nacken, sah sich zu Adair um, der beim Zuhören wieder die geschlossenen Augen mit Daumen und Mittelfinger massierte, während seine Mundwinkel sich zu kleinen Haken nach unten verzogen. Kelly Vines hielt den Blick und das M-16 auf Contraire gerichtet.

Als er fast dreißig Sekunden zugehört hatte, stellte Adair seine erste Frage: »Wann ist es passiert?« Nach einem Nicken für den unsichtbaren Anrufer fragte er: »Und Sie sind sicher, daß mit ihr alles in Ordnung ist?«

Wieder verstrichen mehrere Sekunden, während er nur zuhörte, bis Adair sagte: »Ich weiß gar nicht, was ich sagen soll, außer, daß es mir sehr, sehr leid tut. Weiß Chief Fork Bescheid?«

Die Antwort erzeugte ein Stirnrunzeln Adairs. »Verstehe«, sagte er, legte den Hörer auf, wandte sich langsam an Theodore Contraire und sagte: » Dixie Mansur ist tot. Sie ist bei einem Autounfall umgekommen, als sie Dannie zum Sanatorium zurückfuhr.«

Contraire mußte die Nachricht erst einmal verdauen, aber Vines fragte: »Wie geht es Dannie?«

»Ihr geht's gut. Ein leichter Schock und Prellungen, aber sonst ist ihr nichts passiert. Sie haben ihr im Sanatorium Beruhigungsmittel gegeben.«

Anstatt die Nachricht von Dixie Mansurs Tod zu verdauen, wies Contraire sie mit einem schmalen, wissenden Lächeln und einem Kopfschütteln zurück. »Was versucht ihr denn jetzt aufzuziehen?«

»Die Bürgermeisterin war am Telefon«, sagte Adair in geduldigem Tonfall. »Die Highway Patrol hat sie angerufen, als sie Parvis nicht erreichen konnten. Sie haben Dixies Führerschein. Ihre Kreditkarten. Und sie sagen, sie trug eine Perücke. Sie ist tot.«

Contraire schluckte, schaute zur Seite und entrang sich mühsam das Wort: »Tot?«

»Ja.«

»Das ist nicht fair.«

»Nein«, sagte Adair. »Wahrscheinlich nicht.«

Langsam brachte Contraire seine Hände nach vorn und riß das Jackenteil seines Tarnanzugs auf. Er entblößte die mit dichtem, ergrauendem Haar bedeckte Brust. »Tun Sie mir einen großen Gefallen, Vines, und drücken Sie den verdammten Abzug.«

Vines schüttelte den Kopf, ohne den Blick von Contraire zu nehmen, und fragte: »Was machen wir mit ihm, Jack?«

»Wir lassen ihn laufen.«

»Warum?«

»Weil es das Klügste ist.«

»Ich empfinde nicht sehr viel Mitleid.«

»Ich habe nicht von Mitleid gesprochen, sondern von Klugheit.«

»Welche Tür nehmen wir? Vorn oder hinten?«

»Die vordere.«

»Gehen wir, Teddy«, sagte Vines. »Die Hände im Nacken!«

Zu dritt gingen sie durch den langen Flur, vorbei an Merriman Dorrs kleinem Büro mit dem großen Chubb-Tresor, in dem Parvis Mansurs Leiche steckte, und vorbei an dem privaten Speisezimmer, das keine Fenster besaß. Contraire ging voran, die Hände im Nacken und leicht hinkend – das einzige Anzeichen von körperlichem Schmerz, das er seit Verlassen des kleinen Badezimmers erkennen ließ.

Hinter Contraire kam Vines mit dem M-16. Und hinter Vines kam Jack Adair, der beiden langsam folgte, seinen schwarzen Stock im Rhythmus seiner Schritte schwang und den Ausdruck nicht ausgeräumten Zweifels auf dem Gesicht trug.

Als sie den Eingang von Cousin Mary's erreichten, blieb Contraire stehen und fragte: »Kann ich meine Hände runternehmen, bevor ich aus der Wunde im Hintern verblute?«

»Ich sage Ihnen, was Sie tun können, Teddy«, sagte Vines. »Sie können die Tür öffnen und langsam hinausgehen. Sobald Sie draußen sind, können Sie tun, was immer Sie wollen.«

Contraire senkte die Hände. Mit der linken griff er nach dem Türknauf. Die rechte steckte er in die Tasche, in der sich immer noch Parvis Mansurs kleine Halbautomatik vom Kaliber .25 befand.

»Tja«, sagte Contraire, »ich schätze, so bald sehen wir uns nicht wieder.«

Bevor Vines oder Adair etwas erwidern konnten, öffnete Contraire die Tür, jagte hinaus und riß die kleine Halbautomatik aus der Tasche.

Ohne einander anzusehen, blieben Vines und Adair hinter der geschlossenen Tür von Cousin Mary's und warteten lauschend darauf, was als nächstes geschehen würde.

Sid Fork, der Polizeichef, kauerte hinter der Motorhaube seiner Ford-Limousine und benutzte beide Hände, um mit seinem fünfschüssigen Smith & Wesson Bodyguard Airweight-Revolver auf die Eingangstür von Cousin Mary's zu zielen. Er schrie weder »Stehenbleiben!« noch »Polizei!«, als Theodore Contraire, die kleine Halbautomatik in der rechten Hand, durch die Tür jagte.

Statt dessen schoß er Contraire in die linke Schulter. Der Treffer ließ den kleinen, schweren Mann nach hinten schwanken und aufstöhnen, während er das Feuer erwiderte und Forks hinteres Seitenfenster traf. Fork schoß ein zweites Mal auf Contraire, diesmal in den Bauch.

Beinahe neugierig sah Contraire auf die Wunde in seinem nackten Bauch hinab, schaute wieder hoch und feuerte zurück. Diesmal traf er den Holm der vorderen Tür.

Fork sah zu, wie Contraire auf die Knie sank und die kleine Halbautomatik zum letzten Mal, in die Erde, abfeuerte. Sorgfältig zielend, schoß Fork ihn in die Brust.

Contraire blickte hoch, lächelte leicht, als wolle er sagen: »Der ist es!« und fiel auf die rechte Seite. Sid Fork ging um die Motorhaube des Ford herum, trat zu Contraire und schoß ihm in den Kopf.

Als der Schwarm der Medienvertreter eingetroffen und nachdem Sheriff Charles Coates Chief Sid Fork – vor laufenden Kameras – dazu gratuliert hatte, daß er die »Serienmorde von Durango aufgeklärt hat und den Killer den höchsten Preis bezahlen ließ« (dabei erstickte er fast an den Worten), nahm Mayor B. D. Huckins Charlie Coates beiseite und informierte – andere sagen: warnte – ihn, daß sie ihn frühestens nach der Novemberwahl, falls überhaupt noch, innerhalb der Stadtgrenzen zu sehen wünsche. Danach versammelten sie sich zu viert – Huckins, Fork, Vines und Adair – kurz nach 22 Uhr im Wohnzimmer der Bürgermeisterin.

Sie saß in ihrem bevorzugten schokoladenbraunen Ledersessel. Vines und Adair waren auf der langen, cremefarbenen Couch. Sid Fork hockte auf dem einzigen anderen Sessel im Zimmer, der eigentlich mehr Schemel als Sessel war.

B. D. Huckins hatte sich in dem schokoladenbraunen Sessel geradezu eingerollt, hielt mit beiden Händen ein Glas Wein und starrte auf die gegenüberliegende Wand, als Fork sagte: »Ich habe so ein schmutziges Gefühl – als wäre ich von jemand, der eine Masse cleverer ist als ich, benutzt und am Gängelband geführt worden.«

»Das bist du auch«, sagte die Bürgermeisterin. »Das sind wir alle. Von Dixie.«

Adair räusperte sich richterlich und sagte: »Als Sie Ihre Pressekonferenz gaben, haben Kelly und ich von einem Juristen, den wir kennen, ein paar Gefälligkeiten eingefordert.«

»Herrgott!« sagte Fork. »Das brauchen wir wohl am nötigsten – noch einen Anwalt!«

»Wieso?« fragte Huckins.

»Wir haben ihn beauftragt, Sie zu vertreten«, sagte Adair.

»Ich brauche keinen Anwalt.«

»Trotzdem haben wir ihn beauftragt. Wie gesagt, im Austausch für frühere Gefälligkeiten.«

»Das müssen ja tolle Gefälligkeiten gewesen sein«, sagte Fork.

Huckins sah Vines an. »Wieso brauche ich einen Anwalt, Mr. Vines?« fragte sie, als wolle sie eine zweite Meinung einholen.

»Um herauszufinden, ob Dixie ein Testament hinterlassen hat.«

»Und, was ebenso wichtig ist«, sagte Adair, »um die Bestimmungen von Parvis' Testament zu ermitteln.«

»Dixie besaß nichts«, sagte Huckins. »Nun ja, sie hatte ein paar Kleider, Schmuck und das beknackte Auto, aber mehr auch nicht.«

»Ich sollte es wohl ganz direkt sagen«, sagte Vines. »Nach dem, was wir wissen, ist Dixie später als Parvis gestorben. Der Anwalt, den wir beauftragt haben, hat die Feiertagsruhe einiger Leute in Santa Barbara gestört und seinerseits ein paar Gefälligkeiten eingefordert. Er hat entdeckt, daß Parvis bis auf einige relativ geringfügige Beträge an wohltätige Tierstiftungen alles Dixie hinterlassen hat.«

»Parvis und Tierstiftungen?« sagte Fork.

Vines ignorierte ihn und sprach weiter zu Huckins: »Dixie hat ebenfalls ein Testament aufgesetzt. Sie hat alles, was sie besaß, Parvis vermacht. Doch für den Fall, daß Parvis vor ihr stirbt, hat Dixie alles Ihnen hinterlassen.«

»Sehen Sie, Mayor«, sagte Adair, »wir haben festgestellt, daß Dixie später als Parvis gestorben ist. Und während dieser letzten vierzig oder fünfundvierzig Minuten ihres Lebens war sie der einzige legale Erbe von Parvis' Vermögen, das nun an Sie geht.«

»Es sei denn ...« sagte Vines.

»Es sei denn was?« fragte Fork.

»Es sei denn, es kann bewiesen werden, daß Dixie die Ermordung von Parvis geplant hat. Und die einzigen Zeugen dafür befinden sich hier, in diesem Zimmer.«

»Ich bekomme alles, was Parvis besaß?« fragte Huckins. »Läuft es darauf hinaus?«

»Im Kern, ja«, sagte Adair.

»Wieviel?« fragte die Bürgermeisterin.

»Nun«, sagte Adair, »Teddy war wohl in der Lage, es zu erfahren, und er sagte, es seien rund dreißig Millionen.«

»Ich habe gemeint«, sagte B. D. Huckins, »wieviel Sie beide haben wollen, um über Dixie den Mund zu halten.«

Später schwor Adair, irgendwo in der langen Stille, die nun folgte, habe er den Zorn in dem Zimmer brodeln und die Feindseligkeit in einer imaginären Pfanne zischen hören können. Er beschwor sogar, er habe die Boshaftigkeit schmecken und die Bitterkeit riechen können. Und er dachte, es würde nie enden.

Aber es endete doch, als Sid Fork seufzte, langsam aufstand, sich vor Huckins aufbaute, auf sie hinabblickte und ganz ruhig sagte: »Verdammt noch mal, B. D., das war der dümmste und beschissenste Blödsinn, den du je in deinem Leben gesagt hast.«

Huckins schloß die Augen und nickte: »Ich weiß. Ich wußte es, als ich es aussprach. Ich muß es gesagt haben, weil ich irgend jemandem wegen Dixie die Schuld geben wollte. Aber man kann niemandem die Schuld geben.«

Sie öffnete die Augen und sah zuerst Jack Adair an. »Ich entschuldige mich bei Ihnen, Mr. Adair.« Dann sah sie Kelly Vines an. »Und ich entschuldige mich bei Ihnen, Mr. Vines. Es tut mir sehr leid.«

Adair lächelte. »Ich denke, Mayor, zuallererst müssen Sie lernen, daß reiche Leute nichts erklären und sich für nichts entschuldigen müssen.«

Während der Fahrt in Vines' blauem Mercedes zum Blue Eagle sagte Jack Adair: »Willst du mit reinkommen und Virginia Auf Wiedersehen sagen?«

»Im Aufwiedersehensagen bin ich nicht gut, Jack.«

»Dann sage ich's für dich.«

»Wie lange, glaubst du, wirst du bleiben?«

»Bis ich einen anderen Ort finde. Erst einmal helfe ich in der Bar aus und verwandle das Haus in eine Frühstückspension. Wie sie sagt, sieht es ja jetzt schon wie eine aus.«

»Mit Schokoladenriegeln auf dem Kopfkissen – mit freundlicher Empfehlung von Ihrem Gastgeber, dem genialen Jack Adair.«

Adair grinste, als der Mercedes vor dem Blue Eagle hielt.

»Morgen leihe ich mir Virginias Wagen aus und fahre nach Agoura, um Dannie zu besuchen.«

»Sag Doktor Pease, daß ich das Geld weiter liefere«, sagte Vines. »Irgendwie.«

»Irgendeine Vorstellung, wo du dich niederläßt?«

»Nein.«

Adair stieg aus dem Wagen, drückte die Tür ins Schloß, bückte sich und sagte durchs Fenster zu Vines: »Wenn du's weißt, laß es mich wissen!«

»Okay«, sagte Vines und fuhr davon.

Vier Blocks weiter nahm Kelly Vines die Garner Road bis zur fünften Haarnadelkurve und fuhr in den Don Domingo Drive, bis er zu dem kleinen, masernweißen Haus kam, dessen Rasen mit sechs sehr großen und sehr häßlichen Magmabrocken und den fußhohen Stümpfen von einem Dutzend riesiger Kandelaber-Kakteen verziert war.

Vines parkte am Bürgersteig, schaltete die Scheinwerfer aus, knipste eine Lampe am Armaturenbrett an und nahm eine nicht mehr gültige Anwaltsvisitenkarte aus seiner Brieftasche. Auf die Rückseite der Karte kritzelte er eine Nachricht, dann band er sie mit einem Gummiband an den schwarzen Stock.

Er stieg aus dem Mercedes, ging zu Sid Forks Haustür, lehnte den Stock daran und ging zu seinem Wagen zurück. Danach nahm er den Noble's Trace, bis er die Auffahrt zum U. S. Highway 101 erreichte. Kurz vor der Auffahrt hielt Vines am Straßenrand an und versuchte sich zu entscheiden, ob er nach Süden in Richtung Guadalajara oder nach Norden in Richtung Nome fahren sollte.

Sid Fork verließ B. D. Huckins um 2.04 Uhr am Dienstag, dem fünften Juli, kam um 2.09 Uhr zu Hause an und lächelte, als er den schwarzen Spazierstock an seine Tür gelehnt fand.

In seinem Wohnzimmer löste er Kelly Vines' Visitenkarte und las: »Nach links drehen und ziehen.«

Fork drehte den gekrümmten Griff des Stocks nach links, bis er ein leises Klicken hörte. Er zog. Der Griff, in ein Achtzehn-Zentimeter-Stilett verwandelt, löste sich. Fork grinste und berührte die Spitze, um zu prüfen, wie scharf sie war. Er führte die Klinge wieder in den Stock, drehte den Griff diesmal nach rechts, zog ihn – zusammen mit dem silbergefaßten Korken – erneut ab und goß eine kleine Menge Jack Daniel's Black Label Whiskey in ein Glas.

Er setzte sich in einen Sessel, nippte an dem Whiskey und dachte über eine neue Kollektion amerikanischer Artefakte nach. Vielleicht die Forksche Kollektion merkwürdiger und schrecklicher Todeswaffen. Oder irgendwas in der Richtung.

Bitte baeachten Sie
die folgenden Seiten

Schwarze Serie

»James Ellroy ist der derzeit härteste und beste Mann auf dem Krimimarkt.«

LUI

Browns Grabgesang/Heimlich
Zweifachband (22967)
Blut auf dem Mond (22979)
In der Tiefe der Nacht (22980)
Hügel der Selbstmörder (10485)
Die schwarze Dahlie (10654)
Stiller Schrecken (22057)
Blutschatten (22178)

James Ellroy

Ullstein
Kriminalroman

Krieg im Dunkeln

Über die doppelbödigen Spionageromane des Anthony Price schrieb der englische Kriminalschriftsteller H. R. F. Keating in der Londoner *Times:* »Diese Bücher möchte man am liebsten gleichzeitig sofort bis zum Ende lesen und sich noch stundenlang damit beschäftigen.«

Ein Spiel für Profis (10258)
Labyrinth (10362)
Hinterhalt (10372)
Colonel Butlers Wolf (10402)
Oktobermänner (10407)
Umwege zum Ruhm (10413)
Geister von morgen (10419)
Aufmarsch der Esel (10425)
Kein Platz für Krieger (10431)
Das Vengeful-Komplott (10444)
Gunner Kelly (10458)
Spione am Kreuzweg (10470)
Unser Mann in Camelot (10486)
Unter Ungeheuern (10524)
Im Namen der Nation (10615)
Auf blutigem Boden (10625)

Anthony Price

Ullstein
Kriminalroman

Motown Sound

»Loren D. Estlemans Cocktail ist bemerkenswert: Spannung, Sozialkritik, harte Jungs und ein Spritzer Korruption.«
Generalanzeiger, Bonn

Loren D. Estleman

AMOS WALKER, PRIVATDETEKTIV
Detroit Blues (10256)
Der Tod in Detroit (10283)
Mitternacht in Detroit (10308)
Die Straßen von Detroit (10338)
Frühling in Detroit (10354)
Lady Detroit (10553)
Detroit River (10602)
Zehn für Detroit – Die Amos-Walker-Storys (10659)

PETER MACKLIN, BEZAHLTER MÖRDER
Kill-Zone (10377)
Rosen für den Killer (10450)
Killers Sohn (10497)

VIRGIL BALLARD, STAATSFEIND NR. 1
Der Oklahoma Punk (10369)
Ein klassischer Gangsterroman

Ullstein
Kriminalroman

Ullstein Kriminalromane

»Bestechen durch ihre Vielfalt«
(Westfälische Rundschau)

Charles Willeford
Sperrstunde (10593)

Loren D. Estleman
Killer in Detroit (10594)

Robert B. Parker
Spießgesellen (10595)

Donald Goines
Kenyattas Flucht (10596)

Loren D. Estleman
Ein harter Schnüffler (10597)

Geoffrey Homes
Aller bösen Dinge sind drei (10598)

Willi Voss
Die Nacht, der Tod (10599)

A. W. Gray
Texanisches Roulett (10600)

Angus Ross
Ein Kontrakt in Burgos (10693)

Michael Collins
Der blutrote Alptraum (10694)

James H. Chase
Die Kanaille (10696)

Donald Goines
Kenyatta schlägt zu (10697)

Alan Scholefield
Makler des Todes (10698)

Andrew Vachss
Bluebelle (22845)

Willi Voss
Bluthunde (10700)

Donald Goines
Kenyattas Todesliste (10701)

Geoffrey Homes
Ein Mörder für Goliath (10702)

James Lee Burke
Black Cherry Blues (10704)

Angus Ross
Ein Drama in Congleton (10705)

Charles Willeford
Die Kunst des Tötens (10706)

Michael Collins
Bittere Arznei (10707)

A. W. Gray
Bino (10708)

Angus Ross
Hasard in Hamburg (10709)

Ed McBain
Stirb, Kindchen, stirb (10710)

James Hadley Chase
Miss Callaghan muß Trauer tragen (10711)

Geoffrey Homes
Der Selbstmord-Mann (10712)

James Melville
Der falsche Buddha (10713)

Geoffrey Homes
Der Doktor starb zur Dämmerstunde (10714)

Andrew Vachss
Hard Candy (23096)

Ross Thomas
Gottes vergessene Stadt (10716)

James Lee Burke
Neonregen (10717)

Ed McBain
Schöne Bescherung (10718)

Angus Ross
Heimspiel in Yorkshire (10719)